SOUS HAUTE SURVEILLANCE

DU MÊME AUTEUR
CHEZ LE MÊME ÉDITEUR

L'Ignoré

BENTLEY LITTLE

SOUS
HAUTE
SURVEILLANCE

Traduction de Jacques Martinache

Roman

Titre original : *The Association*

Le Code de la propriété intellectuelle n'autorisant, aux termes de l'article L. 122-5, 2° et 3° a), d'une part, que les « copies ou reproductions strictement réservées à l'usage privé du copiste et non destinées à une utilisation collective » et, d'autre part, que les analyses et les courtes citations dans un but d'exemple et d'illustration, « toute représentation ou reproduction intégrale ou partielle faite sans le consentement de l'auteur ou de ses ayants droit ou ayants cause est illicite » (art. L. 122-4).
Cette représentation ou reproduction, par quelque procédé que ce soit, constituerait donc une contrefaçon, sanctionnée par les articles L. 335-2 et suivants du Code de la propriété intellectuelle.

© Bentley Little, 2001.
© Presses de la Cité, 2003, pour la traduction française.
ISBN 2-258-06020-6

1

— Elle est parfaite ! s'exclama Maureen.

Barry approuva tout en se félicitant que la femme de l'agence immobilière ne soit pas là pour l'entendre. Elle les avait déjà étiquetés « pigeons en couple » et si elle avait été témoin de l'enthousiasme sans équivoque de Maureen, elle aurait tout de suite su qu'elle n'avait qu'à ramener la ligne. Ils n'auraient alors plus eu la moindre marge pour négocier.

Mais la femme, Doris — « Doris, appelez-moi Doris », avait-elle insisté —, était retournée à sa voiture pour chercher les papiers concernant la propriété... et, soupçonnait Barry, pour les laisser en discuter seuls.

Maureen et lui firent le tour de la terrasse supérieure d'où la vue était spectaculaire. Ils avaient visité d'autres maisons, plus récentes, plus grandes, mais aucune n'était aussi bien située. Accrochée au flanc d'une colline, elle donnait sur un paysage à couper le souffle qui s'étendait jusqu'aux montagnes, à l'horizon : des kilomètres de forêts entrecoupées de ravins. Même à cette heure, la plus chaude de la journée, une brise légère faisait bruire les épines du pin planté sur le côté ouest de la terrasse et ébouriffait les cheveux que Barry s'était soigneusement coiffés pour se donner un look plus respectable.

— On pourrait agrandir la terrasse, suggéra Maureen, la prolonger sur le devant, avec peut-être un auvent pour la tenir au frais dans la journée. Je vois bien un petit ensemble genre patio, quelques chaises et une table, où nous pourrions faire des dîners ou des déjeuners romantiques. Et bien sûr, je mettrais des tas de plantes...
— La terrasse est tout en bas de la liste des priorités, lui rappela Barry.
— C'est vrai, reconnut-elle.

Plaçant ses mains en œillères de chaque côté de son visage, il scruta l'intérieur de la maison à travers la baie vitrée. Hideux. Les actuels propriétaires n'avaient aucun goût : moquette orange vif dans toutes les pièces, murs et plafond couverts de lambris sombres. On se serait cru dans une grotte, et le mobilier ringard des années soixante-dix ne faisait rien pour dissiper l'atmosphère de tristesse lasse qui émanait de l'ensemble.

C'était sans doute pourquoi la maison n'était pas encore vendue, pourquoi elle était restée si longtemps sur le marché sans trouver preneur, et c'était pourquoi Barry se sentait capable, s'ils ne montraient pas leur jeu, d'amener le vendeur à baisser son prix.

— On enlève les lambris, dit-il à Maureen, on repeint les murs, on installe une nouvelle moquette, on bazarde les meubles... Personne ne la reconnaîtrait.
— J'aime les fenêtres, déclara-t-elle. Celui qui a construit cette maison l'a bien pensée.

C'était vrai. Bâtie sur trois niveaux, elle semblait avoir été conçue pour tirer le meilleur profit possible de son magnifique environnement. Il y avait trois chambres : une principale, très vaste, prolongée, juste en dessous d'eux, par une autre terrasse qui offrait une vue à peine moins superbe que celle qu'ils contemplaient en ce moment, une autre, moins spacieuse, au même niveau, et au-dessus, au dernier étage, la troisième chambre, avec des portes-fenêtres qui s'ouvraient sur un petit balcon surplombant l'allée. La salle de séjour, par laquelle on pénétrait dans la maison, occupait tout l'espace du niveau intermédiaire, avec une hauteur de plafond de deux étages, des fenêtres immenses d'où l'on découvrait le terrain boisé du haut de la colline. Un double escalier moquetté menait soit au niveau inférieur, soit à un espace salle à manger-cuisine, au-dessus.

— Je suis décidée à faire une offre, annonça Maureen. Nous avons trouvé.

— Essaie de ne pas avoir l'air trop emballée. Il faut pouvoir marchander.

— Je sais.

— Ils en demandent cent dix mille.

— On pourrait sûrement les amener à baisser de dix ou quinze.

Ils entendirent la portière de la voiture de Doris claquer en bas dans l'allée et Barry fit signe à Maureen de garder le silence en attendant le retour de la femme de l'agence.

— Trouvés! lança-t-elle d'un ton joyeux avant d'entrer et de monter l'escalier.

Barry fit coulisser la baie vitrée pour retourner à l'intérieur, Maureen suivit. La femme étala une brassée de paperasses sur le plateau de l'horrible table de la salle à manger.

— Comme je vous l'ai dit, ils en veulent cent dix. Il y a un nouveau système septique, installé l'année dernière selon les technologies les plus récentes, conforme à toutes les normes fédérales, avec un contrat d'entretien valable jusqu'à la fin du crédit. Le terrain fait mille mètres carrés et, naturellement, la crête et tout le flanc ouest, jusqu'à la grand-route, appartiennent à la forêt domaniale. Personne ne peut y construire. Vos vues sont imprenables. La maison elle-même est garantie dix ans contre les termites, avec inspection annuelle gratuite et fumigation au besoin. Il y a également une garantie de dix ans pour toute la plomberie et l'installation électrique, ce qui, croyez-moi, est une bénédiction.

Elle releva la tête.

— Je continue ?

— Nous sommes intéressés, dit Barry.

Le visage de Doris s'éclaira et, avec une ardeur accrue, elle se remit à énumérer les avantages de la maison et du terrain, jusqu'à ce que Maureen l'arrête en annonçant :

— Nous sommes prêts à faire une offre.

Barry confirma d'un hochement de tête. Doris sourit d'une oreille à l'autre.

— Alors, nous retournons au bureau ?

Ils descendirent et sortirent tous les trois, Barry et Maureen s'écartant de l'allée pour examiner les pins, les buissons de manzanitas du jardin, tandis que Doris fermait les portes.

— Celui qui achètera cette maison fera une sacrée bonne affaire, assura-t-elle en montant dans sa voiture.

Maureen s'assit à l'avant à côté d'elle, Barry à l'arrière.

— Pas si sûr, objecta-t-il. Elle est à vendre depuis un bon bout de temps et personne n'en a voulu. Si c'était une aussi bonne affaire que ça, quelqu'un se serait précipité pour l'acheter...

— Le marché est calme, en ce moment. Mais c'est en train de changer. Cette maison vaudra deux cent mille l'année prochaine, assura Doris en engageant la voiture sur la route tracée entre les arbres. C'est beau, non ? Vous sentez l'air ? Vous sentez cette odeur de pin ? Incomparable.

Ils parvinrent à la grille en fer forgé donnant sur la route, ralentirent pour attendre que le mécanisme caché ouvre les vantaux.

Maureen regarda le bloc de grès sur lequel le nom du lotissement, Bonita Vista, était écrit en lettres de cuivre vertes.

— C'est la seule chose qui ne me plaît pas, dit-elle. Ça

fait... snobinard. Je n'aime pas trop l'idée de vivre dans une «résidence sécurisée»...
— L'association des propriétaires vient juste de faire installer le système et pas mal de membres n'en sont pas satisfaits. D'un autre côté, il protège votre vie privée et ajoute une plus-value aux propriétés. Le commandant des pompiers y était opposé parce qu'il barre l'accès... Mais vous n'auriez aucun mal à sortir en cas de feu de forêt, s'empressa d'ajouter Doris. La grille s'ouvre sur l'extérieur et il n'y a pas besoin de taper un code pour faire fonctionner le mécanisme.

Barry se pencha en avant.

— Il y a une association de propriétaires ?

— Oui. Et il faut acquitter la cotisation, j'en ai peur. Ça tourne généralement autour de cent ou deux cents dollars par an. Je sais que beaucoup de gens n'aiment pas les associations, mais dans une zone comme Bonita Vista, c'est une nécessité.

— Pourquoi ? demanda Maureen.

— Parce qu'elle n'est intégrée à aucune commune. Vous êtes en dehors des limites de la ville, et comme le comté n'entretient que les routes de terre battue, l'association doit s'occuper du pavement des rues et de toutes les améliorations : fossés, branchements, etc. C'est l'association qui installe l'éclairage des rues, qui entretient les caniveaux, construit les trottoirs et pose les panneaux.

— Et si quelqu'un ne veut pas adhérer ?

— Vous n'avez pas le choix. Si vous achetez à Bonita Vista, vous devez faire partie de l'association. Mais il y a des avantages : les membres ont accès à un court de tennis commun et on parle d'un club-house et d'une piscine.

La route serpentait entre deux collines basses, couvertes de ponderosas, avant de rejoindre la nationale. Doris laissa passer un camion puis tourna à gauche en direction de la ville.

Barry sourit. Il aimait l'idée de devoir *aller en* ville, il aimait que ce soit une petite ville, pas une grande cité. Quand ils avaient commencé à envisager de quitter la Californie du Sud, quand ils avaient considéré les choix qui s'offraient à eux et discuté de leurs préférences, c'était exactement le genre d'endroit qu'il avait imaginé, et maintenant il avait peine à croire qu'ils avaient eu la chance de découvrir un lieu aussi parfait.

Corban n'était vraiment pas une grande ville. La population avoisinait les trois mille habitants, et s'il y avait bien quelques restaurants et une station-service, un hôtel délabré, deux ou trois boutiques et un marché, on n'y trouvait pas de grand magasin, pas la moindre chaîne de restauration rapide, pas de pièges à touristes, aucun des agréments habituels censés rendre l'Amérique rurale acceptable pour des citadins comme eux.

C'était cela qui lui plaisait.

Et à Maureen aussi, il le savait. Ce n'était pas Aspen, Jackson Hole ou Park City, l'une de ces résidences en cooptation devenues des terrains de jeux pour l'élite d'Hollywood et les gens vraiment riches. C'était une authentique petite ville dans une partie pas du tout « tendance » de l'Utah, où de vraies gens avaient de vrais emplois, un endroit que la vague des industries de service déferlant sur le reste du pays n'avait pas encore atteint.

Le bureau de l'agence était en fait une caravane double installée en face d'une maison aménagée en bibliothèque municipale. Doris tourna pour pénétrer dans le parking microscopique, freina sur le gravier dans un crissement de pneus.

Barry descendit de voiture et leva les yeux vers la colline où se trouvait leur maison.

Leur maison.

Il commençait déjà à y penser en ces termes, bien qu'il n'eût même pas encore fait d'offre, et il se demanda si c'était une bonne ou une mauvaise chose.

Le trio grimpa les marches branlantes et pénétra dans le bureau où un homme trop gros et une femme trop maigre, assis derrière des bureaux dans la plus grande des deux pièces de la caravane, fixaient le vide d'un air morose.

— Bonjour tout le monde ! lança Doris avec entrain.

Des expressions joyeuses s'affichèrent aussitôt sur les visages de ses collègues. L'homme décrocha le téléphone et composa un numéro, la femme se mit à remuer de la paperasse.

— Passons dans la salle de réunion…

Doris conduisit ses clients dans l'autre pièce, plus exiguë encore, presque totalement occupée par une table de salle à manger. Elle ferma la porte derrière eux tandis qu'ils s'asseyaient.

— Bon, comme vous le savez, le prix de départ est de cent dix, attaqua-t-elle.

— C'est un peu élevé, estima Barry.

— Surtout pour une maison aussi laide, ajouta Maureen.

— Il faudrait faire beaucoup de travaux…

— Revoir complètement l'intérieur…

— Je comprends, dit Doris en riant. Et si je vous proposais cent ?

— Et si on vous proposait quatre-vingt-quinze ?

— Je dois vous prévenir : rien ne garantit que le vendeur est prêt à baisser son prix. Mais laissez-moi donner quelques coups de fil et voir ce que nous pouvons faire…

Elle indiqua une cafetière et une pile de gobelets en plastique posés sur une étagère basse à l'autre bout de la pièce.

— Prenez un café, si vous voulez. Je reviens tout de suite.

Barry attendit qu'elle soit sortie et qu'elle ait refermé la porte pour murmurer :
— On irait jusqu'à combien ?
Maureen soutint son regard.
— J'aime cette maison.
— Ce n'est pas cher, même à ce prix-là.
Il se leva, se mit à aller et venir.
— Mais c'est une décision importante, poursuivit-il. Est-ce qu'il faut se précipiter comme ça ? Nous devrions peut-être attendre quelques jours, réfléchir...
— Nous avons déjà réfléchi. Et ça fait un moment que nous cherchons. C'est exactement le genre d'endroit que nous voulons, et tu l'as dit toi-même, le prix est correct. Si on réussit à le faire baisser encore...
Barry regarda par la petite fenêtre.
— Tu as raison.
Il se servit un café, but une gorgée, fit la grimace.
— Ils vont faire quelle contre-proposition, d'après toi ?
Maureen haussa les épaules.
— Aucune idée. J'espère qu'après la séance de marchandage, nous obtiendrons au moins un rabais de quatre ou cinq mille.
Barry retourna s'asseoir à la table pour attendre avec Maureen le retour de Doris.
Quelques minutes plus tard, on frappa à la porte et Doris entra.
— J'ai appelé le vendeur, dit-elle, je lui ai proposé quatre-vingt-quinze...
— Et ? fit Barry.
Doris eut un grand sourire.
— Marché conclu.

2

Avant toute chose, Barry s'occupa de la chaîne stéréo. Il n'avait pas l'habitude du calme, de ne plus entendre les voitures, les sirènes, les cris des vedettes de football en herbe — les bruits d'une grande ville le samedi —, et le silence de la campagne le rendait nerveux. En plus, ce serait agréable d'écouter de la musique en déballant les affaires, et il installa les divers éléments de la chaîne tandis que les autres continuaient à sortir les caisses du camion et de la camionnette.

Il avait gardé de vieux disques en vinyle de ses années de faculté et il mit un air sur lequel tous tomberaient d'accord — *Thick as a Brick*, de Jethro Tull —, monta le volume et dirigea les enceintes vers la porte avant de ressortir.

— Whaooo! s'écria Dylan avec un sourire radieux. De la musique planante!

Maureen roula des yeux, enfonça son coude dans les côtes de Barry en retournant dans la maison, les bras chargés d'une pile de vêtements.

— Merci, grogna-t-elle.

Elle n'était pas ravie que Jeremy et Chuck aient laissé leurs femmes en Californie, ni que Dylan soit venu, mais ils avaient choisi de louer un semi-remorque plutôt que de faire appel à des déménageurs et jamais ils n'auraient pu tout charger et décharger à eux deux.

Jeremy tira un pack de six de la glacière dans sa camionnette à présent presque vide.

— Du carburant pour les gros bras! brailla-t-il. Venez pendant que c'est froid!

Tous les autres firent une pause tandis que Barry rattrapait le temps perdu en s'attaquant au camion : lampes, fauteuils, cartons de vaisselle. Restée à l'intérieur, Maureen essayait de trouver la caisse contenant les marmites, les casseroles et les boîtes de soupe qu'elle avait l'intention de réchauffer pour le déjeuner.

Debout dans l'allée, Dylan, Jeremy et Chuck avaient fini leur bière et lançaient les boîtes vides dans la camionnette.

— C'était ça qu'il nous fallait, commenta Chuck.

— T'es sûr que t'en veux pas une? cria Jeremy.

Barry secoua la tête et Jeremy referma le couvercle de la glacière.

— Cool! s'exclama Dylan. Regardez ça!

Il désignait la boîte aux lettres de la maison, le modèle rural arrondi avec drapeau rouge, fiché sur un pied d'un mètre de haut. Comme les autres, il n'en avait probablement jamais vu ailleurs qu'au cinéma et Barry regarda son ami s'approcher de la boîte, lever et baisser le petit drapeau, puis se pencher et ouvrir la porte de métal.

Il fit un bond en arrière.

— Nom de Dieu!

— Qu'est-ce qu'il y a? demanda Barry en le rejoignant d'un pas rapide.

Dylan ne répondit pas mais Barry put se faire une opinion par lui-même. On avait fourré un chat mort dans la boîte, la tête et les pattes tordues vers l'extérieur, la fourrure tachée de sang, grouillante de fourmis. Une ligne de ces insectes pénétrait dans le trou vide qui avait été l'œil droit de l'animal. L'odeur était écœurante et Barry recula lui aussi en se bouchant le nez.

Jeremy et Chuck apparurent derrière lui, regardèrent à l'intérieur de la boîte.

— Des gosses, sûrement, hasarda Chuck.

Jeremy secoua la tête et émit un sifflement.

— Plutôt malades, tes gosses.

Barry regarda autour de lui pour vérifier que sa femme était toujours dans la maison et s'empressa de refermer la boîte aux lettres.

— Pas un mot à Maureen, surtout. Elle aurait la trouille. Je nettoierai plus tard. Je ne veux pas la stresser pour notre premier jour ici.

Chuck et Jeremy acquiescèrent d'un hochement de tête tandis que Dylan saluait.

— A vos ordres, chef.

— Allez, on termine.

A eux trois, ils parvinrent à sortir les gros meubles — canapés, commodes, lits —, en jurant haut et fort lorsqu'ils durent manœuvrer pour faire passer les plus volumineux par la porte d'entrée. Ils s'arrêtèrent pour déjeuner, — soupe et crackers — sur la terrasse supérieure, se remirent ensuite au travail, mais le chat mort continuait d'occuper les pensées de Barry. Il ne savait pas trop comment il allait s'y prendre pour sortir l'animal de la boîte aux lettres : elle était trop étroite pour qu'il puisse y glisser une pelle, et il ne voyait pas d'autre moyen qu'enfiler une paire de gants de caoutchouc. Il ne savait pas si le chat mort était porteur de germes, ni si manipuler un cadavre en putréfaction risquait de les propager, et il décida de s'en occuper plus tard dans l'après-midi, avec l'aide d'un de ses amis, tandis que les autres tiendraient Maureen éloignée.

Mais Maureen resta avec eux tout le reste de la journée, portant les caisses les plus légères, sautant dans le camion pour choisir ce qui irait dans la maison et ce qui partirait pour la remise, leur indiquant la place de chaque meuble.

Ils s'efforcèrent de trouver aux choses les plus lourdes leur emplacement définitif, et empilèrent simplement le reste contre les murs en veillant à laisser des passages pour circuler quand les caisses occupèrent aussi le centre des pièces. Le mobilier des anciens propriétaires acquis avec la maison fut entassé dans les deux petites chambres. Ils le vendraient plus tard chez eux, et ce qui ne trouverait pas acquéreur irait à Good Will ou à l'Armée du Salut. Maureen dit à Dylan, Chuck et Jeremy qu'ils pouvaient prendre sans problème tout ce qu'ils voulaient.

Les caisses et les meubles qui restaient, ils les portèrent en ville, au garde-meubles où Barry avait loué un emplacement. Maureen ne les accompagna pas parce qu'il n'y avait pas assez de place pour cinq dans la cabine du camion. Un vieux type revêche coiffé d'une casquette Deer-o Paint les laissa franchir la grille de l'entrepôt et ils garèrent le camion devant la porte métallique cabossée portant l'inscription «espace 21» puis déchargèrent rapidement. En refermant la porte à clef, Barry sentit dans les muscles de ses jambes et de ses bras une gêne sourde qui, il le savait, exploserait en douleur franche le lendemain. Cela faisait longtemps qu'il ne s'était pas livré à un travail physique aussi éprouvant, et entre la mise en caisses des jours précédents et le déchargement d'aujourd'hui, il avait déjà mal au cou et au dos.

— L'heure d'une Miller! claironna Jeremy.

Il avait emporté sa glacière, placée à ses pieds dans la cabine ; il en ouvrit le couvercle et commença à lancer les bières.

Barry décapsula la boîte qu'il avait attrapée et avala une longue gorgée. Les trois autres l'imitèrent pour célébrer la fin d'une journée longue et fatigante. Chuck regarda le paysage autour de lui et demanda à Barry :

— Pourquoi l'Utah ? D'accord, c'est beau et tout ce que tu veux, mais merde, c'est loin de tout, ici. Qu'est-ce que tu vas faire, au milieu de nulle part ?
— La même chose qu'en Californie : écrire.
— Tu sais très bien ce que je veux dire.
Barry haussa les épaules.
— Je ne faisais pas grand-chose d'autre, de toute façon. Pour nous, une grande virée, c'était le restaurant et le cinéma.
— Tu l'as peut-être pas remarqué, mais il n'y a pas de cinéma, ici.
— Il y a un vidéo-club. Et on peut toujours pousser jusqu'à Cedar City en cas de besoin. Ce n'est qu'à deux heures en voiture et il y a des cinémas, une université, un festival Shakespeare, à peu près tout ce que tu veux.
Il finit sa bière et poursuivit :
— Ce n'est pas le plus important. Maureen et moi sommes ici parce que c'est l'endroit où nous avons envie de vivre, le genre d'environnement où nous voulons passer le reste de notre vie. Nous ne rajeunissons pas, tu sais. Il est temps de songer à quelque chose de stable. Il est temps de commencer à planter des racines.
— Tes racines sont en Californie.
— Nous avions envie d'une transplantation.
Jeremy remua les pieds d'un air embarrassé.
— Côté fric, ça va ? Tes bouquins te rapportent assez ?
— Ouais. Et Mo travaillera aussi, de toute façon.
Dylan eut un reniflement de mépris.
— Dans ce bled ? Où ? A la station-service ?
— Elle peut accrocher sa plaque pratiquement n'importe où et trouver du boulot dans le fiscal. En plus, pas mal de ses vieux clients lui resteront fidèles, alors elle ne partira pas de rien.

— Fidèles ? Ils traverseraient trois Etats pour garder leur comptable ? Je sais qu'elle est forte mais...
— Fax. E-mail. Téléphone. Mo n'a pas besoin de rencontrer réellement ses clients pour connaître leur situation financière, répondit Barry avec un sourire. C'est l'âge du télétravail, vieux. Mets-toi un peu au parfum.
Chuck secoua la tête.
— Tu crois vraiment que tu te plairas dans une petite ville ?
— C'est le rêve des yuppies, conclut Barry en riant.

Ils dînèrent ce soir-là dans un grill-room de Corban où ils étaient les seuls clients et où la serveuse ressemblait au personnage de Flo dans la vieille série télévisée *Alice*. Ils burent beaucoup, discutèrent de politique et de culture. Maureen reprocha à Jeremy et à Chuck d'avoir laissé leurs femmes à la maison, la privant ainsi d'alliées féminines, qui lui faisaient pour l'heure cruellement défaut.
De retour à Bonita Vista, ils s'organisèrent pour la nuit. Les anciens lits avaient été démontés et seul celui de la grande chambre était en place. Ils décidèrent que Dylan, Chuck et Jeremy dormiraient par terre dans le coin salle à manger, la seule partie de la maison qui n'était pas totalement envahie par le bric-à-brac tiré des caisses.
Jeremy, toujours prévoyant, avait emporté un sac de couchage, mais pas Chuck et Dylan, et ils passèrent vingt minutes à pousser les cartons et les meubles sur le côté, à chercher dans les caisses des couvertures et des oreillers.
— Dormez bien, leur souhaita Maureen une fois qu'ils furent tous installés. Et ne vous laissez pas bouffer par les punaises.
— Y a des punaises ? s'alarma Chuck.
— On ne sait pas encore quel genre de bestioles il y a dans le coin, répondit-elle joyeusement. Bonne nuit !

Le lendemain matin, Barry fut tiré du sommeil par des bruits en haut. Il se leva sans réveiller Maureen, enfila rapidement son jean et monta à la salle à manger où Jeremy était en train de rouler son sac de couchage tandis que Chuck et Dylan mettaient leurs chaussures.
Barry bâilla, jeta un coup d'œil en direction de la cuisine.
— Désolé, j'ai pas pensé au petit déjeuner. J'aurais dû acheter des petits pains ou des *doughnuts*, hier.
— T'en fais pas pour ça, dit Jeremy avec un geste de la main. On mangera un morceau sur la route. Il faut qu'on parte, de toute façon.
Pour la première fois, l'idée vint à Barry qu'il s'écoulerait peut-être un long moment avant qu'il ait l'occasion de revoir ses amis. Il se sentit soudain triste mais d'une étrange tristesse, tempérée par le sentiment que son ancienne vie était finie et qu'une autre commençait.
— Vous voulez prendre une douche, les gars ?
Chuck secoua la tête, sourit.
— Pour quoi faire ? On est entre nous.
Jeremy souleva son sac de couchage.
— Tu diras au revoir à Mo de notre part.
— Dites-le vous-mêmes.
Barry se retourna pour voir Maureen au pied de l'escalier, emmitouflée dans son peignoir de bain.
— Salaud, tu ne m'aurais même pas réveillée.
— Désolé.
Elle s'écarta pour laisser Jeremy, Chuck et Dylan descendre dans le séjour.
— A plus tard, les gars. Merci infiniment de votre aide. C'était vraiment sympa.
— Pas de problème, assura Jeremy.
— Venez nous voir quand vous voudrez, vous serez les bienvenus. Même toi, Dylan.

— Ça fait un peu loin pour moi, s'esclaffa-t-il, mais merci. C'est l'intention qui compte.
— Vous avez tout ? s'enquit Barry.
— J'avais rien amené et c'est resté dans la camionnette, dit Chuck.
Barry suivit ses amis dehors et Maureen leur cria, du pas de la porte :
— Au revoir ! Bon voyage ! Soyez prudents sur la route !
— Vous comptez rouler d'une traite jusqu'à Brea ? demanda Barry.
— Je pense qu'on va se prendre un jour de congé. J'ai envie de m'arrêter à Vegas sur le chemin du retour...
Barry plongea la main dans la poche droite de son jean, trouva le billet de cinq qu'il y avait glissé après avoir récupéré la monnaie au restaurant, la veille.
— Pendant que tu y es, joue un Keno pour nous deux, on partagera les gains.
— D'accord.
Jeremy lança son sac de couchage à l'arrière de la camionnette et ferma le hayon. Aucun d'eux n'était porté sur les embrassades, mais les circonstances semblaient réclamer plus qu'un salut de la main et un rapide au revoir et ils restaient plantés là, gênés, ne se décidant pas à se séparer mais n'osant pas partager ensemble un moment d'émotion sincère.
— Bon, marmonna Chuck, se dandinant d'un pied sur l'autre. Je crois qu'il faut y aller.
— Ouais, approuva Jeremy.
Dylan hocha la tête.
— Merci encore, les gars, dit Barry. Je vous suis vraiment reconnaissant.
Il se tourna vers sa femme, qui se tenait toujours sur le pas de la porte, et ajouta :
— Maureen aussi.
— C'est à ça que ça sert, les amis, répondit Jeremy.

Les amis.

Barry prit conscience que dans ce domaine il devrait repartir de zéro. Mo et lui ne connaissaient pas âme qui vive dans un rayon de huit cents kilomètres, et ils n'avaient aucune famille dans les Etats voisins.

Jeremy et Dylan montèrent dans la camionnette, Chuck grimpa dans la cabine du semi-remorque. Barry, qui lui en avait remis les clefs la veille, ainsi que les papiers de location, passa la tête par la vitre.

— Tu n'as pas à le rendre avant jeudi et le kilométrage est illimité, alors, si tu as besoin de transporter quoi que ce soit, n'hésite pas.

— J'y manquerai pas.

— Appelle-moi quand tu l'auras rendu. Et envoie-moi la facture, que je puisse vérifier que l'agence ne m'arnaque pas.

— Entendu, chef.

Jeremy fit démarrer la camionnette, passa la tête par la portière.

— Bonne chance !

— T'en auras besoin, ricana Dylan.

Barry coula un regard à la boîte aux lettres et pensa au chat mort qui y était toujours. Il s'avança jusqu'au bord de l'allée et agita la main tandis que Maureen leur faisait au revoir du seuil de la maison.

Il regarda les deux véhicules descendre la colline et continua à fixer la rue bien longtemps après que la camionnette de Jeremy eut disparu et que le grondement du moteur du semi-remorque se fut éteint.

3

Ils tinrent leur brocante dès le week-end suivant, mirent une annonce dans l'hebdomadaire local, le *Corban Weekly Standard*, et passèrent tout le vendredi à déterminer le prix des meubles et des ustensiles de cuisine entassés dans les deux petites chambres. Ils gardèrent quelques objets — un radioréveil, un saladier à punch, une lampe à pétrole —, mais la plupart des choses laissées par les anciens propriétaires étaient horribles et ils n'avaient qu'une envie : s'en débarrasser. Barry aurait voulu attendre un peu pour avoir le temps de faire le tri, voir s'il n'y avait pas des choses qu'ils pourraient utiliser, mais Maureen avait fait valoir à juste titre qu'ils n'avaient de place ni dans la maison ni au garde-meubles pour toutes ces horreurs. Plus tôt ils s'en débarrasseraient, plus tôt ils pourraient commencer à s'installer pour de bon.

— Rien au-dessus de dix dollars, recommanda Maureen à Barry, qui inscrivait un prix sur une table en Formica. Le but, c'est de faire le vide, pas de l'argent.

— Oui, lieutenant.

Le samedi matin, ils se levèrent avant l'aube et commencèrent à installer la marchandise, les plus petits objets sur deux tables métalliques pliantes qui étaient aussi à vendre, le reste sur l'asphalte de l'allée. Les meubles, ils les placèrent de manière à barrer l'accès à la terrasse inférieure et aux marches menant à la porte d'entrée.

Bien que la petite annonce précisât clairement que la vente ne commencerait pas avant sept heures, des voitures et des camions se garèrent devant la maison deux heures avant. A l'intérieur, des silhouettes visibles dans la semi-clarté de l'aube, penchées sur un plan, lisant le journal, buvant du café tenu au chaud dans une bouteille Thermos. Une femme obèse portant un immense cabas en toile descendit même de sa voiture et remonta l'allée dans l'intention d'examiner la marchandise, mais Maureen, qui collait des étiquettes sur un balai et un seau qu'elle avait trouvés dans le placard de la cuisine, déclara fermement que la vente était prévue à sept heures et ne commencerait pas une minute plus tôt.

La femme et les autres attendirent patiemment et Barry avait peine à croire que tous ces meubles affreux, ces objets inutiles dont ils voulaient se défaire, pour rien si nécessaire, pouvaient intéresser les gens à ce point.

Un miaulement aigu lui fit baisser les yeux vers un chat noir qui se frottait contre sa jambe.

– Salut, Barney, dit-il en se baissant pour le caresser. Comment tu vas ?

L'animal ronronna.

Barney était apparu sur la terrasse du bas au milieu de la semaine en manifestant sa présence par des miaulements sonores et Maureen lui avait donné du lait et ouvert une boîte de thon. Il avait l'air affamé et, reconnaissant, était resté après avoir englouti la nourriture, traînant autour de la maison, se frottant à leurs jambes en ronronnant chaque fois que l'un d'eux sortait. Il se servait du genévrier du jardin comme d'une échelle pour passer d'une terrasse à l'autre, dormait sur le paillasson de la porte d'entrée. Barry l'avait baptisé Barney, comme le meilleur ami de Fred dans *La Famille Pierrafeu*, et l'animal semblait répondre à ce nom.

Ce qui signifiait qu'il était devenu leur chat, supposait Barry.

Il tourna la tête vers la boîte aux lettres, dont le métal luisait dans les premiers rayons du soleil, et pensa à l'autre chat.

Le chat mort.

Il avait jeté le cadavre pendant que Maureen prenait sa douche, le dimanche soir. Les bras à l'intérieur d'un grand sac poubelle, il avait glissé les mains dans la boîte aux lettres, saisi le chat mort, l'avait tiré à l'extérieur. Puis il avait retourné le sac, nettoyé rapidement l'intérieur de la boîte avec une éponge imbibée de détergent qui avait rejoint le chat et il avait jeté le tout à la poubelle, sous la terrasse du bas, avant de rentrer prestement se laver les mains dans la salle de bains du haut et s'asseoir sur le canapé. Il allumait le poste de télévision au moment où Maureen était montée pour préparer le dîner.

Deux jours plus tard, Barney avait fait son apparition.

Il n'y avait apparemment aucun rapport entre les deux bêtes.

L'animal mort était blanc, Barney était noir. Mais leur nouveau chat lui rappelait constamment l'incident, et quand le courrier commença à arriver, en milieu de semaine, et que Barry prit l'habitude d'aller le prendre, dans l'après-midi, il se surprit chaque fois à penser à la carcasse sanglante, aux fourmis trottinant dans l'orbite vide.

Il ne pouvait s'empêcher de se demander pourquoi il n'avait pas parlé à sa femme du chat mort. Maureen n'était pas une fleur délicate, l'incident n'était pas quelque chose qu'elle n'aurait pu supporter. Dans le couple, c'était elle qui écrabouillait les bestioles, elle qui tuait les insectes qui se risquaient dans la maison. Elle aussi qui découpait les poulets en morceaux pour le barbecue, qui vidait les poissons.

Elle était probablement d'une constitution plus robuste que lui.
Alors pourquoi lui avait-il caché l'histoire du chat ?
Pourquoi continuait-il à la lui cacher ?
Il n'en savait rien.
Il s'assit sur une chaise pliante derrière l'une des tables et ouvrit les rouleaux de pièces de monnaie qu'il était allé chercher le jeudi à la banque, les mit dans une boîte. Barney s'enroula autour de son pied en ronronnant.
Maureen retourna à l'intérieur faire du café pendant qu'il réglait des détails de dernière minute et revint bientôt lui apporter un *doughnut* et une tasse de déca.
Le soleil était levé et une foule se pressait dans la rue. Barry regarda sa montre, jeta un coup d'œil à Maureen et fit signe aux gens d'entrer. Il fut sidéré par la frénésie soudaine que déclencha son geste et, pendant le reste de la matinée, il eut toutes les peines du monde à faire front tandis que les curieux allaient et venaient, n'achetant rien, pour la plupart. Certains soulevaient un objet, essayaient d'obtenir un rabais sur le prix indiqué. Un vieil homme acheta tous les outils qui étaient à vendre ; une femme emporta tous les ustensiles de cuisine. Une autre fit un chèque pour la salle à manger tapageuse, déclara que son mari passerait plus tard avec un camion, revint au bout d'une demi-heure et demanda à récupérer son argent.
L'homme à la tablette arriva juste après dix heures.
Le jardin était plein de chasseurs de bonnes affaires, mais l'homme se distinguait d'eux par son manque d'intérêt total pour la vente. Grand et mince, avec l'expression guindée et les vêtements de marque décontractés d'un *yuppie* pur jus, il semblait s'intéresser davantage à la maison, à leur voiture et aux gens qui déambulaient dans l'allée.
Barry se tourna vers Maureen et attira son attention. Elle l'avait remarqué, elle aussi.

Au bout d'un moment, l'homme cessa d'écrire sur sa tablette et, sans un sourire, porta les yeux sur Barry.
— C'est votre maison ?
— Oui. Je suis Barry Welch. Que puis-je faire pour vous ?
— Je suis Neil Campbell, de l'association des propriétaires de Bonita Vista. Je vous dresse un procès-verbal.
— Un procès-verbal ?
— Les brocantes, ventes de charité, ventes de toutes sortes sont interdites à Bonita Vista. Le règlement est parfaitement clair sur ce point.
— Je l'ignorais, répondit Barry. Personne ne m'a prévenu.
— Vous n'avez pas reçu votre exemplaire des E-C-R ?
— Je ne sais même pas ce que c'est.
L'homme eut un sourire crispé.
— Passe pour cette fois, puisque vous n'avez pas encore reçu votre E-C-R, mais à l'avenir, vous veillerez à respecter les mêmes règles que nous tous.
Il nota quelque chose sur sa feuille et ajouta :
— Je proposerai au Bureau de ne pas vous infliger d'amende mais de vous adresser simplement un blâme par écrit. Cela devrait satisfaire les plus pointilleux.
Campbell eut un autre bref sourire, comme pour suggérer qu'il faisait partie des membres les plus indulgents de l'association, mais Barry n'aurait pas misé gros là-dessus.
Une femme voulut alors payer une paire de coussins roses, un adolescent tendit un billet pour un pouf et le temps que Barry encaisse et rende la monnaie, Campbell avait disparu.
— Qu'est-ce qu'il voulait ? demanda Maureen.
— Apparemment, nous sommes en infraction avec les arrêtés de l'association des propriétaires. Ce type était là pour rédiger un procès-verbal et nous coller une amende, mais finalement nous nous en tirons avec un avertissement.
— Une amende ? Qu'est-ce que ça veut dire ? Ils peuvent faire ça ?

— Je ne sais pas. Je crois que nous allons devoir nous renseigner.

— J'ai su que cette association était une mauvaise nouvelle dès qu'on nous en a parlé. Tu te rappelles Donna et Ed, à Irvine ? Ils ne pouvaient même pas installer un panneau de basket sur leur garage. J'espérais que ce serait différent ici. Doris avait dit que l'association s'occupait seulement de paver les rues et d'entretenir les fossés.

— Elle travaille pour une agence immobilière et elle essayait de nous vendre la maison. Tu t'attendais à quoi, franchement ?

— Quelle idiote je fais !

Les gens arrivèrent ensuite par vagues. Des creux de dix minutes, puis quatre voitures débarquaient au même moment et l'allée était envahie de parents et d'enfants qui se mettaient à fouiller dans les caisses. Quand la plupart des meubles eurent été vendus et que les clients commencèrent à se faire rares, Maureen rentra et laissa Barry s'occuper seul de ce qui restait.

C'est pendant un des creux qu'un type corpulent et âgé monta l'allée et se pencha sur un carton de bric-à-brac. L'air aimable, le teint rougeaud, il avait une épaisse moustache blanche et des lunettes métalliques rondes de grand-mère. Après un rapide coup d'œil au contenu du carton, il s'approcha de la table de Barry.

— Salut, dit-il, vous venez d'emménager ?

— Le week-end dernier, répondit Barry.

L'homme sourit.

— Z'avez déjà eu la visite de l'association ?

- Ouais, confirma Barry.

L'homme eut un rire, tendit la main.

— Je suis votre voisin, Ray Dyson. Ennemi juré de l'association des propriétaires de Bonita Vista.

— Je m'appelle Barry Welch, dit Barry en serrant la main tendue.

Deux voitures se garèrent dans la rue. Trois femmes âgées descendirent de l'une, de l'autre sortit un homme à l'air fatigué, accompagné d'un adolescent maigrichon en combinaison. Barry les regarda puis ramena son attention sur son nouveau voisin.

— Alors, vous n'êtes pas non plus un fan de l'association ?
— C'est le moins qu'on puisse dire.
— Dieu merci. Au moins, nous ne sommes pas les seuls.
— Oh ! loin de là. Il y a pas mal de propriétaires qui se sont heurtés à ces crétins. La plupart sont trop intimidés pour protester mais ils vous soutiennent moralement, je peux vous l'assurer.
— La plupart des gens que j'ai vus aujourd'hui semblaient sympathiques…
— Ils ne sont pas de Bonita Vista, ils viennent de la ville. Vous ne trouverez personne d'assez courageux à Bonita Vista pour enfreindre le règlement en assistant à une brocante chez un voisin… A part moi, ajouta Dyson avec un gloussement.

Barry tourna de nouveau la tête vers les deux voitures.
— Mais comment ils ont franchi la grille, alors ?
— Quelqu'un l'aura enfoncée hier soir. Elle reste ouverte en attendant d'être réparée. Ça arrive à peu près tous les mois. Un entrepreneur en bâtiment ou un couvreur qui fait des travaux ici oublie le code, s'énerve et pète la grille…

Ray Dyson désigna de la tête les autres acheteurs.
— C'est la seule raison pour laquelle ils sont là. Si tout était normal, et la grille en parfait état, vous auriez attendu des heures et des heures devant vos caisses sans voir personne.
— A part vous.
— A part moi.

Barry soupira.

— Nous venons d'arriver, nous n'avons même pas encore fini de déballer. Je ne veux me fâcher avec personne. Nous devrions peut-être nous tenir un moment à carreau, essayer de voir le bon côté de l'association et espérer qu'elle ne nous embêtera pas.

— Le bon côté de l'association ? ricana Ray. Ça n'existe pas. Et ces salauds ont tellement l'habitude d'imposer leur volonté qu'ils ne font même pas semblant d'être sympa. Le problème, c'est que les tribunaux leur donnent toujours raison. Une fois, j'ai menacé l'association de poursuites et j'ai découvert qu'aucun avocat ne voulait se charger de mon affaire parce qu'elle n'avait aucun fondement juridique. Moi, ça me semble contraire à la Constitution, mais les associations de propriétaires ont apparemment le droit d'exiger votre adhésion, de vous contraindre à observer leurs normes, et même de s'introduire chez vous pour les imposer. C'est d'autant plus paradoxal que nous sommes dans ce qu'on appelle un Etat du « droit au travail », ce qui veut dire que même si vous travaillez dans une entreprise où il y a une majorité de syndiqués, vous n'êtes pas obligé de faire partie du syndicat. Ici, c'est exactement le contraire.

Ray se pencha en avant.

— Au cas où vous ne l'auriez pas deviné, je suis un ancien syndicaliste.

— D'où êtes-vous ? demanda Barry. A l'origine, je veux dire. Je suppose que vous n'êtes pas de Corban ?

— Du New Jersey. Je m'occupais de transit. A ma retraite, nous sommes venus dans l'Ouest à cause de mon asthme. En plus, ma femme a de la famille à Salt Lake City.

— Mais vous vous plaisez ici ? Dans l'ensemble ?

Il haussa les épaules.

— Oui, bien sûr. Le paysage est magnifique, on a quatre saisons par an, je vis dans une grande maison et j'ai rencontré plein de gens agréables, je me suis fait des tas d'amis. C'est un endroit merveilleux pour y passer sa retraite...

— Mais?

— Mais l'association est beaucoup trop envahissante, elle s'introduit partout. C'est la faute du Bureau. Il est composé de vieux types qui se mêlent de tout, qui ne savent pas quoi faire de leur temps et prennent leur pied en harcelant les gens, en fouinant partout. Ils vous ont envoyé qui, ce matin?

— Je ne sais pas. Il s'est présenté mais j'ai oublié son nom.

— Plutôt jeune? Cheveux courts? L'air pointilleux?

— Ça lui ressemble, oui.

— Campbell, dit Ray avec un hochement de tête. Il est nouveau, il est arrivé l'année dernière mais c'est un vrai lèche-bottes. Il espère se faire élire au Bureau quand l'un des vieux claquera.

— Si l'association est si mauvaise que ça, pourquoi les propriétaires n'élisent-ils pas un nouveau Bureau? Ou pourquoi ne la dissolvent-ils pas tout simplement?

— Je me suis peut-être mal fait comprendre. Il y a effectivement des gens comme moi qui ne les aiment pas mais nous sommes une minorité. La plupart des propriétaires sont contents d'avoir une association. Ils souhaitent vivre dans une résidence sécurisée où le règlement est strictement appliqué. Bienvenue à Bonita Vista, conclut Ray avec un sourire.

— Super, grommela Barry.

— Et vous, qu'est-ce que vous faites dans la vie?

— Je suis écrivain.

Les sourcils épais se froncèrent.

— Vraiment?

— J'écris des romans d'épouvante. Comme Stephen King, vous voyez.

— Stephen King, hein?

— Enfin... pas exactement. J'ajoute cette précision pour que les gens comprennent. Avant, je me contentais de dire « romans d'épouvante » et les gens me voyaient comme un auteur de science-fiction ou de polars, mais je ne fais ni dans la SF ni dans le roman policier. La comparaison avec Stephen King clarifie au moins ce point.

— Un écrivain, c'est formidable. Je ne crois pas que nous ayons déjà eu de véritable écrivain, ici. Où est-ce que je peux trouver vos livres ?

— Je doute que vous puissiez les trouver dans le coin, répondit Barry en riant. Mais dans la plupart des grandes chaînes, oui. Je vous donnerai un exemplaire du dernier la prochaine fois qu'on se verra.

— Dédicacé ?

— Bien sûr.

Ray se pencha de nouveau en avant.

— Vous savez, ça pourrait jouer en votre faveur. J'en parlerai à tout le monde, je dirai que vous êtes une célébrité, un écrivain riche et célèbre. Ça incitera peut-être le Bureau à vous laisser tranquille.

— Vous croyez ?

— Je peux toujours essayer.

Barry opina du chef.

— Ne vous gênez pas pour mentir. Dites-leur que je *suis* Stephen King, tant que vous y êtes. Tout ce que vous voudrez pour que je ne les aie pas sur le dos.

— Je ne vous garantis rien, mais je répandrai la nouvelle. Je repasserai vous voir plus tard dans la semaine, quand vous serez installés.

— Content d'avoir fait votre connaissance, Ray, assura Barry.

Elle arriva le lendemain dans leur boîte aux lettres. La *Déclaration d'Engagements, Conditions et Restrictions de l'Association des Propriétaires de Bonita Vista,* soit les E-C-R promis. Plus épais que l'annuaire téléphonique de Corban, ce document parfaitement relié comptait près de cent pages de texte à un seul interligne, dans un jargon juridique indigeste. Barry s'installa pour le lire, parvint au milieu de la première page, bâilla et le lança à Maureen.

— Tiens, un peu de lecture hautement distrayante.

Elle le feuilleta rapidement, le laissa tomber sur une caisse.

— Ça a l'air assez complet, estima-t-elle. Ce qui signifie sans doute que nous aurons du mal à trouver des échappatoires.

— Dieu merci, je suis un auteur riche et célèbre qui sera traité avec déférence et ne sera pas tenu d'observer les règles mesquines qui s'appliquent au commun des mortels.

— On peut toujours rêver, fit-elle en riant.

— C'est dans une chanson, ça...

Il se précipita vers la chaîne stéréo, mit un vieil album d'Aerosmith, monta le volume, tendit les bras, et ils se mirent à danser entre les caisses et les meubles au rythme de la musique de leur adolescence.

4

Engagements, Conditions et Restrictions
de l'Association des Propriétaires de Bonita Vista

Article III, Règles concernant les terrains (usages et interdictions), section 3, paragraphe A : Aucune brocante ou vente d'aucune sorte n'est autorisée sur ou à partir d'une des parcelles de la Résidence.

5

Maureen n'était pas certaine d'aimer Bonita Vista. Elle ne l'avouerait jamais à Barry et ce n'était pas, d'ailleurs, un sentiment bien défini, plutôt la vague impression que leur environnement n'était pas aussi favorable qu'elle l'avait espéré.

Cela tenait en partie à la lettre morveuse qu'ils avaient reçue de l'association au sujet de leur brocante. Rédigée dans un style officiel et cependant clairement sentencieuse, elle déclarait qu'ils avaient enfreint les E-C-R, qui interdisaient formellement toute brocante et vente dans la résidence. Ils seraient excusés cette fois-ci, poursuivait la lettre, parce qu'ils ignoraient le règlement de Bonita Vista, mais à l'avenir, une telle infraction serait passible d'une amende.

Ce n'était pas que la lettre. Il y avait autre chose.

Seulement, Maureen ne savait pas quoi.

En apparence, tout allait bien. Les quelques personnes qu'elle avait vues marcher ou faire leur jogging sur la route semblaient aimables, le cadre était superbe et, malgré tous les travaux qui restaient à faire, elle aimait leur maison.

Sauf que...

Sauf que tous ces facteurs ne donnaient pas le résultat escompté. Les voisins agréables, l'environnement magnifique, la maison parfaite restaient des éléments séparés, sans lien entre eux. Et l'ensemble constituait moins que la somme de ses parties.

Elle se refusait toutefois à en parler à Barry, elle ne voulait pas gâcher son plaisir évident par des impressions sans fondement.

D'ailleurs, ces sentiments s'estomperaient probablement.

Ils passèrent les week-ends suivants à travailler dans la maison : repeindre, poser du papier peint, transformer la grotte sombre de leurs prédécesseurs en un foyer clair, spacieux, convenant à leurs propres meubles et rendant justice au paysage époustouflant qui s'étendait de l'autre côté de leurs vastes baies vitrées. Ils arrachèrent les lambris là où c'était possible, couvrirent le reste de papier, remplacèrent les épais doubles rideaux marron par des mini-stores blancs, décollèrent la moquette tachée et moisie des salles de bains, sablèrent et poncèrent les parquets qu'ils trouvèrent dessous. Maureen avait apporté de Californie la plupart de ses plantes, même celles dont elle savait qu'elles ne survivraient pas à l'hiver, et une fois les palmiers nains et les ficus installés, une fois les fougères et les paniers suspendus mis en place dans les coins et près des fenêtres, la maison paraissait deux fois plus belle.

Ce fut Barry qui découvrit l'enveloppe cachetée dans la grande chambre.

Il était en train de peindre l'intérieur du placard et époussetait l'étagère du haut avant d'y appliquer son pinceau quand il s'arrêta tout à coup et dit :

— Qu'est-ce que c'est que ça ?

Maureen, qui peignait l'encadrement de la fenêtre près du lit, leva les yeux vers lui.

— Quoi ?

Il s'approcha, tenant une enveloppe de format commercial

couverte de poussière et portant la mention *Aux nouveaux propriétaires*. Elle la lui prit. Il y avait manifestement quelque chose à l'intérieur, un document ou une lettre, et Maureen la tint devant la fenêtre, comme pour tenter d'en deviner le contenu à contre-jour.

— Qu'est-ce qu'on doit faire, d'après toi ? demanda Barry.
— Je ne sais pas. Tu crois qu'elle nous est destinée ?

Il haussa les épaules.

— C'est nous, les nouveaux propriétaires. Encore que ce truc semble être là-haut depuis pas mal de temps.
— On l'ouvre, décida Maureen.

Elle déchira un coin de l'enveloppe, l'ouvrit avec son ongle. Elle contenait une note griffonnée à l'encre noire, une écriture d'homme brouillonne et pressée sur du papier à lettres blanc ordinaire.

Nous ne partons pas d'ici de notre plein gré. Il faut que vous le sachiez. On nous chasse de notre maison. Cela pourrait vous arriver aussi. Pour vous protéger, prenez note de TOUT ! Noms, dates, témoins. Ils le font, eux, ils gardent trace de tout. Vous feriez bien d'en faire autant.

Surtout, qu'ils ne voient pas cette lettre. Brûlez-la après l'avoir lue.

Le texte n'était ni signé ni daté et Maureen leva les yeux vers Barry quand elle eut fini de lire. Le message était confus, il n'avait pas beaucoup de sens, mais le ton quasi paranoïaque lui donnait de la gravité et de l'urgence, malgré la couche de poussière qui recouvrait l'extérieur de l'enveloppe. Elle éprouvait un sentiment de malaise.

— Qu'est-ce que c'est ?

Interdit, Barry secoua la tête.

— Je ne sais pas.

— Je ne pense pas que c'était à notre intention. De toute évidence, c'était sur l'étagère depuis longtemps.
— C'est peut-être des gosses qui l'ont laissé là. Tu sais, quand nous étions petits, ma sœur et moi, nous avons enfoui une fausse carte au trésor avant de quitter Napa dans l'espoir que celui qui la déterrerait plus tard y croirait et se mettrait à chercher le trésor. C'est peut-être quelque chose comme ça. Une farce.
— Peut-être, dit Maureen d'un ton dubitatif.
— Sinon, qu'est-ce que c'est, à ton avis ?
— Je n'en ai aucune idée. Mais ça me paraît tout à fait sérieux. Je ne dis pas que nous devons le prendre au pied de la lettre, mais apparemment, l'auteur de ce message était on ne peut plus sincère et s'efforçait de transmettre des informations qu'il jugeait importantes.

Barry lui prit la lettre, la parcourut rapidement.
— Bon, qu'est-ce qu'on en fait ?
— Jette-la, répondit-elle.

C'était stupide, elle le savait, cela relevait de la pure superstition, mais avoir chez eux cette mise en garde mal écrite l'effrayait un peu.
— Elle est vieille, elle n'est peut-être même pas pour nous, argua-t-elle. Aucune raison de la garder.

Barry approuva de la tête.
— Ouais, tu as raison.

Il chiffonna l'enveloppe et la lettre, les jeta dans le sac poubelle qui occupait le centre de la pièce, sur le parquet.
— Curieux, marmonna-t-il en retournant au placard, très curieux.

Cette découverte mise à part, les travaux se déroulèrent sans histoires. L'altitude et le travail manuel conjugués les épuisaient et les conduisaient au lit chaque soir bien avant leur heure habituelle, mais leurs journées étaient bien remplies, ils avançaient et la maison prenait forme.

Dehors, ils débroussaillèrent, coupèrent les branches mortes des arbres et plantèrent des fleurs et des arbustes que Maureen acheta à l'unique pépinière de Corban, un petit commerce familial jouxtant la station Shell. Sous la terrasse inférieure, Barry dénicha une brouette en bon état et une partie d'une charrue ancienne que Maureen plaça stratégiquement sur le carré de terre battue proche de l'allée afin de donner au devant de la maison un aspect plus rustique.

C'était leur quatrième vendredi dans leur nouvelle demeure et ils avaient travaillé sur la partie en pente du terrain, côté nord de la maison, et revenaient en voiture de la décharge quand Ray Dyson leur fit signe. Le vieil homme descendait la colline pour sa petite promenade de l'après-midi. Barry ralentit, baissa sa vitre.

— Salut, Ray !

— Barry ! Maureen... Est-ce que ça vous dirait de dîner chez nous ce soir ? Liz et moi serions ravis.

Barry se tourna vers sa femme, qui baissa les yeux sur ses vêtements sales, les gants de travail qu'elle avait jetés sur le plancher de la Suburban. Elle secoua la tête.

— Une autre fois, peut-être, répondit Barry en souriant.

— Allez, ce sera à la bonne franquette, insista Ray. Venez comme vous êtes, si vous voulez, vous vous laverez les mains à notre évier. Pas de cérémonie entre nous. Liz prépare un baquet de sa sauce pour spaghettis, alors ce serait bien de vous avoir.

Il regarda Maureen par l'espace libre qui séparait Barry du volant.

— Ça vous évitera de faire à manger ce soir. Pas de cuisine, pas de vaisselle. Venez, on passera un bon moment.

C'était tentant, elle devait le reconnaître ; aussi, quand Barry l'interrogea de nouveau des yeux, elle acquiesça :

— D'accord.
— Formidable ! Vous viendrez vers quelle heure ?
— Qu'est-ce que vous préférez ?
— Six heures ?
— Très bien, dit Barry.
— Vous connaissez notre maison, hein ? Celle en séquoia qu'on aperçoit de la route. 1212 Ridge Road. Le numéro est sur la boîte aux lettres.
— Nous trouverons.
— A six heures, alors, dit Ray, qui les salua de la main et reprit sa marche sur la colline.

Barry avait projeté de s'attaquer à une souche qu'il fallait déterrer mais l'après-midi s'avançait et comme ils étaient tous deux fatigués, ils rentrèrent. Maureen prit un bain en bas tandis qu'il se douchait en haut. Il eut fini bien avant elle et quand elle sortit de la salle de bains, fraîche et habillée, elle le trouva profondément endormi sur le canapé, devant un reportage de CNN.

Elle éteignit le poste, choisit quelques magazines sur la table basse et monta lire sur la terrasse pour le laisser se reposer.

Ils quittèrent la maison à six heures moins le quart. Barry voulait prendre la voiture, mais c'était le début d'un somptueux coucher de soleil et la maison de Ray était proche.

— Sors de ton état d'esprit californien, lui dit Maureen. Pas besoin de la voiture chaque fois qu'on va quelque part. Surtout par une journée magnifique comme celle-ci…

— Tu as raison, admit Barry. L'habitude…

Malgré tout le travail en extérieur de la semaine, Maureen et lui étaient encore dans une forme physique pitoyable et ils haletaient en gravissant la colline vers la maison de Ray. Ils ralentirent dans les derniers mètres pour reprendre haleine et firent finalement halte au bord de l'allée de gravier des Dyson.

— Bon Dieu, geignit Barry. Ça vous tue, l'altitude.
Elle lui prit la main, le tira en avant.
— Viens. J'ai le gosier desséché. Plus vite on arrivera, plus vite on aura quelque chose à boire.

Plusieurs fois Ray avait interrompu sa promenade pour bavarder avec eux quand ils travaillaient dans le jardin, mais c'était leur première rencontre avec son épouse. Liz Dyson était une femme âgée et menue, dont les manières sophistiquées semblaient mal assorties à un Ray plus terre à terre, mais quelques minutes avec eux suffirent à Maureen pour comprendre qu'ils se complétaient en fait parfaitement.

Après le bavardage obligé des présentations, Liz leur offrit à boire et Ray leur fit faire la visite des lieux.

Qui étaient spectaculaires.

La maison des Dyson semblait sortie d'un magazine de décoration. Maureen croyait avoir chez elle une vue magnifique, mais ce n'était rien, comparé à celle de ses hôtes. Le soleil n'était pas encore tout à fait couché et un ciel rouge feu illuminait des centaines de kilomètres de forêts et de canyons; de petites lueurs opalescentes indiquaient dans le paysage les ranchs au toit de tôle, les cabanes de mineurs et les moulins à vent. En bas, la ville de Corban était noyée dans l'ombre des collines avoisinantes, et des lumières clignotaient dans les bâtiments du centre. C'était un panorama à couper le souffle qui surpassait toutes les photos de cartes postales que Maureen eût jamais vues. L'alignement de fenêtres qui constituait le mur sud de la salle de séjour et donnait sur cette vue extraordinaire s'incurvait avec grâce en un demi-cercle presque parfait. La pièce elle-même était meublée de tables et de fauteuils en pin rustique, d'un canapé imprimé et d'une souche recouverte d'une plaque de verre en guise de table basse.

Ils passèrent dans la cuisine, immense, avec un gril d'intérieur inséré dans un îlot de dalles mexicaines, entre le réfrigérateur et l'évier. Une grande baie vitrée donnait sur un jardin en espaliers. Une énorme marmite de sauce de spaghettis mijotait sur la cuisinière et toute la pièce embaumait l'ail, l'oignon et les épices.

La chambre principale, la chambre d'amis et le bureau étaient meublés avec goût et sobriété, et Maureen se demanda où les Dyson mettaient toutes leurs... affaires. Où étaient les bibelots, les photos de famille, les objets personnels racontant leur passé? Avaient-ils simplement jeté en venant ici ce qu'ils avaient accumulé durant toute une vie dans l'Est? Barry et elle avaient plus de souvenirs dans une seule pièce que les Dyson dans toute leur maison, et Maureen avait peine à croire que ce vieux couple accueillant pût être aussi peu sentimental.

Il ne lui appartenait cependant pas d'en juger et, en revenant à la salle de séjour, elle les complimenta sur la beauté de leur maison.

— Merci, répondit Liz avec un sourire aimable.
— C'est sûrement mieux qu'Hackensack, commenta Ray.

Il tapota le bras de Maureen, fit signe à Barry de venir voir son nouveau poste de télévision grand écran et les deux hommes se mirent à discuter d'électronique tandis que Maureen suivait Liz à la cuisine.

La vieille femme prit à un crochet de la porte du cellier un tablier à carreaux et Maureen ne put retenir un sourire. Hormis au cinéma et dans les programmes matinaux de la télé, elle n'avait jamais vu quelqu'un porter vraiment un tablier et le geste lui parut d'un charme désuet.

Liz remua la sauce de spaghettis en lui demandant :
— Vous avez un travail ou vous êtes femme d'intérieur à plein temps?
— Je suis comptable.

Le visage de la femme de Ray s'éclaira.
— Vraiment? Moi aussi. J'étais vérificatrice de comptes

dans le New Jersey. Chez Doyle, Bell & McCammon. Pendant trente ans. Quelle est votre spécialité?

— Les impôts, mais je m'occupe aussi de paies et de comptes d'exploitation.

— Ça alors, une comptable, dit Liz en secouant la tête. Ce sera agréable de discuter avec quelqu'un qui parle la même langue.

Maureen se faisait exactement la même réflexion. Elle trouvait Liz sympathique et se sentait rassurée de voir que la première femme dont elle faisait la connaissance dans l'Utah n'était pas une paysanne arriérée mais une femme agréable et intéressante. Elle avait imaginé qu'elle devrait feindre de s'intéresser aux lotos de la paroisse ou aux feuilletons à l'eau de rose pour trouver quelqu'un à qui faire la conversation, et cette rencontre avec une femme non seulement intelligente mais ayant une expérience semblable à la sienne était pour elle un soulagement.

Liz alla au réfrigérateur, y prit une laitue et divers sachets en plastique remplis de légumes et Maureen lui proposa son aide. Elle reçut pour tâche d'éplucher les concombres, et les deux femmes, côte à côte devant le long comptoir, préparèrent la salade du dîner, du «souper», comme disait Liz.

Elles échangèrent des banalités, sujets sans problèmes abordés par deux personnes faisant connaissance et évitant de froisser une sensibilité inconnue. Malgré la différence d'âge, elles avaient pas mal de points communs — le jardinage, la lecture, la chaîne Home & Garden —, et Maureen se sentit en confiance. Elle interrogea Liz sur leurs prédécesseurs, les gens qui habitaient la maison avant que Barry et elle ne s'y installent, mais Liz répondit qu'elle ne les connaissait pas bien. Personne en fait ne les connaissait bien. Ils n'étaient pas restés longtemps, moins de neuf mois, et ils n'étaient pas très liants. Ils étaient venus et repartis sans laisser de traces et la maison était ensuite restée vide pendant plus d'un an.

La famille qui les avait précédés, c'était autre chose. Les Haslam, un couple avec deux fils, étaient des pionniers de Bonita Vista, des gens connus et estimés, et leur départ avait provoqué un certain émoi. Ils étaient partis subitement en pleine nuit et n'avaient jamais repris contact avec leurs anciens voisins, ce qui ne leur ressemblait pas du tout, en particulier pas à Kelli, la mère, que Liz avait bien connue. Maureen songea que ce départ précipité collait avec le ton paniqué du message qu'ils avaient trouvé dans le placard et elle entreprit d'en parler à Liz. Ray entra à cet instant pour remplir son verre et celui de Barry et fronça les sourcils en écoutant Maureen raconter leur découverte.

— Ce n'est pas le genre de Ted et Kelli, dit-il lorsqu'elle eut fini.

— Non, pas du tout, confirma Liz. Mais Maureen a raison, ça cadre avec leur disparition. Ou du moins, c'est quelque chose que des gens s'enfuyant en pleine nuit pourraient écrire. Vous avez gardé la lettre ?

— Non, répondit Maureen, j'ai demandé à Barry de la jeter. Je n'en voulais pas dans la maison.

— Tu crois que Ted aurait pu faire quelque chose... d'illégal ? demanda Ray à sa femme.

Elle haussa les épaules.

— Tu es mieux placé que moi pour le savoir. J'étais proche de Kelli et des enfants mais je ne connaissais pas très bien Ted.

— Il était dans l'informatique, expliqua Ray. Il travaillait dans une entreprise sous contrat avec le ministère de la Défense, débogage de systèmes, ce genre de choses. Il ne passait pas beaucoup de temps chez lui, il était tout le temps à Salt Lake City.

Il finit de remplir les verres et les emporta en disant :

— Ce genre de boulot rendrait n'importe qui paranoïaque, je suppose.
— Ce n'est pas parce que vous êtes parano qu'il n'y a pas quelqu'un qui cherche à vous avoir, fit Liz.
— Qui ?
— Je ne sais pas. Le gouvernement ? Ted vendait peut-être des secrets d'Etat...

Maureen se tourna vers Liz au moment où Ray quittait la cuisine, visiblement sceptique.

— Mais pourquoi Ted ou sa femme auraient-ils cherché à nous prévenir, nous ? S'il avait les autorités sur le dos parce qu'il avait enfreint la loi, cela ne mettait aucunement en danger les occupants suivants de la maison...
— Oui, c'est étrange.

Elles finirent de préparer la salade et allèrent rejoindre les hommes dans le séjour.

— Qu'est-ce que vous diriez d'organiser une petite soirée ? proposa Liz en s'asseyant sur le canapé. Pour vous présenter à quelques-uns de nos voisins. De nos voisins *normaux*.

Maureen échangea un regard avec Barry avant de répondre :

— C'est une bonne idée. Nous ne connaissons personne ici, à part Ray et vous. Ce serait agréable de rencontrer des gens.
— Bien, je m'en occupe.

Liz téléphona le lendemain pour demander si la soirée pouvait avoir lieu le jour suivant.

— Nous ne faisons pas de manières, ici, et presque tous les résidents sont libres le soir : je ne sais pas si vous l'avez remarqué, mais l'Utah n'a pas une vie nocturne trépidante, alors, si vous êtes d'accord, on pourrait faire une petite fête à la fortune du pot demain soir pour vous souhaiter la bienvenue à Bonita Vista.

— Ce serait très bien.

Maureen proposa d'apporter les boissons non alcoolisées et Liz répondit qu'elle se chargerait du reste avec les autres invités. Il leur suffirait de venir à six heures.

Le lendemain soir, Maureen et Barry montèrent de nouveau chez les Dyson, chargés cette fois de bouteilles. Il y avait plusieurs voitures garées dans l'allée et Barry, comme elle s'y attendait, commença à ronchonner, comme quoi il était crevé et avait envie de quitter la soirée de bonne heure. Elle s'arrêta net.

— On reste jusqu'à ce que je dise que c'est l'heure de rentrer, déclara-t-elle. Nous avons l'occasion de prendre un bon départ, de nous faire des amis, de connaître nos voisins, je ne veux pas que tu fasses ton ours comme d'habitude. La prochaine fois, tu pourras te défiler, mais aujourd'hui, nous allons faire bonne impression.

Il parut sur le point de discuter, mais l'expression de Maureen dut le convaincre de sa détermination car il poussa un soupir.

— D'accord, capitula-t-il. Je me conduirai bien et nous resterons tant que tu voudras.

En définitive, il s'amusa beaucoup et tint à rester jusqu'au bout. Ray et Liz avaient judicieusement choisi leurs invités et la maison accueillait un échantillon varié de gens âgés, de jeunes, de couples, de célibataires. Presque tous avaient des horreurs à raconter sur l'association des propriétaires, des accrochages qu'ils avaient eus avec des membres tatillons du Bureau, et Barry, tout à fait dans son élément, fulmina contre l'autoritarisme et le conformisme, exhortant tout le monde à former un bloc électoral pour renverser la direction actuelle de l'association.

Ils rentrèrent chez eux fatigués, heureux et un peu ivres.

C'était une nuit sans lune et le ciel noir brillait de plus d'étoiles que Maureen n'en avait vu de sa vie.
Elle aimait bien les Dyson, ils étaient gentils. Et la plupart des autres personnes présentes semblaient gentilles, elles aussi.
Mais elle n'était toujours pas certaine d'aimer Bonita Vista.

6

Barry se sentait coupable. Jamais il n'était resté aussi longtemps sans écrire et, s'il pouvait attribuer au déménagement et aux travaux ce premier mois d'inactivité littéraire, la dernière semaine sans rien faire était entièrement de sa faute. Il avait lu, regardé C-Span et CNN, quelques vieux films d'horreur qu'il avait enregistrés et n'avait pas encore eu le temps de voir... et il n'avait pas écrit une ligne.

Il ne craignait pas la crampe de l'écrivain, il n'avait pas peur d'être à court d'idées, mais le rythme n'était pas là, cette rigueur qu'il s'imposait depuis qu'il était devenu auteur à plein temps, et il avait du mal à reprendre le collier après une interruption aussi longue. Il fallait pourtant qu'il s'y remette, il le savait — il devait rendre son prochain livre dans six mois et il n'avait encore rien écrit —, mais pour le moment il en était parfaitement incapable. C'était comme s'il était encore en mode vacances, comme si son cerveau ou son corps, n'ayant pas encore compris qu'il habitait une nouvelle maison, attendait de rentrer en Californie pour se remettre au travail.

Il tria le courrier, mit de côté les factures, jeta sans même les ouvrir les publicités et les offres de crédit. Pas de droits d'auteur, mais le chèque devait arriver d'un jour à l'autre.

Un petit magazine de presse et deux cartes postales annonçant la sortie de romans d'épouvante étaient arrivés le matin même. Il leur jeta un coup d'œil avant de les mettre aussi à la poubelle puis lut le magazine. Il contenait plusieurs nouvelles, quelques critiques de films sortis depuis longtemps et de nombreuses lettres à la rédaction provenant de confrères attaquant ou défendant une étoile montante qui avait apparemment fait des remarques désobligeantes sur Internet à l'encontre d'un des vieux routiers de l'épouvante. Les lettres étaient toutes au vitriol et Barry secoua la tête devant la petitesse de ces querelles intestines.

C'était la raison pour laquelle il ne fréquentait pas beaucoup les autres écrivains, évitait soigneusement les séminaires, congrès et autres rassemblements professionnels.

Le seul écrivain avec qui il eût des relations était Phillip Emmons, un auteur de romans à suspense qui l'avait pris sous son aile lors de l'unique salon du roman d'horreur auquel il eût assisté, parce qu'il avait particulièrement aimé le premier livre de Barry, *Le Départ*. Ils étaient restés en contact épistolaire et Phillip avait été pour lui une sorte de mentor : il l'avait aidé à choisir un nouvel agent, il lui avait révélé qu'il s'était fait escroquer par le biais d'un contrat portant sur plusieurs livres, il lui avait conseillé de protéger les droits électroniques aussi bien que cinématographiques de ses œuvres. Barry admirait les romans de Phillip mais aussi l'homme lui-même et, dans de nombreux domaines, il cherchait à être son émule.

Il se rappelait la façon dont Phillip avait fait front à des critiques virulentes un jour qu'ils dédicaçaient ensemble leurs livres dans une librairie du centre de Los Angeles, peu après le salon. La foule autour d'eux s'était clairsemée et une femme d'âge mûr et mal fagotée, le visage plissé d'amertume, s'était approchée de la table et avait sommé Phillip de lui dire pourquoi il écrivait sur des sujets aussi dégoûtants avec un tel luxe de détails. Il irait droit en enfer, l'avait-elle informé, s'il continuait à pondre des saletés qui corrompaient ses lecteurs et toute la société. Dieu n'approuvait pas sa conduite.

Phillip l'avait regardée calmement.

« Le Seigneur a jugé bon de faire de moi un homme riche et heureux, avait-il réparti. Il a fait de vous une créature grotesque et misérable. Si vous aviez été plus amène, Il vous aurait mieux traitée, mais de la façon dont je vois les choses, il me semble qu'Il vous a manifesté clairement Son déplaisir. Alors, allez vous faire foutre et cessez de m'importuner. »

Se tournant vers Barry, il avait ajouté :

« Les voies de Dieu sont impénétrables. Impénétrables. »

Barry n'aurait jamais pu réagir de cette façon mais, bon sang, c'était cool, et son admiration pour Phillip s'en était trouvée accrue d'autant.

Ils avaient ensuite discuté de Dieu et Phillip avait déclaré, sérieusement cette fois, qu'il croyait en Dieu mais pas en la religion.

« La Bible est l'œuvre de Dieu. Pourquoi ne pourrais-je pas la lire moi-même et laisser Dieu s'adresser directement à moi ? Pourquoi devrait-il y avoir un interprète entre nous ? Ce n'est que ça, la religion organisée : un tampon entre Dieu et moi. Désolé, mais ma foi n'a pas besoin de bureaucrates pour l'administrer. En outre, chaque fois que tu poses à l'un de ces cinglés de fondamentalistes une vraie question, il est incapable d'y répondre. Demande à un prêtre pourquoi ta mère est morte d'un cancer ou pourquoi ton petit garçon s'est fait renverser par une voiture, tu obtiendras en réponse "C'est la volonté de Dieu", ou "Les voies du Seigneur sont impénétrables"... Autrement dit, ils ne savent pas. En revanche, ils savent que Dieu veut que tu votes pour les républicains, qu'Il est contre l'augmentation des impôts, pour celle du budget de la Défense, et qu'Il déteste la marijuana bien qu'Il l'ait Lui-même créée...»

Phillip disait des choses sensées, c'était un type intelligent. Il était aussi généreux de son temps et aidait quelques autres jeunes auteurs en plus de lui, et Barry avait souvent pensé que s'il y avait plus d'auteurs aussi sincères, aussi modestes, aussi peu imbus de leur image, le monde du roman d'épouvante s'en porterait beaucoup mieux.

Il reposa le magazine au moment où Maureen descendait avec une brassée de paperasse.

— J'ai fini. L'ordinateur est à toi.
— Non, tu peux le garder. Je vais plutôt lire cet après-midi.
— Je croyais que tu devais te remettre à écrire.
— Peut-être demain, dit-il. Je m'y remettrai peut-être demain.

Le grésillement du fax de Maureen le réveilla.

Clignant des yeux, il regarda sa montre et fut surpris de voir qu'il était presque huit heures. Le jour qui s'insinuait par les fentes des mini-stores semblait trop pâle encore pour qu'il soit si tard. Il poussa du coude sa femme allongée près de lui.

— Lève-toi. Il est huit heures.
— Q-quoi? bredouilla-t-elle en ouvrant un œil.
— Il est huit heures!

Plus que le coude de Barry, ce fut l'appel du fax qui incita Maureen à quitter le lit et à affronter la journée. Barry se tourna sur le côté et regarda les fesses nues de sa femme qui se dirigeait à petits pas vers la salle de bains. Même après toutes ces années de vie commune, elle était encore sacrément belle, et si elle n'avait pas eu tant de choses à faire ce matin-là, si le fax ne lui enjoignait pas de s'y atteler sans tarder, il l'aurait persuadée de revenir se coucher et de consacrer l'heure suivante à de vilaines et cochonnes activités qui étaient probablement tout sauf légales dans l'Utah.

Au lieu de quoi il se leva, se glissa dans son jean et monta faire du café. Il sortit la boîte de croquettes et releva les stores du panneau de verre coulissant dans l'intention de servir son petit déjeuner à Barney sur la terrasse d'en haut, mais le chat était invisible. Barry redescendit dans la chambre où Maureen, déjà habillée, faisait le lit, mais quand il leva là aussi les stores, il ne vit toujours pas trace du chat.

— Tiens, fit-il.
— Quoi?
— Je n'arrive pas à trouver Barney.
— Je t'avais dit qu'on devrait le laisser dormir dans la maison. Il y a des coyotes, des sconses et je ne sais quoi dans le coin. Assure-toi qu'il n'a rien.

Barry sortit, secoua la boîte de croquettes.
— Barney! appela-t-il.
Rien.
— Barney?

Aucun bruit dans les buissons ni dans l'arbre dont le chat se servait comme d'une échelle entre les deux terrasses. Plissant le front, Barry descendit les marches de bois et alla sur le devant de la maison.

Il se figea sur place.

Les fleurs qu'ils avaient plantées avaient été arrachées et jetées dans l'allée entre la Suburban et la Toyota. Des roses déracinées jonchaient l'asphalte, des géraniums et des impatientes aux pieds encore pris dans leur motte de terre recouvraient le capot blanc de la Suburban. Des bulbes d'iris parsemaient l'allée comme des balles de golf sur un terrain d'entraînement.

Quelqu'un s'était introduit dans leur propriété pendant la nuit et avait saccagé leur jardin nouveau-né, anéanti tout leur travail. Sa première réaction fut la colère. Il eut envie de casser la gueule de celui qui avait fait ça. Mais il se mêla très vite à sa colère un sentiment d'inquiétude, parce que si c'était probablement l'œuvre de gosses... *Plutôt malades, ces gosses...* il ne pouvait s'empêcher de se sentir troublé par le fait que c'était leur maison qui était l'objet de ce vandalisme, qu'on les avait spécifiquement choisis pour cible. Son regard passa aux autres endroits qu'ils avaient fleuris et il découvrit que tout ce qu'ils avaient planté avait été arraché ou piétiné. On eût dit que leur jardin avait été frappé par un mini-ouragan qui n'avait épargné que les pins et les manzanitas.

Et toujours pas trace de Barney.

Il tourna la tête vers la boîte aux lettres.

L'estomac noué, il contourna la Suburban, s'approcha de la boîte et s'arrêta, puis tendit le bras et ouvrit la porte métallique arrondie.

Il n'y avait rien à l'intérieur.

Soulagé de s'être trompé, il retournait vers la maison dans l'intention d'appeler Maureen pour lui montrer les dégâts quand il aperçut une tache noire pelucheuse parmi les tiges vert clair et les pétales magenta jetés sur l'allée entre les voitures.

Il sut aussitôt ce que c'était mais s'approcha quand même et se pencha pour examiner la tache de plus près.

Barney.

Le chat gisait sur des plantes arrachées, fixant de ses yeux morts le pare-chocs de la Toyota. Une écume blanche coulait de sa bouche sur l'asphalte où elle formait déjà une flaque irrégulière. Sans être un expert, il aurait pu parier que l'animal avait été empoisonné et il rentra précipitamment dans la maison, tira Maureen de ses fax pour l'entraîner dehors.

— Mon Dieu, murmura-t-elle. Qui a fait ça ?

Barry secoua la tête : il n'en avait pas la moindre idée. Ils ne connaissaient personne d'autre à Bonita Vista que Ray,

Liz et les gens qu'ils avaient rencontrés à la soirée, et si son instinct lui soufflait que c'était probablement un acte de vandalisme perpétré au hasard par des adolescents morts d'ennui en quête de sensations, il n'aurait su dire pour autant s'ils étaient de la ville ou de la résidence.
Plutôt malades, ces gosses.
— Tu crois qu'il faut... appeler la police ?
— Absolument, dit Maureen d'un ton rageur. Je veux que ces crétins soient poursuivis. Nous avons dépensé près de cent dollars pour ces plantes, sans parler de notre travail. Et ils doivent payer pour la mort de Barney. Enfin, quel monstre faut-il être pour empoisonner un petit animal sans défense ?

Barry était de son avis. Ils n'avaient pas adopté Barney depuis assez longtemps pour être vraiment tristes de l'avoir perdu, mais ils étaient furieux de ce qui s'était passé, et lui aussi voulait que justice soit faite. Son indignation, amplifiée par la colère de Maureen, chassa le trouble qu'il avait ressenti.

Comme il n'y avait pas de poste de police à Corban, il appela le bureau du shérif pour signaler l'acte de vandalisme et, vingt minutes plus tard, une Dodge beige portant une étoile peinte sur les portières s'engagea dans l'allée. L'adjoint qui en descendit n'était pas le stéréotype du péquenaud auquel il s'attendait mais un jeune homme efflanqué et dépourvu d'assurance qui semblait encore en âge de fréquenter le lycée.

Barry et Maureen s'avancèrent à sa rencontre.
— Je suis Wally Addison, se présenta-t-il.

Il s'efforçait d'avoir une allure pleine d'autorité, mais il n'avait ni le visage ni les années requis. Prenant une tablette métallique sur le siège avant de la voiture, il poursuivit :
— Si j'ai bien compris, vous avez été victimes de vandales

sur votre propriété. Vous avez besoin de déposer plainte pour l'assurance ?
— Non, répondit Maureen. Nous voulons que ceux qui ont fait ça soient pincés.
— Pincés ?
Barry fronça les sourcils.
— Bien sûr.
— Je serai franc avec vous, reprit l'adjoint. Y a beaucoup de vandalisme par ici, des gens qui tirent sur les panneaux de stop, qui renversent des vaches, qui déglinguent des boîtes aux lettres, etc., et à moins d'avoir un témoin, on retrouve presque jamais les coupables.
Maureen le regarda d'un air calme.
— Qu'est-ce que vous voulez dire ? Que vous n'allez même pas essayer ?
— Non, non, on fera tout ce qu'on peut pour les choper. Je voulais juste vous prévenir que les chiffres sont pas en notre faveur.
— Nous nous fichons de votre palmarès, répliqua Maureen. Nous attendons de vous que vous retrouviez celui qui a tué notre chat et saccagé notre jardin et que vous l'arrêtiez.
— Bien sûr, m'dame. Bien sûr. Maintenant, si vous pouviez me donner quelques informations...
Barry raconta en détail sa découverte de Barney. Maureen déclara qu'elle l'avait vu pour la dernière fois après le dîner, quand elle lui avait donné un reste de poulet sur la terrasse du haut. Ni l'un ni l'autre n'avait eu de problème avec un voisin, ni l'un ni l'autre n'avait vu rôder d'individu suspect. Ils ne voyaient personne qui ait pu leur en vouloir, aucune raison pour qu'on les prenne pour cible.
L'adjoint nota leur déposition consciencieusement et dit, avec un coup d'œil hésitant à Maureen, qu'il s'agissait probablement d'un acte commis au hasard par des adolescents.

Mais les services du shérif feraient tout pour élucider l'affaire, s'empressa-t-il d'ajouter. Il remit à Barry une copie carbone de son rapport ainsi qu'une carte avec son numéro de bipeur et promit de les appeler dès qu'il aurait du nouveau.

Ray apparut avant le départ de l'adjoint et resta discrètement à l'écart jusqu'à ce que la voiture beige ait repris le chemin de la ville. Maureen retourna dans la maison et Barry rejoignit Ray.

— J'ai vu le gars arriver de ma fenêtre. Qu'est-ce qui se passe ?

— Regarde par toi-même, répondit Barry avec un geste circulaire de la main. Quelqu'un a empoisonné notre chat et arraché les fleurs de Mo.

— Et tu as appelé le shérif ?

— Bien sûr. Qu'est-ce que tu voulais que je fasse ?

— C'est-à-dire, est-ce que le shérif ou ce type t'ont dit qu'ils allaient se bouger ?

— Pardon ?

— Les services du shérif sont connus pour... pour prendre le parti de l'association des propriétaires dans ses différends avec les particuliers.

— Tu penses que c'est quelqu'un de l'association qui a tué notre chat ? fit Barry, incrédule.

— Je n'affirme rien. Sache seulement que le règlement interdit tout animal de compagnie à Bonita Vista.

Ray inclina la tête, leva les yeux vers Barry.

— Tu comprends ? Pas d'aboiements. Je ne sais pas si tu l'as remarqué, mais il n'y a aucun animal dans la résidence. Ni chiens, ni chats, ni hamsters, ni poissons rouges.

— Mais...

— C'est dans les E-C-R.

Barry songea au chat mort dans la boîte aux lettres et conclut qu'il ne pouvait écarter totalement cette possibilité.

— Oui, mais les fleurs, alors ? C'est du vandalisme, ça, pas une application du règlement...

— Eh bien, sache également que tu es censé obtenir l'accord du comité architectural avant toute modification du paysage, énonça Ray.

Barry n'y croyait pas, pas vraiment, mais l'idée fit courir un frisson le long de son échine. Se pouvait-il que des membres de l'association se soient introduits chez eux en pleine nuit, pendant qu'ils dormaient, pour empoisonner leur chat et ravager leur jardin ?

Il se rappela Neil Campbell, le type à la tablette, et là aussi l'hypothèse ne lui parut plus si invraisemblable.

— Mais les gens n'accepteraient pas une chose pareille, si ? Enfin... je veux dire... même dans un endroit comme l'Utah, *surtout* dans un endroit comme l'Utah ! Les gens d'ici sont plus... individualistes, ils ne doivent pas adorer les associations de propriétaires...

— Pour des gens hostiles à l'administration et aux règlements de toutes sortes, ils marchent plutôt bien dans toutes ces salades d'associations. La plupart d'entre eux sont membres de la NRA[1] et montent sur leurs grands chevaux dès qu'on propose timidement une loi sur les armes à feu, mais ça ne leur pose aucun problème de convoquer un propriétaire devant l'un de leurs foutus comités s'il veut élaguer un arbre ou planter des fleurs. Dans son propre jardin !

— La NRA, hein ?

— Ne te laisse pas impressionner. J'en ai mis un à la porte le mois dernier. Ils jouent aux durs quand ils envoient des circulaires ou tiennent une réunion, mais d'homme à homme, c'est des gonzesses, si tu me passes l'expression.

— Pourquoi ils t'embêtaient ?

---

1. La National Rifle Association, qui défend la vente libre des armes à feu. *(N.d.T.)*

— J'ai construit une remise. Elle n'est même pas visible de la rue, mais quelqu'un m'a sans doute vu décharger le matériel de mon camion et m'a dénoncé. C'est comme le IIIe Reich, ici. Tout le monde est un indic.

— Ray ! Barry !

Barry tourna la tête vers la rue où Frank Hodges, l'un de ceux dont il avait fait la connaissance chez Ray, se dirigeait vers eux en agitant la main.

— J'ai vu la voiture du shérif. Qu'est-ce qui se passe ?

Barry raconta de nouveau son histoire et Frank secoua la tête d'un air compatissant.

— D'après Ray, les animaux sont interdits dans la résidence.

— Ouais, confirma Frank. L'association ne veut pas...

Il s'interrompit, plissa le front.

— Attendez un peu. Vous ne pensez pas que...

Barry désigna les dégâts de la main.

— Nous nous demandons si ça n'est pas... délibéré.

Frank secoua la tête.

— Ce sont des cons, des abrutis, mais ils ne feraient pas une chose pareille. La destruction de biens est la dernière chose qu'ils approuveraient. Le problème, avec l'association, c'est qu'elle est trop stricte sur l'entretien de la résidence, sur le respect des normes auxquelles tout le monde devrait se conformer. Jamais ils ne vandaliseraient délibérément une propriété de Bonita Vista. Ils feraient plutôt venir quelqu'un pour retourner le jardin et vous enverraient la note, mais ils ne le saccageraient pas.

Barry s'attendait à ce que Ray le soutienne, mais le vieil homme restait silencieux, avec une expression indéchiffrable.

Tout le monde est un indic.

Il regarda Frank.

Lui aussi ?

Au lieu de lui exposer clairement ses doutes, de chercher à s'en faire un allié, Barry hocha la tête distraitement et dit :

— Oui, vous avez probablement raison.

Puis il annonça aux deux hommes qu'ils pouvaient rester s'ils le voulaient, voire l'aider, mais qu'il devait se mettre au boulot : il fallait tout nettoyer.

— Prenez des photos d'abord, suggéra Frank. C'est probablement couvert par l'assurance de la maison.

— Bonne idée. Merci.

Ray et Frank le quittèrent et il les suivit un moment des yeux avant d'aller prendre une pelle pour enterrer Barney.

7

Engagements, Conditions et Restrictions
de l'Association des Propriétaires de Bonita Vista

Article III, Règles concernant les terrains (usages et interdictions), section 3, paragraphe C : Aucun animal, poisson, volaille ou autre, n'est autorisé sur quelque parcelle que ce soit. Aucun propriétaire ne peut enlever ou planter de buissons, d'arbres ou de plantes sans avoir obtenu au préalable l'autorisation écrite de l'Association. Aucun travail, amélioration, altération ou autre, modifiant l'aspect extérieur d'une propriété, ne peut être effectué sans l'approbation préalable du Comité Architecture.

8

L'acclimatation fut plus facile qu'elle ne l'aurait pensé. Maureen avait craint de devenir folle en travaillant chez elle plutôt que dans un bureau, communiquant avec ses clients uniquement par téléphone, e-mail ou fax, mais en fait, ce fut une libération. Sa vie professionnelle s'en trouva réduite à l'essentiel et elle adorait ça. Elle pouvait maintenant faire une pause dans l'après-midi pour regarder un film ou lire un livre. Si le travail devenait trop frustrant ou trop accablant, elle n'était pas obligée de se faire porter pâle, elle s'arrêtait simplement quelques heures, sortait et s'occupait de son jardin. Certes, elle avait un peu de mal à s'habituer au manque de contacts humains, mais Barry n'était jamais loin et, chaque fois que l'envie l'en prenait, elle pouvait monter chez les Dyson rendre visite à Liz.

C'était une vie agréable et, malgré le saccage de son jardin, ses réserves initiales envers Bonita Vista s'estompèrent au fil des jours.

Comme prévu, le shérif n'avait pas réussi à retrouver le vandale qui avait arraché leurs plantes, mais l'incident ne s'était pas reproduit. Ils avaient replanté d'autres fleurs, et depuis deux semaines tout allait pour le mieux. Même si Barry demeurait à moitié convaincu que l'acte était le fait de l'association des propriétaires, elle-même n'avait jamais accordé beaucoup de crédit à cette hypothèse, et à mesure que les jours et les semaines passaient, elle lui semblait de plus en plus ridicule.

Elle avait pris l'habitude de faire de la marche chaque matin, une promenade de vingt à quarante minutes d'un pas rapide pour se familiariser avec le voisinage, s'habituer à l'altitude et s'imposer un exercice dont elle avait grand besoin. Plus elle explorait Bonita Vista, plus elle l'aimait, plus elle était persuadée qu'ils avaient pris la bonne décision en venant ici. Les maisons, très espacées, étaient toutes bien entretenues, chacune avec sa personnalité, et la vue, dans toutes les directions, était admirable. Si Maureen aimait beaucoup le paysage au sud, ce panorama renversant dans lequel la forêt succédait à des canyons désertiques, où l'horizon était si lointain qu'on percevait l'incurvation de la terre, elle préférait à vrai dire la vue au nord et c'était lorsqu'elle gravissait la colline, face au plateau fortement boisé situé immédiatement derrière Bonita Vista, qu'elle se sentait le plus chez elle, qu'elle avait vraiment l'impression d'appartenir à cet endroit.

Elle descendit d'un pas décidé la rue en pente qui contournait leur colline. Dans ce secteur, la plupart des maisons étaient des lieux de vacances déserts, mais même celles qui étaient occupées toute l'année semblaient vides, leurs occupants étant partis travailler ou faire des courses. De quelque part au loin lui parvenaient un crépitement assourdi de marteaux piqueurs, des bruits de chantier, et çà et là dans les broussailles des chants d'oiseaux résonnaient dans l'air du matin. Hormis cela, le monde était silencieux.

Il n'y avait ni aboiements ni miaulements. Sur ce point, Barry avait raison : les animaux étaient interdits à Bonita Vista, et elle pensa au pauvre Barney, enterré sur le côté est de la maison. Cela avait été agréable d'avoir un chat, même pour quelques semaines, et si elle ne croyait pas que l'association avait quoi que ce soit à voir avec la mort de Barney, elle lui en voulait de ne pas autoriser les animaux de compagnie.

Les maisons se firent plus espacées encore quand la route tourna et s'enfonça dans une étroite bande séparant la colline du plateau. Un grand nombre de parcelles étaient encore à vendre et des panneaux immobiliers rouillés étaient plantés près des piquets blancs portant les numéros des lots. Elle passa devant un bâtiment en A dont une chaîne barrait l'allée, puis devant un chalet en rondins avec un garage pour trois voitures. La route tourna de nouveau et pénétra dans un bois de ponderosas. Là, il n'y avait plus d'habitations, rien que des arbres pressant la route de chaque côté, et bien que ce fût le milieu de la matinée, ils la maintenaient en grande partie dans l'ombre.

Maureen crut voir quelque chose devant elle, une forme immobile qui n'était ni un arbre ni un panneau routier.

Un homme.

Il se tenait sur le bas-côté, sans bouger, et elle se félicita qu'il fût trop loin pour l'entendre reprendre bruyamment sa respiration.

Elle fit halte et se pencha, les mains sur les genoux, comme si elle s'accordait une pause après un long jogging. Elle compta jusqu'à dix puis se mit à courir au petit trot en restant du côté de la route opposé à la silhouette immobile, prête à détaler à toute allure s'il faisait un pas vers elle.

Il n'y a probablement rien à craindre, pensa-t-elle. Toutes ces années à L.A. l'avaient rendue parano. L'homme n'était sans doute qu'un résident de Bonita Vista, l'un de ses voisins sorti faire une promenade. Elle n'avait aucune raison de présumer qu'il représentait un danger.

Mais il demeurait planté là.

On n'est jamais trop prudent, se dit-elle. Continuant à

jouer la comédie du jogging, prête à ignorer totalement l'inconnu ou à lui adresser un sourire amical selon la façon dont il réagirait, elle passa devant lui.

— Va te faire foutre ! lui lança-t-il.

La voix était basse et râpeuse, maladive, et il y avait quelque chose de menaçant non seulement dans les mots mais aussi dans la façon dont il les avait prononcés. Elle eut peur de regarder son visage, peur de ce qu'elle risquait d'y découvrir, et courut plus vite, le cœur battant autant de frayeur que de l'effort fourni.

Elle avisa des maisons devant elle et, qu'il y eût ou non quelqu'un à l'intérieur, elle fut soulagée de se trouver de nouveau à proximité d'habitations. La route escaladait le flanc de la colline et bien que Maureen eût les muscles douloureux et la bouche sèche, elle trouva la force d'augmenter encore son allure en courant vers le sommet.

Elle s'arrêta en haut de la colline afin de reprendre son souffle et tourna la tête pour regarder derrière elle.

L'homme marchait à grands pas vers l'endroit où elle se tenait.

Saisie de panique, Maureen ne pensait plus qu'à une chose : ce type la poursuivait. Il semblait plus effrayant encore au soleil : grand et hirsute, avec une crinière emmêlée, une barbe broussailleuse. Malgré la chaleur, il portait un pardessus de flanelle et de lourdes bottes que, même à cette distance, elle entendait claquer sur la route, absurdement bruyantes dans le silence.

— Va te faire foutre ! cria-t-il à nouveau.

Et il se mit à courir.

Maureen repartit de plus belle, ignorant les protestations des muscles de ses jambes et de ses poumons.

Elle courut jusqu'à la maison des Dyson, vola quasiment par-dessus le gravier de leur allée, frappa furieusement du poing à leur porte en priant Dieu qu'ils soient chez eux. Elle

jeta un coup d'œil derrière elle pour s'assurer que l'homme n'avait pas pénétré dans le jardin à sa suite. Liz ouvrit presque aussitôt et Maureen se précipita à l'intérieur de la maison, referma la porte, chercha le verrou d'une main tremblante, communiquant une partie de son affolement à Liz, qui demanda d'une voix inquiète :
— Qu'est-ce qu'il y a ? Qu'est-ce qui se passe ?
Maureen leva une main, secoua la tête en tentant de reprendre sa respiration puis alla à la fenêtre et regarda dehors. L'homme était sur la route, au bord de l'allée.
— Ce type, là... réussit-elle à articuler. Il me suit.
— Qui est-ce ?
— Je ne sais pas.
Liz fronça les sourcils, scrutant la rue elle aussi.
— Ray est sorti faire les courses. J'appelle le shérif.
— Attendez ! s'exclama Maureen. Regardez !
Dehors, une voiture s'était arrêtée près de l'inconnu et deux hommes en descendaient. Ils s'approchèrent du poursuivant de Maureen, l'un par la droite, l'autre par la gauche.
— C'est Chuck Shea et Terry Abbey, dit Liz, qui quitta la fenêtre et alla ouvrir la porte. Chuck ! Terry !
Ils se tournèrent vers elle.
— Ce type poursuit mon amie Maureen ! J'allais appeler le shérif !
— Faites-le ! répondit le plus grand des deux hommes. Nous, on s'occupe de lui !
Liz passa dans la cuisine où Maureen l'entendit composer un numéro puis raconter ce qui se passait à une personne à l'autre bout du fil. Dehors, Chuck et Terry convergeaient vers l'homme à la barbe, l'empêchant de fuir.
— Allez vous faire foutre ! beugla-t-il.
— Ils arrivent, annonça Liz en revenant de la cuisine.
Elles n'eurent pas à attendre longtemps. Cinq minutes plus tard, les deux femmes entendirent une sirène au loin puis

une voiture du shérif s'arrêta devant l'allée et elles osèrent enfin sortir.

Cette fois, le shérif en personne s'était déplacé. La cinquantaine, l'air coriace et répondant au nom improbable de Hitman [1], il était accompagné d'un adjoint, jeune mais affligé d'un sérieux problème de poids, et à eux deux ils forcèrent l'homme à monter à l'arrière de leur voiture sans même lui adresser la parole : apparemment, ils poseraient les questions plus tard.

Maureen expliqua au shérif ce qui s'était passé et conclut :
— Je ne sais pas s'il me poursuivait. Je veux dire, je ne sais pas si on peut considérer qu'il me poursuivait mais...
— Ne vous en faites pas, dit-il. Johnson, t'as tout noté ?
— Oui, shérif, répondit l'adjoint, qui se tourna vers les autres. J'aurai juste besoin de vos nom et adresse, et du numéro de téléphone où on peut vous joindre dans la journée.

Il prit les informations requises et Terry, après avoir fourni ses coordonnées, entraîna le shérif à l'écart et lui remit une carte. Les deux hommes s'entretinrent un moment à voix basse. Quelques minutes plus tard, tandis que le barbu braillait sur la banquette arrière « Allez vous faire foutre ! », le shérif et son adjoint remontèrent dans la voiture et redescendirent vers la ville.

Maureen suivit le véhicule des yeux et murmura, incrédule :
— Shérif *Hitman* ?

Les autres s'esclaffèrent.

Chuck s'approcha d'elle et s'enquit :
— Ça ira ? Vous voulez qu'on vous ramène chez vous ?

Elle secoua la tête.
— Non. Merci quand même.

---

1. Soit « tueur à gages ». (N.d.T.)

— Ça fait partie de la routine, m'dame, répondit-il en forçant sur l'accent du Sud.
— Merci, Chuck, merci Terry, dit Liz avec un sourire. Vous êtes des types bien... malgré tout ce qu'on raconte...
— Oui, merci beaucoup, répéta Maureen, reconnaissante.
— De rien. C'est à ça que servent les associations de propriétaires.
Décontenancée, elle rougit, bafouilla :
— Je... Qu'est-ce...
— Pas la peine, je connais notre réputation dans ce coin-ci, dit Chuck en riant.
— Je n'y suis pour rien, se défendit Liz.
— Le règlement hérisse beaucoup de gens, reconnut-il. Mais dans une résidence non intégrée comme la nôtre, une association est le seul moyen de répondre aux besoins élémentaires. Elle contribue à maintenir l'ordre. Et des systèmes comme la grille tiennent en grande partie la racaille à l'écart. Ça crée aussi un sentiment de communauté. Vous avez vu les courts ? Les courts de tennis.
— Oui, acquiesça Maureen. Nous ne les avons pas encore utilisés, mais je les ai vus.
— Voilà. Nous allons aussi construire une piscine, peut-être un club-house. On a notre petit monde à nous, ici, et il vaut bien mieux que celui qui nous entoure. Si cela demande des normes un peu plus élevées, des règles un peu plus strictes et un peu plus d'efforts... eh bien, c'est le prix que la plupart de nos résidents sont plus que contents de payer.
Adressant un sourire à Liz, il répéta :
— *La plupart* de nos résidents.
Terry tendit le bras vers l'endroit de la route où la voiture du shérif avait disparu.
— Y a des gens de la ville qui nous en veulent pour ça. Chuck et moi, on est du comité de sécurité, ce qui veut dire

qu'on est à l'affût des visages inconnus ou des conduites suspectes. On n'a pas trop de problèmes, par ici, mais quand ça arrive, c'est en général un bouseux du coin qui a une dent contre nous pour une raison ou une autre : on a de meilleures bagnoles, de meilleures maisons, de meilleurs boulots ou de meilleurs plans de retraite. Je sais pas pour ce type, mais neuf fois sur dix, c'est quelque chose comme ça.
— C'était déjà arrivé ? demanda Maureen.
— Oh non, intervint aussitôt Chuck. Pas comme ça. Mais nous avons eu... de petits problèmes de sécurité, disons. Et comme l'expliquait Terry, c'était généralement à cause d'un gars de la ville mécontent.
— Mécontent ou soûl, précisa Terry.
— Vous savez, dit Maureen, un vandale s'en est pris à notre maison il y a deux semaines. Enfin, pas vraiment la maison. Le jardin. Et il a tué notre chat. Enfin, ce n'était pas notre chat, c'était une bête égarée à qui nous donnions à manger. Nous l'avions plus ou moins adoptée.
Il fronça les sourcils.
— Vous l'avez signalé à l'association ? Je me rappelle pas en avoir entendu parler.
— Non, nous avons simplement téléphoné au shérif.
— Vous auriez dû le signaler. En fait, sans vouloir paraître trop pointilleux, je vous rappelle que vous êtes *tenus* de le faire, selon les E-C-R.
Terry leva une main, poursuivit :
— Je vous fais pas de reproche, vous êtes nouveaux, vous pouviez pas savoir. Mais nous voulons être au courant de tout ce qui se passe ici. En particulier s'il s'agit de vandalisme, quelque chose qui pourrait arriver à n'importe lequel d'entre nous.
Chuck marqua son accord d'un hochement de tête et enchaîna :
— Je ne serais pas surpris que ce type y soit mêlé. Il

semblerait qu'il vous ait pris pour cible et il vous a peut-être choisie comme symbole ou je ne sais quoi. Vous êtes jeune, jolie, et à ses yeux, probablement riche : la candidate idéale pour un harcèlement.

— Vous en faites pas, reprit Terry. Le shérif m'appellera dès qu'il aura interrogé ce minable. Je vous téléphonerai quand j'aurai des informations.

Il ouvrit la portière avant droite de la voiture et Chuck fit le tour pour prendre le volant.

— Vous êtes sûre que vous voulez pas qu'on vous raccompagne ?

— Merci, mais je crois que je vais rester un moment avec Liz, répondit Maureen.

Les deux hommes montèrent en voiture et firent signe de la main aux deux femmes quand elle démarra.

— Ils n'ont pas l'air si mauvais, dit Maureen.
— Non, reconnut Liz. Quelquefois, ils ne le sont pas.

Barry relisait sur le canapé ce qu'il avait écrit pendant la matinée quand Maureen rentra, et bien que le choc de ce qui lui était arrivé se fût estompé pendant la demi-heure qu'elle avait passée chez Liz, le voir confortablement installé dans le séjour l'irrita un peu.

— Hé, tu es en retard, qu'est-ce qui s'est passé ?
— J'ai été poursuivie par un malade mental et la police, le shérif, je veux dire, a dû l'emmener.

Il se leva d'un bond, laissant tomber ses feuilles, et se précipita vers elle.

— Quoi ?

Elle lui raconta tout depuis le début, avec plus de détails qu'à Hitman, en insistant sur sa peur, sur la menace qu'elle sentait chez son poursuivant barbu. Barry l'interrompait par des exclamations et son expression sincèrement inquiète atténua le ressentiment de Maureen. Ils finirent dans les bras l'un de l'autre et elle s'entendit le rassurer : ce n'était pas si grave, elle n'avait jamais vraiment été en danger. La première réaction de Barry fut de vouloir aller en ville, voir ce type et veiller à ce qu'il y ait bien plainte, mais elle le convainquit d'attendre, de laisser les forces de l'ordre faire leur travail.

Ils montèrent ensemble à la cuisine et Barry se servit un jus d'orange pendant que Maureen buvait le reste du café.

— Il y a une certaine ironie dans le fait que ce soit des types de l'association qui t'aient aidée.

Elle haussa les épaules.

— Nous avons peut-être été un peu trop durs avec eux.

— Trop durs ? Ils ont dévasté notre jardin, tué notre chat !

— Je ne crois pas que ce soit eux.

— Vraiment ? Quelle preuve as-tu soudain découverte qui...

— Quelle preuve tu as que c'était eux ? répartit Maureen. (Elle secoua la tête.) Bon Dieu, Barry, pour quelqu'un qui se targue d'être juste et d'avoir l'esprit ouvert, tu peux vraiment être obtus et borné !

— Désolé. Je ne veux surtout pas minimiser ce qui s'est passé...

— C'est pourtant exactement ce que tu fais.

— ... mais ne vois pas du mérite là où il n'y en a pas. Ces deux gars font partie de l'association. Bien. Ils t'ont aidée. Bien. Mais ça s'arrête là. N'importe qui en aurait fait autant. C'est Liz qui t'a fait entrer chez elle, c'est Liz qui a appelé le shérif...

— Tu te serais arrêté pour aider quelqu'un que tu ne connais pas ?

— Si j'ai bien compris, ils ne se sont pas arrêtés pour t'aider, tu étais déjà dans la maison de Ray et ils se sont arrêtés parce que ce bonhomme leur semblait suspect.

— Effectivement. Ils faisaient une sorte de ronde dans le

quartier. Ce qui est encore mieux. Ils s'inquiétaient de ce que cet individu pouvait faire à *n'importe quel* habitant. Tu t'en serais soucié, toi ?

Il sourit.

— Non. Mais je suis un écrivain égotiste qui ne s'intéresse qu'à sa carrière.

— Tu ne plaisantes qu'à moitié.

— A moitié ? Je ne plaisante pas du tout.

Le téléphone sonna. Ils avaient laissé le sans-fil sur la table de la salle à manger et Barry alla le prendre.

— Allô ?

Il tendit l'appareil à sa femme.

— C'est pour toi.

C'était Chuck Shea. Le shérif avait rappelé : l'homme qui l'avait harcelée avait avoué qu'il avait tué leur chat et arraché leurs fleurs. Il avait apparemment saccagé plusieurs autres maisons de Bonita Vista, des résidences secondaires dont les propriétaires n'avaient pas encore constaté les dégâts, et le shérif était en train de dresser la liste des habitations vandalisées.

L'individu, Deke Meldrum, en voulait aux membres de la résidence, pour des raisons qui restaient vagues.

— Probablement un homme à tout faire mécontent, estima Chuck. L'année dernière, l'association a fait appel à une entreprise de jardinage locale pour entretenir toutes les parties communes, et ça n'a pas plu à certains de ceux qui s'en occupaient jusque-là. Je crois que ce lascar en faisait partie. Sa tête me disait vaguement quelque chose, sous tous ces poils.

— Qu'est-ce qui va se passer, maintenant ? Il est arrêté ?

— Oh oui.

— On ne va pas le relâcher...

— Ne vous inquiétez pas. L'association portera plainte et

veillera à ce qu'il passe en jugement. Il restera un bon moment en prison.
— Je dois faire quelque chose ?
— Nous nous occupons de tout. Vous n'aurez probablement même pas besoin de témoigner. Comme plusieurs propriétés de Bonita Vista sont concernées, l'association portera plainte et nous vous demanderons tout au plus de faire une déclaration. Terry et moi partons tout de suite pour le bureau du shérif, nous vous ferons savoir s'il y a du nouveau.
— Tenez-nous au courant.
— Nous n'y manquerons pas.
Après l'avoir remercié, Maureen reposa le téléphone sur la table et poussa un soupir de soulagement.
— Dieu soit loué !
— Alors ?
— C'était Chuck. Il a eu le shérif : le barbu qui m'a poursuivie est aussi celui qui a tué Barney et arraché nos fleurs. Il s'appelle... Deke Meldrum, c'est une sorte de jardinier ou d'homme à tout faire. Apparemment, il aurait saccagé plusieurs autres maisons, des résidences secondaires, et ils vont l'inculper de tout ça.
— Il faudra qu'on aille en ville porter plainte ?
— Non. L'association s'en charge.
Barry garda le silence.
— Attends, tu ne vas quand même pas leur reprocher ça ? protesta Maureen. Tu penses qu'ils ont mis sur pied un vaste complot, et que maintenant que Ray et toi vous les soupçonnez, ils essaient de tout coller sur le dos d'un jardinier cinglé ? Ça devient franchement ridicule, non ?
Il ne répondit pas mais l'expression embarrassée de son visage incita Maureen à pousser plus loin :
— Le méchant, dans cette histoire, ce n'est pas l'association. Au contraire, elle cherche à le coincer, le méchant.

Quels que soient ses défauts par ailleurs, elle est de notre côté, dans cette affaire.
— Je ne les aime pas, c'est tout.
— Tu ne veux pas reconnaître que tu as peut-être été un peu sévère et qu'il y a une possibilité que tu te sois trompé ?
Il la regarda, prit une longue inspiration.
— D'accord, je me trompe peut-être.
— Bon.
— *Peut-être.*
— Eh bien moi, je crois que tu te trompes, dit Maureen.
Et elle s'aperçut qu'elle le pensait sincèrement.

9

Le disque de Gordon Lightfoot s'arrêta et Barry continua à taper sur son clavier. Il n'aimait pas écrire sans musique, mais ce coup-là il était lancé et, pour une fois, le silence ne semblait pas affecter sa concentration. Dix minutes plus tard, toutefois, il se retrouva dans une impasse, et bien qu'il essayât de poursuivre, laissant entre les mots des espaces de plus en plus longs dans l'intention de les remplir plus tard, il était manifestement bloqué. Il finit par renoncer, repoussa son fauteuil et alla à la chaîne stéréo.

Il choisit dans sa pile d'albums vinyle un vieux Joni Mitchell et le mit sur la platine. Il y avait chez ces chanteurs de folk de la fin des années soixante, début des années soixante-dix, quelque chose qui s'harmonisait avec la nature, avec le mode de vie rural. Il émanait aussi de cette musique une nostalgie, comme un parfum de mélancolie qui reliait les espoirs de cette époque avec la réalité d'aujourd'hui en en soulignant subtilement les différences.

C'était une musique qui lui parlait.

Naturellement, Joni Mitchell elle-même n'était plus la Joni Mitchell de ces premiers disques. La dernière fois qu'il l'avait vue, sur VH1 lors d'un concert de charité, elle chantait d'une voix lente, cassée par le tabac, s'interrompait au milieu d'un air pour reprocher à la foule de ne pas prêter assez d'attention à ses paroles. Elle semblait furieuse et amère, à des années-lumière de la jeune femme ouverte et rieuse saisie en direct dans *Miles of Ailes*, et c'était déprimant, décourageant, de se rendre compte à quel point les temps et les gens avaient changé.

Avec la musique, son énergie créatrice revint et il se remit rapidement au travail. Il écrivit une heure encore puis se leva et s'étira. Maureen était allée en ville pour rencontrer le directeur de l'unique banque de Corban, faire connaissance avec les puissances financières du coin, poser des jalons en vue d'attirer quelques clients locaux, et il était seul dans la maison. Il monta à la cuisine, prit une boîte de Coca dans le réfrigérateur. Il était resté enfermé quasiment toute la semaine et se sentait des fourmis dans les jambes. Son roman avançait bien, mais il avait envie de bouger un peu et il sortit prendre l'air.

Il alla au bout de l'allée, regarda de l'autre côté de la rue l'étendue boisée, jeta un coup d'œil à droite et à gauche, réfléchit un instant puis, sur une impulsion, retourna dans la maison, griffonna un mot pour Maureen et referma soigneusement la porte derrière lui. Il descendit la colline, tourna dans la première rue à droite et ralentit, cherchant le poteau de bois qui signalait le début du sentier est.

Même sans le poteau, Barry aurait repéré la coulée de terre qui serpentait entre les arbres et il passa avec plaisir du goudron au sol souple, sentit le craquement délicieux des aiguilles de pin sous ses tennis.

C'était l'une des choses qu'il aimait à Bonita Vista, qu'il y eût des sentiers, même s'il n'en avait pas fait usage jusque-là. Il pensa qu'il devrait venir ici tous les jours, faire une heure d'exercice, manière de freiner l'expansion de cette bedaine de l'âge mûr qui était apparue depuis qu'il s'était fait écrivain à temps plein. Maureen avait insisté pour qu'il vienne marcher avec elle, surtout depuis sa mésaventure avec ce fou, mais elle n'appréciait pas les randonnées, elle aimait seulement arpenter le bitume, et Barry trouvait cela ennuyeux et sans intérêt. Elle avait fini par renoncer à ce qu'il l'accompagne et marchait maintenant chaque matin avec Liz et une amie des Dyson, le laissant vautré sur le canapé.

Lui, il aimait la randonnée, être entouré d'arbres et de broussailles, sentir l'odeur de la nature.

Le sentier s'incurva et pénétra dans une sorte de ravine, épousant les contours du paysage, se coulant entre d'épais boqueteaux de manzanitas et des buissons de houx. Les arbres étaient hauts, bien plus grands que ceux de leur parcelle ou du bord de route, et comme aucune habitation n'était en vue, il n'avait aucun mal à s'imaginer au cœur d'une forêt inexplorée.

Il entendit soudain un bruit dans les fourrés, à sa droite, et bien qu'il fît grand jour, il fut saisi d'un accès de peur instinctif. C'était un des inconvénients de sa profession ; auteur de romans d'épouvante, il imaginait toujours le pire scénario possible : un couguar qui lui lacérerait les poumons, un ours qui lui arracherait les membres. Il n'était pas du genre à attribuer des causes bénignes aux événements. Il se figea et regarda autour de lui en cherchant à localiser le bruit.

Il y eut un bruissement de feuilles.

Suivi d'une plainte.

Un gémissement qui ressemblait à un mot. Quoi que cela pût être, son origine était assurément humaine et les poils de sa nuque se hérissèrent. Il n'aurait su dire d'où provenait le bruit et ce fut seulement en percevant le mouvement des branches sur sa droite qu'il s'aperçut que sa source était proche.

Une apparition dantesque sortit des broussailles. Un homme sans bras ni jambes. Sale, la peau tannée, le visage couvert de barbe, il avançait grâce aux reptations spasmodiques de son corps difforme. Les yeux hagards, il émettait des sons incompréhensibles dans lesquels Barry vit le signe d'une arriération mentale. Il ne portait rien d'autre qu'une sorte de caleçon crasseux, taché de sang, et révéla des gencives édentées quand il ouvrit la bouche.

Un frisson parcourut Barry. Il savait que c'était une réaction puérile, qu'il aurait dû éprouver plutôt de la pitié, mais il ne pouvait s'empêcher d'avoir peur de la forme hideuse qui rampait devant lui.

L'homme s'arrêta au milieu du sentier, leva les yeux vers lui et poussa un cri aigu.

— Tout va bien, dit Barry, je ne vous ferai aucun mal.

Il regarda autour de lui pour voir s'il y avait quelqu'un d'autre dans les parages, mais l'endroit était désert.

— Vous avez besoin d'aide ? Vous voulez que...

L'homme cria de nouveau et s'agita, son corps sans membres tressautant sur le sol. Barry eut l'impression qu'il essayait de communiquer avec lui, de lui dire quelque chose, mais impossible de savoir si ses convulsions signifiaient qu'il voulait que Barry aille au diable ou qu'il lui vienne en aide.

Le visage barbu se crispait au-dessus du cou aux muscles tendus comme des cordes, les yeux saillaient, la bouche édentée s'ouvrait toute grande.

Barry s'accroupit.

— Vous voulez quelque chose ?

L'homme fit un bond, lui jeta à la figure un cri perçant.

— Désolé, je ne voulais pas...

Barry s'interrompit, ne sachant que dire, ne sachant comment réagir.

L'homme cria de nouveau et ses bonds se firent plus frénétiques encore.

Barry recula. Devait-il simplement passer son chemin, comme si de rien n'était ? Il leva la tête. Devant lui, le sentier s'ouvrait, sombre et menaçant. Barry fit demi-tour et repartit en toute hâte par où il était venu. Il ne savait pas précisément ce qu'il allait faire, mais il fallait qu'il parle à quelqu'un, qu'il essaie de venir en aide à cet homme. Sous cette apparence grotesque de musée des horreurs, il y avait un être réel qui avait manifestement de vrais problèmes et il incombait à Barry de faire quelque chose.

Il courait quand il parvint à la route, et lorsqu'il arriva au croisement avec sa rue, il vit Frank dans son pick-up et ouvrit grand les bras pour l'arrêter.

— Barry, on dirait que vous venez de voir un fantôme !
— Vous n'êtes pas loin du compte, répondit-il, pantelant. Je me promenais dans le sentier est quand je suis tombé sur... sur un homme. Un homme sans bras ni jambes incapable de parler, rampant sur le sol...
— Oh ! Ça c'est Moignon, répondit Frank en riant. Il vit dans les sentiers.

Barry ne savait pas à quoi il s'attendait mais certainement pas à ça. Il était prêt à retourner sur le sentier avec Frank pour lui montrer l'homme-tronc, peut-être même pour porter le malheureux jusqu'à la camionnette, l'amener chez un médecin, au bureau du shérif, quelque part où il trouverait de l'aide. Il n'était pas préparé à cette confirmation joyeuse qu'un être affreusement difforme vivait dans la forêt qui les entourait, à cette franche reconnaissance qu'un monstre passait ses journées à se traîner dans les sentiers de Bonita Vista et que tout le monde, apparemment, le savait. C'était incroyable, cela ressemblait à une histoire tirée d'un de ses romans, pas à ce qui se passait dans la vie réelle, et pour une fois, il se trouva à court de mots.

Frank interpréta mal son silence :
— Moignon est inoffensif. Ne vous inquiétez pas...
— C'est pour *lui* que je m'inquiète. Il est couvert de boue et de sang. Enfin, quoi, il n'a ni bras ni jambes, il se traîne péniblement sur le ventre dans les bois...

— C'est notre Moignon, répondit Frank avec un sourire compatissant. Ecoutez, je comprends que vous vouliez l'aider mais il n'y a rien à faire. C'est son choix. C'est sa façon de vivre. De quel droit lui imposerions-nous ce qu'il doit faire de sa vie ? Il est adulte, nous sommes en république. Vivre et laisser vivre.

— Je ne pense pas qu'il ait envie d'être là. Il criait comme s'il avait mal, comme s'il essayait de me dire quelque chose...

— Oh ! il est toujours comme ça, c'est sa façon d'être.

Manifestement, Frank ne comprenait pas son angoisse, il ne comprenait pas pourquoi la vue d'un homme-tronc crasseux rampant sur le sol le bouleversait à ce point et Barry n'insista pas. Il hocha la tête comme si les explications de Frank l'avaient satisfait, lui dit au revoir et regarda le pick-up poursuivre sa route vers la grille.

En approchant de chez lui, il vit que la Suburban n'était pas dans l'allée : Maureen n'était pas encore rentrée. Il décida de pousser jusque chez les Dyson. Liz était dans le jardin, elle arrachait les mauvaises herbes, et elle l'invita à aller rejoindre Ray sur la terrasse.

Il entra, traversa le hall, s'avança dans le séjour et vit à travers la fenêtre Ray en train de lire sur une chaise longue. Barry fit coulisser la porte en verre et Ray leva la tête.

— Salut, dit-il en montrant l'exemplaire de *L'Arrivée* que Barry lui avait donné. Je suis en train de lire ton bouquin. Il est drôlement bon. Je suis impressionné.

— Merci, répondit Barry avec gêne.

Il ne savait jamais comment réagir aux compliments et s'il se réjouissait que les gens aiment ses écrits, les éloges le mettaient mal à l'aise.

Ray se redressa, posa le livre sur une petite table à côté de lui.

— Qu'est-ce qui t'amène ici pour interrompre ma lecture ?

— Moignon.
Le vieil homme se leva en riant.
— Alors, tu as entendu parler de lui, hein ?
— Si j'ai entendu parler de lui ? Je l'ai vu, oui. Ça m'a foutu un de ces chocs ! Je repars chercher de l'aide, je tombe sur Frank et il me dit : «Oh ! c'est juste Moignon, il vit dans les bois», et hop ! il disparaît, comme si de rien n'était...
— Et c'est tout ce qu'il y a de vrai, confirma Ray. Il a probablement une hutte quelque part, mais la plupart du temps il rampe sur les sentiers.
— Et les gens qui habitent là s'en fichent ? Ça leur est égal ?
— Ben... oui.
— Tu ne trouves pas ça un tantinet curieux ?
— Si, bien sûr. Mais Moignon ne vit pas à Bonita Vista même. Il vit dans la forêt domaniale voisine. Nous avons plus ou moins accepté de le laisser emprunter les sentiers. Qui oserait accuser quelqu'un comme lui de violation de propriété privée ? Même l'association n'a pas le cœur assez dur pour ça. Moignon est ici depuis plus longtemps que nous, et je pense que la plupart des gens ont une attitude compréhensive envers lui. Nous ne l'embêtons pas et il ne nous embête pas.
— Mais n'est-ce pas irresponsable de fermer les yeux sur quelque chose comme ça ? Il avait du sang sur son caleçon, bon Dieu. Est-ce qu'on ne devrait pas au moins s'assurer qu'il va bien, qu'il... je ne sais pas, qu'il a l'eau courante, des toilettes, un minimum... ?
Ray eut un sourire triste.
— Je reconnais à ma grande honte que je ne m'en suis jamais soucié, soupira-t-il. Il suffit de vivre quelque temps ici pour s'endurcir.
— Alors, tu penses que je devrais appeler quelqu'un ? Les services sociaux ou quelque chose comme ça ?

Ray réfléchit un moment puis secoua lentement la tête.

— Je ne suis pas du genre «si c'est pas cassé, on n'y touche pas» mais en l'occurrence, il vaut peut-être mieux laisser les choses comme elles sont. Liz et moi sommes ici depuis neuf ans, maintenant, et pendant tout ce temps, Moignon n'a jamais eu besoin d'aide, il n'a jamais rien demandé à...

— Il criait, pourtant, comme s'il essayait de parler!

— C'est sa façon de s'exprimer. Il est toujours comme ça. Je reconnais que c'est un peu troublant au début mais... comme je te l'ai dit, on s'y habitue. Je ne crois pas qu'il te demandait de l'aide. Il voulait sans doute que tu le laisses tranquille sur son sentier. Il n'aime pas beaucoup la compagnie et il a un sens très prononcé du territoire.

— Alors, on ne peut rien faire?

— Rien, non. Son infirmité mise à part, Moignon est comme tous les ermites, comme tous les excentriques. S'il avait des bras et des jambes, s'il pouvait parler, il vivrait quand même dans les bois mais tu n'y verrais rien de préoccupant. Tu penserais que c'est un de ces cinglés qui s'entraînent à survivre en cas de catastrophe, point final. Eh bien, c'est exactement ce qu'il faut penser de Moignon.

— Mais s'il lui arrive d'avoir un jour vraiment besoin d'aide?

Ray haussa les épaules.

— Il se traînera à proximité d'une maison et essaiera d'attirer l'attention d'une manière ou d'une autre.

Barry repensa au cri horrible, à la façon dont l'homme sans membres avait tendu le cou, ouvert sa bouche édentée. Il frissonna de nouveau en s'imaginant réveillé en pleine nuit pour trouver un tel être sur le pas de sa porte. C'était peut-être à cause de son métier, des journées qu'il passait à inventer des horreurs, des images terrifiantes, mais il n'arrivait pas à comprendre et à accepter la situation comme il l'aurait dû, semblait-il, et malgré son indignation faite de bons sentiments, Moignon provoquait en lui une réaction de peur et de dégoût.

Ray lui proposa une bière mais il répondit qu'il avait déjà délaissé son ordinateur trop longtemps et que ce serait pour une autre fois.

Quand il redescendit la colline, la Suburban était dans l'allée et Maureen raccrochait le téléphone au moment où il franchit la porte.

— Oh, dit-elle. C'était pour toi. Où tu étais ?

— Sorti faire une promenade. C'était qui ?

— Ton vieux copain Neil Campbell, de l'association des propriétaires.

— Seigneur !

— Apparemment, quelqu'un s'est plaint que tu aies fait marcher la chaîne stéréo trop fort ce matin. Neil t'informe qu'il y a un règlement sur le bruit à Bonita Vista et que la musique qu'on écoute ne doit pas être entendue d'une autre propriété.

— Trop fort ? C'était *Ladies of the Canyon*, pour l'amour de Dieu. Et on l'entendait à peine en bas, alors dehors…

— Je crois que le bruit porte, ici.

— Il doit rappeler ? Ou il veut que je le rappelle ?

Maureen secoua la tête.

— Il t'enverra une note.

— Ça devient ridicule, s'énerva Barry. Ce sont tes amis, tu ne pourrais pas leur dire que nous aimons écouter de la musique, que ça ne fait de mal à personne et qu'ils pourraient s'occuper de leurs affaires ?

— Personne ne cherche à te priver de musique, chéri. Ils veulent simplement que tu montres un peu plus de respect pour tes voisins. Cette requête n'a rien de déraisonnable.

— Elle le devient si elle empiète sur mes droits. Moi aussi je vis ici, tu sais. Et je devrais pouvoir mener ma vie comme je l'entends dans ma propre maison et faire ce que je veux

chez moi sans que quelqu'un s'avise de me dicter ma conduite...
— Ils n'empiètent sur tes droits qu'à partir du moment où tes droits empiètent sur ceux des autres.
— Qu'est-ce que c'est que ce double langage ?
— Cela veut dire que oui, tu vis ici, mais que tu n'es pas seul. D'autres personnes y vivent aussi et nous devons tenir compte de leurs sentiments.
— Meeerde, lâcha-t-il.
Il regarda Maureen d'un air écœuré et ils se seraient probablement querellés si le téléphone n'avait pas sonné. Elle appuya sur le bouton en le portant à son oreille.
— Allô ?
Aussitôt son visage s'éclaira.
— Salut, comment tu vas ?... Oui... C'est formidable... Oui... Non, pas du tout... Ne quitte pas, il est là.
Elle tendit l'appareil à son mari en s'exclamant :
— C'est Jeremy !
Barry prit le téléphone.
— Salut, mec ! Ça fait une paie ! dit Jeremy.
Barry sourit en entendant la voix de son ami et, un court instant, il fut de nouveau en Californie, dans le monde réel, loin de Bonita Vista et des êtres difformes, des associations de propriétaires et des notes sur le bruit excessif.
— Jeremy, vieille branche ! Il était temps, dis donc !
— Ouais. Comment ça va à la cambrousse ?
Barry prit une longue inspiration et bien qu'il fût encore contrarié, encore bouleversé, il se surprit à rire de l'absurdité de toute cette histoire.
— Tu vas pas le croire, vieux. Tu vas pas le croire.

10

Engagements, Conditions et Restrictions
de l'Association des Propriétaires de Bonita Vista

Article III, Règles concernant les terrains (usages et interdictions), section 3, paragraphe M : Sans limiter le caractère général des dispositions qui précèdent, aucun haut-parleur, avertisseur, sonnette extérieure ou autre appareil sonore agressif, exception faite des systèmes d'alarme installés dans le seul but de garantir la sécurité, ne peut être utilisé sur les parcelles. En outre, tout bruit provenant de l'intérieur d'une maison, émanant mais pas exclusivement de postes de radio, de télévision ou d'instruments de musique, doit respecter les niveaux sonores autorisés. Tout bruit considéré de l'avis général comme une nuisance ou pouvant être entendu d'une parcelle voisine est interdit, et ce à toute heure du jour et de la nuit.

11

— Je ne sais pas, Ray. Je ne sais pas.

Les deux hommes étaient assis sur des chaises en toile près du barbecue de la terrasse des Dyson tandis que les femmes bavardaient à l'intérieur. Au-delà de la ville, au-delà des collines et des arbres, des canyons orange, le coucher de soleil teintait les parois de grès des couleurs vives du pop art.

Barry regarda son ami.

— On pourrait croire que dans un endroit pareil, au milieu de nulle part, les gens n'auraient pas de règlement et d'association de propriétaires. Des lotissements, des subdivisions en Californie du Sud, ouais, on s'y attend. Mais ici?

Il secoua la tête, poursuivit :

— Où est passée la vie à la campagne, avec les machines à laver cassées sur la véranda de derrière, les voitures sur cales et les chiens hargneux attachés dans le jardin?

Ray se leva pour retourner les hamburgers.

— Le mode de vie yuppie est devenu national. Il est partout, d'un océan à l'autre. On ne peut pas y échapper. Si tu veux des maisons de petits Blancs, des chiens méchants, des voitures déglinguées et des appareils ménagers pourris, achète-toi une baraque en ville, dit-il en montrant Corban de sa spatule. Si tu veux une belle vue et la télévision par câble, tu es obligé de rester à Bonita Vista.

Il se rassit et continua :
— C'est tout le problème. Les citadins comme nous qui aspirent à un mode de vie rural, les retraités ou les adeptes du télétravail, tous souhaitent le maximum de confort possible. Nous voulons des légumes frais et des épiceries fines, des fax et des téléphones portables. Et nous sommes prêts à payer pour ça. Mais en amenant ces trucs ici, nous amenons aussi le reste. Les résidences sécurisées et les associations de propriétaires, le besoin de conformité. Finalement, nous ne voulions pas du tout d'un mode de vie rural. Nous voulions notre vie de citadins dans un paysage plus agréable.

— Tu le penses vraiment ?

— Dis-moi, pourquoi tu as acheté à Bonita Vista ? Les maisons t'ont plu, hein ? Le cadre, la vue... S'il n'y avait eu à vendre que les maisons de Corban, tu serais allé ailleurs, tu aurais cherché une autre petite ville. Jamais tu n'aurais acheté une de ces petites bicoques avec un jardin poussiéreux ou l'un de ces mobile homes délabrés sous les pins. Ce qui t'a séduit dans Bonita Vista, c'est que c'est propre et bien entretenu. Ce qui t'a plu dans cette résidence, c'est ce que l'association des propriétaires en a fait.

Après une pause, il ajouta :
— Moi aussi.

— Alors, nous sommes des hypocrites ?

— Non. Mais on nous a attirés ici et on nous a pris au piège. On nous a fait croire que tout ça... (Ray montra sa maison, les propriétés voisines) c'était naturel. Nous n'avons pas pensé que c'était un environnement artificiellement maintenu. Maintenant, nous vivons dans cette petite bulle de sécurité complètement coupée du reste de la ville.

— J'ai parlé à mes amis de Californie, ils ont été stupéfaits

qu'il y ait autant de restrictions ici, autant de «faites ci, ne faites pas ça»...
— Tu ne l'es pas, toi ?
Barry acquiesça de la tête.
— Je l'ai été, moi aussi, soupira Ray.

Ils mangèrent dans la maison, mais après le dîner ils s'installèrent tous les quatre sur la terrasse. Liz alluma des bougies à la citronnelle pour tenir les moustiques éloignés et, assis dans leurs fauteuils, ils contemplèrent le ciel et les millions d'étoiles visibles par cette nuit de nouvelle lune. L'une d'elles semblait bouger et traverser le ciel à une allure régulière.

— C'est un satellite, dit Ray en la montrant du doigt.
— Je ne savais pas qu'on pouvait les voir à l'œil nu, avoua Maureen.
— Ici, oui, mais pas dans le New Jersey. Et probablement pas non plus en Californie. Ici il n'y a pas de pollution de l'air, pas de pollution lumineuse, et si on reste dehors assez longtemps, la vision s'accommode et on voit des choses étonnantes.

Ils admirèrent un moment le ciel en silence puis Barry reprit :

— Je me demande pourquoi nous ne sommes jamais retournés sur la Lune.
— Tu vas pas recommencer avec ça, geignit Maureen.
— Quand j'étais enfant, on parlait d'y installer des colonies. Qu'est-ce qui s'est passé ?
— Il a été tellement endoctriné par la propagande de la NASA dans les années soixante qu'il se sent floué et personnellement insulté de ne pas pouvoir prendre l'avion pour passer ses vacances au Hilton de la mer de la Sérénité... expliqua-t-elle.
— Les voyages dans l'espace sont importants, insista-t-il.
— L'avenir arrive bien plus lentement que nous ne le pen-

sions, dit Ray. Mon père est passé d'un monde de charrettes tirées par des chevaux à un monde de voitures, d'avions, de fusées et de télévision. Tout le monde pensait que ce rythme de changement se maintiendrait. Ça n'a pas été le cas.
— Ne vous plaignez pas, dit Maureen. Nous n'en sommes pas à *La Vie future*, mais nous n'en sommes pas non plus à *New York 1997*.
— Ni à *Fahrenheit 451*, *1984* ou *Le Meilleur des mondes*, ajouta Liz. Contrairement à ce que pense Ray.
— Uniquement parce que l'association des propriétaires ne dispose pas de la technologie nécessaire, argua son mari. Elle plissa le nez d'un air malicieux.
— Vous voyez ce que je dois subir?

Barry s'esclaffa et s'apprêtait à prendre la défense de son ami quand, du coin de l'œil, il perçut un mouvement de lumières colorées. Un instant, il crut que c'était un ovni mais il comprit presque aussitôt que les palpitations rouges et bleues provenaient de la terre, sans doute d'une voiture de police. Dans l'obscurité, à travers les arbres, elles semblaient amplifiées.

— Qu'est-ce qui se passe?
Ray alla à la balustrade, scruta la nuit.
— Je ne sais pas, mais il y a au moins deux ou trois voitures de ronde, là, en bas.
— Comment se fait-il que nous n'ayons pas entendu de sirènes? s'étonna Maureen.
— Comprends pas, marmonna Ray en se retournant. Je vais voir. Barry, tu viens?
— Bien sûr.
— Je suppose que les petites bonnes femmes restent à la maison, dit Liz à Maureen. Puisque nous ne pouvons pas accompagner les hommes dans leur mission virile, allons à la cuisine leur préparer un bon dessert. Ils auront faim à leur retour.

Ray la regarda d'un air surpris.
— Tu veux venir aussi ?
— Non. Mais ç'aurait été poli de me le proposer.
— Pardon.

Barry lança un regard interrogateur à Maureen, qui secoua la tête.
— Allez vous amuser, les garçons. Nous resterons ici, à parler de vous dans votre dos. Liz, toi qui voulais savoir ce qu'il vaut au lit...

Les deux femmes éclatèrent de rire.
— Très drôle, grogna Barry.
— Viens, dit Ray en l'entraînant vers la porte. Tu vois bien que nous sommes de trop.
— Ne t'en fais pas ! lui lança Liz. Nous aurons réglé tous les problèmes du monde à votre retour.

Les deux hommes descendirent la colline, passèrent devant la maison de Barry et s'arrêtèrent pour se repérer parce qu'on ne voyait plus les rampes lumineuses d'en bas. Ils finirent par prendre la rue menant au sentier est et découvrirent, devant le poteau qui le signalait, un petit attroupement autour de deux voitures du shérif.

Barry pensa d'abord que Moignon avait réussi à se traîner jusqu'à la route et avait été écrasé, mais il n'y avait pas d'autre véhicule en vue et le corps recouvert d'une bâche allongé sur le bas-côté semblait avoir des bras et des jambes.

Wally Addison, le jeune adjoint qui avait pris leur déposition pour le saccage du jardin, se tenait près d'un homme âgé à l'expression dure qui ne pouvait être que le shérif Hitman. Plusieurs habitants étaient sortis des maisons voisines et échangeaient des commentaires à voix basse. Bien qu'il n'y eût ni ruban de plastique ni cordon de police, ils semblaient respecter une barrière invisible et demeuraient derrière les voitures, loin de l'endroit où le corps était étendu.

Ray franchit la ligne immatérielle et alla droit au shérif.
— J'ai vu vos lumières de là-haut, dit-il. Qu'est-ce qui se passe ?

Hitman désigna la bâche du menton.
— Il est mort. C'est Annie Borham qui l'a trouvé. Il est sûrement tombé dans le fossé et sa tête aura heurté une pierre. Il a dû se vider de son sang.

Il y avait effectivement beaucoup de sang sur la terre et les cailloux du fossé.
— Qui est-ce ? demanda Ray.
— Deke Meldrum. On l'avait arrêté récemment pour avoir harcelé une jeune femme.

L'adjoint murmura quelque chose au shérif, qui haussa les sourcils et regarda Barry.
— C'était votre femme, semble-t-il.

Barry hocha la tête, l'estomac noué, et se félicita que Maureen ait préféré ne pas venir. Il ouvrit la bouche pour parler, n'y parvint pas, s'éclaircit la gorge.
— Je croyais Meldrum en prison.
— Il a été libéré sous caution avant-hier. Il devait être jugé le mois prochain, au moment du passage du juge itinérant. En attendant, il était en liberté sur engagement personnel.

Hitman détourna la tête : il n'avait manifestement pas l'intention de répondre à d'autres questions et Ray se dirigea vers le groupe de curieux. Barry le suivit. Autour d'eux, les pins semblaient plus hauts qu'en plein jour et la masse sombre de leurs silhouettes rapprochées ne laissait voir du ciel qu'une mince bande étoilée. Les lumières rouges et bleues les découpaient sur le noir de la nuit et éclairaient les visages indéchiffrables de la foule.

La scène était rendue plus étrange encore, sembla-t-il à Barry, par la présence de Moignon qui, caché dans les bois, les observait certainement. Il fouilla du regard les buissons, y chercha le reflet révélateur d'une paire d'yeux, ne vit rien, frissonna quand même.

Ray demandait à Russ Gifford, un jeune homme que Barry avait rencontré à la soirée des Dyson, s'il savait ce qui s'était passé.

— Aucune idée. J'ai vu les lumières, je suis sorti. J'ai pensé que c'était un accident, un cambriolage, peut-être. Je ne m'attendais pas à ça.

Il indiqua de la tête le barbu qui se trouvait à sa gauche.

— Hank a entendu dire que le type rôdait dans le coin, qu'il est tombé et s'est fracturé le crâne.

— C'est vrai ? demanda Ray.

Le barbu haussa les épaules.

— Personne n'était là pour le voir, je crois, mais c'est ce qu'Annie a déclaré à la police. C'est elle qui a découvert le corps.

Annie Borham, une adepte de la forme à tout prix, faisait son jogging quand sa lampe électrique avait éclairé les pieds de Meldrum dépassant du fossé. Elle s'était précipitée chez elle pour appeler le 911.

— Elle n'est pas revenue ici, précisa Hank. Elle a eu trop peur, je suppose, elle n'a pas voulu revoir ça. Ils l'ont interrogée chez elle.

Une femme d'âge mûr, qui se tenait près d'un homme jeune qui pouvait être aussi bien son mari que son fils, déclara qu'elle avait entendu dire que Meldrum avait reçu une pierre sur la tête et que c'était ça qui l'avait fait tomber dans le fossé, sur une autre pierre, et qu'il en était mort. Un retraité, à côté d'elle, précisa qu'il y avait des jeunes, des jeunes de la ville, cachés dans les fourrés, qui jetaient des pierres sur les voitures, et qu'ils avaient blessé Meldrum accidentellement. Ils s'étaient enfuis pour ne pas se faire prendre.

Toutes sortes de rumeurs circulaient, mais personne dans la foule ne savait vraiment quoi que ce soit, et après avoir

regardé l'ambulance emporter le cadavre de Meldrum, Barry et Ray repartirent. Ils eurent de la compagnie jusqu'à la rue de Barry puis les autres résidents prirent la direction opposée et ils se retrouvèrent seuls. Après un silence, Ray dit à voix basse :
— Tu as vu tout ce sang ?
— Ouais.
— Ça paraît beaucoup pour quelqu'un qui a trébuché et est tombé sur une pierre...
— Tu penses que ce gars avait raison ? Que Meldrum a reçu une pierre *avant* de tomber ?
Ray ne répondit pas.
— Quoi ? fit Barry.
Ray secoua la tête.
— Allez, insista Barry.
— Pas la peine que tu entendes ce que je pense. Moi-même j'ai pas envie de l'entendre. Je ne suis qu'un vieux parano qui devrait passer ses journées sur Internet à raconter des histoires de complot à qui voudrait le lire...
— Dis-moi.
— Laisse tomber.
— Allez !
— Tu veux vraiment savoir ce que je pense ?
— Bien sûr !
Ray s'arrêta, se tourna vers Barry.
— Je pense que l'association des propriétaires l'a fait libérer sous caution. Ils l'ont fait parce qu'ils savaient qu'il reviendrait ici et qu'ils pourraient lui lâcher dessus un groupe d'autodéfense qui le chasserait du comté, peut-être même de l'Etat. Mais ça a mal tourné. Je pense qu'ils voulaient seulement lui faire peur, mais les choses ont dégénéré et ils l'ont tué par accident.
Barry ne put s'empêcher de rire.
— C'est délirant, ton histoire.

Ray haussa les épaules, se remit à marcher.
— Je t'avais prévenu.
Le rire de Barry mourut et, malgré son caractère extravagant, il s'aperçut qu'il ne parvenait pas à écarter totalement cette hypothèse. Il n'y croyait pas vraiment, mais on *pouvait* y croire. Un tel scénario était du domaine du possible.
Ils marchèrent un moment en silence.
— Il n'y a pas un moyen de vérifier... de savoir qui a fait libérer Meldrum sous caution, par exemple ?
— Je ne sais pas, répondit Ray. En tout cas, j'appelle le bureau du shérif demain.
— Et si c'est vrai ? Si c'est bien l'association qui l'a fait sortir ? Tu penses que le shérif enquêtera là-dessus ? Tu penses qu'il verra le lien ?
Ray secoua la tête.
— Je te l'ai dit, ils ont Hitman dans leur manche. Je ne sais pas s'il touche des pots-de-vin ou s'il s'aplatit simplement devant le fric comme toutes les forces de l'ordre, mais il est à leur service. Il ne va sûrement pas secouer la barque en enquêtant sur eux.
— Tu penses que Meldrum a de la famille en ville ?
— Je ne sais pas.
Ils gravirent la colline à pas lents.
— Si c'est bien ce qui s'est passé, dit Barry, si les types de l'association l'ont fait sortir et l'ont tué, si personne n'enquête et si l'affaire est classée... cela veut dire qu'ils ne seront jamais inquiétés pour le meurtre qu'ils ont commis.
Ray ne répondit pas et ils firent le reste du trajet en silence.
Maureen et Liz n'étaient pas sur la terrasse. Apparemment, les moustiques n'étaient plus sensibles à l'odeur de la citronnelle et les deux femmes s'étaient réfugiées à l'intérieur pour ne pas être dévorées vivantes. Elles semblaient de bonne humeur mais, quand Barry et Ray leur eurent rapporté ce qu'ils avaient vu, tout espoir de finir la soirée sur

une note joyeuse s'évanouit, et Barry et Maureen ne tardèrent pas à rentrer.

Au lit, avant de s'endormir, il confia à sa femme la théorie de Ray.

— C'est absurde, fit-elle d'un ton moqueur.

Il dut reconnaître que là, dans l'intimité de leur chambre, l'hypothèse ne semblait plus très logique, mais lorsqu'il repensa à la scène de la route, aux arbres noirs éclairés uniquement par les lumières palpitantes des voitures de ronde, au corps allongé par terre sous une bâche, au sang répandu, il ne se sentit pas tranquille.

Au bout d'un moment, Maureen murmura :

— Je suis contente.

Il pensait qu'elle s'était endormie — il était lui-même sur le point de le faire — et malgré l'absence de précisions, de contexte, il sut exactement de quoi elle parlait.

Elle roula sur le côté, le regarda.

— Je suis contente qu'il soit mort.

Barry ne dit rien, il ne savait pas quoi dire.

— Ça fait de moi un monstre ?

— Non, lui répondit-il en se penchant pour l'embrasser sur le front. Non, absolument pas.

12

Ils arrivèrent alors que Liz prenait un bain.

Ray ne savait pas si c'était délibéré mais l'idée que leur maison était sous surveillance, qu'on épiait ses mouvements et ceux de sa femme, provoqua à la fois en lui malaise et colère. Il était près de l'entrée et ouvrit la porte en entendant frapper. Neil Campbell se tenait sur le paillasson. Flanqué de Chuck Shea et de Terry Abbey, il avait son éternelle tablette à la main et s'inclina brusquement à sa manière guindée.

— Il faut que nous vous parlions quelques minutes en tête à tête, Ray.

— En tête à tête ?

— Oui.

— Comment savez-vous que je suis seul, en ce moment ?

— Qu'est-ce que vous voulez dire ? fit Campbell, d'un ton un peu trop innocent.

— Vous savez où est Liz ?

— Je n'en ai aucune idée.

— Elle est dans son bain. Donc, je suis effectivement seul. Ça tombe bien, hein ?

— Je voulais simplement dire que nous aimerions vous parler en dehors de la présence de votre femme. Et le fait

qu'Elizabeth soit en train de prendre un bain est une coïncidence bienvenue, en effet.
— Qu'est-ce que vous voulez ?
— Nous pouvons entrer ?
Ray eut un sourire crispé.
— Non, vous ne pouvez pas.
— Alors, nous réglerons nos affaires ici sur la véranda.
— Je n'ai aucune affaire à régler avec vous. Foutez le camp de chez moi, bande de connards !
Ils ne firent pas mine de bouger et la bouche de Chuck prit un pli amusé.
— Vous savez parfaitement que nous avons le droit d'être ici.
— Pourquoi ?
— L'association a été informée que vous avez parlé au shérif, dit Campbell. Pour tenter de savoir qui a fait libérer Deke Meldrum sous caution.
— Et alors ? En quoi ça vous regarde ?
— Quand le comportement d'un individu nuit gravement à l'image de Bonita Vista, l'association des propriétaires s'en soucie, c'est naturel. Comme vous le savez, notre objectif est d'éviter que la réputation de notre communauté soit ternie et d'assurer que la valeur des propriétés soit maintenue. Il va sans dire que la mort d'un homme, même accidentelle, même s'il s'agissait d'un vagabond, est un sujet de préoccupation.
— Quel rapport avec mes efforts pour apprendre qui a fait libérer Meldrum ?
— Nous tâchons simplement de prévenir des ennuis potentiels. D'après les questions que vous avez posées et votre conduite passée, il est clair que vous cherchez à rejeter la responsabilité de la mort de cet homme sur l'association, et nous sommes ici pour vous… dissuader de vous livrer à ce genre d'activité.

— Quelque chose à cacher, Campbell?
Chuck fit un pas en avant.
— Ray, Ray, Ray! Vous n'avez pas encore compris qu'il vaut quelquefois mieux se tenir à carreau?
— Ah ouais? Pourquoi?
Tout alla très vite : Chuck saisit Ray par le bras gauche et le tira hors de la maison, Terry passa derrière lui et s'empara de son bras droit. Les deux hommes le maintinrent tandis que Campbell abattait la tablette sur les parties génitales de Ray. Il fut transpercé par une douleur si intense qu'il faillit crier, mais, se refusant à leur donner cette satisfaction, il s'imposa stoïquement de ne pas réagir.
Campbell sourit et il y avait dans son expression une joie véritable. Cruauté et plaisir, un mélange mortel. Pour la première fois depuis que Liz et lui s'étaient établis dans l'Utah, Ray eut peur. Vraiment peur. L'association venait de franchir une limite, et il lui serait impossible de revenir en arrière.
Campbell caressa amoureusement la tablette en allant et venant devant le perron.
— Vous n'avez pas l'esprit d'équipe, Ray. Bonita Vista est une communauté et vous en faites partie. Votre femme et vous n'êtes pas des ermites. Vous vivez ici, avec nous, dans une société respectable et civilisée.
Il y avait de l'acier dans sa voix, dans ses yeux.
— Vous devez jouer le jeu, conclut-il.
— Dites à vos voyous de me lâcher, si vous voulez jouer avec moi...
Campbell lui expédia son poing dans l'estomac et Ray se plia en deux. Il demeurait debout uniquement parce que Chuck et Terry le tenaient et il se sentit humilié d'entendre que les bruits qu'il faisait en essayant de retrouver sa respiration ressemblaient à des sanglots.
— Bonita Vista est votre résidence, vous feriez bien de lui montrer plus de loyauté, plus de respect. Si vous avez une

maison aussi agréable dans un cadre aussi agréable, c'est grâce aux normes maintenues par l'association des propriétaires, grâce à la rigueur avec laquelle nous poursuivons ceux qui n'observent pas le règlement. Votre vie est facile parce que nous l'avons rendue facile. Pourtant, vous ne montrez aucune gratitude, vous vous obstinez à chercher le mauvais côté des choses, à imaginer de sombres machinations derrière des efforts parfaitement innocents pour améliorer la vie dans notre communauté.

— Nous sommes dans un pays libre, rappela Ray.

Campbell sourit. Derrière lui, Chuck et Terry ricanèrent.

— Un pays libre ? Vous savez pourquoi nous avons une association de propriétaires ? Parce que nous ne sommes sous aucune juridiction. Ni l'Etat ni les autorités fédérales ne se soucient de nos pauvres petits problèmes, et le comté, même s'il le souhaitait, n'a pas les moyens d'intervenir. Nous sommes en zone non rattachée, nous ne dépendons de personne. Depuis le début, nous sommes contraints de pourvoir à nos besoins, de veiller sur nous-mêmes. Vous avez raison, nous sommes libres. Libres de toute ingérence gouvernementale. Mais c'est uniquement notre autonomie qui nous garantit cette liberté.

C'était un discours de milicien, en particulier par la ferveur du ton, et c'était pour Ray plus effrayant que tout ce qu'il avait entendu jusque-là.

— Voilà la vraie démocratie, poursuivit Campbell. Pas de représentation, mais une participation directe. Nous prenons les décisions et nous les appliquons. Nous ne nous reposons pas sur d'autres, sur une assistance extérieure. Et nous faisons du bon boulot. Une association de propriétaires est plus efficace qu'un organisme gouvernemental. Plus efficace et plus prompte à réagir.

De sa tablette, il désigna ce qui les entourait et reprit :

— Ceci est l'avenir. Le gouvernement décentralisé pour

lequel les gens se battent depuis des années ? Nous, nous l'avons.

— Je suis un démocrate libéral, dit Ray. J'emmerde les dictateurs.

Campbell le frappa de nouveau.

Le vernis de politesse, les efforts pour convaincre par la persuasion avaient disparu et la voix de Campbell était à la fois agacée et furieuse.

— Vous êtes long à comprendre, Ray, et nous ne le supporterons pas éternellement. Faites attention. Nous vous rendons aujourd'hui une visite de courtoisie pour vous donner quelques conseils amicaux avant que vous ne vous fourriez dans de vrais ennuis.

Incapable de respirer, Ray parvint quand même à coasser un message de défi :

— Je vous emmerde !

Chuck lui décocha un coup de pied dans le tibia, Terry lui boxa la nuque. N'étant plus soutenu, Ray s'effondra avec un hoquet. Campbell lui dit quelque chose qu'il ne saisit pas puis le trio redescendit l'allée en direction de la route. Ray tenta de se relever, n'y parvint qu'en s'appuyant au chambranle de la porte. Tout son corps était douloureux. Il se rendit compte qu'ils l'avaient frappé là où cela ne se verrait pas afin qu'il ne puisse rien prouver. Il sentit en lui un violent désir de se venger, tempéré cependant par la peur, par la certitude que ces types étaient prêts à toutes les extrémités pour atteindre leurs objectifs.

Leur truc a marché, pensa-t-il.

Maintenant, pour de bon, il avait peur.

Il était content d'avoir au moins réussi à ne pas le leur montrer, de ne pas s'être aplati devant eux. Lentement, péniblement, il retourna dans la maison, ferma la porte au verrou derrière lui, gagna le séjour en boitillant. La respiration toujours haletante, il se laissa tomber sur le canapé.

Quelques instants plus tard, Liz sortit de la salle de bains.
— Quelqu'un est passé ? demanda-t-elle. J'ai cru entendre des voix.
— Non, répondit-il en s'efforçant de sourire. C'était la télé.

Engagements, Conditions et Restrictions
de l'Association des Propriétaires de Bonita Vista

Article III, Règles concernant les terrains (usages et interdictions), section 3, paragraphe M : Tout membre du Comité Architecture, tout membre du Bureau ou tout représentant autorisé de ces organismes a le droit de pénétrer sur toute parcelle de la Résidence et de l'inspecter afin d'établir si les dispositions du présent règlement y sont ou non respectées.

14

Ce qui l'avait initialement rebutée dans Bonita Vista semblait avoir totalement disparu avec Deke Meldrum. Maureen tira sur le tuyau pour le faire passer devant la roue avant droite de la Suburban et continua à arroser ses iris. Elle regarda la route, leva les yeux vers le ciel. Elle n'avait plus aucune réserve contre la résidence et, contrairement à ce à quoi elle s'attendait, elle aimait vivre dans une communauté fermée, elle appréciait la sécurité qu'une telle protection assurait. Elle se sentait à l'abri, non seulement parce qu'ils se trouvaient dans une région rurale de l'Utah, loin du smog, des bandes et du taux de criminalité élevé des grandes zones urbaines, mais aussi parce qu'ils vivaient à Bonita Vista, un monde clos, un environnement hermétiquement scellé, protégé de tous les dangers extérieurs. Ses réserves avaient été balayées, ses défenses contournées, et toutes les choses qu'elle critiquait et considérait au départ comme des inconvénients lui semblait maintenant autant d'avantages.

Barry prétendait que c'était son « côté comptable » qui ressortait et, bien qu'il l'ait dit pour plaisanter, il y avait peut-être quelque chose de vrai là-dedans. Elle était plus ordonnée que lui, plus méticuleuse, plus méthodique, plus préoccupée d'ordre et d'organisation. C'est un trait commun à ceux qui aiment travailler avec les chiffres, de même que les littéraires comme Barry se sentent à l'aise dans le chaos, et elle devait admettre que vivre au sein d'un cadre réglementé avait quelque chose de rassurant.

D'habitude, elle attachait de l'importance aux premières impressions et, aussi désuet que cela pût paraître, elle croyait à l'«intuition féminine». Ou du moins à sa propre intuition. Elle se fiait à ses réactions instinctives et il était rare qu'elle changeât d'avis une fois son opinion formée.

Pourtant elle avait changé d'avis cette fois, et c'était la mort de Meldrum qui avait servi de catalyseur. C'était comme s'il avait été le conduit d'évacuation de tous ses sentiments négatifs envers ce lieu. Avec son sacrifice, ils s'étaient évanouis.

Son sacrifice?

Elle ne savait pas d'où cette idée lui était venue et ne voulait même pas y penser. C'était probablement un vestige de ces premières impressions défavorables, un reste d'avant, et elle se refusait à lui accorder une quelconque validité. Il n'y avait rien de néfaste à Bonita Vista, et l'association des propriétaires n'avait rien à voir avec la mort de ce fou. C'était un accident, pur et simple.

Barry sortit de la maison en sirotant un Dr Pepper dans le vieux gobelet en plastique Batman qui avait été sa seule contribution à leur service de vaisselle.

— Qu'est-ce que tu fais? demanda-t-il.

— J'arrose.

— Non, je veux dire après. Tu as quelque chose de prévu?

— Pas vraiment. Pourquoi?

— J'ai pensé que nous pourrions aller essayer les courts de tennis, prendre un peu d'exercice. On paie pour ces courts, autant en profiter.

Cela faisait longtemps qu'ils n'avaient pas joué au tennis.

Au début, quand ils commençaient à sortir ensemble et n'avaient pas d'argent, ils avaient passé de nombreux samedis après-midi sur les courts du lycée, près de leur ancien appartement. Ni l'un ni l'autre n'était particulièrement sportif, cependant, et le temps et l'absence de motivation les avaient éloignés des activités de plein air. Mais recommencer à jouer au tennis pouvait être amusant et Maureen hocha la tête avec enthousiasme.

— D'accord.

— Alors, allons-y.

— Tu sais où sont les raquettes ?

— Je les ai mises dans l'une des caisses rangées dans le garage. Je vais les chercher pendant que tu finis d'arroser.

Maureen sourit, tira sur le tuyau pour passer à un autre massif.

— Prépare-toi à une raclée.

— Tu ne m'as jamais battu, lui rappela-t-il. Et je ne crois pas que dix ans d'inactivité auront amélioré ton tennis.

— On dit ça, on dit ça.

Elle finit d'arroser et quand Barry revint avec les raquettes et une boîte de balles, ils prirent le chemin des courts. Situés près de l'entrée de Bonita Vista pour impressionner les gens de l'extérieur, les courts jumeaux étaient parfaitement entretenus et entourés d'un haut grillage, autant pour empêcher les balles de se perdre dans la forêt que pour barrer l'accès aux non-résidents. Des projecteurs de stade trop gros pour des courts avaient été installés sur des poteaux pour éclairer les terrains et permettre de jouer le soir.

Ils s'approchèrent de la porte, où un pavé de touches surmontait une serrure électronique.

— On aurait dû consulter le manuel avant de venir, dit Barry d'un ton moqueur.

Il passa la boîte de balles à Maureen, se pencha.

— Pas d'instructions...

105

Il tapa le code de la grille de la résidence, mais la porte ne s'ouvrit pas.

— Essaie notre adresse, suggéra Maureen. Ou le numéro de notre parcelle.

Le numéro de leur parcelle était le sésame : le rectangle de grillage encadré pivota.

— Comme ça, ils savent qui utilise les courts, commenta Barry. Sympa.

— Vous devriez monter une association de paranoïaques, Ray et toi ! lui lança Maureen en riant.

Elle pénétra sur le gazon du court, sentit le sol de terre battue céder légèrement sous ses pieds quand elle se dirigea vers le filet. Rien à voir avec le court scolaire en ciment sur lequel ils jouaient dans le temps, et elle fut impressionnée que Bonita Vista soit équipée d'une installation aussi professionnelle.

Elle toucha le filet tendu, passa de l'autre côté.

— Mike et Tina n'ont pas dit qu'ils jouaient au tennis ?

— Si, confirma Barry.

— Si nous nous entraînons un peu, nous pourrons faire des doubles contre eux.

— Ouais. Dans un an ou deux.

— Parle pour toi !

Maureen lança une balle en l'air, la frappa. Barry la renvoya mais ce fut la fin de l'échange car la raquette de Maureen ne rencontra cette fois que le vide et la balle alla mourir près du grillage. Pendant les minutes qui suivirent, ils servirent à tour de rôle et ne réussirent que quelques retours.

— Tu penses toujours qu'on est assez bons pour affronter les Stewart ? cria Barry.

— Concentre-toi, mon petit écrivain. Quatre sur sept. Je te laisse le service.

Ils se mirent à jouer. Un vrai match, pas un simple échange de balles. Maureen remarqua que son mari ne cessait de jeter des coups d'œil à la forêt, derrière eux, qu'il scrutait les broussailles à travers le grillage chaque fois qu'il ramassait une balle.

— Tu cherches Moignon? le taquina-t-elle.

Il releva aussitôt les yeux d'un air coupable : manifestement, elle avait visé juste. C'était une plaisanterie, bien sûr, mais elle aurait mieux fait de se taire. Si Barry n'avait pas beaucoup parlé de Moignon depuis leur rencontre sur le sentier, Maureen aurait dû se douter qu'il était devenu une obsession pour lui. Un être difforme vivant dans les bois? C'était exactement son domaine et il avait certainement élaboré des scénarios délirants avec passages secrets souterrains, espionnage, animaux de compagnie volés avant d'être dévorés.

La vérité, selon Maureen, était beaucoup moins mélodramatique. L'homme-tronc était inoffensif. Presque tout le monde avait une histoire à raconter sur lui, la plupart du temps très drôle. Barry avait raison : c'était triste que quelqu'un vive comme ça à leur époque mais d'un autre côté, d'après tout ce qu'elle avait entendu dire, Moignon avait choisi cette vie et elle le rendait apparemment heureux.

Barry récupéra la balle, revint près de ligne de service.

— Tu penses qu'il nous espionne? C'est ça?

— Je pense qu'il nous *observe*, rectifia-t-il. Et qu'il sait beaucoup de choses. S'il pouvait parler, il aurait sûrement des histoires intéressantes à raconter…

Maureen secoua la tête.

— Allez, sers.

Il menait trois jeux à un et même s'ils jouaient pour s'amuser, Maureen avait suffisamment l'esprit de compétition pour ne pas s'incliner sans se battre.

— On change de côté, dit-elle. J'ai le soleil dans les yeux.

— En voilà une excuse!

Ils permutèrent cependant et elle remporta le jeu bien que Barry fût au service.

Elle servit à son tour, une balle pas très puissante, mais Barry n'essaya même pas de la reprendre et s'approcha du filet en faisant signe à Maureen de faire de même.

— De l'autre côté de la rue, murmura-t-il. Il y a une vieille qui nous regarde.

Maureen se retourna, mine de rien, découvrit une maison de bois et de verre dont les fenêtres de devant donnaient sur les courts. Elle vit un visage ridé derrière un rideau à demi tiré.

— Et alors? Les vieux font toujours ça. Ça leur donne quelque chose à faire : cancaner sur les voisins...

— Non, non, elle ne nous quitte pas des yeux, elle nous surveille carrément.

Maureen jeta un nouveau coup d'œil, vit le rideau bouger. Un couple âgé passa devant la maison. La femme leur sourit, les salua de la main, mais l'homme les regarda trop longtemps, sans détourner les yeux.

— Tu vois, fit Barry. Il se passe quelque chose d'étrange.

— Quoi? Cet endroit ne bouillonne pas précisément d'activité, en milieu de semaine. Nous sommes probablement l'attraction du jour.

— Pas seulement, répondit Barry, qui regardait autour de lui comme s'il cherchait quelque chose. J'ai l'impression que nous sommes sous surveillance.

Son regard monta vers le haut du grillage, se porta sur le poteau des projecteurs. Il recula d'un pas, plissa les yeux.

— Regarde.
— Quoi?
— Là-haut. Regarde.

Elle suivit des yeux le doigt tendu. Fixée en haut du poteau, braquée vers le bas, il y avait une caméra vidéo, le

type d'appareil de sécurité installé dans les banques et les épiceries de quartier.
— Tu vois ?
— Je vois quoi ? C'est sans doute une mesure antivandalisme. Parfaitement appropriée si l'on songe à ce qui est arrivé à mes fleurs.
Il fit le tour du poteau.
— A quoi elle est reliée ? Où est le moniteur ?
— Il n'y a pas de moniteur, elle est sans doute reliée à un simple magnétoscope.
— Oui, mais où ? Chez le président ? Tu voudrais me faire croire que cette caméra n'a pas de zoom ? Que celui qui l'utilise ne s'en sert pas pour mater dans le corsage des filles ?
— Tu deviens fou. Ou alors c'est une idée de nouvelle que tu essaies sur moi...
— Ce n'est pas une mauvaise idée, pour une nouvelle, mais non, je parle sérieusement.
— Tu dramatises tout.
— Vraiment ?
— Ça s'appelle la sécurité et ça ne me pose aucun problème. Nous avons des grilles de sécurité, des caméras de sécurité. C'est pour cette raison que notre taux de criminalité est quasi nul. C'est pour cette raison que les gens aiment vivre ici.
— Tu leur prépares une pub ?
Elle secoua la tête.
— Barry ? On finit le match, d'accord ?
Mais il n'entendait pas renoncer.
— Et la vieille qui nous épie, derrière son rideau ? Et le couple qui passait ?
— Je trouve ça sympa : ils veillent sur nous.
— Ils nous espionnent, oui !
— N'est-ce pas ce que les gens cherchent à retrouver, ce sentiment de communauté, cette idée que tout le monde

veille sur tout le monde ? N'est-ce pas ce qu'ils veulent dire avec leur « bon vieux temps » ?

— C'était naturel, ça, c'est venu tout seul. Ça n'a pas été imposé aux gens.

— Bon Dieu, nous avions bien une « garde de quartier », en Californie ! C'est exactement la même chose !

— Non, ce n'est pas la même chose, s'entêta Barry.

Il alla à l'endroit où Maureen avait posé la boîte et y rangea sa balle.

— Rentrons, décida-t-il. Je n'ai plus envie de jouer.

— Moi, si.

— Alors, joue toute seule, moi je rentre. Je ne reste pas ici à me faire filmer sous toutes les coutures.

— Crétin, grommela-t-elle.

Ils rentrèrent ensemble, sans un mot. Maureen jeta un coup d'œil au passage dans la boîte aux lettres mais elle était vide. Sur la porte-moustiquaire, cependant, une feuille de papier rose agitée par le vent attira leur attention. On l'avait glissée en haut du grillage couvrant la partie inférieure de la porte. Ils montèrent les marches du perron, Barry décrocha la feuille et la tint de manière qu'ils puissent tous deux la lire.

C'était un formulaire, manifestement une copie, intitulé *Inspection de maintenance extérieure.*

Sous le titre, un bref paragraphe expliquait que le Comité Architecture de l'association des propriétaires de Bonita Vista avait procédé à une inspection de la propriété et déterminé les travaux de maintenance requis. Suivait une liste d'interventions dont deux avaient été cochées : *Peindre cheminée* et *Ramasser aiguilles et pommes de pin.*

Ils ne s'étaient absentés qu'une demi-heure — quarante-cinq minutes tout au plus —, et il était difficile de croire que dans un temps aussi bref quelqu'un ait pu inspecter leur maison et leur jardin pour y relever toutes les infractions possibles énumérées dans la liste. C'était légal, Maureen le savait, mais elle n'aimait pas l'idée que des gens soient venus fouiner chez eux pendant leur absence. Pourquoi ne pas procéder à cette inspection en leur présence ?

Elle ne tenait cependant pas à ce que Barry sache ce qu'elle ressentait. Il était sans aucun doute furieux de cette violation de leur intimité, et même si c'était une réaction mesquine de sa part à elle, elle ne pouvait s'empêcher de se sentir contente. Cela lui ferait les pieds.

— Les pommes de pin ? marmonna-t-il en fixant le formulaire.

C'était petit et stupide, elle devait l'admettre, et elle eut presque envie d'appeler Chuck ou Terry pour leur demander pourquoi on les embêtait avec de telles peccadilles, mais elle était encore fâchée contre Barry et lui assena :

— Il va falloir que tu manies le râteau, on dirait.

15

La journée était belle, le ciel bleu encombré de gigantesques nuages blancs qui dérivaient paresseusement d'est en ouest, et Barry décida d'écrire sur la terrasse plutôt que de s'enfermer dans la maison devant l'ordinateur. S'il lui venait une bonne idée, quelque chose d'utilisable, il la taperait plus tard.

Il prit son bloc-notes, monta le volume de la chaîne, sur laquelle tournait un disque de James Taylor, et ouvrit la porte coulissante.

— Baisse le son! lui cria Maureen d'en bas.
— Si je le baisse, je n'entendrai rien dehors! répondit-il.
— Achète-toi un baladeur!

Ignorant la répartie, il alla sur la terrasse et s'assit dans un fauteuil mais ne fut pas autrement surpris quand, un moment plus tard, la musique fut brutalement coupée. De petits coups frappés à la vitre lui firent tourner la tête et il vit Maureen qui lui souriait d'une oreille à l'autre.

— Merci beaucoup, maugréa-t-il.
— De rien.

Elle retourna en bas, où elle travaillait sur l'ordinateur, et Barry reporta son attention sur la feuille de papier qui se trouvait devant lui.

Blanche.

Depuis qu'ils vivaient à Bonita Vista, une scène de *Funny Farm* lui revenait fréquemment en mémoire. Dans le film, Chevy Chase s'installe à la campagne pour écrire un roman et, quand il fait le tour de sa nouvelle maison avec sa femme, il trouve la pièce idéale pour son bureau, avec un oiseau qui gazouille gaiement sur une branche devant la fenêtre. Plus tard, il est assis devant sa machine à écrire, complètement bloqué, et quand l'oiseau se met à gazouiller, Chase lui lance une tasse de café.

Barry avait eu cette hantise : ne pas pouvoir écrire dans un environnement splendide, et encore aujourd'hui, alors qu'il était assis sur la terrasse, le stylo à la main, un léger sentiment de peur l'asticotait dans un recoin de son esprit : il ne trouverait rien, le flot créatif ne coulerait plus.

Il n'aurait pas dû s'inquiéter. Comme toujours, il n'eut aucun mal à lâcher la bonde à son imagination et bientôt sa plume courut sur le papier, décrivant les sentiments d'un jeune garçon forcé par sa sœur psychotique à manger en guise de céréales les cendres de leur mère incinérée.

Une femme passa sur la route et il lui fit signe. Avec un mince sourire, elle lui rendit son salut et poursuivit son chemin d'un pas rapide, manifestement pressée de s'éloigner.

Un point pour la cordialité des petites villes.

En la suivant des yeux, il songea que la sociabilité de leurs voisins avait faibli ces deux dernières semaines et qu'ils ne recevaient plus d'invitations à dîner comme à leur arrivée. Il ne s'en plaignait pas, ils avaient des amis à Bonita Vista maintenant : Ray et Liz, Frank et sa femme Audrey, Mike et Tina Stewart, mais c'était quand même curieux et il se demandait s'ils n'avaient pas enfreint quelque code non écrit, s'ils n'avaient pas commis un affreux faux pas ou si l'attrait de la nouveauté ne s'était pas simplement émoussé et si tous ceux qui souhaitaient les rencontrer avaient désormais fait le tour de la question.

La femme tourna, disparut derrière les pins et Barry se remit à écrire.

Le temps changea rapidement, comme souvent dans l'Utah. Barry transpirait dans la chaleur du mois de juin mais d'épais nuages cachèrent soudain le soleil et la température chuta de huit degrés, d'après le thermomètre extérieur Sierra Club que Maureen avait fixé au mur près de la porte. La sueur refroidit sur sa peau. Si ce que Ray disait était vrai, juillet apporterait la pluie et ils auraient alors un temps vraiment schizoïde. Barry l'attendait avec impatience. Né en Californie du Sud, il avait une connaissance des saisons marquées en grande partie indirecte, par les films et les livres, et il se réjouissait de faire enfin par lui-même l'expérience des caprices de Mère Nature.

Il s'arrêta pour déjeuner six pages plus tard, avec un début de crampe dans la main droite. Il était plutôt content de ce qu'il avait écrit. Si cela se passait aussi bien tous les jours, il pourrait travailler six mois et se reposer le reste de l'année. Ou écrire deux livres par an au lieu d'un. Il opterait probablement pour la seconde solution. L'inspiration était notoirement volage et il y avait toujours le risque qu'elle se tarisse, que ses histoires ne se vendent plus, et même sans son éthique du travail qui frisait l'obsession, il aurait quand même éprouvé le besoin de battre le fer tant qu'il était chaud.

Revenant à l'intérieur, il laissa tomber son bloc-notes sur la table de la salle à manger et alla dans la cuisine se chercher quelque chose à manger. Il ouvrit les placards, inventoria le réfrigérateur, mais la maison était apparemment à cours d'en-cas et il avait la flemme de se préparer quelque chose. Il se rabattit finalement sur une pomme qu'il croqua en descendant. Maureen était dans la salle de bains et il avisa sur la table, à côté de l'ordinateur, plusieurs enveloppes timbrées adressées au fisc — des suppliques envoyées au nom de ses clients, sans doute —, et entre deux bouchées, il cria à sa femme :

— Tu veux que je mette tes lettres dans la boîte ?
— Vas-y, répondit la voix étouffée de Maureen.

Barry jeta le trognon de sa pomme dans la corbeille et, désireux de se dégourdir les jambes après cette matinée passée sur son postérieur, prit les enveloppes et sortit. Parvenu à la boîte aux lettres, il releva le drapeau rouge, ouvrit la porte métallique pour y déposer les lettres de Maureen.

Il vit aussitôt que la boîte n'était pas vide. Comme le facteur n'était pas encore passé, il n'y avait ni factures, ni lettres, ni cartes postales, mais une enveloppe sans timbre portant son nom et, dans le coin supérieur gauche, les initiales APBV.

Pour « Association des Propriétaires de Bonita Vista ».

Il déchira l'enveloppe, furieux avant même d'en connaître le contenu. Ce n'était pas un formulaire cette fois mais une note dactylographiée sur papier à en-tête. Il la lut. La relut.

Cher M. Welch,

Il a été porté à notre connaissance que vous utilisez le 113 Pinetop Road à la fois comme local professionnel et comme résidence principale. Bonita Vista est une communauté strictement résidentielle, et toute activité commerciale ou professionnelle y est interdite.

Le Bureau a été informé récemment de votre situation spécifique et après un examen attentif, nous avons décidé que, conformément aux E-C-R de Bonita Vista, vous êtes dans l'obligation de trouver un autre lieu où accomplir votre vocation écrivaine et ce dans un délai de trente jours.

Si vous avez des questions, n'hésitez pas à me joindre au 555-

7734. Je serai heureux de vous aider dans toute la mesure du possible.
Veuillez agréer, Monsieur, l'expression de nos sentiments distingués,
Boyd R. Masterson,
Bureau de l'APBV

La feuille tremblait dans la main de Barry tant il était hors de lui. Il fourra les lettres de Maureen dans la boîte et referma la porte.

«Votre vocation écrivaine»...

Dans son esprit, il corrigeait et récrivait la lettre, un exercice vain mais auquel il avait souvent recours quand il était confronté à un document hostile. Trop de gens dans ce monde étaient incapables de tourner une lettre et cela lui remontait toujours le moral de constater que ses adversaires n'étaient pas aussi aptes que lui à rédiger un texte. Cela diluait la menace, d'une certaine façon, et lui donnait, du moins dans son esprit, un avantage psychologique.

Entendant un bruit de moteur sur la route, il releva la tête et vit une Jeep rouge tourner le coin de la rue et entamer la montée de la colline. C'était Mike Stewart. Mike travaillait en ville pour Cablevision et rentrait chez lui pour déjeuner, mais l'attitude de Barry dut lui faire comprendre que quelque chose n'allait pas car l'instant d'après il fit demi-tour, redescendit et vint s'arrêter devant l'allée.

— Un problème ? cria-t-il.

Barry s'approcha en tendant la lettre.

— Qu'est-ce que tu penses de ça ?

Mike passa le bras par la fenêtre, prit la lettre, commença à la lire.

— Les salauds, lâcha-t-il.

— Tu connaissais cette règle ?

— Non, mais uniquement parce qu'elle ne s'applique pas

à moi. S'ils disent qu'elle figure dans les E-C-R, tu peux parier la tête de ta mère qu'elle y est.

— Mais tu ne penses pas qu'elle vise à empêcher les résidents de vendre des trucs dans leur maison, ou d'installer un atelier de fabrication dans leur garage, ou de faire des choses qui nuiraient à l'environnement ? Moi, j'écris, bon Dieu. Je tape sur un clavier. C'est tout. Ça ne cause aucune nuisance. Personne ne serait même au courant si je n'en avais pas parlé.

— T'as sans doute raison, soupira Mike, mais ces mecs sont règlement, règlement. Plus ils trouvent d'infractions, de gens sur qui cogner, plus ils sont contents.

— Et merde !

— Tu sais quoi ? Je me suis fixé comme objectif de gagner à la loterie. Y a encore pas mal de parcelles libres, ici, et si je touche le gros lot, je les achète toutes. Pas seulement pour maintenir de l'espace mais aussi parce que chaque parcelle te donne une voix aux élections de l'association. Comme ça, j'aurais plus de voix que tous les autres résidents réunis !

Il sourit et continua :

— J'ai pas encore décidé si je voterais la dissolution de l'association des propriétaires ou si je m'élirais président et nous exempterais, mes copains et moi, de toutes les règles existantes en les imposant aux autres.

— Un sacré plan, commenta Barry.

— Tirage le mercredi et le samedi.

— Je fais partie des copains, hein ?

— Absolument. Et je leur ferai payer ça, à ces blaireaux, conclut Mike en rendant la lettre à Barry.

— En attendant ?

Mike redescendit sur terre.

— Je crois que t'es baisé... Mais je suis pas un expert, tu devrais quand même consulter un avocat.

— Ouais.

— Faut que j'aille bouffer, j'ai qu'une demi-heure de pause. Je te rappelle plus tard.
— D'accord. Merci, Mike.
Serrant toujours la feuille dans son poing, Barry retourna dans la maison.
Après avoir lu la lettre, Maureen ne parut pas tellement choquée. Du moins, pas autant que Barry l'escomptait. Elle convint qu'il n'était pas raisonnable de le contraindre à cesser d'écrire à la maison mais avoua qu'elle comprenait la logique sous-tendant cette décision.
— Ils ne peuvent pas faire une exception pour toi. Ils sont obligés d'appliquer le règlement à tout le monde, sans choisir qui ils veulent harceler. Ce serait de la discrimination et ils auraient des tas de procès sur le dos. Je sais que c'est moche que ça te tombe dessus, mais je ne crois pas que ce soit intentionnel. Ils ne t'en veulent pas personnellement, ils appliquent les règles — aussi injustes soient-elles — d'une manière qui prouve qu'ils ne s'acharnent sur personne et qu'ils ne font de faveur à personne.
— Bon sang...
— Ce n'est pas la fin du monde.
— Merci de ton soutien.
Maureen haussa les épaules.
— Ce ne serait peut-être pas si mal pour toi que tu loues un bureau quelque part, ne serait-ce que pour les impôts. Le loyer serait déductible...
— La question n'est pas là.
— Je le sais. Je dis simplement que tu t'en tires très bien, maintenant, sur le plan financier et que tes dépenses professionnelles sont quasi inexistantes. C'est pour ça que tu as payé tellement d'impôts l'année dernière. Mais si tu prends un bureau...
— Laisse tomber ces conneries. Je suis en rogne, nom de Dieu, et il y a de quoi. Et j'ai surtout pas besoin qu'on me

joue un air de pipeau, genre « à toute chose malheur est bon »...

Maureen plissa les lèvres sans répondre.

— Si j'étais à la retraite, je pourrais passer mes journées à pondre des lettres aux journaux ou à l'administration et je n'enfreindrais aucune règle. Mais comme je gagne ma vie en écrivant, je suis en infraction si je passe exactement le même temps devant un ordinateur. Ne t'attends pas à ce que je sois content.

Une pensée lui vint tout à coup et il prit la lettre des mains de Maureen, la relut.

— Ils ne parlent que de moi. Et toi ? Toi aussi, tu as installé ton bureau ici. Je ne suis pas le seul à travailler à la maison...

— Et alors ? Tu vas me dénoncer ?

— Bien sûr que non.

— Alors, pourquoi tu soulèves la question ?

— Parce qu'ils n'appliquent pas le règlement à tout le monde, parce qu'ils s'en prennent à *moi*.

— Qu'est-ce que tu comptes faire ? Entamer des poursuites ?

— Les en menacer, au moins. Et si je joue bien mes cartes, je peux les amener à renoncer.

Il persuada Maureen de téléphoner à Chuck Shea, son copain de l'association, pour le sonder, voir si on ne pouvait pas trouver un arrangement, un accord tacite qui lui permettrait de continuer à travailler à la maison, mais Chuck répondit que le règlement était clair. Il n'admettait comme exceptions que celles qui étaient explicitement mentionnées dans les E-C-R, à savoir les agents immobiliers et les comptables, qui n'étaient pas autorisés à recevoir des clients chez eux mais qui pouvaient s'y occuper de la paperasse. C'était la raison pour laquelle Maureen n'était pas citée dans la lettre. Barry était le premier écrivain vivant à Bonita Vista et s'il était parfaitement envisageable de faire une exception à l'avenir pour sa profession, Chuck souligna que la question devrait d'abord être soumise au vote des membres lors de l'assemblée annuelle de septembre. D'ici là, Barry devrait se soumettre au règlement.

— Tu vois, pas de discrimination, finalement, lui dit Maureen après lui avoir transmis le message.

N'y avait-il pas une pointe de triomphe dans sa voix ? Non. Il devenait parano. Il était en colère contre elle sans avoir vraiment de raison de l'être et il monta à la cuisine boire quelque chose pour se calmer, avant de prononcer des mots qu'il regretterait plus tard.

Il téléphona ensuite à Ray, qui partageait l'avis de Mike : sous une façade de bonne volonté et d'offre d'assistance, les types de l'association jubilaient.

— Tu penses que je devrais en parler à un avocat ?

Barry entendit presque son ami hausser les épaules à l'autre bout du fil.

— C'est toi qui vois. Mais moi, à ta place, je ne gaspillerais pas mon argent à ça. Ces E-C-R ont été attaqués en justice je ne sais combien de fois et ont résisté à tous les assauts. Tu pourrais peut-être étudier le texte toi-même, le passer au peigne fin pour voir si tu peux trouver une échappatoire, mais je parierais qu'ils te tiennent, ce coup-ci.

— Qu'est-ce qu'ils feront si je ne tiens pas compte de la lettre ?

Ray eut un petit rire sinistre.

— Là, tu vas dans le mur. Ils commenceront par te coller des amendes. Ça durera un moment, jusqu'à ce qu'ils arrivent à une somme exorbitante, quasiment impossible à payer. Alors, ils feront intervenir leurs avocats et ils placeront ta maison sous droit de rétention.

— Ils peuvent faire ça ?

— Oh que oui !

— Tu parles par expérience ?
— Ils ne me l'ont pas fait. Pas encore. Mais c'est arrivé à des gens que je connaissais. Crois-moi, c'est moche. Si tu ne parviens pas à trouver une faille juridique, ou un moyen de t'en sortir en discutant avec l'association, je te conseille de commencer à te chercher un bureau en ville.

Barry passa le reste de l'après-midi sur son exemplaire des E-C-R. Sans aucun résultat. Le soir, il appela Mike, qui téléphona à quelqu'un censé connaître quelqu'un au bureau de l'association : bien que le règlement ne mentionnât aucune possibilité d'appel, Barry espérait trouver une personne influente disposée à fermer les yeux.

En pure perte, là aussi.

Il alla se coucher furieux et frustré. S'il avait su qu'on l'empêcherait d'écrire sous son propre toit, il n'aurait jamais acheté une maison à Bonita Vista, dit-il à Maureen. S'il n'avait pas déjà englouti autant d'argent dans l'opération, il la mettrait en vente et regarderait l'Utah disparaître dans son rétroviseur.

Elle ne discuta pas, n'exprima ni accord ni désaccord et ils s'endormirent sans se toucher, chacun de son côté du lit.

Le lendemain, Barry tenta une fois de plus de naviguer dans le jargon obscur des E-C-R en espérant y découvrir des choses qu'il n'avait pas vues la veille, mais le dossier de l'association lui parut encore plus solide.

Maureen posa une main sur son épaule en demandant :
— Tu as trouvé quelque chose ?
Il lui pressa la main : l'animosité de la veille était oubliée.
— Pas encore, répondit-il.
— Qu'est-ce que tu comptes faire ?
Il secoua la tête.
— Je ne sais pas.
Jeremy était avocat et Barry songea à l'appeler pour lui demander son avis, mais il repensa à ce que Ray lui avait

dit et résolut d'attendre : il aurait peut-être besoin de conseils juridiques plus tard.

Barry repoussa le règlement de l'association et regarda les arbres par la fenêtre. Il se demanda s'il ne pouvait pas installer un petit bureau dans leur garde-meubles et se rendit à Corban pour vérifier. Comme il le savait, le petit local était bourré de tout ce qui n'avait pas trouvé de place dans la maison. Il s'arrêta à la réception en repartant et demanda au vieil homme assis derrière le comptoir s'il était possible de louer un autre emplacement et de s'en servir comme lieu de travail.

— C'est pas interdit par la loi, je suppose, répondit le vieux avec un haussement d'épaules. Mais faut que la porte reste fermée en dehors des chargements et déchargements. C'est le règlement. Et y a ni lumière ni prise électrique. En plus, il y fait drôlement chaud, en juin et en juillet.

Il plissa les yeux comme s'il se représentait la chose et secoua la tête.

— Maintenant que j'y pense, c'est peut-être pas faisable.

Barry hocha la tête.

— C'est pas une si mauvaise idée quand même, reprit le vieux. Des emplacements loués comme bureaux... Y aurait une fortune à se faire. Mais pas ici, pas à Corban. Peut-être à Saint George ou à Cedar City...

Barry le remercia, remonta dans la Suburban et regarda un moment à travers le pare-brise poussiéreux en réfléchissant. Il fallait être réaliste, il n'avait plus qu'une solution et il se rendit à l'agence immobilière, passa la tête à l'intérieur de la caravane.

— Doris est là ?

L'employée maigrichonne assise derrière le bureau le plus proche de la porte lâcha un «Boss ? On vous demande !» et, une seconde plus tard, un visage familier apparut dans l'encadrement de la porte de la «salle de réunion».

— Hé! s'exclama Doris en découvrant Barry. Comment ça va?
— Bien.
— Vous me laissez une minute? J'envoie un fax à un de nos vendeurs. Asseyez-vous là à mon bureau, dit-elle en tendant le bras. Ou alors...
— Ça va, je peux rester debout, assura-t-il.
— J'en ai pour une minute.

Barry parcourut des yeux la caravane, vit une photo encadrée et dédicacée de Pat Buchanan sur l'un des bureaux, des tableaux de peintres amateurs accrochés aux murs.

Doris sortit de la pièce du fond.
— Pardon de vous avoir fait attendre. C'est pour le travail ou pour le plaisir?
— Euh, le travail, bredouilla-t-il, pris au dépourvu.
— Je vous taquinais. Alors, ça vous plaît de vivre à Bonita Vista?
— Beaucoup.
— Pas de problèmes? Comment vous trouvez l'association des propriétaires?
— Eh bien...
— Désolée de ne pas m'être étendue là-dessus, mais c'est le boulot.
— C'est un peu pour ça que je suis ici.
— Qu'est-ce que je peux faire pour vous?
— J'ai besoin d'un bureau. D'après l'association, je n'ai pas le droit de travailler chez moi, c'est contre le règlement, alors je dois trouver un autre endroit où écrire. Je me demandais s'il n'y aurait pas une petite chambre ou quelque chose comme ça que je pourrais louer en ville, peut-être un...

Elle lui posa une main sur le bras.
— J'ai exactement ce qu'il vous faut. Derrière la cafétéria. Un ancien musée de la théière, aussi incroyable que ça puisse paraître. Le vieux Pruitt, qui possédait pas mal de

terres dans cette région il y a des années, avait une femme qui collectionnait les théières. Théières anciennes, chinoises, russes, du monde entier. Et elle s'était mis dans la tête d'ouvrir un musée. Je ne sais pas quels visiteurs elle attendait : les touristes ne défilent pas précisément en rangs serrés à Corban, et même si tous les habitants de la ville venaient voir sa collection, ça ne prendrait pas plus de deux jours. Mais le vieux Pruitt lui a construit un petit bâtiment et l'a installée. Il n'était presque jamais ouvert mais elle l'a gardé jusqu'à sa mort, dans les années quatre-vingt. Depuis, il est vide. Vous voulez y jeter un coup d'œil ?

— Je ne veux pas acheter, je veux simplement louer, précisa Barry.

— C'est de ça que je parle. Bert, le patron de la cafétéria, a acquis le bâtiment du vieux Pruitt au cas où il aurait envie de s'agrandir ou de faire un parking plus grand. Il n'y a probablement pas pensé depuis des années mais s'il peut se faire un peu d'argent avec cette cabane sans remuer le petit doigt, il sautera sur l'occasion.

Elle sourit, prit un trousseau de clefs sur le bureau.

— Venez, on va lui parler.

La cafétéria se trouvait une rue plus bas, mais Doris insista pour s'y rendre en voiture et Barry supposa que c'était un truc d'agent immobilier, un moyen de garder le client dans ses griffes et à sa merci. Il monta cependant dans la Buick sans regimber et ils prirent une route de terre battue plutôt que la nationale, un chemin plus long, sembla-t-il à Barry, mais qui donna à Doris le temps de discourir sur les excentricités de Bert et de le convaincre de la laisser parler.

C'était en milieu de matinée, juste après le petit déjeuner et bien avant le déjeuner, et le seul client de la cafétéria, un vieil homme à l'air aigri, mangeait des œufs sur toast au comptoir. Doris fit signe à la serveuse adolescente.

— Lurlene ! Ton papa est là ?

— Une seconde.

La jeune fille disparut dans la cuisine, revint un moment plus tard avec un petit homme maigre aux cheveux coupés en brosse qui s'essuyait les mains à un torchon.

— Bert! lui lança Doris.

Il hocha la tête sans que son visage exprimât quoi que ce soit.

— Doris!

— J'ai quelqu'un qui voudrait vous louer le musée de la théière de Pruitt.

— Quoi? fit-il, l'air sincèrement étonné.

— J'ai pensé que ça vous intéresserait de vous faire un petit à-côté.

— Sûrement.

— Bon, alors, M. Welch que voici est écrivain, il vit à Bonita Vista. Comme l'association des propriétaires ne le laisse pas écrire chez lui, il cherche un bureau, un endroit où s'installer et travailler sur ses livres. Je sais que cet ancien musée est toujours vide, et j'ai pensé que vous pourriez vous entendre, tous les deux.

Elle toucha de nouveau le bras de Barry d'une manière qui lui parut un peu trop insistante. Il la regarda et elle lui sourit. Elle avait une attitude flirteuse qui le gênait un peu et il se dit qu'il aurait dû emmener Maureen avec lui. Il détourna les yeux.

— Vous pensez quoi? Question argent? s'enquit Bert, s'adressant à Doris.

Barry et elle n'avaient pas abordé le sujet, ils n'avaient même pas fixé un ordre de grandeur et avant que Doris avance une somme qu'il n'était pas prêt à payer, il proposa :

— Si nous allions voir l'endroit, d'abord?

— Bonne idée, approuva Doris, qui tourna son sourire vers Bert. Lurlene peut tenir la boutique cinq minutes pendant qu'on jette un coup d'œil?

Bert eut un grognement qui n'était ni affirmatif ni négatif tout en posant son torchon.

— T'en fais pas, papa, j'ai tout ce beau monde sous contrôle, dit Lurlene en indiquant de la tête le vieux assis au comptoir.

Ils traversèrent la cuisine, sortirent par la porte de derrière.

Barry constata que le bâtiment était effectivement petit — leur chambre, à peu près —, mais il avait des fenêtres, des étagères, un comptoir encastré et des prises électriques. Et surtout, il y avait une salle de bains de la taille d'un placard. Ni l'eau ni l'électricité n'étaient branchées et Bert prévint que Barry devrait payer pour la mise en service, mais au moins le raccordement était fait. Un peuplier de Virginie géant prodiguait un ample ombrage, et du côté opposé à la cafétéria un pré à l'herbe verte s'étendait jusqu'à une ligne d'arbres, au pied d'une colline.

— Combien vous diriez que ça vaut ? demanda Bert.

Barry allait répondre qu'il était prêt à payer cent dollars par mois, plus les charges, quand Doris intervint :

— Cinquante par mois.

C'était une offre, pas un point de départ pour marchander, et la fermeté de son ton laissait entendre que c'était à prendre ou à laisser. Elle fit lentement le tour de la pièce.

— Il y a beaucoup de travaux à faire et M. Welch ne s'en servira que pour écrire. Ce n'est ni un avocat, ni un médecin qui chercherait à louer un cabinet de standing entièrement installé.

Bert hocha la tête.

— Cinquante par mois, c'est raisonnable.

Doris lui tendit la main.

— Merci, Bert. M. Welch et moi retournons à mon bureau pour en discuter et je vous rappelle. Si nous sommes d'accord, je préparerai les papiers et nous pourrons signer.

— Je peux vous virer n'importe quand, prévint Bert. J'ai

acheté ce bâtiment pour m'agrandir, et si j'en ai besoin un jour, je le récupère.

— Je comprends, répondit Barry.

— Alors, ça marche.

Dans la voiture qui les ramenait à la caravane de l'agence, Doris éclata de rire.

— Vous virer! C'est à mourir de rire. Il avait probablement complètement oublié qu'il avait ce bâtiment jusqu'à ce que nous venions lui en parler.

— Merci de m'avoir devancé. Je m'apprêtais à proposer cent par mois.

— Je m'en suis doutée. Je n'ai pas voulu que vous vous rouliez vous-même. Même si cela aurait augmenté ma commission.

— Je ne peux pas m'engager tout de suite, il faut d'abord que je téléphone à ma femme.

— Lui téléphoner? Faites-la venir! Regardez cette cabane sous toutes les coutures, discutez-en, réfléchissez. Elle n'est pas près de s'envoler. Et quoi que puisse raconter Bert, il n'a aucun projet pour ce bâtiment. Vous êtes un don du ciel, pour lui. Prenez tout votre temps.

— Merci, dit Barry.

Doris lui adressa un clin d'œil.

— Je fais juste mon boulot, trésor. Juste mon boulot.

16

En un sens, l'association des propriétaires lui avait rendu service.

Même si Barry rechignait à l'admettre, travailler hors de chez lui avait à la fois ouvert sa vie et son œuvre. Il s'aperçut qu'il aimait passer ses journées en ville, qu'il aimait le contact avec les gens du coin et le sentiment de faire partie de la vie quotidienne de Corban. Son nouveau roman avait changé depuis qu'il n'écrivait plus à la maison, il avait acquis de la profondeur, une sensibilité au monde réel. Il était plus accessible, moins insulaire et autoréférentiel, et d'une façon indirecte l'association en était la cause.

Avec un sourire désabusé, il pensa qu'il devrait peut-être la citer dans la liste de ses Remerciements.

De l'autre côté de la fenêtre, un pivert à tête rouge descendit en piqué du peuplier et disparut dans un trou apparemment microscopique sur l'avant-toit de la cafétéria. C'était une journée chaude et les cigales étaient de sortie, couvrant de leur chant le bourdonnement du ventilateur de son PC et renvoyant tout autre bruit à l'arrière-plan. A l'intérieur, à l'ombre de l'épais feuillage et des branches massives du peuplier, la température restait tempérée, mais Barry pouvait voir des vagues de chaleur déformer l'air au-dessus de la route de terre battue et savait qu'au soleil la chaleur devait être accablante.

Il sauvegarda ce qu'il avait écrit, éteignit son ordinateur, se renversa dans son fauteuil et le fit tourner. C'était agréable d'avoir un bureau. Ça lui plaisait. Ray Bradbury avait un bureau, beaucoup d'auteurs célèbres aussi. Et cela donnait à son travail un caractère... officiel. Il avait l'impression d'être plus professionnel, d'avoir réussi sa carrière.

En outre, Maureen et lui s'entendaient mieux depuis qu'ils n'étaient plus dans les jambes l'un de l'autre.

Et qu'ils n'avaient plus à partager l'ordinateur.

Il jeta un coup d'œil à sa montre : bientôt midi. D'ailleurs, son estomac aurait pu le lui dire. Barry prit son portefeuille sur la table, ferma la cabane et traversa le champ en direction de la cafétéria.

Il avait pris l'habitude d'y déjeuner chaque jour plutôt que de rentrer chez lui ou d'apporter quelque chose à manger. Il n'était pas le seul : l'endroit était fréquenté par de nombreux Corbanais et la cuisine n'était pas mauvaise. De plus, cela ne pouvait pas faire de mal d'être client de son propriétaire. Cela lui épargnerait peut-être des hausses de loyer. Ou lui vaudrait des réparations gratuites si la plomberie faisait des siennes ou si le toit se mettait à fuir.

Il poussa la porte en verre fumé, sentit la fraîcheur bienvenue de la climatisation. La cafétéria commençait déjà à se remplir, mais sa table habituelle était libre. Il adressa un signe de la main à Lurlene, prit un menu sur le comptoir et s'assit.

Il s'était senti mal à l'aise, la première fois. Il n'aimait pas manger seul, il se sentait mal sans compagnie dans les lieux publics. Aller seul au restaurant ou au cinéma l'embarrassait toujours, comme si tout le monde avait les yeux sur lui, et bien qu'il sût que ce n'était pas le cas, il avait été tenté d'emporter son plat au bureau. Mais il s'était forcé à s'asseoir au comptoir, et, tout contrarié qu'il fût, il avait réussi à avaler son repas.

Il y était retourné le lendemain. Barry n'avait pas la technique pour lier connaissance, s'incorporer à un groupe déjà formé ou s'immiscer dans une conversation, mais cette fois-là, il eut la chance de bénéficier d'un coup de pouce de Bert. Assis au comptoir, il mordait dans un cheeseburger en faisant semblant de revoir des épreuves tandis que, derrière lui, deux vieux discutaient de L'*Horrible Invasion*, un film d'horreur de William Shatner qui était passé la veille sur l'une des chaînes de Salt Lake City. Il avait été tourné à Camp Verde, dans l'Arizona, la ville natale d'un des deux vieux, lequel critiquait vivement le metteur en scène au motif que son film donnait du centre-ville une image très différente de ce qu'il était en réalité.

— Je leur reproche pas d'avoir fait leur film à Camp Verde, disait-il. Ça, je peux le comprendre. Mais ils lui ont gardé son nom, Camp Verde, alors pourquoi la transformer ?

— Monsieur, là, écrit des histoires qui font peur, dit Bert derrière son comptoir en indiquant Barry. Il sait peut-être pourquoi ils font des choses pareilles...

Barry n'avait pas attiré l'attention à sa première visite, les autres clients s'étaient comportés comme s'il n'était pas là. Mais tout à coup le vieux et ses compères s'intéressèrent à lui et l'un d'eux tira même ses lunettes de sa poche pour mieux le voir.

— Je lui loue l'ancien musée, derrière, poursuivit Bert, presque fier. Il écrit ses bouquins là-bas.

Le vieux qui s'était plaint du film l'examina en plissant les yeux.

— Z'êtes célèbre ?

— Je ne sais pas si je suis célèbre, s'esclaffa Barry, mais je vis de ma plume.

— C'est quoi, votre nom ? demanda un des deux autres.

— Barry Welch.
Mouvements de tête négatifs à la ronde.
— Jamais entendu parler, dit quelqu'un.
L'homme de Camp Verde repoussa sa chaise, s'approcha du comptoir, la main tendue.
— J'm'appelle Hank Johnson. Enchanté.
Barry sourit, serra la main offerte.
— Moi de même.
— Alors, comme écrivain, vous feriez ça, vous ? Raconter des choses fausses sur une ville même si vous savez que c'est pas vrai ?
— Ecrire, c'est mentir, déclara Barry. Nous inventons des histoires et si nous y introduisons des lieux ou des événements réels, nous les modifions pour les adapter à notre histoire. Nous ne nous soucions jamais de la réalité.
Hank hocha la tête.
— C'est logique. Ça m'énerve, mais c'est logique.
— Un conseil : ne regardez plus *L'Horrible Invasion* si vous cherchez du réalisme.
Le vieil homme gloussa.
— Z'avez raison, fiston. Laissez tomber ce comptoir, venez vous asseoir avec nous. J'ai des tas de questions à vous poser et j'aime pas rester tout près de Bert, ça me perturbe.
— Hé ! protesta Bert.
Barry prit son assiette et suivit Hank à sa table.
Depuis, on le traitait comme un des habitués, un de la bande, et c'était une raison de plus pour qu'il fût content d'avoir été forcé de louer un bureau. C'était gratifiant de faire partie du monde ordinaire et de ne plus rester à l'écart, isolé dans une résidence fermée. Cela répondait à ses convictions égalitaires et démocratiques.
Lurlene s'approcha, prit sa commande — un sandwich au poulet grillé et un Coca — et Barry adressa un signe de tête à Lyle et Joe assis à la table voisine.

— Où est Hank ?
— Aux chiottes, répondit Joe.

Hank fit son apparition un instant plus tard en essuyant ses mains à son pantalon. Il salua Barry, sourit.

— Ça va, fiston ? Fait assez chaud pour toi ?
— Il fait bon, dans ma petite cabane.
— Veinard !

Hank s'assit à sa place habituelle, fit signe à Lurlene de lui resservir du thé glacé.

A la table voisine, Lyle s'éclaircit la voix avant d'annoncer :

— Y a encore eu un chien empoisonné cette nuit.
— Sans blague ?
— Le labrador de Bill Spencer, Bo. On l'a trouvé la gueule dans son écuelle, dans le jardin de devant. Guzman fait l'autopsie ce matin.
— Il m'a jamais plu, Guzman, grommela Hank. Moi, je confie toutes mes bêtes à Ryan. C'est mon vétérinaire, pour mes chiens comme pour mes vaches.
— Ouais, mais Guzman pourra dire ce qui a tué Bo.
— On le sait déjà, ce qui l'a tué. Ça en fait combien ? Quatre, cette année ?
— Quelque chose comme ça.
— Six, si on compte les chats d'Abilene, ajouta Joe.
— Je n'ai pas entendu parler de tout ça, dit Barry.
— Ça dure depuis un moment, reprit Hank. C'est pas régulier mais tous les deux, trois mois, y a un chien qui se fait empoisonner. Toujours pendant la nuit. C'est déjà moche quand un homme retrouve son animal mort comme ça, mais quand c'est un gosse, comme chez les Williamson...
— Et ce fumier d'Hitman remue pas le petit doigt.
— Hitman, grogna Hank. En v'là un qui mériterait de se faire lyncher.

Barry se mit à rire, s'arrêta quand il s'aperçut qu'il était le seul à le faire. Hank parlait sérieusement. Il ne suggérait pas un meurtre, mais les sentiments qui sous-tendaient ses propos n'avaient rien d'une plaisanterie et Barry, parcourant la salle des yeux, comprit combien il était différent de ces gens. C'était un tout autre monde, et s'il avait des rapports amicaux avec Hank, Joe, Lyle et quelques autres habitués, il ne serait jamais qu'un visiteur.

De l'une des tables du fond, une femme lança :
— Pourquoi le shérif les arrête pas, ces salauds ?
— Ça, c'est la question à soixante-quatre mille dollars.
— Vous pensez que le shérif sait qui empoisonne ces chiens ? fit Barry, incrédule.
— Tout le monde le sait.
— Qui est-ce ?
Lyle le regarda comme s'il était idiot.
— Votre association de propriétaires, tiens.

La réponse sidéra Barry, qui se sentit coupable par association, sans jeu de mots. Il fut soudain certain que tout le monde, dans la salle, le tenait pour responsable, en partie au moins, de l'empoisonnement des chiens, mais un rapide coup d'œil à ses compagnons le convainquit que ce n'était pas le cas. Bien que soulagé, il se sentait cependant encore en faute, comme s'il avait trahi les gens qui l'entouraient.

— L'association, murmura-t-il.
Lyle opina du chef.
— C'est la vérité, déclara Hank.
Autour de Barry, les visages étaient sombres.

Il aurait voulu pouvoir réfuter l'accusation, mais elle n'était que trop facile à croire et il n'eut aucune peine à se représenter un Comité d'Exécution des Animaux de Compagnie, une bande d'hommes en noir se déployant la nuit dans Corban pour liquider les chiens.

Il pensa au chat mort dans la boîte aux lettres, il pensa à Barney.

— Mais pourquoi ils feraient ça ? s'exclama-t-il. Dans quel but ?

Hank haussa les épaules.

— Ils essaient d'étendre leur influence en ville, ils cherchent à nous annexer à leur petit royaume. Corban n'est sous aucune juridiction, alors ils veulent prendre le pouvoir. Comme on n'a pas de conseil municipal, ils se disent qu'ils peuvent faire la loi.

— Mais personne veut d'eux, dit Lyle. Leur grand plan stratégique, ça marchera pas ici.

Joe approuva de la tête.

— Ils voudraient nous imposer leur mode de vie. Ils tolèrent pas les animaux chez eux, alors ils se mettent à tuer les nôtres.

— Bientôt, ils viendront peindre nos maisons et nettoyer nos jardins.

— Y a qu'à les laisser faire ! cria quelqu'un, d'un box proche de la porte. Des travaux d'entretien gratuits, je suis pas contre !

Il y eut des rires çà et là, et même Lyle sourit. La tension se dissipa et Lurlene apporta son Coca à Barry.

— Le sandwich arrive.

— J'vais me dégoter un de ces détecteurs de mouvements, dit Joe. Je l'installe derrière, là où Luke est attaché. Si quelqu'un vient fureter dans le coin en pleine nuit... Vlan ! Toutes les lumières s'allument, je me pointe avec mon fusil de chasse et j'le plombe !

— C'est pas une mauvaise idée, estima Hank. Tous ceux qu'ont un chien devraient peut-être faire ça.

— Oui, peut-être, dit Lyle.

Après le déjeuner, Barry retourna à son bureau, étrangement troublé, et s'il alluma aussitôt son vieil ordinateur, il s'écoula plus d'une heure avant qu'il se remette à écrire.

Trompé par le soleil d'été, il travailla tard mais, lorsqu'il rentra à la maison, Maureen était encore plongée dans ses chiffres. Elle vérifiait les comptes d'une entreprise de Corban et annonça qu'elle n'avait pas eu le temps de préparer à dîner, qu'elle n'était pas partante pour un des quelques plats que Barry savait préparer et qu'il dînerait donc seul ce soir.

— Pas de problème, répondit-il.

Il monta au premier, réchauffa une pizza surgelée au four à micro-ondes et mangea sur la terrasse en regardant le soleil entamer sa lente descente vers les canyons.

Après avoir mis son assiette et son verre dans le lave-vaisselle, il prévint Maureen qu'il sortait marcher un peu et qu'il passerait peut-être chez Ray.

— Embrasse Liz pour moi.
— D'accord.

Il gravit la route en direction du sommet de la colline. Il faisait encore jour mais le monde baignait dans une lumière orange, et, de là où il se trouvait, la maison des Dyson semblait en feu. Ray avait dû le voir approcher car il l'attendait, assis sur les marches du perron, une bière à la main, quand Barry s'engagea dans l'allée de gravier.

— Salut, étranger ! Qu'est-ce qui t'amène par chez nous un soir où y a école le lendemain ?
— L'association.

Le sourire de Ray s'effaça.

— Dedans ou dehors ? demanda-t-il en montrant la porte.
— Il fait bon. Restons ici.
— Tu veux boire quelque chose ?
— Non, je viens de dîner.

Ray avala une gorgée de bière, soupira.

— Qu'est-ce qui s'est encore passé ?

Barry lui résuma l'histoire des chiens empoisonnés et demanda :

— Tu crois vraiment qu'ils tuent ces bêtes ?
Ray réfléchit un moment avant de répondre :
— J'en doute. Non que je pense qu'ils n'en seraient pas capables, mais je ne crois pas qu'ils s'intéressent à autre chose que Bonita Vista. Le reste du monde peut bien s'effondrer, ils s'en fichent. Tant qu'ils sont en sécurité ici, tant que les maisons sont peintes de la bonne couleur et que personne ne laisse une voiture en trop dans son allée, tout va bien.
— Tu le dis toi-même, ils ont le shérif dans leur poche. Alors, ils ont peut-être envie d'étendre leur pouvoir à Corban.
— Peut-être, répondit Ray d'un ton dubitatif. Mais Hitman leur obéit tant qu'il s'agit de questions concernant Bonita Vista. Je ne les défends pas, comprends-moi bien, mais je pense qu'ils ne se préoccupent que de ce qui se passe dans notre petit coin. Ils tuent peut-être *nos* bêtes, mais je ne crois pas qu'ils se risqueraient hors de leur territoire.
Après une pause, il reprit :
— Tu sais, ce n'est pas le pouvoir qu'ils veulent, pas en soi. C'est le pouvoir sur Bonita Vista. C'est difficile à comprendre, du moins pour des gens normaux comme nous, mais on dirait vraiment qu'ils ont une sorte d'instinct territorial, une vision de myope qui les fait se concentrer sur Bonita Vista et Bonita Vista seulement. A l'exclusion de tout autre endroit.
— La terre sur laquelle repose une résidence sécurisée possède une énergie maléfique et exerce une sorte d'emprise sur ceux qui y vivent, elle les pousse à commettre des choses horribles, indicibles, déclama Barry. On dirait l'intrigue d'un de mes romans.
— Tu as raison, fit Ray d'un air sombre.
— Je plaisantais.
— Je sais, répondit Ray.

Mais il ne souriait pas, lui, et il alla sur le côté de la maison contempler la petite ville de Corban, dont les lumières commençaient à clignoter dans l'obscurité naissante.

Barry le regarda en songeant qu'il se comportait de manière bizarre depuis quelque temps. Ce n'était rien de précis, rien de concret, mais il y avait par moments des vibrations étranges qui lui faisaient sentir que quelque chose n'allait pas. Barry hésitait à lui en parler parce qu'il craignait que ce ne soit une histoire de couple, un problème entre son ami et Liz, mais il finit par s'éclaircir la voix et demander avec embarras :

— Il y a... il y a quelque chose qui ne va pas ?

— Non, non.

Il essaya l'humour :

— Tu n'as pas ta pêche d'enfer habituelle.

Ray écarta la remarque de la main sans regarder Barry.

— Ce n'est rien. Juste un peu de fatigue.

Barry décida de ne pas insister. Il n'y avait probablement rien et s'il y avait quelque chose, Ray lui en parlerait le moment venu.

— Liz a l'intention d'organiser une autre soirée, une fête entre voisins pour tous ceux qui sont un peu en marge comme nous. Vous seriez partants, Mo et toi ?

— Bien sûr !

Ray secoua la tête.

— Je me fais vieux pour ce genre de truc. Jamais je n'aurais cru que je dirais ça, que je finirais comme un de ces vieux schnocks qui passent leur journée assis sur leur canapé à regarder *Jeopardy*. C'est pourtant ce que je suis en train de devenir. Vieillir, c'est nase. Ne laisse personne te dire le contraire.

— Je l'ai toujours su, répondit Barry.

Son ami garda un moment le silence puis reprit à voix basse :

— Ne te les mets pas à dos. Les types de l'association. Dieu seul sait de quoi ils sont capables. Le mieux que tu puisses faire, c'est les éviter.
— Alors, il s'est bien passé quelque chose !
— Non. Ça a failli. Mais il ne s'est rien passé.
— Alors...
— C'est une chose qu'un vieux comme moi les défie, refuse de s'écraser. Ils me connaissent, je suis ici depuis longtemps et... on me tolère. Mais quelqu'un de nouveau comme toi...
— Qu'est-ce que ça change ? Je n'ai pas peur de ces salauds.
— Tu devrais peut-être.
— Pourquoi ?
— Essaie de les éviter, répéta Ray. S'ils s'en prennent à toi, tu réponds, de toutes tes forces. Tu te sers de tous les moyens possibles pour te défendre. Mais ne cherche pas les ennuis, c'est ce que je veux dire. Ne te mets pas en danger pour rien, par orgueil ou entêtement. Ça n'en vaut pas la peine.
— Ne t'en fais pas, je ne suis pas stupide.
— Je le sais. Mais n'oublie pas quand même ce que je t'ai dit.

Ils arrivèrent en retard à la soirée. Au dernier moment, Maureen avait reçu un coup de téléphone d'un client pris de panique qui avait trouvé un avis de passage du fisc dans sa boîte aux lettres en rentrant chez lui. Il avait fallu dix minutes à Maureen pour le calmer et le convaincre qu'il n'y avait rien à craindre, que ses déclarations des cinq dernières années étaient en ordre et que ce n'était qu'un contrôle de routine.

Elle avait ensuite passé les dix minutes suivantes à consulter des fichiers informatiques pour vérifier que ce qu'elle avait assuré à son client était bien vrai.

Ils arrivèrent donc chez les Dyson avec une demi-heure de retard.

Liz vint ouvrir, les embrassa chaleureusement tous les deux.

— Nous nous demandions où vous étiez passés !
— Une affaire de dernière minute, expliqua Maureen.
— Je vois, fit Liz avec un clin d'œil.
— Qu'est-ce qu'elle voulait dire ? murmura Barry à sa femme tandis qu'ils pénétraient dans la salle de séjour. Elle croit qu'on s'est disputés ou qu'on a baisé ?

Maureen le frappa à l'épaule, lui lança un regard sévère puis alluma son sourire en se dirigeant vers le saladier de punch.

Barry sentit une main masculine puissante atterrir dans son dos. Il se retourna et découvrit Frank Hodges, souriant, une Heineken au poing.

— Salut, vieux. On te voit plus beaucoup depuis que tu t'es installé au musée de la théière...
— Il n'y a plus de théières. C'est devenu la maison de la perversion sexuelle et de la violence.

Frank éclata de rire, lui expédia une autre tape dans le dos.

— Tant mieux. C'est comme ça que ça doit être.

De sa bouteille, il indiqua l'autre bout de la pièce, où quelques invités bavardaient près des fenêtres.

— Tu connais Kenny Tolkin ?

Ce nom ne disait rien à Barry, qui secoua la tête.

— Non, je ne crois pas.
— Oh ! Viens, faut que tu le rencontres.

Frank lui fit traverser le salon, contourner le canapé.

— C'est le seul ici qui ait un boulot plus cool encore que

le tien. Kenny est consultant pour stars de rock. Pas vrai, Kenny ?

L'homme qui se tenait devant eux, un verre de vin rouge à la main, était grand et élégant, les cheveux grisonnants, l'allure distinguée... exception faite pour le carré de tissu bleu criard qui cachait son œil gauche.

— Consultant en matière artistique, dit-il avec un sourire. C'est le titre que je me donne maintenant.

— Explique à Barry ce que tu fais.

— Frank... protesta Kenny.

— Allez.

— Je transforme les pop stars en artistes.

Frank donna un coup de coude à Barry.

— Ecoute ça.

Kenny secoua la tête pour demander grâce.

— Allez, insista Frank.

— Ça m'intéresse, dit Barry.

— Bon, d'accord, céda Kenny.

Il sourit, but une gorgée de vin.

— Il arrive un moment dans la carrière de la plupart des chanteurs et des musiciens où ils veulent, en plus du succès, qu'on les prenne au sérieux. Après la fortune et la gloire, ils ont une folle envie de considération. C'est là que j'interviens. En échange d'honoraires exorbitants, j'organise une campagne médiatique, des interviews sur scène, et je supervise les paroles de leurs chansons pour faire croire aux critiques de rock que mes clients sont des artistes profonds. Les critiques musicaux sont probablement les gens les plus crédules de la planète et ils sont prêts à avaler n'importe quelles élucubrations. Je me souviens d'un jour où Kurt Cobain est venu à une interview défoncé et vêtu d'une robe, et le journaliste a pondu un papier enthousiaste sur sa façon de «remettre en cause les stéréotypes sexuels»...!

Avec un rire, Kenny ajouta :

— Vous savez, ce n'est pas aussi dur que ça de faire avaler à ces gens qu'un type de vingt-deux ans qui n'a pas même fini le lycée est soudain capable de réflexions profondes sur la condition humaine...
— Comment vous faites ? demanda Barry.
— Secret professionnel. Mais je vous donne comme indices deux mots importants : retraite spirituelle. C'est ma méthode la plus éprouvée. Je prends les imbécillités que ces jeunes écrivent, j'y glisse quelques références au destin ou à une puissance supérieure, je leur conseille de rester en dehors des projecteurs pendant six mois et d'annoncer à tout le monde qu'ils sont en train de recharger leurs batteries spirituelles. Et le tour est joué. Ils rentrent auréolés d'un respect nouveau de la part de critiques qui louent à présent leur développement et leurs ambitions artistiques.

Barry dut reconnaître que c'était un métier intéressant, dont il ne connaissait même pas l'existence jusqu'à ce jour. Pourtant, c'était surtout l'œil de Kenny qui piquait sa curiosité.

Il regarda discrètement le carré de tissu bleu en se demandant combien de gens perdaient un œil de nos jours et combien portaient un bandeau. Cela semblait anachronique, légèrement exotique, comme un vestige d'une autre époque. Mais il était conscient que la politesse l'empêchait de poser des questions sur cet œil et que Kenny n'aborderait probablement pas le sujet.

D'ailleurs, cet œil était peut-être en parfait état. Le chic pirate était peut-être en vogue dans le monde du rock ces temps-ci, et Kenny ne faisait que chevaucher la vague.

Une troisième fois, il sentit la main de Frank s'abattre sur son dos.
— Barry est écrivain. Comme Stephen King.
— Vraiment ? fit Kenny, l'air intrigué.
— J'écris des romans d'épouvante, avoua Barry.
— Ils sont publiés, je suppose ?

— Je ne me prétendrais pas écrivain dans le cas contraire. En fait, je ne me prétendrais pas écrivain si je ne gagnais pas ma vie avec mes romans.

— Vous êtes une espèce rare. Je connais des écrivains qui n'ont jamais rien écrit.

— Moi aussi, répondit Barry en riant.

— L'un de vos romans a été adapté au cinéma ?

— Non, pas encore.

— J'ai quelques relations dans l'industrie cinématographique. Je pourrais glisser un mot pour vous. Si ce n'est pas me mêler de ce qui ne me regarde pas, bien sûr.

— Vous ne préférez pas en lire un d'abord pour vous assurer que je ne suis pas un trop mauvais écrivain ?

— Les mauvais écrivains n'arrêtent pas de vendre leur merde à Hollywood, répondit Kenny. Non que je pense que vous en soyez un, se hâta-t-il d'ajouter. Si Frank et Ray se portent garants pour vous, cela me suffit amplement. Je suis toujours prêt à secourir un frère paria.

Frank arborait un sourire radieux.

Barry trouvait curieux qu'un type introduit dans l'industrie du disque et du cinéma vive retiré ici, au milieu de nulle part, mais, après tout, il était lui-même romancier, exilé de Californie, et il aurait dû être le dernier à généraliser sur le genre de personnes qui pouvaient être attirées par Bonita Vista.

— Avec des mecs pleins de talent comme vous deux, on devrait pouvoir mettre à genoux cette putain d'association, déclara Frank.

— Je crois savoir que tu as aussi un problème avec eux, fit Kenny.

— Tu peux le dire. J'ai reçu hier un avis comme quoi je dois repeindre les finitions extérieures de ma maison. Je l'ai fait l'année dernière mais, apparemment, les inspecteurs de l'association ont trouvé deux endroits minuscules où ça s'écaille, côté sud, le côté exposé au soleil. Je vais devoir trouver une échelle assez haute pour atteindre le toit et risquer de me casser la gueule, ou sortir les gros billets pour le faire faire par un peintre...

— Ça ne m'étonne pas, dit Kenny. L'automne dernier, ils m'ont enjoint de refaire goudronner mon allée, alors que je m'en étais occupé le mois d'avant.

— Tu l'as fait ?

— Sûrement pas. Je l'ai passée au jet et elle était comme neuve. Je les ai appelés pour leur annoncer que c'était fait, et je n'ai pas entendu parler d'eux depuis.

— Je devrais peut-être leur faire le coup aussi, dit Frank. Pour qu'ils remontent là-haut inspecter. Et ensuite seulement, je repeindrai.

Ils éclatèrent de rire tous les trois.

Barry raconta qu'il avait été sommé de peindre la cheminée de leur poêle à bois et de ramasser les pommes de pin.

— Il y avait une foutue pomme de pin dans le jardin. Une seule ! Et ils m'envoient une lettre pour ça ?

— Vous avez repeint votre cheminée ?

— J'ai dû prendre quelqu'un pour le faire. Un nommé Tom Peterman. Il n'est même pas venu lui-même, il a envoyé son fils. Une semaine plus tard.

— Attends-toi à devoir le refaire l'année prochaine, dit Frank d'un ton morose. C'est Peterman qui s'est occupé de mes finitions extérieures.

— Bienvenue dans l'Amérique rurale, gloussa Kenny.

Peu à peu, d'autres invités les rejoignirent avec leurs propres histoires de confrontation et de capitulation à raconter, et comme la précédente, la soirée se transforma en une réunion protestataire où, à tour de rôle, chaque propriétaire contait aux autres ses mésaventures. C'était une chose qu'ils avaient en commun, cette haine de l'association, c'était la raison pour laquelle les Dyson les avaient rassemblés, cela expliquait aussi qu'ils soient tous devenus des amis du couple, dès le début. Barry n'avait jamais eu l'instinct grégaire, il s'était toujours méfié de la réflexion en groupe, mais l'aspect tribal de la chose le faisait réagir d'une manière étonnamment positive. C'était réconfortant de savoir qu'il y avait d'autres personnes comme vous, qu'elles sentaient et pensaient les mêmes choses que vous.

Greg Davidson lâcha la bombe la plus retentissante de la soirée :

— Nous partons. Nous n'avons plus les moyens de vivre à Bonita Vista, annonça-t-il en passant un bras autour des épaules de sa femme, Wynona.

Jusqu'ici, les Davidson étaient restés silencieux, ne montrant que peu d'intérêt ou d'enthousiasme pour les diatribes anti-association qui étaient devenues le point focal de la soirée. C'était curieux. Barry ne connaissait pas très bien Greg mais, d'après ce qu'il se rappelait de la soirée précédente chez les Dyson, l'homme ne craignait pas d'exprimer son opinion et c'était un adversaire déclaré de l'association.

— Qu'est-ce qui s'est passé ? demanda Mike Stewart.

Greg promena les yeux autour de lui sans chercher à croiser un regard.

— C'est l'association. Ils nous ont dans le collimateur depuis longtemps et... on ne peut plus lutter.

Il semblait au bord des larmes.

— C'est à cause de la grille, expliqua Wynona.

Barry ne comprenait pas.

— Vous ne pouvez plus vivre ici à cause de la grille ?

— Ils l'ont installée pour se débarrasser de nous.

Mike eut l'air sceptique.

— Je ne crois pas que...

— Ecoute-moi, dit Greg. Nous avons voté contre l'association à la dernière élection. Je savais que c'était risqué mais je ne pouvais plus faire semblant de les soutenir et... j'en avais assez de ramper.

Il y eut des hochements de tête compréhensifs à la ronde mais Greg dut remarquer l'expression perplexe de Barry car il s'adressa directement à lui :

— Vous êtes nouveau. Vous n'avez pas encore assisté à l'une de leurs élections. Ces farces qu'ils appellent élections.

— Non, admit Barry.

— Ils les font coïncider avec le week-end de Labor Day [1]. On vous donne un bulletin sur lequel sont inscrits les noms des membres actuels du Bureau. En face de chaque nom, il y a un encadré disant « Approuvé ». Et c'est tout. Pas d'autres candidats, pas de place pour inscrire un autre nom, pas le moindre encadré « Récusé ». Tout ce que vous pouvez faire, c'est entériner le Bureau en exercice.

— C'est vrai, confirma Mike.

— Je ne sais même pas pourquoi ils perdent leur temps avec cette mascarade, mais je suppose que la loi prévoit que les associations de propriétaires doivent organiser des élections chaque année, et c'est leur façon de contourner l'obstacle. Bref, j'en avais marre de soutenir ces salauds. Avant, ma femme et moi ne prenions même pas la peine de voter, nous jetions simplement le bulletin à la poubelle. Mais cette fois, j'ai tracé mes propres encadrés à côté de chaque nom et j'ai écrit « Récusé ». Inutile de vous dire que ça ne s'est pas bien passé. J'ai reçu une lettre au ton menaçant m'ordonnant de cesser de tenir des propos désobligeants et diffamatoires sur les membres du Bureau. J'ai répondu que je n'avais trouvé dans le règlement aucun article m'interdisant de dire ce que je voulais sur le Bureau et j'ai souligné que ma tentative pour instituer des élections libres n'était ni désobligeante ni diffamatoire.

— Et alors, ils ont installé la grille, intervint Wynona.

---

1. Fête du travail, premier lundi de septembre dans la plupart des Etats américains. *(N.d.T.)*

— Ils ont installé la grille, répéta Greg. Enfin, pas tout de suite. Quelques mois plus tard. Mais nous savions pourquoi.

Barry jeta un coup d'œil à Maureen, qui fronçait les sourcils.

— Excusez-moi, je suis un peu perdu, là...

Greg regarda de nouveau autour de lui d'un air embarrassé.

— Nous n'avons pas... commença-t-il. Bonita Vista était un peu au-dessus de nos moyens mais nous adorions cet endroit, nous voulions absolument y vivre, et en nous serrant un peu la ceinture nous avons réussi à trouver le financement, mais nous étions toujours à la limite. L'association le savait. Et ils ont décidé de... de nous faire basculer dans le trou. Comme ils ne pouvaient trouver aucune règle que nous aurions enfreinte ou même contournée, ils ont transformé Bonita Vista en résidence sécurisée, il y a six mois de cela.

Levant une main, il poursuivit :

— Je sais qu'ils ont invoqué d'autres raisons et, qui sait ? elles étaient peut-être en partie fondées. Je ne doute pas qu'ils veuillent prévenir le vandalisme, tenir les gens de la ville à l'écart, empêcher les non-résidents d'emprunter nos belles rues, mais la coïncidence... Leur véritable objectif était d'augmenter la valeur des propriétés pour faire grimper du même coup les taxes foncières. Ils savaient que nous ne pourrions pas suivre, que ça nous chasserait de la résidence.

— Nous avons reçu notre imposition, dit Wynona.

— Elle se monte à plusieurs milliers de dollars. Nous ne pouvons pas payer une telle somme, nous sommes déjà terriblement endettés.

— Mo est comptable, elle serait peut-être d'accord pour étudier votre situation financière, suggéra Mike, voir s'il n'y a pas moyen...

— Bien sûr, acquiesça aussitôt Maureen. Ce serait avec plaisir.

Greg eut un pâle sourire.

— Merci de votre offre, mais non. Nous savons que nous avons perdu, pas la peine de nous enfoncer encore plus par dépit. La partie est finie. Ils ont gagné. Et nous allons filer aussi loin de Bonita Vista que possible.

— Mais ton boulot ? objecta Mike.

— J'ai démissionné. Nous vendons la maison et nous prenons un nouveau départ en Arizona. Mon frère vit à Phoenix, il pense qu'il peut me faire entrer chez Motorola.

Greg regarda par la fenêtre, reprit :

— Je suis né à Corban. Wy aussi. Depuis mon adolescence, je rêvais d'avoir un jour les moyens de vivre à Bonita Vista. Ça me semblait un paradis, je me disais que si j'y arrivais, je serais heureux. Ça a été l'enfer. Vous avez tous été formidables, mais la plupart des gens ici...

Ray émergea de l'une des pièces du fond. Il était porté disparu depuis une heure et Barry ne savait pas s'il avait suivi toute la discussion mais, manifestement, il en avait entendu une partie. Tout aussi manifestement, il avait trop bu.

— Aux chiottes l'association ! s'exclama-t-il en gagnant le centre du séjour. Je les emmerde, ces enfoirés.

Il y eut des manifestations de soutien :

— Bien dit !

— Ça, c'est envoyé.

— Ouais !

— Vous n'irez nulle part, dit-il au couple. On se cotisera tous pour payer vos taxes. Je suis même prêt à les payer tout seul, s'il le faut !

Il entraîna Greg dans une accolade avinée et conclut :

— Ils ne gagneront pas, ces salauds.

Les Davidson secouaient la tête.

— Je ne peux pas vous laisser faire ça, répondit Greg d'un

ton ferme. D'ailleurs, notre décision est prise. Nous partons. C'est fini, ici, pour nous.

Mais Ray était lancé :

— La désobéissance civique, c'est ce qu'il faut. Si nous nous révoltons tous, si nous refusons tous de suivre les ordres et d'accepter leurs diktats, ils ne pourront rien faire.

— Ils sont plus nombreux que nous, fit valoir Mike.

— Alors, nous leur botterons le cul ! J'en ai foutu un hors de chez moi le mois dernier, il a couru pleurnicher chez sa mère. Ce sont des lâches ! Je vous le dis, il faut former un groupe, un groupe d'hommes qui ont quelque chose entre les jambes, et dès que l'un de nous reçoit un avis ou un ultimatum, nous marchons tous sur les maisons des membres du Bureau et nous leur collons une peignée !

— Ouais ! s'écria Frank.

Le meeting se poursuivit sur ce ton.

Malgré l'histoire déprimante des Davidson, Barry rentra chez lui, vers minuit, gonflé à bloc. Les idées que Ray et ses invités de plus en plus soûls avaient avancées pour anéantir l'association des propriétaires étaient délirantes et ridicules, mais l'esprit y était et c'était réconfortant. Cette haine virulente et unanime envers l'association lui redonnait espoir.

Cela faisait plus d'une semaine que Maureen et lui n'avaient pas fait l'amour et ils se rattrapèrent cette nuit-là au cours d'une séance marathonienne qui leur rappela les premiers temps de leur mariage. Quand Barry s'endormit enfin, il rêva de Neil Campbell. Il se pointait à leur brocante, avec sa tablette et ses lèvres pincées, et Barry lui explosait la tête.

17

Maureen se réveilla sans rien à faire.

Elle n'était pas habituée à ça et, bien que consciente que cela finirait par arriver, elle ne savait pas trop comment réagir. Elle n'était pas une accro du travail, loin de là, mais elle n'était pas non plus du genre à traînasser et si Barry pouvait facilement passer la journée à se contempler le nombril, elle n'était pas faite pour l'oisiveté, elle ne savait pas comment profiter de vastes plages de temps libre. Elle était accoutumée à un travail régulier, avec un horaire régulier, et même ses week-ends et ses vacances étaient toujours soigneusement planifiés.

Pour l'heure, elle n'avait plus assez à faire pour s'occuper à temps plein. Elle s'y attendait, elle s'était même efforcée de ralentir son rythme, mais elle ne savait pas remettre à plus tard et, comme toujours, elle avait accompli son travail du mieux qu'elle le pouvait dans le temps le plus court possible. L'année fiscale s'achevait pour la plupart de ses clients californiens et d'ici deux semaines, elle aurait tellement de boulot qu'elle n'aurait plus le temps de dormir... mais pour le moment, elle n'avait rien à faire. Même son programme de jardinage était rempli. Elle avait arrosé et désherbé la veille, coupé les fleurs mortes, alors à moins de se mettre à repeindre la maison, elle était au chômage.

Elle rejeta les couvertures d'un battement de jambes, se redressa pour regarder son ventre encore plat. Barry et elle avaient souvent discuté d'avoir des enfants et elle ne put s'empêcher de penser qu'un bébé occuperait toutes ces heures vides.

Aussitôt elle se sentit coupable d'avoir ne serait-ce qu'envisagé d'avoir un enfant pour un motif aussi égoïste. C'était aussi révoltant que ces comptables — elle en connaissait quelques-uns — qui planifiaient la date de naissance de leurs enfants pour obtenir des déductions d'impôts maximales.

Elle soupira. Au moins, quand Barry était à la maison, elle avait quelqu'un avec qui parler. Maintenant qu'il avait un bureau, elle était seule.

Elle se dit qu'elle pourrait peut-être descendre en ville déjeuner avec lui. Et au retour, elle pourrait faire un saut chez Liz. Ou chez Tina Stewart, qui lui avait proposé de passer voir les rosiers qu'elle venait de planter.

Elle se sentit mieux et sortit du lit d'un bond : il y avait des choses à faire, elle n'était pas condamnée à se tourner les pouces et la morosité qui avait failli la submerger l'instant d'avant disparut totalement, remplacée par un sentiment plus familier de détermination pleine d'énergie.

En prenant son petit déjeuner, elle décida de commencer la matinée par un peu d'exercice. C'était un jour de semaine, les courts de tennis étaient sûrement déserts : elle irait faire des balles, s'entraîner à servir, bref, elle utiliserait judicieusement son temps libre pour se remettre en forme. Ensuite, elle prendrait une douche, préparerait un repas froid et rejoindrait Barry à son bureau. Ils pourraient peut-être même pique-niquer.

Elle troqua son jean contre un short, prit sa raquette et

une boîte de balles dans le placard et descendit la colline au pas de course en direction des courts.

Comme elle l'avait espéré, elle avait les courts pour elle seule. Elle choisit celui de gauche, le plus proche des arbres, et passa d'un coin du terrain à l'autre pour servir dans le carré diagonalement opposé. Le service était le point faible de son jeu. Barry et elle étant à peu près de force égale, elle ferait peut-être pencher la balance en sa faveur si elle servait mieux.

Une Mustang rouge descendit la rue en rugissant, dérapa dans un freinage tardif sur le parking de gravier jouxtant les courts. Une musique aux battements appuyés palpitait derrière les vitres teintées de la voiture. Deux adolescents en sortirent, une raquette à la main. Un blond, un brun, tous les deux débraillés, et Maureen détourna aussitôt la tête pour ne pas établir de contact. Elle avait envie de s'entraîner seule, sans être dérangée, et elle continua à frapper ses balles sans s'occuper des nouveaux venus.

Cela lui devint rapidement difficile, cependant.

Les deux garçons avaient apporté plusieurs boîtes de balles mais elle put voir du coin de l'œil qu'ils se renvoyaient mollement la même balle sans disputer de match, sans même essayer de réussir une volée correcte. Ils semblaient plus intéressés par leur conversation, compte rendu détaillé et manifestement exagéré de leurs exploits sexuels, débité d'une voix de plus en plus forte à mesure qu'ils parlaient.

Une partie de Maureen avait envie de leur dire de se taire ou d'aller raconter leurs histoires ailleurs, mais ils paraissaient du genre à répondre et la dernière chose qu'elle voulait, c'était échanger des volées verbales avec ces voyous pendant les vingt minutes suivantes. Il était plus simple de ne pas réagir et de feindre de ne pas les entendre.

En ramassant une de ses balles, Maureen jeta un coup

d'œil au court voisin et s'aperçut avec stupéfaction que les deux jeunes la regardaient.

— Paraît que ces salopes de Californie ont des minettes dorées, dit le blond. Ça a un goût de miel.

Maureen détourna vivement les yeux, les leva vers la caméra de sécurité et fut soulagée de se savoir filmée. Elle songea à partir mais elle ne voulait pas que ces deux gamins puissent penser qu'ils avaient réussi à la chasser, qu'elle avait peur d'eux, et elle passa au coin suivant du court pour continuer à s'entraîner à servir. Une balle finit dans le filet et Maureen s'avança pour la ramasser.

Au moment où elle se baissait, une balle en provenance du court voisin lui heurta le dos.

— Hé! protesta-t-elle en se redressant. Faites un peu attention!

L'adolescent brun eut un rire dur et l'idée traversa Maureen que la trajectoire de la balle n'avait pas été involontaire. Deux autres balles fusèrent alors, l'une lui effleura la joue, l'autre l'atteignit au mollet avec un claquement sonore. La douleur fut vive, elle aurait sûrement un bleu. Furieuse, elle lança une des balles par-dessus le grillage, dans les arbres. Puis elle marcha d'un pas décidé vers la deuxième balle dans l'intention de l'expédier aussi de l'autre côté de la clôture, et deux autres balles lui frappèrent les fesses.

C'en était trop, elle partait. Et si l'un de ces petits cons essayait de l'en empêcher, elle lui flanquerait sa raquette dans la figure. Maureen alla prendre sa boîte là où elle l'avait posée, près de la clôture, et entreprit de récupérer ses balles. Elles étaient faciles à reconnaître : d'un blanc grisâtre, qui faisait démodé à côté du jaune fluorescent des balles des deux jeunes.

La dernière était prise dans le grillage près de la ligne qui séparait les deux courts. En dessous, il y avait une de leurs balles et, en s'approchant, Maureen vit que le blond arrivait lui aussi pour la ramasser. Elle ralentit le pas.

Il ralentit également.

Manifestement pour arriver en même temps qu'elle, et bien qu'elle ne tînt certainement pas à le rencontrer, elle ne voulait pas non plus montrer qu'elle avait peur.

Ses doigts se crispèrent sur le manche de sa raquette.

Ils arrivèrent ensemble près du grillage et Maureen, ignorant la présence du jeune, décrocha sa balle et la glissa dans la boîte.

L'adolescent s'agenouilla pour ramasser la sienne.

— Vous venez de Californie, hein?

Souriant, il se lécha les lèvres de manière suggestive en lui lorgnant l'entrejambe.

Se sentant agressée, Maureen eut envie de le scalper d'un coup de raquette, mais elle se contint et s'éloigna avec toute la dignité qu'elle put rassembler.

Les deux garçons éclatèrent de rire, mais aucun d'eux n'essaya de lui barrer le passage quand elle traversa le court pour gagner la sortie.

Au passage, elle releva le numéro d'immatriculation de la Mustang et le mémorisa : elle téléphonerait à Chuck Shea dès qu'elle serait rentrée, elle mettrait l'association sur le dos de ces petits salauds. Ou de leurs parents. Il fallait que quelqu'un paie, et sur le moment, Maureen se fichait bien que ce soit les uns ou les autres. Si Chuck jugeait bon d'infliger une amende au père de ces jeunes, ou de doubler leur cotisation, ou de les virer carrément de Bonita Vista, il avait sa bénédiction.

En remontant la colline, cependant, elle vit quelque chose qui la fit changer d'avis.

Quelqu'un, plutôt.

Il se tenait de l'autre côté du caniveau, à droite, devant une maison basse en bois que Maureen n'avait encore jamais remarquée parce qu'elle était banale et bâtie à l'écart. Cette fois, elle la remarqua à cause de cet homme. Un mètre quatre-vingt-dix au moins, une crinière de cheveux blancs, incongrue sur son visage lisse de bébé. Ce furent pourtant les béquilles qui retinrent l'attention de Maureen. Les béquilles et la jambe manquante. Car il était là à la regarder, appuyé sur les plus grandes béquilles métalliques qu'elle eût jamais vues. La jambe droite de son pantalon beige, vide, n'avait été ni coupée ni relevée et oscillait doucement au vent.

Maureen se força à sourire et agita la main avec un « Bonjour » aimable, mais l'homme battit en retraite vers la maison, avec une célérité dont elle ne l'aurait pas cru capable. Il y avait de la peur dans cette fuite, une peur qu'elle avait entrevue sur ses traits juste avant qu'il se retourne, et Maureen regarda derrière elle pour s'assurer qu'aucun ours ou monstre sanguinaire n'était apparu dans son dos. Il n'y avait personne, bien sûr. Elle était seule sur la route et regarda l'homme remonter son allée de gravier en sautillant et disparaître dans la maison.

L'instant d'après, elle vit son visage s'encadrer à l'une des petites fenêtres.

Malgré sa frayeur manifeste, l'homme avait quelque chose de menaçant et Maureen pressa le pas. Elle pensa de nouveau à prévenir l'association qu'un type bizarre avait essayé de lui faire peur mais se demanda soudain quand cela s'arrêterait. Allait-elle se plaindre à l'association chaque fois que sa vie n'était pas parfaite, qu'elle rencontrait une légère contrariété ou quelque chose qui sortait de l'ordinaire ?

Elle prit la décision de ne pas appeler Chuck, et il lui fallut un moment pour comprendre pourquoi.

Elle ne voulait pas être redevable à l'association.

C'était une curieuse façon de penser. Barry et elle payaient leur cotisation, ils étaient parfaitement en droit d'attendre quelque chose en échange. L'association lui était venue en aide quand elle avait été importunée par ce malade de Deke Meldrum, et ne lui avait rien demandé en retour. Pourtant, elle ne pouvait se défaire de l'impression que solliciter l'aide de l'association reviendrait à réclamer une faveur qu'il faudrait rendre tôt ou tard.

Bien qu'elle se refusât à l'admettre, elle avait apparemment fini par partager les obsessions paranoïaques de Barry et Ray. Bien sûr, le fait que presque tout le monde à la soirée des Dyson ait eu une histoire à raconter sur l'association donnait une certaine crédibilité à leurs dires, mais ni les arguments, logiques, ni le récit de faits réels ne l'avaient ébranlée. C'était plutôt le sentiment nébuleux que... Et si les deux jeunes avaient été envoyés tout exprès sur les courts de tennis pour la harceler — là, elle allait vraiment pouvoir rejoindre Barry et Ray dans leur association de paranoïaques —, dans l'espoir qu'elle appellerait l'association à l'aide et qu'elle aurait ainsi une dette envers elle ?

C'était ridicule. Ses autres craintes l'étaient presque autant, mais elle ne parvenait pas à les écarter. Elle gravit à la hâte la dernière partie de la colline et ne se sentit mieux qu'une fois en sécurité chez elle, la porte fermée à double tour.

18

Ray passa la matinée à sabler et à repeindre la terrasse. Cela aurait probablement pu attendre une année de plus, mais il aimait que la maison eût belle allure. De plus, il savait que les gars de l'association des propriétaires enrageraient de ne pouvoir l'accuser de négligence.

Même s'ils trouvaient toujours autre chose à lui mettre sur le dos.

Il prit ensuite une douche et se frottait les mains à l'Ajax pour effacer de sa peau les taches de couleur quand la porte de la cabine s'ouvrit.

Il poussa un cri.

Six hommes s'étaient introduits dans sa salle de bains et le regardaient.

Ce n'était pas Neil, Chuck et Terry, cette fois. Pas des sous-fifres ni des lèche-bottes. C'étaient les membres du Bureau, les vieux qui dirigeaient l'association. Ils se tenaient l'un près de l'autre dans ce lieu confiné, le visage en partie caché par la vapeur de la douche, vêtus de cette robe de juge aux décorations absurdes qu'ils portaient pour présider les réunions.

Ray ferma le robinet.

— Sortez de chez moi, leur ordonna-t-il.

La vapeur se dissipait, il pouvait voir leurs visages.

Le trésorier lorgna les parties génitales ratatinées de Ray et lui lança en ricanant :

— Tu te prends pour un homme ?

Le cœur de Ray battait à se rompre. Il était en proie à une terreur profonde qui ne ressemblait à rien de ce qu'il avait connu. Jamais il n'avait vu ces hommes de près — pas d'aussi près, en tout cas —, et ils étaient plus vieux qu'il ne l'avait cru, la peau ridée et presque translucide, comme un parchemin ancien.

Il émanait d'eux quelque chose d'étrange et d'indéfinissable, qu'il n'arrivait pas à identifier et qui le terrifiait.

Le président s'avança. Il ne ricanait pas, lui, et ses traits n'étaient empreints que d'une vertueuse colère.

— Neil vous avait prévenu, commença-t-il à voix basse. Je pensais que vous aviez compris que nous ne tolérerions plus vos *conneries*! poursuivit-il, haussant le ton.

Son poing s'abattit sur le mur, faisant trembler les flacons de parfum de Liz sur leur étagère.

Ray aurait voulu sortir calmement de la cabine, s'essuyer et enfiler un peignoir pendant qu'ils le sermonnaient, mais ils le cernaient, le pressaient de toutes parts. Il tenta de rétorquer quelque chose, mais sa bouche refusa de coopérer et il ne parvint qu'à tousser.

D'un air détaché, le trésorier prit la bombe de laque de Liz, et Ray se prépara à avoir le visage, les yeux aspergés.

Au lieu de quoi, le trésorier ramena le bras en arrière et lança le tube contre le torse de Ray du plus fort qu'il put. Ray sentit le bord métallique lui entamer la peau et eut un hoquet de douleur. La bombe tomba sur le sol de la cabine avec un bruit de ferraille.

— Je pensais que tout était clair, reprit le président. Je pensais que vous aviez compris.

C'est la fin, se dit Ray. Ils ne pouvaient compter s'en tirer après une telle démonstration de harcèlement, ils ne pouvaient espérer qu'il ne les dénoncerait pas aux autorités, qu'il se tairait après cette intrusion dans son intimité.

A moins qu'ils n'aient prévu de le tuer.

Et c'était exactement ce qu'ils allaient faire, il le sentait au fond de ses tripes.

Il le vit dans le regard du président.

La salle de bains parut se rétrécir quand les six hommes en robe de juge avancèrent encore. Ray chercha désespérément autour de lui un moyen de leur échapper, mais l'unique fenêtre, au-dessus de la cuvette, était trop étroite et les membres du Bureau occupaient tout l'espace entre la douche et la porte.

Il était pris au piège.

Ray remarqua qu'ils ne portaient pas de gants et une bouffée d'espoir, insensée, monta en lui. Ils devaient savoir qu'ils laissaient des empreintes sur les poignées de porte et tout ce qu'ils touchaient : ils n'avaient peut-être pas l'intention d'aller jusqu'au bout.

Au moins, s'ils le tuaient, ils seraient pris. Même Hitman ne pourrait pas les sauver d'une inculpation de meurtre, pas avec Liz sur leur dos.

— Nous avons appris que vous incitiez les membres à la rébellion, dit le président, que vous les poussiez à...

Il s'interrompit et grimaça, comme s'il devait faire un effort pour prononcer ces mots :

— ... à ne pas respecter les E-C-R.

Il y avait eu un espion à la soirée, un traître, et Ray fit rapidement défiler dans son esprit des noms et des visages.

Frank, se dit-il. Ça devait être Frank.

Tout le monde est indic.

Il aurait dû suivre son propre avertissement, ne pas exprimer aussi ouvertement sa dissidence. Il ne faisait plus entièrement confiance à Frank depuis que celui-ci avait essayé de

défendre l'association après la mort du chat de Barry. Il n'aurait pas dû l'inviter à la soirée. Mais Ray avait toujours été enclin à voir ce qu'il y avait de meilleur dans chaque individu, et il avait laissé à Frank le bénéfice du doute.
Il soutint le regard furieux du président. Le plus intelligent aurait été de tout nier, d'expliquer qu'il était ivre, de se prosterner devant les membres du Bureau et de leur baiser le cul. Mais il avait le sentiment que rien n'y ferait, de toute façon, et il se redressa.
— C'est vrai, reconnut-il, je l'ai fait. Aux chiottes l'association !
— Sale petit merdeux, répliqua le président, qui fit un pas vers lui.
Et le poussa.
Ray glissa, tomba en arrière, se cogna la tête contre le carrelage. Il sentit une douleur horrible, la chaleur du sang coulant de son cuir chevelu et, fermant les yeux, demeura immobile pour leur faire croire que c'était fini, qu'ils l'avaient tué.
Mais il n'y a qu'au cinéma que les gens sont aussi stupides. Ces six-là ne s'en remettraient pas aux suppositions, ils ne partiraient pas sans vérifier si leur tentative avait réussi, et alors qu'il gisait, perdant son sang et feignant la mort, ils le tirèrent par les jambes hors de la cabine. Sa tête heurta le bord du bassin et du sang jaillit par une autre blessure derrière l'oreille. Ray ouvrit les yeux mais sa vision était obscurcie et il ne distingua qu'une tache noire sur un arrière-plan flou plus clair : les silhouettes en robe qui l'encerclaient.
D'autres mains lui saisirent les bras, on le mit debout, on le fit sortir de la salle de bains, on le poussa dans le couloir, dans la cuisine. Il heurta au passage des encadrements de porte, des coins de table, ce qui lui rendit une partie de sa lucidité. Il vit où il se trouvait, il vit et il sentit le vice-

président lui prendre le poignet droit et lui plaquer la main contre le téléphone mural. L'appareil tomba de son socle.

Ils l'entraînèrent dans la salle de séjour, où le bord de la table basse lui écorcha le genou. Son épaule déséquilibra une sellette, fit choir la plante posée dessus.

Le vice-président ouvrit la porte donnant sur la terrasse.

Ray comprit alors ce qu'ils faisaient. Ce qu'ils cherchaient à faire croire. Il avait glissé dans la douche et s'était cogné la tête. Etourdi, il était sorti de la salle de bains en titubant, il était allé dans la cuisine, où il avait essayé d'appeler le 911, puis, complètement désorienté, il était passé dans le séjour, s'était avancé sur la terrasse.

Et il était passé par-dessus la rambarde.

Sa mort aurait l'air d'un accident. Personne ne saurait qu'il avait été assassiné.

Malgré lui, il se mit à crier et, à sa grande honte, poussa des hurlements aigus de femme effrayée. Les membres du Bureau plaisantèrent sur sa virilité en pressant sa main droite sur la porte en verre. Ray continua à pousser des cris que ne sous-tendait aucune pensée : il n'essayait pas de les faire fuir, ni d'attirer l'attention d'un éventuel passant, il criait parce que c'était une réaction instinctive.

Ils le tirèrent sur la terrasse.

Ray aurait voulu rester calme, méprisant à leur égard jusqu'au bout. Il aurait voulu leur faire des remarques blessantes dont ils se souviendraient après sa mort, mais il en était incapable. Il ne pouvait que pousser des piaulements de femmelette tandis que ces hommes le projetaient encore et encore contre la balustrade. Une planche finit par se détacher.

Il ne sentait plus rien sous la taille mais ses bras fonctionnaient et il tenta de freiner sa chute. Il atterrit avec un craquement sur le sol rocheux au flanc de la colline.

Il était encore en vie.

Cette constatation l'emplit non seulement d'espoir et d'une joie délirante, mais aussi d'un inébranlable désir de se venger. Malgré leurs efforts, les membres du Bureau n'avaient pas réussi à l'éliminer et cet échec causerait leur perte. Ray ne savait pas s'il était paralysé ou seulement gravement blessé, mais il eut la sagesse de ne pas essayer de bouger. Ils l'observaient sans doute d'en haut et il valait mieux faire le mort un moment, il vérifierait ses signes vitaux plus tard.

Il n'y eut pas de plus tard.

Ray dut sombrer dans l'inconscience car, après ce qui lui parut quelques secondes, il aperçut entre ses paupières à demi closes et le sang séché les pieds de ses agresseurs. Ces types étaient implacables et plus que tout autre chose, ce fut leur manque total de pitié qui finit par anéantir ce qui restait en lui de volonté et d'espoir. Il ouvrit les yeux sans se soucier qu'ils le remarquent et vit le président prendre la grosse pierre que lui tendait un autre membre du Bureau, la placer sur le sol en pente à quelques centimètres du visage de Ray.

Il sentit plusieurs mains soulever la partie supérieure de son corps et comprit ce qu'ils allaient faire.

S'il vous plaît, pensa-t-il. Que ce soit rapide et sans douleur.

Il se rendit compte qu'aucune mort n'est rapide, qu'aucune mort n'est sans douleur, et pendant une seconde qui lui parut une heure, il en eut la révélation de manière à la fois profonde et personnelle.

Engagements, Conditions et Restrictions
de l'Association des Propriétaires de Bonita Vista

Article IV, dispositions générales, section 6, paragraphe A : Le châtiment infligé pour non-respect de ces Engagements, Conditions et Restrictions est fixé par décision unanime des membres du Bureau de l'Association des Propriétaires de Bonita Vista.

20

Après l'enterrement, ils retournèrent tous chez Liz, où, malgré le grand nombre de gens rassemblés, la maison paraissait curieusement vide. Aidée d'Audrey Hodges et de Tina Stewart, Maureen avait préparé la nourriture et organisé une collation. Les trois femmes essayaient courageusement de faire participer Liz aux tâches pratiques pour qu'elle ait l'esprit occupé par de menus détails et ne soit pas totalement obsédée par la mort de son mari. Pourtant, même au milieu des conversations menées à voix basse, l'absence de Ray était vivement ressentie et Barry ne put s'empêcher de penser combien cette maison serait désolée une fois que tout le monde serait parti et que Liz se retrouverait seule.

Il était en compagnie de Frank et de Mike, et les trois hommes regardaient leurs épouses faire traverser le living à une Liz transformée en zombie. Ils parlaient des travaux qui réduisaient à deux voies la circulation sur la route menant à l'Interstate 15. Ils avaient parlé de base-ball, du temps, du prix de l'essence... de tout sauf de Ray. Ils ne se connaissaient pas assez pour s'ouvrir, partager leur émotion, et chacun d'eux évitait soigneusement le seul sujet auquel tous pensaient. Ray avait servi de catalyseur entre eux, il avait été celui qui leur avait permis de se parler franchement, et avec sa disparition, leurs relations étaient devenues empruntées.

Barry avait éprouvé la même chose quand Todd Ingalls, son meilleur ami de la maternelle au cours élémentaire, avait déménagé et qu'il avait été contraint de jouer avec John Wakeman, un copain d'occasion, de remplacement, avec qui il avait finalement découvert qu'il n'avait rien en commun. A présent, Mike et Frank étaient aussi ses amis de remplacement et s'ils avaient l'air de bons gars, ce n'était pas la même chose, pas du tout la même chose.

Il ne s'était pas rendu compte à quel point il en était venu à compter sur Ray, combien ils étaient devenus proches. Il ressentait une profonde affliction quand il pensait au vieil homme, et, regardant la terrasse par la fenêtre, il songea qu'il ne s'y assiérait plus jamais avec lui pour faire un barbecue et discuter des Grands Problèmes du Monde. Pour bavarder, tout simplement. C'était comme si un énorme pan de sa vie s'était détaché et effondré, ne laissant qu'un vide douloureux.

A la tristesse se mêlait toutefois de la colère. Il n'avait pas encore compris comment, mais il savait au fond de lui que les types de l'association étaient impliqués dans la mort de Ray. Pas directement, ce n'était pas leur façon de faire, mais de manière détournée, sans commettre l'acte eux-mêmes mais en créant les circonstances qui le feraient arriver.

Il croisa le regard de Greg Davidson qui, de l'autre bout de la pièce, le salua d'un air las. Greg et Wynona partiraient dans la semaine, il le savait, chassés de leur maison par l'installation de la grille de Bonita Vista. C'était ainsi que l'association agissait.

Barry pensa à Deke Meldrum, gisant mort dans le fossé.

Parfois, ils étaient plus directs. Parfois, ils se chargeaient eux-mêmes du sale boulot.

On ne sait pas de quoi ils sont capables, en fait.

Maureen et les deux autres femmes firent parcourir la

pièce à Liz pour qu'elle serre la main des personnes présentes et reçoive leurs condoléances, et les trois hommes répétèrent les mots qu'ils avaient prononcés au cimetière : ils étaient de tout cœur avec elle dans cette épreuve. Barry fut bref et chaleureux. Il était troublé par l'apathie du regard de Liz : c'était comme s'il regardait une femme totalement différente de celle qu'il avait connue et il reporta presque aussitôt son attention sur Maureen. C'était égoïste, égocentrique, mais il se sentait terriblement mal à l'aise. Il n'était pas de ceux qui savent réconforter les malades ou les gens affligés. Il pouvait *écrire* sur eux mais, dans la vie réelle, il était complètement nul quand il s'agissait d'apporter à d'autres un soutien affectif. Dieu merci, il existait des gens comme Maureen qui savaient toujours ce qu'il fallait faire et qui avaient la force d'aller jusqu'au bout.

— Tu peux nous aider un moment à la cuisine ? lui demanda-t-elle.

— Bien sûr.

Il suivit les femmes, laissant Frank et Mike se débrouiller entre hommes.

Audrey et Tina s'occupèrent de la vaisselle tandis que Maureen le conduisait au coin petit déjeuner, où une vieille valise en cuir était posée sur la table. Jetant un coup d'œil à Liz, elle murmura :

— Les livres de Ray. Pour une raison quelconque, elle les a mis dans cette valise et les a apportés ici. Je ne sais même pas comment elle a réussi à le faire, nous arrivons à peine à la soulever.

Barry hocha la tête. Le chagrin faisait faire des choses étranges et d'une certaine façon, plus que tout ce qui s'était déroulé ce jour-là, plus que les mots, les hommages et l'enterrement même, cet acte irrationnel lui fit comprendre la tragédie de la disparition de Ray. A l'évidence, Liz l'avait beaucoup aimé.

— Qu'est-ce que je dois en faire ?
— Porte-les dans son bureau, répondit Maureen à voix basse. Qu'elle ne les voie plus. Nous prendrons une décision plus tard.

Barry saisit la poignée de la valise, sentit le poids des livres à l'intérieur.

— Foutue association, grogna-t-il avec colère. Je sais que ces salauds sont derrière tout ça.

Il parlait à Maureen mais ce fut Liz qui réagit, qui répondit à l'accusation. Le regard soudain vivant et dur, elle s'approcha de lui.

— Je ne veux rien entendre sur cette histoire d'association, dit-elle avec véhémence. C'est à cause de cette idée délirante qu'il était dehors, sur la terrasse. S'il n'avait pas été aussi paranoïaque à propos de ces gens, il serait encore en vie, à l'heure qu'il est.

Barry ne dit rien. Il ne voulait pas discuter avec Liz, il ne voulait pas aggraver sa peine. Soulevant la valise, il regarda Maureen, dont l'expression était indéchiffrable.

En sortant de la cuisine, il vit Liz chanceler. Son corps se voûta, la tension qui l'avait brièvement soutenue s'évanouissait, comme aspirée par le vide. Il porta la lourde valise dans le couloir et se demanda comment Liz était parvenue à la soulever, car il y arrivait lui-même difficilement. Il ouvrit la porte de la pièce obscure, posa la valise, jeta un coup d'œil à la forme sombre du bureau de Ray et se hâta de ressortir, avec le sentiment inexplicable de violer l'intimité du couple. Il referma la porte derrière lui.

L'association était-elle *réellement* derrière la mort de Ray ?

Il aurait voulu que ce fût vrai, mais il se rendait compte qu'il s'accrochait à des fétus de paille, qu'il était prêt à imaginer toutes les possibilités sauf la plus logique : la mort de son ami avait été un accident.

Barry soupira. Il était en train de devenir un de ces obsédés de la conspiration, un de ces cinglés qui voient des complots gouvernementaux partout, qui croient à Bigfoot[1] et aux ovnis, et surtout pas au hasard ni au destin, et attribuent le moindre événement aux machinations complexes et illogiques d'un groupe d'êtres — humains ou non — hyper-organisés.

Et ç'avait dû être le cas de Ray, il était bien forcé de l'admettre.

Parfois, pensa-t-il, l'explication la plus simple est la bonne. Parfois, ce qui est évident est vrai aussi, et chercher des explications compliquées n'est qu'une perte de temps.

Il était content, toutefois, que personne de l'association ne soit venu exprimer sa sympathie, qu'il n'y ait eu aucune tentative officielle de présenter des condoléances à Liz. C'eût été un comportement hypocrite, à tout le moins, une insulte à la mémoire de Ray.

Il retourna dans le séjour. Frank s'était éloigné, mais Mike était toujours à la même place et parlait à une femme qui avait un bras dans le plâtre. Barry prit un verre sur la table basse et les rejoignit.

— Moira ? Barry, dit Mike, faisant les présentations. Moira et son mari, Dan, vivent sur l'autre versant de la colline, dans la maison sur pilotis. Dan a été entrepreneur en construction, c'est lui qui a conseillé Ray pour cette fameuse remise.

— Il n'a pas pu se libérer, expliqua Moira. Je suis venue seule.

— Barry est écrivain. Il avait noué des liens avec Ray à cause de leur haine commune de l'association des propriétaires.

Cette description parut à Barry gênante, puérile, et il s'aperçut qu'il avait honte d'être ainsi identifié.

— Qu'est-ce qui est arrivé à votre bras ? demanda-t-il pour changer de sujet.

1. Version américaine de l'abominable homme des neiges. (*N.d.T.*)

La femme rougit, son visage se ferma.

— Un accident, répondit-elle d'un ton peu convaincant.

Par-dessus l'épaule droite de Moira, Barry vit Mike secouer la tête, se passer un doigt en travers de la gorge. Violences conjugales, pensa-t-il, et il fut étonné de n'être ni choqué ni indigné. Dans ses rêves, dans ses fantasmes, il était toujours de ceux qui s'engagent, qui alertent les autorités, qui interviennent et redressent les torts. Et là, il venait de comprendre que, confronté à une situation réelle, il était en réalité de ceux qui ne se montrent jamais à la hauteur. Comme Mike, il préférait rester en dehors et s'occuper uniquement de ses affaires.

La journée était décidément pleine de surprises.

L'après-midi passa rapidement tandis que les gens qui n'avaient fait qu'une apparition symbolique pour remplir leurs devoirs de voisins s'excusaient et rentraient chez eux. Ce n'était pas une soirée, après tout, personne ne s'amusait, et Barry décela du soulagement dans l'expression de ceux qui présentaient une dernière fois leurs condoléances à Liz et s'esquivaient en prétextant des engagements antérieurs ou des corvées ménagères soudain urgentes.

Lorsque Frank et Mike partirent, laissant leurs femmes avec Liz, Barry décida d'en faire autant. Maureen lui donna son approbation et l'accompagna jusqu'à la porte. Du cimetière, ils étaient allés directement en voiture chez les Dyson — chez *Liz* — et Barry, ayant envie de marcher, proposa à sa femme de lui laisser la Suburban. Elle sortit avec lui, ferma soigneusement la porte derrière elle et lui demanda en le regardant dans les yeux :

— Qu'est-ce que tu en penses ? Tu crois que c'était un accident ?

Etonné qu'elle lui posât la question, il répondit :

— Eh bien... probablement.

Maureen eut un hochement de tête, mais il n'y avait pas

dans son expression la certitude à laquelle il s'attendait et il se demanda s'il elle avait vu ou entendu quelque chose qui pût lui faire soupçonner que ce n'était pas un accident. Il ne l'interrogea pas, cependant, il ne voulait pas savoir, pas maintenant du moins, et il lui dit au revoir d'un rapide baiser sur les lèvres avant de monter l'allée de gravier.

L'air était chaud, immobile, pas même agité par un semblant de brise, et le silence de l'après-midi n'était troublé que par les bruissements des lézards qui filaient dans les broussailles bordant la route, les stridulations des cigales invisibles et le grondement occasionnel, lointain, des camions se dirigeant vers la grand-route ou la quittant.

Bonita Vista était comme une ville fantôme dont tous les habitants auraient soudain disparu, et si dans un de ses romans cela aurait paru effrayant, Barry trouvait cette absence presque bienvenue.

Il se sentait mieux dehors à marcher, même par cette chaleur. La maison de Ray était tellement imprégnée de son souvenir qu'il avait été difficile d'y réfléchir, de faire le point. Il était plus facile, sous un vaste ciel bleu, de se rappeler les bons moments passés avec Ray, de célébrer sa vie au lieu de pleurer sa mort.

Devant lui, Barry apercevait l'amorce de son allée et le toit de bardeaux marron de sa maison au-dessus de la ligne des arbres. A mesure qu'il approchait, une plus grande partie du bâtiment devint visible et il découvrit autre chose qui lui fit serrer les mâchoires.

Une feuille de papier rose accrochée à la porte-moustiquaire.

L'association était passée.

Il fut submergé par une rage totalement disproportionnée avec l'offense faite, et qui n'était en réalité, il le savait, que l'expression de sa peine et de sa colère d'avoir perdu Ray, mais il ne l'éprouvait pas moins et, hors de lui, il gravit les marches du perron quatre à quatre. Ces salauds étaient venus fouiner chez lui pendant qu'il était à l'enterrement de Ray, pendant que sa femme et lui s'efforçaient de consoler sa veuve. Est-ce qu'ils n'avaient de respect pour rien ?

Il décrocha la feuille du grillage et la lut.

L'association leur imposait une amende de cinquante dollars parce que les cordons avec lesquels Maureen avait attaché ses chrysanthèmes étaient blancs et non verts. Tout cordon ou morceau de ficelle utilisé par un propriétaire pour attacher une plante à un tuteur devait être vert, pour se fondre dans le feuillage et ne pas jurer avec l'état naturel de la parcelle.

Barry sentit les muscles de son visage se crisper en une grimace douloureuse et il ferma les yeux.

— Sales cons ! cria-t-il à pleins poumons. Bande de sales cons !

Les larmes aux yeux, il chiffonna la feuille, la serra au creux de son poing et entra d'un pas rageur dans la maison.

21

Juillet.
La pluie vint, comme Ray l'avait prédit. Avec la nouvelle feuille du calendrier, le ciel s'emplissait soudain d'énormes nuages noirs, et de brefs orages d'été ramenaient la chaleur quasi insupportable de la mi-journée à un niveau qui rendait les soirées agréables. De la terrasse, Barry regardait l'orage se préparer, les nuages se fondre, la pluie arriver du sud comme un léger rideau blanc passant par-dessus les canyons et la forêt vallonnée en direction de Corban et de Bonita Vista. C'était beau et il aurait voulu avoir assez de talent pour capturer par l'écriture cette splendeur éphémère, mais son point fort, c'était le grotesque, pas le sublime, et traduire en mots un spectacle aussi magnifique dépassait ses capacités.

Assis près de Maureen, il buvait du thé glacé en contemplant le paysage. Des averses éclataient çà et là au sud, carrés de gris et de blanc qui touchaient la terre et semblaient le prolongement fantomatique de nuages plus réels, au-dessus. De temps à autre, la lance d'un éclair et le grondement qui l'accompagnait démentaient la sérénité de la scène, et à un moment, Barry vit trois zigzags de lumière frapper la terre en même temps.

De la route leur parvint le bruit d'un véhicule sans silencieux et Barry se pencha pour voir ce que c'était. Une seconde plus tard, un camion chargé de sable passa à vive allure, le chauffeur tentant manifestement de prendre de l'élan avant la partie la plus raide de la colline. Malgré cette précaution, la pente se révéla trop forte et le véhicule s'immobilisa juste au-dessus de leur maison. Un pin les empêchait de le voir, mais Barry entendit le moteur tousser et, après un faux départ, le camion redescendit, s'arrêta juste devant leur allée dans un bruit de freins. Barry se tourna vers Maureen.

— N'y songe même pas, lui dit-elle.
— Ce gars a besoin d'aide, plaida-t-il. On n'est pas en Californie, ce n'est pas un coup monté. Il ne va pas nous braquer.
— On ne sait jamais.

Barry s'apprêtait à descendre pour demander au chauffeur s'il avait besoin d'aide quand un pick-up s'arrêta derrière le camion.

L'homme qui sortit de la camionnette était grand et lourd; il portait un jean trop neuf, une chemise western de marque et une boucle de ceinture démesurée et brillante d'un genre qui avait été en vogue pendant des décennies. Une crinière de cheveux blancs sur une tête rougeaude de bouledogue lui donnait un air d'arrogance impatiente et Barry comprit, avant même que le cow-boy ouvre la bouche, qu'il ne s'était pas arrêté pour offrir son aide.

— Z'avez une autorisation?

Le chauffeur qui passa la tête par la portière pour répondre avait le teint sombre et parlait avec un accent mexicain.

— Oui, monsieur. Bien sûr. J'ai ma carte verte.
— Je parle pas de la carte verte. Je m'en doute, que tu l'as. Je parle d'un permis de travail pour Bonita Vista. Ton patron est autorisé à faire des travaux dans notre résidence?

Le son portait à cette altitude mais s'il y eut une réponse, Barry ne l'entendit pas.

— Faut avoir l'autorisation de l'association des propriétaires pour faire des travaux ici, à Bonita Vista. N'importe quels travaux. Je veux pas savoir ce que le mec qui te fait bosser t'a raconté, c'est comme ça, *comprendes*?

Il y avait de la dérision dans le mot espagnol, de la dérision et de l'agressivité. Barry les perçut de la terrasse et le chauffeur les avait senties sans doute aussi puisqu'il répondit d'une voix basse, craintive et docile. Il s'efforça de faire repartir son véhicule, et à la troisième tentative le moteur redémarra.

L'homme aux cheveux blancs abattit sa main sur la portière.

— Maintenant, tu fais demi-tour et tu répètes à ton boss ce que je t'ai dit. Pas d'autorisation de l'association, pas de boulot à Bonita Vista. Pigé?

Là encore, s'il y eut une réponse, Barry ne l'entendit pas mais, au lieu de continuer à monter la côte, le camion commença à la redescendre en marche arrière et le bruit de son moteur s'estompa.

Le cow-boy revint à son pick-up, leva les yeux vers Barry avec une expression renfrognée, comme s'il se doutait qu'il avait entendu la conversation, et Barry, détournant vivement la tête, fit un pas de côté pour sortir de son champ de vision.

L'homme monta dans son pick-up et partit.

— Tu as entendu ça? demanda Barry à Maureen.

Elle but un peu de thé glacé, hocha la tête.

— Il y a des racistes partout.

Ce n'était pas ce que Barry avait retiré de l'échange, même si c'était indéniablement vrai. Il avait la nette impression que n'importe quel chauffeur, quelles que soient ses origines ethniques, aurait été interrogé de la même façon. Ce n'était pas une question de race... c'était la manière de faire de l'association. Il se remit à regarder l'orage qui approchait, mais la mesquinerie des gens au niveau du sol avait vidé le ciel de sa majesté, et Barry n'était plus en état d'apprécier la vue comme avant.

Ils demeurèrent sur la terrasse jusqu'à ce que la pluie les surprenne. Le tonnerre claqua tel un coup de fouet en même temps qu'un éclair zébrait le ciel, pareil à un flash de paparazzi, et secoua la maison, faisant vibrer les carreaux comme l'eût fait un tremblement de terre. Ils essuyèrent le gros de l'orage pendant une bonne demi-heure, puis il cessa et Maureen rentra préparer le dîner.

Barry resta sur la terrasse jusqu'au crépuscule sans même ouvrir le livre qu'il avait apporté, contemplant simplement le paysage. Le coucher de soleil était étourdissant. Une partie de la butte qui se dressait telle une sentinelle à l'extrémité de la forêt, où elle cédait la place à un canyon désertique, était illuminée par une bande de lumière qui donnait à la roche brune une flamboyante couleur orangée. A l'ouest, les restes dispersés des nuages de l'après-midi se changeaient en filaments pelucheux de barbe à papa colorés par les nuances de rose engendrées par le soleil couchant.

Très impressionnant.

Mais Barry avait beau essayer de se concentrer sur cette vue admirable, il ne pouvait s'empêcher de penser au cowboy, au chauffeur mexicain et à l'association des propriétaires.

Le lendemain, c'était le 4 juillet.

Cela n'avait jamais été une fête importante pour eux et s'ils dormirent une heure de plus que d'habitude, ils n'avaient rien prévu de spécial par ailleurs. Maureen laissa Barry faire griller des saucisses sans graisse au barbecue pour le dîner, en guise de concession à la tradition, mais leurs activités se limitèrent au jardinage et à la télévision le soir.

La journée se passa sans incidents. Ils cessèrent de travailler quand il se mit à pleuvoir, Maureen saisissant le râteau, le sécateur et le balai, Barry emportant la pelle et le sac poubelle à moitié plein, tous deux courant se mettre à l'abri de la terrasse inférieure. L'orage battit en retraite à temps pour le barbecue, et ils mangèrent devant le poste, regardèrent deux films d'affilée sur AMC. Après quoi, ils se douchèrent ensemble, firent l'amour et s'endormirent de bonne heure.

Ils furent réveillés en sursaut par une explosion, comme si une bombe avait éclaté au-dessus de leur maison, mais Barry reconnut aussitôt le bruit d'un feu d'artifice.

Malgré les pluies récentes, le printemps avait été exceptionnellement sec et, sur le panneau de l'administration forestière planté à l'entrée de la ville, l'Ours Smokey agitait encore son drapeau rouge pour avertir des risques d'incendie. La première réaction de Barry fut de se demander qui était assez stupide pour lancer des fusées en l'air. Il se leva, enfila un peignoir et s'approcha de la porte en verre, écarta le rideau, vit un raton laveur grassouillet détaler de la terrasse d'en bas.

Maureen, encore nue, s'approcha par-derrière, se pencha contre l'épaule de Barry et bâilla à son oreille :

— C'était un feu d'artifice ?

— Ça y ressemblait. Mais je ne vois pas...

Une autre fusée s'éleva, apparemment du pied de la colline, près des courts de tennis. Une gerbe bleue pâlotte illumina brièvement un petit coin de ciel, des étincelles retombèrent sur les pins.

— Ça ne risque pas de mettre le feu ? s'inquiéta Maureen, soudain complètement réveillée.

— J'ai bien peur que si.

— Tu crois que c'est un feu d'artifice non autorisé ? Peut-être des gosses..

Barry secoua la tête.
— C'est du travail de pro. Des gosses n'auraient pas le matériel pour tirer des fusées comme ça. Il faut des rampes de lancement. En plus, ce genre de feu d'artifice coûte cher.

Ils attendirent un moment, mais plus rien ne monta dans le ciel.

— Peut-être qu'il n'était pas autorisé, finalement, concéda Barry.

— La police, les rangers ou les pompiers ont dû les repérer et les faire arrêter...

— Non, répondit Barry, tendant le bras.

Une fleur rouge anémique venait de s'épanouir au-dessus des arbres.

Maureen sourit.

— C'est ça, ton travail de pro? Plutôt minable.

— Nous avons été trop gâtés.

En Californie, on pouvait voir des feux d'artifice époustouflants chaque week-end dans divers lieux touristiques, en même temps que les illuminations nocturnes quotidiennes à Disneyland, spectacles impressionnants que l'on pouvait suivre, de la plage jusqu'aux collines de Fullerton.

Ils attendirent et, quelques minutes plus tard, une autre fusée s'éleva.

— Je retourne me coucher, décida Maureen, bâillant de nouveau. Ça ne vaut pas le coup de rester debout.

Barry approuva, ils retournèrent tous deux se coucher et s'endormirent au son d'explosions intermittentes.

Il se réveilla tard. Maureen était déjà levée et une odeur d'œufs et de pommes de terre sautées s'échappait de la cuisine. Il s'habilla rapidement, se passa une main dans les cheveux et monta. Il faisait un temps magnifique. Maureen avait ouvert toutes les fenêtres et le soleil du matin, brillant dans un ciel sans nuage, pénétrait à flots dans la maison.

— Le petit déjeuner sera prêt dans quelques minutes, dit-elle.

De sa spatule, elle indiqua le journal posé sur la table.

— Jette un coup d'œil à la une.

— Il y a du café ?

— Jette un coup d'œil au journal d'abord.

Barry s'approcha de la table, lut la manchette : *Bonita Vista aura son feu d'artifice malgré les risques d'incendie.* Le *Corban Weekly Standard* paraissait tous les mardis et les articles étaient écrits la semaine ou le week-end précédents et il n'y avait pas de reportage sur le spectacle de la veille, simplement un papier annonçant l'événement. On ne pouvait se méprendre cependant sur le ton du texte ni sur la colère que les Corbanais interrogés éprouvaient face à l'arrogance de l'association des propriétaires de Bonita Vista, sponsor du feu d'artifice.

Apparemment, Corban connaissait une pénurie d'eau due à la longue sécheresse de l'hiver, ce que Barry ignorait totalement. Quelques années plus tôt, il y avait eu une situation semblable et pendant deux semaines, au mois de juillet, avant que les pluies fassent remonter le niveau de la nappe phréatique, des camions citernes avaient été envoyés de Salt Lake City et les habitants de la ville avaient dû faire la queue avec des récipients en plastique pour recevoir de l'eau potable. On ne prévoyait pas une crise aussi aiguë cette année, mais un rationnement volontaire était déjà en place et l'on recommandait aux Corbanais de ne pas arroser leurs pelouses et de ne pas laver leurs voitures.

L'article soulignait que Bonita Vista avait ses propres puits et ne souffrait pas de la même pénurie, mais les responsables de la distribution d'eau du district estimaient que maintenir le feu d'artifice était une attitude égoïste et potentiellement dangereuse pour la forêt environnante. « Cela pourrait provoquer un incendie qui nous contraindrait à puiser dans nos dernières réserves», disait le directeur de ce service. Un représentant de l'administration des forêts allait dans le même sens en soulignant qu'il faudrait plusieurs semaines de pluie pour que les arbres et les broussailles ne soient plus desséchés et que le secteur ne soit plus considéré comme dangereux. Le commandant des pompiers bénévoles déclarait carrément qu'il ne serait pas normal que ses hommes doivent tirer Bonita Vista d'affaire à cause de la stupidité de l'association, mais qu'ils seraient bien obligés de le faire puisqu'un incendie mettrait en danger la ville et les environs.

L'association des propriétaires n'avait cure de ces objections et était déterminée à maintenir le feu d'artifice quoi qu'il arrive. L'article se terminait sur un commentaire de son vieux copain Neil Campbell : «Nous ne le faisons pas uniquement pour Bonita Vista. On verra ce feu d'artifice à des kilomètres à la ronde et tout le monde en profitera. C'est notre cadeau à la ville de Corban et aux gens qui vivent dans la région. Joyeux 4 juillet!»

Barry leva les yeux du journal.

— Bon Dieu! Non seulement c'était idiot sur le plan des relations publiques, mais en plus c'était dangereux.

— Et leur feu d'artifice était merdique, renchérit Maureen.

— D'après Ray, nous n'avons même pas de bornes d'incendie, ici. L'une des rares choses dont l'association est censée s'occuper, la sécurité, elle ne veut pas en entendre parler. Il est plus important pour eux de nous mettre une amende pour la couleur de nos cordons de jardin que de s'assurer que nous pourrions lutter contre un incendie de forêt!

— Typique, commenta-t-elle.

Barry se servit du café.

— Tu es toujours entichée de ta chère association?

— Je n'en ai jamais été entichée.

— Mais tu sembles un peu moins satisfaite d'elle qu'avant, on dirait.

Maureen fit glisser un œuf et des pommes de terre dans une assiette qu'elle posa devant Barry.

— Tiens, dit-elle, c'est prêt. Mange.

22

Le livre n'avançait plus.

Barry continuait à se rendre à son bureau chaque jour, il mettait en marche le vieil ordinateur, s'asseyait devant l'écran pour tenter de terminer le roman qui était maintenant près de sa conclusion... et rien ne venait.

Cette fois, c'était peut-être le blocage.

Son incapacité à écrire coïncidait avec la mort de Ray. Il s'était autorisé quelques jours de congé parce qu'il n'avait pas envie de travailler, puis il y avait eu le week-end du 4 juillet, mais quand il était retourné à son bureau, la semaine suivante, il avait découvert que le puits était à sec.

Pourtant il savait exactement ce qui se passerait dans ces dernières pages, il avait mis en place dans son esprit les événements qui surviendraient dans ce chapitre, il lui suffisait de remplir les blancs... mais il n'arrivait pas à passer de A à B. Il était dans une impasse.

Depuis près d'une semaine.

Logiquement, il n'y avait aucune raison pour qu'il soit bloqué. Deux ans plus tôt, à la mort de sa mère, il avait réussi à finir dans les délais le livre qu'il écrivait alors. Ecrire avait même eu sur lui un effet thérapeutique, il s'était concentré sur son roman à l'exclusion de presque tout le reste, et pourtant la perte de sa mère l'avait affecté encore plus que celle de Ray.

Et là, il n'arrivait plus à écrire.

Il n'en avait pas parlé à Maureen, et curieusement c'était à Hank, à Bert et aux habitués de la cafétéria qu'il avait fait des confidences. Ils lui avaient battu froid après l'histoire du feu d'artifice, incapables cette fois de le dissocier totalement de la conduite de Bonita Vista, mais il leur avait juré qu'il était aussi indigné qu'eux, que Maureen et lui n'étaient au courant de rien.

On avait accepté ses explications, mais pas avec autant de sympathie et de compréhension que lors de l'affaire du chien empoisonné. Il s'était trouvé une fois de trop au mauvais endroit au mauvais moment, et il avait conscience que si cela se reproduisait on finirait par le repousser.

C'était injuste, mais il comprenait cette réaction. Il ne fermait pas les yeux sur les actes de l'association, mais il vivait à Bonita Vista, il payait sa cotisation et portait donc une part de responsabilité. Il avait beau essayer de prendre ses distances avec ses voisins et faire cause commune avec les habitants de Corban, le fait demeurait qu'il n'y avait pas de rationnement d'eau dans la résidence sécurisée. La pénurie ne l'affectait pas et il se sentait un peu dans la peau du seigneur au grand cœur assurant la populace de son affection. Encore maintenant, une semaine après le feu d'artifice, il percevait un reste de rancœur à son égard, non chez Hank, Lyle ou un autre membre de la petite bande d'habitués, mais chez des clients moins réguliers, et il ne pouvait pas vraiment le leur reprocher.

Une fois de plus, il passa la matinée devant son ordinateur. Il s'efforça de se concentrer sur son roman inachevé, mais une fois de plus son esprit dériva vers d'autres pensées : une ancienne copine, le film qu'il avait regardé la veille sur HBO, les courses qu'il fallait faire à l'épicerie en rentrant.

Il déjeunait généralement vers midi mais, comme il ne se passait rien, il ferma boutique peu après onze heures et se rendit chez Bert. Il n'avait pas plu la veille — la première fois depuis plus d'une semaine —, l'air était chaud et sec. Des criquets sautaient dans le sentier devant lui et plusieurs rebondirent sur son jean.

Il n'y avait dans la cafétéria que Bert, sa fille et un jeune gars aux cheveux courts que Barry ne connaissait pas, mais Joe arriva peu après, commanda son thé glacé habituel et, un quart d'heure plus tard, tous les habitués étaient là.

Lyle fut le dernier à arriver, avec des nouvelles :

— Paraît qu'on lèvera le rationnement si on a encore une semaine de pluie.

— Qui c'est qui t'a dit ça ?

— Je suis passé au service de l'eau pour payer ma facture et j'ai entendu Shelly qui en parlait à Graham, dans la pièce de derrière.

— Il serait temps, grogna Hank.

— Alors, du coup, Bert pourrait commencer à servir de l'eau gratuitement, hein ? suggéra Joe d'une voix forte.

— Compte là-dessus, répliqua Bert de l'autre côté du comptoir.

Ralph Griffith jeta un coup d'œil à Barry.

— Hier, j'ai vu une Lexus sortir de Bonita Vista, toute propre et brillante. Y avait même encore des gouttes d'eau sur le capot.

— Hé, je n'ai pas lavé ma Suburban depuis des mois, se défendit Barry. Vous pouvez aller vérifier.

Ils éclatèrent tous de rire.

— C'était pas contre toi, dit Ralph. Je faisais simplement remarquer qu'y a des gars pleins de fric de Bonita Vista qui lavent leur voiture avant un orage alors que je peux même pas remplir la piscine en plastique de mon petit garçon.

Les rires moururent.

— Faut voir les choses en face, t'as des égoïstes partout, dit Hank. Si c'était l'inverse, si on avait de l'eau et si Bonita Vista en avait pas, tu peux être sûr qu'on aurait des gens ici qui laveraient leur bagnole, qui arroseraient leur pelouse et qui s'en vanteraient. C'est dans la nature humaine.
— Mais tu crois pas qu'y en a plus à Bonita Vista ? insista Ralph, tourné vers Barry.
— Sans doute, reconnut celui-ci.
— Hé, lui mets pas ça sur le dos, plaida Hank.
— Non, non, fit Ralph, secouant la tête. Mais... Mais ces connards me foutent en rogne, des fois. Hier, j'ai eu envie de l'emboutir, la voiture de ce type.
— Y a quelqu'un qui est allé voir comment c'est, là-haut ? demanda Joe. Barry, la question s'adresse pas à toi, bien sûr.
— J'y suis jamais allé, répondit Hank. J'ai jamais eu envie avant qu'ils installent cette grille. Et maintenant, je peux plus.
— Moi non plus, j'y suis jamais allé, dit Lyle. Le vieux Al, le couvreur, m'a raconté que toutes les maisons ont une vue formidable.
— Pourquoi vous ne viendriez pas voir ? proposa Barry.
Lyle eut l'air surpris.
— Quoi ?
— Oui, je vous ferai franchir la grille, ensuite on ira chez moi prendre un verre. Je vous montrerai ce que vous ratez. Un petit coup d'œil dans le camp de l'ennemi, ajouta-t-il en souriant à Ralph, qui rougit.
— C'est drôlement gentil de ta part... commença Lyle.
— Mais quoi ?
— Non, rien, je suppose. Qu'est-ce que t'en penses, toi, Hank ?
— On y va !
Ils partirent après le déjeuner. Ralph et deux autres habitués durent retourner à leur travail, mais Hank et Lyle étaient à la retraite, Joe et Sonny au chômage, et ils s'entassèrent

tous les quatre dans la vieille Econoline de Joe, qui prit le sillage de la Suburban.

Barry s'arrêta à l'entrée de la résidence et se pencha par la fenêtre pour taper le code qui leur donnerait accès à Bonita Vista. Le bras métallique fit pivoter la grille, la Suburban passa. Joe suivit aussitôt et l'Econoline entra juste avant que la grille commence à se refermer.

— On y est! s'écria Lyle en prenant un ton théâtral.

Barry leur fit remonter l'étroite route sinueuse qui menait chez lui. Maureen n'était pas à la maison et il ne savait pas trop si c'était une bonne chose ou pas. Elle n'appréciait pas particulièrement les visites à l'improviste et si elle avait été là pour le voir ramener une troupe d'inconnus, il se serait fait sérieusement engueuler après leur départ. D'un autre côté, il lui avait tellement parlé de ses nouveaux copains qu'elle aimerait sans doute faire la connaissance de la petite bande de la cafétéria, à condition toutefois d'avoir été prévenue un peu plus tôt.

Les quatre hommes descendirent de la camionnette de Joe.

— Al avait raison, dit Lyle. Quelle vue!

Il se tenait au bout de l'allée, près de la maison, et regardait en direction de Corban, dont on apercevait quelques bâtiments entre les arbres.

— Tu trouves ça bien? Viens plutôt voir ce qu'on découvre de la terrasse d'en haut, dit Barry en ouvrant la porte. Entrez donc!

— C'est chouette, chez toi, reconnut Hank.

Barry les conduisit au premier, leur fit franchir la baie vitrée coulissante.

— Et si vous pensez que la vue est magnifique d'ici, vous devriez voir celle qu'on a de là-haut, ajouta-t-il en indiquant la maison de Ray sur la colline. Leur séjour est une cage de verre d'où le regard porte jusqu'au désert.

— Tu gagnes assez avec tes bouquins pour te payer ça ? demanda Joe.

Barry acquiesça de la tête.

— Va falloir que je te montre un peu plus de respect, alors.

Il accueillit la remarque avec un rire.

Hank se retourna pour faire face à la porte.

— Et l'association te permet pas d'écrire ici ? Dans ta propre maison ? T'es obligé de louer un bureau en ville pour travailler ? C'est complètement dingue.

— Une des innombrables raisons pour lesquelles je ne peux pas les sentir, ces enfoirés.

Sonny s'éclaircit la voix.

— Euh, t'avais pas parlé d'un verre ?

— Tout de suite. De la bière, ça va ? J'ai de la Bud et de la Miller Light. Ou du Coca, si vous préférez.

— Bud.

— Bud.

— Bud.

— Bud.

Barry alla prendre des canettes dans le réfrigérateur.

Ses invités restèrent encore trois quarts d'heure mais, peu à peu, une sorte de gêne s'installa et Barry regretta bientôt de les avoir fait venir. Il avait cru que ce serait un moyen pour eux tous de mieux se connaître, de devenir de vrais amis au lieu de simples connaissances de cafétéria. Mais leur visite semblait au contraire élargir le fossé qui les séparait, et il avait l'impression d'être un parvenu snobinard étalant ses richesses devant les bouseux locaux. Ce n'était pas son intention et il fit tout pour combattre cette impression et les mettre à l'aise, mais la jolie maison de Bonita Vista avec sa vue magnifique se dressait toujours entre eux. Ils s'entendaient bien chez Bert mais, une fois sortis de la cafétéria, leurs différences devenaient plus voyantes et même la bière ne parvenait pas à créer la camaraderie nécessaire. Au lieu de les rapprocher, l'invitation de Barry les avait éloignés.

Ils partirent tôt, après des remerciements polis et des au revoir plutôt guindés, et Barry décida de passer le reste de l'après-midi à la maison. Il n'arriverait pas à écrire une ligne au bureau, de toute façon.

Il s'installa sur la terrasse pour lire un roman de Richard Laymon. Aucun orage ne menaçait au sud, aucun nuage n'assombrissait l'horizon; le ciel était d'un bleu profond, et l'air immobile. Bravo, grommela-t-il intérieurement. Manquait plus que ça. Il faudra prolonger le rationnement de l'eau à Corban.

Ils lui en voudraient tous *vraiment*, maintenant.

Il lut rapidement le livre, en continuant à boire, et les canettes vides s'accumulèrent au pied de son fauteuil. Une. Deux. Trois. Quatre. Lorsqu'il vit le pick-up de Frank s'engager dans son allée peu après quatre heures et demie, il se sentait un peu éméché et il descendit l'escalier avec précaution en s'agrippant à la rampe.

Il ouvrit la porte au moment où Frank s'apprêtait à frapper.

— Salut!
— Waouh! C'est de la télépathie, ça! s'exclama Frank.
— Je t'ai vu de la terrasse.
— Alors, le mystère est éclairci.
— Tu veux entrer?
— Non, non, je ne fais que passer, répondit Frank d'un ton embarrassé.
— Qu'est-ce qu'il y a?
— J'ai travaillé dans le coin, aujourd'hui, et je suis tombé sur deux membres du Bureau de l'association...

Il baissa les yeux, fixa ses chaussures.

— Ils m'ont demandé de te dire que tu ne dois pas fréquenter les gens du coin. Du moins, pas à Bonita Vista.

D'après eux, tu aurais invité des types de Corban chez toi. Bref, ils ont dit que tu pouvais aller chez eux, pas de problème, mais qu'il valait mieux qu'ils ne traînent pas par ici.
— Quoi ?
— Les non-résidents ne sont pas les bienvenus à Bonita Vista.
— C'est eux qui vont me dire avec qui je peux avoir ou non des relations d'amitié ? fit Barry, incrédule.
Frank écarta les bras.
— Je ne fais que porter le message. Je sais que c'est dingue mais c'est pas moi qui prends les décisions. Je répète seulement ce qu'ils ont dit.
— Je ne peux pas inviter des amis chez moi...
Frank haussa les épaules.
— Pas s'ils sont de Corban.
— L'association ne peut pas faire ça.
— C'est dans les E-C-R.
— Et alors ? On s'en fout, des E-C-R !

Barry ne savait pas s'il réagissait sous l'effet de l'alcool ou à cause d'une juste colère mais, en cet instant, il avait une irrésistible envie de prendre son exemplaire du règlement, de le déchirer et de renvoyer Frank aux types de l'association avec cette réponse à leur message : « Vous pouvez le rouler très très fin et vous le mettre dans le cul. »

Craignant qu'on ne les entende, Frank jetait des regards nerveux à la ronde.
— Plaisante pas avec ça, dit-il. Si quelqu'un de l'association passait dans le coin...

Il y avait dans sa réaction quelque chose qui clochait. Elle semblait exagérée, comme une comédie jouée à son intention, et ses soupçons initiaux à l'égard de Frank s'en trouvèrent renforcés. Il se rappela l'insistance avec laquelle il avait cherché à les convaincre, Ray et lui, que l'association ne pouvait être derrière l'acte de vandalisme dont Barry avait

été victime. Peu importait que cela se fût avéré. Ce qui comptait, c'était son attitude et, en le regardant, Barry se rendit compte qu'il le connaissait vraiment très peu.
Tout le monde est indic.
Frank avait l'air d'un brave type, et Ray lui avait manifestement fait confiance, mais malgré les problèmes et les accrochages occasionnels qu'il disait avoir subis, Barry ne le trouvait pas aussi fermement opposé à l'association qu'il l'aurait souhaité. Cela ne faisait pas automatiquement de lui un mouchard ou un espion, mais c'était une source de préoccupation.

— Je suis chez moi, déclara Barry. Je dis ce que j'ai envie de dire et je parle de qui je veux. Si j'ai envie de dire que les membres du Comité Architecture bouffent la merde de leur mère, je le ferai.

Frank hocha la tête en s'efforçant de sourire.

— Et si j'ai envie d'inviter des amis chez moi, je les invite. C'est clair ?

— Hé, doucement ! protesta Frank. Je suis de ton côté.

— Ouais, fit Barry.

Son ton indiquait clairement qu'il n'en croyait rien et Frank recula d'un air gêné.

— Bon, faut que j'y aille. Je voulais juste t'informer de ce qu'ils ont dit.

Barry le regarda retourner à son pick-up. Juste avant sa discussion avec Frank, il s'était dit qu'il ne ferait plus jamais venir chez lui les gars de la cafétéria, mais il était maintenant tenté de les inviter à déjeuner tous les jours.

Et peut-être même de leur donner le code de la grille.

23

Engagements, Conditions et Restrictions
de l'Association des Propriétaires de Bonita Vista

Article IV, dispositions générales, section 9, paragraphe D : Aucun membre de l'Association des Propriétaires de Bonita Vista n'est autorisé, dans l'enceinte de la résidence, à fréquenter un individu habitant la ville de Corban. Il n'est fait exception à cette règle que si cet habitant de Corban possède une parcelle de la résidence et appartient également à l'association.

24

Maureen avait rendez-vous de bonne heure avec Ed Dexter à la société de vérification de titres de propriété pour laquelle elle travaillait en indépendante, et comme la Toyota était chez le garagiste pour un remplacement de pompe à eau et qu'ils n'avaient donc plus qu'un véhicule, elle avait proposé à Barry de le déposer à la cabane microscopique qu'il appelait son bureau. Il ne quittait habituellement pas la maison avant la fin du *Today Show*, mais, ce matin-là, elle l'avait fait se lever plus tôt et ils partirent avant huit heures.

Elle mit la Suburban en marche, descendit prudemment la route en pente sinueuse conduisant à l'entrée de Bonita Vista et…

On avait changé la grille dans la nuit.

Maureen ralentit, sentit un picotement lui parcourir l'échine. Elle se tourna vers Barry, assis à côté d'elle. Lui aussi avait l'air abasourdi.

Ils avaient franchi l'ancienne grille la veille encore. Dans un effort qui s'était révélé vain pour réconforter Liz en la faisant sortir de chez elle, ils l'avaient emmenée dîner au restaurant, avec Mike et Tina. Comme ils auraient dû s'en douter, la dernière fois que Liz était allée au restaurant, c'était avec Ray, et elle avait passé la première partie du repas à pleurer en silence, et la seconde à fixer sans un mot son plat, auquel elle avait à peine touché. Ils étaient rentrés vers dix heures. C'était Barry qui conduisait et, comme toujours, il avait fait halte à l'entrée, avait composé le code et attendu pour passer que la grille s'ouvre avec son habituel grincement métallique.

Cette grille avait disparu, remplacée par un modèle plus élaboré : des colonnes de pierre de chaque côté de la route, deux battants massifs qui semblaient de taille à arrêter un semi-remorque.

Et un poste de garde.

Barry et Maureen échangèrent un regard en silence.

La route avait été élargie et passait de part et d'autre du cube de béton pour permettre une entrée et une sortie simultanées.

Maureen baissa sa vitre tandis que l'homme d'âge mûr de faction à la grille sortait du poste, une tablette à la main. Il portait un uniforme vert olive de vigile et sa coupe en brosse très courte accentuait son allure militaire.

— Votre nom, monsieur, s'il vous plaît ? demanda-t-il à Barry, comme si Maureen n'existait pas.

Barry détourna ostensiblement la tête pour ne pas lui répondre, ce qui fit sourire Maureen.

— Moi, je m'appelle Maureen Welch, dit-elle.

L'homme consulta la liste fixée sur sa tablette.

— Welch... Welch... Oui, voilà. Barry et Maureen.

La raideur officielle fit place à un sourire servile.

— Vous pouvez sortir. Pardon du dérangement.

— Nous pouvons sortir ? fit Barry. Vous voulez dire que si nos noms n'avaient pas été sur la liste, vous ne nous auriez pas laissés passer ? Vous nous auriez forcés à rester ici ?

— Il y a eu des intrusions dans la résidence, et un cambriolage, argua le garde. Mon boulot, c'est de ne laisser entrer ou sortir que les résidents. Si un non-membre réussit à s'introduire dans la résidence, alors, oui, monsieur, je dois le retenir ici jusqu'à l'arrivée du shérif.

— Alors, on a installé cette nouvelle grille et ce poste de garde parce qu'il y a eu un cambriolage ?

— Si j'ai bien compris, trop de personnes connaissaient le code. On l'avait donné à des plombiers, à des couvreurs, à des entrepreneurs en bâtiment : la moitié de Corban le connaissait. L'ancienne grille ne servait plus à rien, il fallait prendre des mesures.

— Et vous, vous êtes de Corban ? demanda Maureen.

Le garde secoua la tête.

— Non, madame. Je vis ici, à Bonita Vista.

Elle entendit un bruit de moteur derrière elle, regarda dans le rétroviseur, vit une Saturn rouge approcher. Elle embraya mais garda un pied sur le frein.

— Comment... Comment est-ce qu'on a pu installer cette nouvelle grille aussi vite ?

— Je ne sais pas, madame. Ce n'est pas moi qui l'ai installée, je ne fais que la garder.

La grille s'ouvrit et Maureen sortit. Au passage, elle jeta un coup d'œil aux colonnes de pierre, dont le ciment ne semblait même pas humide. C'était comme si elles étaient là depuis des mois, des années. Elle n'arrivait pas à y croire : il était impossible qu'une équipe d'ouvriers, même nombreuse, ait pu démonter l'ancienne grille, installer la nouvelle, élargir la route et construire le poste de garde entre dix heures du soir la veille et huit heures ce matin.

Elle prit la direction de la grand-route et demanda à Barry :

— A quoi tu penses ?

— Aux Davidson.

— Moi aussi.

Elle n'avait pas tout à fait cru le couple quand il avait prétendu qu'on avait installé une grille pour les chasser de la

résidence, mais cette explication lui semblait maintenant tout à fait plausible.
— Tu vas appeler Chuck Shea ou Terry Abbey pour leur demander ce qui se passe ? dit Barry.
Non, fit-elle de la tête.
— Pourquoi ?
— J'ai peur de le faire, murmura-t-elle.
Ils roulèrent un moment en silence entre les collines couvertes de pins, puis Maureen poussa un long soupir et reprit :
— De qui ils essaient de se débarrasser, cette fois, d'après toi ?
Elle n'attendait pas de réponse et n'en obtint pas. Ils firent le reste du trajet sans échanger un mot.

Le téléphone sonnait quand ils rentrèrent, dans l'après-midi. Barry se glissa entre le chambranle et Maureen, qui venait d'ouvrir la porte, prit l'appareil sur la table basse où ils l'avaient laissé le matin.
— Allô ?
Maureen referma la porte, laissa son trousseau de clefs tomber dans son sac.
— Je vais bien, disait Barry.
Le coup de fil n'étant manifestement pas pour elle, elle descendit son sac en bas et alla aux toilettes. Barry était encore au téléphone quand elle remonta, quelques minutes plus tard. Il avait une expression étrange qu'elle n'arrivait pas à déchiffrer et elle n'aurait su dire si les nouvelles étaient bonnes ou mauvaises.
— Barry ? fit-elle à voix basse.
Il leva une main.
— Oui, dit-il dans l'appareil. D'accord.
Elle lui toucha le coude.
— Entendu. Merci. Au revoir.
— Qui c'était ?

Il appuya sur le bouton, l'air interloqué.
— Qu'est-ce qu'il y a?
— Une offre d'adaptation cinématographique.
— Quoi!?
— Un studio veut acheter les droits de *L'Ami*. Un demi-million de dollars.

25

Il avait encore du mal à y croire.

Barry finit de faire sa valise et la ferma. Certes, *L'Ami* était un de ses romans les plus commerciaux — même si ce n'était pas celui qui s'était le mieux vendu —, et il avait toujours pensé en secret qu'il ferait un bon film. Mais jamais, même dans ses rêves les plus fous, il n'avait imaginé qu'Hollywood s'y intéresserait, et encore moins qu'on lui proposerait une telle somme.

Il avait d'abord cru que ce type, Kenny Tolkin, avait effectivement dit « un mot » pour lui mais, en demandant des détails à son agent, Barry avait appris que le « consultant artistique » n'était pas intervenu, que l'offre venait du studio, où quelqu'un avait lu le livre en vacances, l'avait aimé et avait proposé de prendre une option sur les droits.

Barry avait cependant voulu consulter Kenny, qui avait plus l'expérience d'Hollywood que lui et qui pourrait peut-être lui donner des tuyaux ou lui indiquer les champs de mines à éviter. Il avait noté le nom de la personne qui avait recommandé son livre, ainsi que celui de l'agent du studio chargé de l'affaire, dans l'intention de demander à Kenny s'il les connaissait ou s'il pouvait lui apprendre des choses sur eux.

Il avait donc appelé Frank pour obtenir le numéro de Kenny et avait été stupéfait quand Frank, très remonté, l'avait informé que le «consultant artistique» avait quitté subitement Bonita Vista et n'y remettrait plus les pieds. Non seulement il n'était pas propriétaire de «sa résidence» à Bonita Vista, mais il utilisait illégalement depuis deux ans une maison achetée par une personne d'un autre Etat à des fins d'investissement. Il n'avait aucun contact dans les milieux de la musique ou du cinéma, ce n'était qu'un escroc qui avait monté des entourloupes semblables dans d'autres Etats et qui avait réussi à plumer plusieurs résidents de Bonita Vista avant de disparaître.

Barry porta sa valise en haut, dans le living où Maureen l'attendait. Elle lui sourit, croisa les doigts en lui souhaitant bonne chance.

— Pas la peine, répondit-il. Je crois que c'est quasiment dans la poche.

— Quand même, dit-elle.

Elle l'embrassa, lui passa les bras autour du cou.

— Sois prudent sur la route. Appelle-moi en arrivant à l'aéroport. Et en descendant de l'avion.

— Promis.

— Tu sais que je me fais du souci.

— Tu es sûre que tu ne veux pas m'accompagner? Je ne passe qu'une nuit là-bas.

— Justement. Pour une seule nuit, ce serait de l'argent gaspillé.

— L'argent? Plus de problème, maintenant.

— Ne le dépense pas avant de l'avoir.

— Paroles de comptable.

Maureen jeta un coup d'œil à la pendule.

— Il vaut mieux que tu partes. Il y a au moins deux heures de route jusqu'à Salt Lake City.

Il l'attira contre lui et l'embrassa.

— Je t'aime.
Elle sourit, lui rendit son baiser.
— Je t'aime moi aussi.

Le trajet lui parut long. Une fois qu'il eut rejoint l'Interstate 15 après avoir traversé les montagnes, le paysage demeura inchangé sur plus de cent cinquante kilomètres : des champs à gauche, des contreforts montagneux à droite. Dieu merci, il y avait les cassettes. Comme il n'arrivait pas à capter une station de radio correcte, il passa une série d'enregistrements qu'il avait faits de ses disques et garda l'esprit éveillé en écoutant de la musique.

Il se surprit à se demander s'il pourrait vivre de ce qu'il avait déjà écrit si son blocage persistait. Il n'avait pas tapé un mot sur son ordinateur ces deux dernières semaines et, franchement, il ne croyait pas qu'il réussirait à tenir les délais. Il n'était même pas sûr d'arriver un jour à finir son livre. Etre bloqué sur ce roman, c'était déjà un problème, mais il n'avait aucune idée pour un autre et il n'était même pas parvenu à écrire la moindre nouvelle.

Cette offre d'adaptation pour le cinéma était une aubaine et s'il arrivait à vendre un seul autre livre à Hollywood, Maureen et lui pourraient finir de payer la maison et vivre confortablement dans l'Utah pendant une dizaine d'années. Surtout si la clientèle de Maureen continuait à s'élargir.

L'idée que son imagination s'était tarie, que sa vie de créateur était terminée le terrifiait. Jamais il n'avait voulu être autre chose qu'écrivain, il ne savait pas faire autre chose qu'écrire et si on lui enlevait ça…

Il espérait que ce n'était qu'un problème provisoire.

Salt Lake City ne ressemblait pas à l'idée qu'il s'en faisait. Il n'avait jamais visité cette ville, il ne l'avait vue qu'en photo dans des magazines ou sur des cartes postales — demeures victoriennes au charme désuet, tours du centre se détachant sur fond de sommets enneigés —, mais la route longeait des kilomètres de dépôts ferroviaires mangés par la rouille et de bâtiments industriels hideux. Cette vue le déprima et il accueillit avec satisfaction la modernité aseptisée de l'aéroport.

Il eut tout juste le temps de donner à Maureen le coup de téléphone promis et de prendre une assurance bon marché pour son vol avant d'embarquer. Une fois à bord, il s'installa dans son fauteuil et prit un livre dans son sac. Lire faisait passer le temps plus vite, lui épargnait d'être angoissé par l'idée d'un crash et d'une mort affreuse dans les flammes, et servait aussi à décourager son voisin de tenter d'entamer la conversation. Maureen lui suggérait toujours d'emporter un de ses romans pour faire sa propre publicité, mais il ne pouvait se résoudre à un stratagème aussi éhonté. De plus, il n'avait aucune envie de relire un de ses livres. Après l'avoir écrit et revu, après en avoir corrigé les épreuves, il ne voulait plus remettre le nez dedans une fois qu'il était sur les rayons.

Le voyage se déroula sans incident, la jeune femme assise à côté de lui semblant aussi peu portée que lui sur la conversation, et avant même qu'il lève la tête de son livre, l'avion se posait sur la piste de l'aéroport international de Los Angeles.

Le véhicule de location qu'il avait réservé était prêt, et pendant qu'un employé l'amenait, Barry téléphona à Maureen pour lui faire savoir que l'atterrissage s'était bien passé. Cinq minutes plus tard, il sortait de l'aéroport en voiture, poussait la climatisation à fond et réglait la radio sur sa station préférée.

Malgré le ciel brumeux, malgré la circulation, malgré les sans-abri au coin des rues, c'était bon de retrouver L.A. et il découvrit avec étonnement que la Californie du Sud lui avait manqué. Arrêté à côté de lui au feu rouge, un blond aux cheveux courts en décapotable rouge faisait brailler sa stéréo si fort que Barry entendait palpiter ses basses par-dessus sa propre radio et le bruit de la clim.

Ah, Los Angeles !

Il avait l'impression d'être parti non depuis quelques mois mais depuis des années et il prit la 405 pour Wilshire Boulevard afin de rester sur des voies de surface et de voir si quelque chose avait changé en son absence. Il n'avait rendez-vous avec son agent qu'une heure et demie plus tard et, sans même y avoir réfléchi, il s'arrêta devant son magasin de disques d'occasion préféré. La partie vinyle avait un peu fondu, la partie CD s'était étoffée, mais, dans l'une comme dans l'autre, les rayons s'étiraient sur des dizaines de mètres et Barry, tout heureux, fouilla parmi les albums et en choisit une brassée avant de se décider à ressortir.

Il descendit Wilshire en direction de l'est en essayant d'estimer le temps qu'il mettrait pour se rendre de L.A. à Brea. Son séjour ne durerait que vingt-quatre heures, mais il avait arrangé un rendez-vous avec ses amis, le temps de boire un verre. Le dîner avec son agent ne lui prendrait pas plus d'une heure et il lui resterait beaucoup de temps à passer avec eux.

Lindsay White l'attendait au Canter's de Fairfax, leur lieu de rendez-vous habituel. Comme toujours, les tables étaient occupées par des vieux du quartier ainsi que par un assortiment de gloires futures ou passées d'Hollywood. Retranchée dans un box de coin, Lindsay lui fit signe dès qu'il traversa la salle. Il avait à peine eu le temps de s'asseoir en face d'elle qu'à sa manière, particulièrement autoritaire, elle appelait une serveuse d'un mouvement impérial du poignet accompagné d'un claquement de doigts.

— Le service est toujours d'une lenteur d'escargot, ici, lui dit-elle tandis que la serveuse approchait. Alors j'ai déjà choisi pour moi. Commande, ensuite nous parlerons.

Sans consulter le menu, il prit un sandwich au pastrami

et un thé glacé, la même chose que la dernière fois qu'ils s'étaient rencontrés au Canter's.

Après le départ de la serveuse, Lindsay se pencha en avant et lui tapota la main.

— Comment vas-tu, Barry ? Ça se passe bien au cœur de l'Amérique ?

— Très bien.

— Tant mieux, dit-elle avant qu'il ait pu ajouter un mot.

Elle passa le quart d'heure qui suivit à tenter de l'impressionner, comme à son habitude, et il feignit courageusement de s'intéresser à sa dernière passion à la mode. Lindsay était ce que Maureen appelait une « intellectuelle Miramax », l'une de ces personnes pas particulièrement érudites ou cultivées mais qui suivaient les tendances lancées par le cinéma d'auteur : lire Janet Frame après avoir vu *Un ange à ma table*, se prétendre grand admirateur de Pablo Neruda après avoir vu *Le Facteur*, citer Jane Austen dans la conversation après avoir vu les films sans avoir lu les livres. C'était une tactique efficace ces temps-ci dans la bonne société, cette fausse familiarité avec la culture, mais elle ne manquait jamais de hérisser Barry et elle ennuyait tellement Maureen qu'elle s'efforçait toujours d'éviter toute conversation avec Lindsay.

Quand leur commande arriva et qu'ils en vinrent enfin au travail, les nouvelles ne furent pas bonnes.

— J'espérais avoir un contrat à te faire signer, commença Lindsay, mais... Eh bien, ça s'est compliqué depuis notre dernier coup de téléphone. Pour être franche, je pense que l'affaire est peut-être à l'eau. Je n'ai pas abandonné tout espoir, ajouta-t-elle aussitôt. Ça peut encore marcher. Mais il y a eu un changement de direction au studio et tu sais comment ça se passe. Tout ce qui est associé à l'ancien régime, au gouvernement précédent, est automatiquement suspect. Nous, en l'occurrence, pour le moment. Mais j'espère obtenir un rendez-vous avec l'un des cadres de développement au début de la semaine prochaine et voir si nous pouvons arriver à quelque chose. *L'Ami* est un livre très vendable et je ne doute pas qu'une fois que je l'aurai dissocié du contexte dans lequel il a été rejeté, je réussirai à le leur faire comprendre.

S'efforçant de sourire, elle s'enquit :
— Tu veux un dessert ?

Il faisait encore jour quand Barry sortit du restaurant et il se hâta de retourner à sa voiture et de descendre Fairfax en direction de l'autoroute pour ne pas être pris dans les embouteillages du retour dans le comté d'Orange.

Il parvint à rester un moment devant le flot mais se retrouva finalement coincé dans la circulation de l'heure de pointe sur l'autoroute de Santa Ana et prit les voies de surface à partir de Santa Fe Springs en évitant les zones de travaux. Les défis de la conduite en Californie du Sud l'aidaient à ne plus penser aux nouvelles décevantes apportées par Lindsay. A Brea, sur une impulsion, il traversa son ancien quartier. La chaussée et les trottoirs étaient recouverts d'une moquette mauve de pétales de jacarandas. Les branches qui ployaient au-dessus de lui avaient perdu leurs fleurs et ne portaient plus que leurs feuilles d'été. Le coucher de soleil teintait le smog en orange vif et Barry éprouva une bouffée de nostalgie pour la vie en Californie.

Dans un quartier sans association de propriétaires.

Jeremy, Chuck et Dylan l'attendaient déjà dans le parking du Minderbinder's, un lieu qu'ils avaient fréquenté pendant leurs études à l'UC Brea. Il attirait toujours les étudiants, et les quatre hommes furent accueillis avec méfiance, voire hostilité, quand ils réquisitionnèrent une table près de l'entrée.

— On doit faire plus vieux que notre âge, commenta Dylan.

— C'est plutôt que tu te sens plus jeune que tu ne l'es en réalité, le titilla Chuck.

— Je sais que c'est censé être une pierre dans mon jardin, mais tu ne crois pas que se conduire comme un jeune aide à vivre plus longtemps ?

— Les mérites de l'immaturité restent à prouver.

Une serveuse qui avait l'air de s'ennuyer à mourir s'approcha de leur table et ils commandèrent tous de la bière.

— C'est sa tournée, annonça Dylan en indiquant Barry. Mon ami est un écrivain riche et célèbre, il vient de vendre un de ses bouquins à Hollywood.

La jeune femme parut soudain s'animer et sourit à Barry.

— Vous fêtez l'événement ?

— Non.

— Félicitations quand même.

Elle s'éloigna en balançant exagérément les hanches et Dylan attendit qu'elle ne puisse plus l'entendre pour glisser à Barry :

— T'as plus qu'à te baisser pour la ramasser.

— Je te l'ai dit, l'affaire a foiré...

— Elle le sait pas, elle. Et puis, à quoi bon la gloire et la fortune si on peut pas s'en servir pour faire quelques écarts ?

— Tu expliqueras ça à Mo.

— Alors, comment c'est la vie dans les contrées sauvages ? voulut savoir Jeremy.

— Pas si sauvages que ça, finalement.

— Ah ouais ?

Barry entreprit de leur exposer les restrictions et les règles de l'association des propriétaires. Il était encore en train de le faire quand la serveuse revint avec les bières et se pencha pour lui montrer ses seins en posant son verre devant lui. Il l'ignora ostensiblement.

— Maintenant, ils ont installé une nouvelle grille et un poste de garde pour empêcher la racaille d'entrer. Je dois

202

donner mon nom à un vigile en uniforme chaque fois que je veux entrer dans la résidence ou en sortir.
— Sans déconner ? fit Chuck.
— Sans déconner.
— T'es censé lui filer la pièce ? demanda Dylan. Je veux dire à Noël. Paraît que ça se fait, à New York, avec les portiers. C'est peut-être pareil là-bas.
— Je n'en sais rien et c'est le cadet de mes soucis.

Barry n'avait pas l'intention d'en dire plus, de parler des choses étranges, effrayantes, qui l'inquiétaient vraiment : il était conscient qu'elles paraîtraient ridicules à ceux qui ne les avaient pas vécues. Mais l'expression perplexe de Jeremy l'incita à poursuivre, à s'ouvrir. Ils étaient ses amis et s'il ne pouvait pas se confier à eux, à qui se confierait-il ?

— Il y a autre chose, dit-il.

Il leur raconta *tout*, de la mort de Barney à celle de Ray, de Moignon à l'homme qui avait harcelé Maureen. Il leur parla de la nouvelle grille qui avait été installée en une nuit, comme par magie.

Les trois hommes restèrent un moment silencieux, comme s'ils ne savaient pas quoi dire, et ce fut Chuck qui finit par demander :

— Tu serais pas en train d'essayer une de tes nouvelles intrigues sur nous ?

— Je voudrais bien. Non, je parle sérieusement. Tout ça est vraiment arrivé.

— Moi, je te crois, assura Dylan. « Il y a plus de choses, Horatio... »

Chuck lui donna un coup de coude.

— Elle est finie, l'époque où tu essayais d'impressionner les copines de fac avec tes citations foireuses de Shakespeare. C'est plus de ton âge.

— Plus de mon âge ?

— T'aurais jamais dû partir, je te l'avais dit, rappela Jeremy.

Barry finit sa bière.
— Ouais. Merci.
— Et je savais que ce chat mort était mauvais signe.
Dylan secoua la tête.
— Y a vraiment un monstre sans bras ni jambes ni langue qui se traîne dans la forêt entre les maisons ?
— Je te le jure, répondit Barry.

Ils avaient mille questions à poser mais elles reflétaient leur stupéfaction, pas leurs doutes, et Barry se rendit compte avec gratitude que ses amis n'essayaient pas de démolir par des arguments rationnels son interprétation des faits mais qu'ils y croyaient totalement.

Jeremy lui posa une main sur l'épaule.
— On est là si t'as besoin de nous, mon pote. Si ça devient trop horrible là-bas et que t'as besoin d'aide, appelle-nous.
— Je pourrais vous prendre au mot.
— Bah, je me paierais bien un peu de vacances, fit Dylan.

Il était presque minuit quand ils se séparèrent. Jeremy offrit l'hospitalité à son ami, mais Barry avait laissé passer l'heure d'une annulation possible pour sa chambre d'hôtel.
— De toute façon, je paierai. Autant que j'en profite.
Jeremy lui serra la main, un geste étrangement adulte pour lui, à la fois inhabituel et rassurant.
— Je suis sérieux. Si ça tourne vraiment mal, là-bas, tu pousses un cri et on arrive.
Barry pressa la main de Jeremy avec reconnaissance.
— Je n'y manquerai pas.

Il avait choisi un hôtel dans le comté d'Orange plutôt que près de l'aéroport et il s'en félicita. Son avion ne partait qu'à onze heures ; il lui faudrait faire un long trajet le lendemain matin, pendant la fin de l'heure de pointe, mais au moins il n'aurait pas à conduire ce soir. Un quart d'heure plus tard, il était au lit et il n'ouvrit pas l'œil avant que le téléphone de sa table de chevet ne sonne le réveil, à sept heures.

Il avala un Egg McMuffin en vitesse en guise de petit déjeuner et reprit le chemin de L.A. Entre les embouteillages imprévus et le temps nécessaire pour rendre la voiture de location, il embarqua juste à temps mais, une fois que l'avion eut décollé, il se détendit et regarda par le hublot la mégalopole rapetisser sous lui. Il s'aperçut avec étonnement qu'il était content de retourner dans l'Utah, et que, malgré tout, il avait l'impression de rentrer chez lui. La Californie était un endroit agréable à visiter, mais il n'en faisait plus partie. Il ne regrettait pas son voyage, cependant. Il se sentait mieux d'avoir parlé à ses amis, de s'être épanché ; il se sentait aussi plus fort, capable d'affronter maintenant n'importe qui ou n'importe quoi.

Même l'association des propriétaires.

L'avion atterrit à Salt Lake City peu après une heure. On leur avait servi un déjeuner immangeable pendant le vol et il avait faim. Comme il n'arriverait pas à Corban avant trois heures, Barry s'arrêta dans un Subway, acheta un sandwich et un grand Coca avant de se mettre en route.

Tenant le volant d'une main, il fouilla dans la boîte de cassettes posée sur le siège à côté de lui, glissa finalement *A Passion Play*, de Jethro Tull, dans le lecteur. Se souriant à lui-même aux accents de la musique familière, il monta le volume et se sentit bien.

S'il avait un héros, c'était bien Ian Anderson. Non seulement le leader du Tull composait de la bonne musique depuis plusieurs dizaines d'années mais il le faisait sans compromission. Barry admirait l'ambition artistique pure et dure qui avait conduit Anderson à enregistrer un album comme *A Passion Play*, cette volonté d'affronter à la fois les critiques et les fans et de suivre son inspiration, quelles que puissent être les conséquences. C'était ce à quoi Barry aspirait lui même, cette liberté et cette audace, et s'il n'avait pas le talent nécessaire pour y parvenir, il espérait avoir au moins le courage et l'intégrité d'essayer.

Une heure et demie plus tard, il quittait l'Interstate pour la route à deux voies menant à Corban. Les semi-remorques et les voitures immatriculées dans d'autres Etats avaient disparu et seules une Jeep ou une camionnette venant en sens inverse de temps à autre lui rappelaient qu'il n'était pas seul sur la route.

Le terrain s'élevait, le chaparral désertique faisait place à la forêt de pins et de genévriers. Au sortir d'un virage en pente, Barry vit une Jimmy blanche déboucher d'une route presque invisible. Il ralentit pour la laisser passer et son chauffeur accéléra, disparaissant derrière le virage suivant avant même que Barry ait repris de la vitesse.

Il la retrouva dix minutes plus tard, coincée derrière une Lexus argentée et klaxonnant furieusement. Barry était encore à huit cents mètres de distance mais, même d'aussi loin, il était évident que le conducteur de la Lexus s'amusait à un drôle de jeu. Il accélérait, ralentissait, s'arrêtait presque et, quand la Jimmy essayait de doubler, il passait sur l'autre voie pour la bloquer.

Au bout d'un moment, le chauffeur de la Jimmy en eut assez. Obliquant vers l'étroit bas-côté de terre battue, il tenta de passer par la droite. La Lexus augmenta sa vitesse pour l'empêcher de revenir sur la route. Devant, il y avait un lit de rivière à sec, une ravine assez profonde que la route enjambait par un pont. Le bas-côté s'interrompait à cet endroit et de la poussière s'éleva quand la Jimmy jaillit en avant dans un effort désespéré pour doubler par la droite.

La Lexus maintint sa vitesse.

Au dernier moment, le chauffeur de la Jimmy comprit que l'autre ne le laisserait pas passer, qu'au jeu débile du premier qui se dégonfle le chauffeur de la Lexus refusait de perdre.

Il enfonça la pédale du frein, mais il était trop tard et la Jimmy dévala la pente escarpée jusqu'au lit à sec.

Barry, qui avait réduit considérablement la distance qui le séparait des deux véhicules, vit clairement l'accident. Il freina, s'arrêta sur le bas-côté, descendit de voiture et courut vers la ravine. Du coin de l'œil, il vit la vitre avant droite de la Lexus se baisser, entendit le chauffeur crier quelque chose à sa victime, puis la voiture repartit à vive allure. Barry voulut noter son numéro, mais la voiture était dans l'ombre et quand elle fut de nouveau au soleil, il était trop loin pour pouvoir le déchiffrer.

Il s'accroupit et se laissa glisser au bas de la pente. La Jimmy n'avait pas fait de tonneau mais s'était plantée dans le lit sablonneux. Son conducteur était debout près de la portière ouverte. Barry s'avança vers lui.

— Vous n'avez rien ?

L'homme hocha la tête, passa une main sur son front contusionné, épousseta le sable et les feuilles collés à sa chemise.

— Vous avez besoin d'aide ? Vous voulez que j'appelle une ambulance ou la police ?

— Non ! répondit l'homme, criant presque. Pas la police !

— Vous plaisantez ? Ce type vous a poussé hors de la route. Je l'ai vu, je suis témoin.

— Je ne porterai pas plainte. Je ne veux pas...

Il secoua la tête, comme pour s'éclaircir les idées.

— Ecoutez, si vous voulez m'aider, déposez-moi simplement à la station Shell de Corban. Je leur demanderai de remorquer ma voiture.

— D'accord. Comme vous voudrez. Mais vous devez prévenir la police, ne serait-ce que pour l'assurance...

— Non !

— Bon, bon, capitula Barry.

L'homme palpa divers endroits de son visage, examina ses doigts.

— Je ne vois pas de sang, dit Barry.

Le chauffeur de la Jimmy fit un pas hésitant.

— Vous voulez que je vous aide? proposa Barry.

— Non, ça ira.

— Quel salaud, ce type. Je l'ai vu vous barrer la route...

— Je préfère ne pas en parler, coupa l'accidenté d'un ton abrupt.

Les deux hommes gravirent la pente. Barry avançait lentement, au cas où l'autre aurait besoin de lui, mais il parvint à sortir de la ravine sans son aide.

— Vous êtes de Corban? demanda Barry tandis qu'ils se dirigeaient vers sa Suburban.

— Oui.

— Moi aussi. Je vis à Bonita Vista.

— Moi aussi, dit l'homme à voix basse.

Il ne prononça pas un mot de plus avant qu'ils arrivent à la station Shell, en ville.

Barry ne réussit même pas à lui faire dire son nom.

26

Russ Gifford rentra du travail pour découvrir que sa copine était partie.

Il aurait probablement pensé qu'elle était en train de faire les courses, de jouer au tennis, ou de faire un jogging dans les sentiers, s'il n'y avait eu cette feuille de papier rose glissée entre les montants métalliques de sa porte grillagée, qui s'agitait bruyamment dans le vent d'après la mousson.

C'était un avis officiel de l'association des propriétaires.

Russ le lut et le relut, les mains tremblantes, l'estomac noué par une émotion difficilement identifiable, où se mêlaient de la colère, de la confusion et de la peur. Son nom avait été griffonné de manière quasi illisible dans le rectangle prévu à cet effet, et une case avait été cochée devant la phrase *Mesures prises pour remédier au non-respect du règlement*. Dans l'espace blanc de la partie inférieure du formulaire, ce commentaire glacial et énigmatique : « Les couples non mariés ne sont pas autorisés à vivre à Bonita Vista (voir article IV, section 9, paragraphe F). Nous avons mis fin à la présence de Tammi Bindler afin de faire respecter le règlement. »

Qu'est-ce que cela voulait dire ?

Il lut le formulaire une troisième fois.

« Pas autorisés à vivre »... « Mis fin à la présence »... Ces mots ambigus et menaçants pouvaient signifier que Tammi avait été tuée, même si Russ savait que cela ne pouvait pas être le cas. L'autre possibilité était également incroyable et presque aussi déconcertante : on l'avait enlevée et emmenée ailleurs de force.

Il entra dans la maison, appela la sœur de Tammi à Saint George et sa mère à Kingman, dans l'espoir qu'elle aurait téléphoné à l'une ou à l'autre pour expliquer ce qui s'était passé, mais aucune d'elles n'avait de nouvelles.

Sur une impulsion, il se précipita dans la chambre pour inspecter le placard. Tous les vêtements de Tammi y étaient encore. Dans la salle de bains, ses affaires de toilette n'avaient pas bougé.

Il demeura immobile, hébété, incapable de décider ce qu'il devait faire.

La police, pensa-t-il enfin.

Il alla au téléphone, composa le 911, mais raccrocha avant d'obtenir une réponse. Il avait vu assez de séries policières pour savoir que Tammi ne serait officiellement considérée comme disparue que d'ici quarante-huit heures.

Merde. Tant pis, il n'avait qu'à leur mentir.

Il composa de nouveau le 911 et quand il eut quelqu'un en ligne, il déclara que sa petite amie avait disparu depuis trois jours et qu'il craignait qu'il ne lui soit arrivé quelque chose. L'homme prit son nom et son adresse, promit que le shérif serait là dans une demi-heure au maximum. Effectivement, une voiture de patrouille s'arrêta devant la maison un quart d'heure plus tard et Russ sortit pour accueillir l'homme à l'expression dure qui en descendit et s'approchait en rajustant son ceinturon.

— Je suis le shérif Hitman. Vous êtes Russ Gifford ?
— Ouais. Merci d'être venu. Ma copine a disparu.
— Depuis trois jours, si j'ai bien compris ?

Etait-ce un soupçon qu'il décelait dans la voix du shérif ? Russ plissa le front.
— Oui. Depuis lundi.
— Mmm. Ecoutez, monsieur Gifford, je ne connais aucun homme qui attendrait trois jours pour appeler la police si sa petite amie avait disparu. Soyez donc franc avec moi.
— D'accord. C'est arrivé aujourd'hui. J'ai trouvé ça sur ma porte, dit Russ en lui tendant le formulaire. J'ai appelé sa mère, sa sœur, personne ne sait où elle est.
Le shérif parcourut rapidement la feuille et la lui rendit.
— Désolé, c'est en dehors de mes compétences.
— Quoi ?
— C'est une affaire entre vous et votre association de propriétaires.
— Mais ma copine a disparu !
— Elle n'a pas disparu. Ce papier explique clairement qu'il a été mis fin à sa présence à Bonita Vista parce que l'association n'admet pas le concubinage.
— Vous plaisantez, c'est ça ? fit Russ, incrédule.
Hitman le fixa en silence.
— Vous êtes en train de me dire que vous ne levez pas le petit doigt quand un crime est commis à Bonita Vista ?
— Aucun crime n'a été commis, soupira le shérif. Si vous lisez vos E-C-R, vous verrez que l'association a légalement le droit de faire appliquer son règlement.
— Dites, vous êtes dans quel camp ?
— Dans aucun camp. Je suis un policier chargé de faire respecter la loi et c'est ce que je fais. Bonne journée, monsieur Gifford.
Russ suivit le shérif qui s'éloignait déjà.
— Attendez ! Qu'est-ce que je suis censé faire ?
Hitman ouvrit la portière de sa voiture.
— Si vous avez des questions, adressez-les aux membres du Bureau de votre association. Au revoir.

Russ regarda la voiture de patrouille repartir par où elle était venue.

Les membres du Bureau.

Il s'aperçut qu'il ne les connaissait pas. Il baissa de nouveau les yeux vers le formulaire, mais il n'était pas signé et ne portait aucun nom hormis celui de l'association. La liste des dirigeants et de leurs attributions devait figurer dans ces fichus E-C-R, mais il les avait rangés quelque part peu après les avoir reçus et il ne se rappelait plus où. Il pouvait se renseigner auprès des voisins, mais Tammi et lui n'étaient pas particulièrement sociables et ils ne fréquentaient presque personne. L'idée de déranger des gens qu'il ne connaissait quasiment pas le mettait mal à l'aise.

Ray Dyson aurait pu lui répondre, lui. Le vieil homme avait sympathisé avec eux et les avait invités, une ou deux fois, à ses soirées. Mais il était mort.

Sa femme, peut-être. Liz savait peut-être.

Russ se décida. La maison des Dyson se trouvait dans la rue qui passait au-dessus de la sienne, et s'il coupait par les broussailles, ce serait plus rapide à pied qu'en voiture. Il traversa la route, commença à monter la pente dépourvue de sentier.

Russ s'était toujours demandé pourquoi Ray détestait l'association. Maintenant il le savait. C'était une bande de salopards prétentieux qui voulaient imposer leur morale à tout le monde. Tammi devait vider les lieux parce qu'ils n'étaient pas mariés ? Ils vivaient ensemble depuis dix ans ! Plus longtemps, probablement, que certains des couples mariés de Bonita Vista.

Bon sang, s'il avait eu les moyens, il aurait bien aimé engager un détective privé pour enquêter sur ces salauds, découvrir ceux d'entre eux qui avaient une liaison ou n'étaient pas à la hauteur des normes à la con fixées par leur association de merde.

Sa colère lui faisait du bien. Elle chassait le désespoir, elle éloignait l'apitoiement sur soi. Il contourna un énorme buisson de manzanita, émergea devant la maison des Dyson. Le formulaire rose toujours à la main, il monta rapidement l'allée, sonna.

Comme on ne répondait pas, il sonna de nouveau, frappa. Quelques secondes plus tard, la porte s'entrouvrit et Liz regarda par la fente.

— Oui?

Elle était dans un état épouvantable — ni maquillée, ni peignée, enveloppée dans une robe de chambre sale —, mais le plus déroutant, c'est qu'elle ne semblait pas le reconnaître.

— C'est moi, Russ, dit-il.

— Oui?

Le ton était brusque. Ou elle ne le reconnaissait pas ou elle n'était pas d'humeur à parler. Il s'empressa d'expliquer :

— En revenant du travail, cet après-midi, je n'ai pas trouvé Tammi à la maison. Je ne me serais sûrement pas inquiété s'il n'y avait pas eu cette feuille accrochée à ma porte, dit-il en montrant le formulaire. C'est de l'association des propriétaires, ils disent que les couples non mariés ne peuvent pas vivre à Bonita Vista et qu'ils ont mis fin à la présence de Tammi. Je ne sais pas ce que c'est censé signifier...

Liz ouvrit un peu plus la porte, inspecta furtivement les alentours.

— Ils procèdent à une purge, fit-elle d'une voix à peine plus haute qu'un murmure. Ils font ça régulièrement. Ils s'en prennent aux propriétaires qui enfreignent les règles, ils se débarrassent des gens qu'ils n'aiment pas...

— Mais pourquoi moi? Je ne leur ai jamais rien fait. Je ne sais même pas qui ils sont...

— Je me demande qui d'autre s'est fait virer, marmonna Liz pour elle-même. Vous connaissez Wayne et Pat? Le couple homo?

— Ouais. Je les ai rencontrés chez vous...
— Vous savez où ils habitent ?
— A l'autre bout de ma rue. Dans Oak.
— Passez les voir. Je parie qu'ils sont partis, eux aussi.

Russ se rendit compte qu'il avait chiffonné le formulaire et le serrait au creux de son poing.

— Mais qui fait partie du Bureau ? Je veux savoir ce qui est arrivé à Tammi. Je veux des réponses.
— Mon mari aussi en voulait, murmura Liz en refermant la porte.

Il l'entendit tourner le verrou, mettre la chaîne de sûreté.

— Donnez-moi seulement un nom ! Qui est le président ?

Mais Liz ne réapparut pas et après avoir vainement sonné et tambouriné à la porte, Russ renonça. En retournant chez lui, il décida de suivre le conseil de Liz et s'arrêta à la maison que Wayne et Pat partageaient. Personne ne vint ouvrir et il ne vit pas trace du couple. Bien qu'il y eût encore deux voitures dans l'allée, l'endroit semblait abandonné.

Sa colère faiblissait et il était envahi d'un sentiment croissant d'impuissance, d'une peur désespérée de ne rien pouvoir faire pour retrouver Tammi. Il alla à la maison voisine. Il ne savait pas qui y vivait, mais la femme qui ouvrit la porte avait l'air amicale et il lui demanda si elle pouvait lui dire qui faisait partie du Bureau de l'association des propriétaires. La question la fit sursauter et elle commença à refermer la porte.

— Attendez ! cria-t-il tandis que le verrou claquait.

La réaction fut partout la même. Il sonna à toutes les maisons de la rue, la plupart des gens vinrent ouvrir, mais personne n'accepta de répondre à ses questions concernant l'association.

Russ rentra chez lui troublé, déprimé, effrayé. Il passa le reste de la soirée à appeler des amis et des parents pour voir si quelqu'un avait des nouvelles de Tammi, pour expliquer la situation. Personne ne semblait croire à son histoire. D'ailleurs, si quelqu'un d'autre la lui avait racontée, il n'y aurait sans doute pas cru non plus.

Liz avait parlé d'une purge et il se demandait ce qu'elle avait voulu dire par là. Il imaginait des inquisiteurs en robe de bure ligotant Tammi sur un bûcher au cœur de la forêt parce qu'elle vivait avec un homme en dehors des liens du mariage.

Non, c'était impossible.

Vraiment?

Pour la première fois depuis son enfance, il s'endormit en pleurant. C'étaient plus des larmes de rage et de frustration que de tristesse, mais il était en pleine confusion et tous ces sentiments se mêlaient en lui. Il avait l'impression qu'il devait agir, qu'il y avait quelque chose à faire, mais en même temps il sentait confusément qu'il se trouvait dans la même situation que toute personne qui vient de perdre un être cher. Tout ce qu'il pouvait faire, c'était attendre.

D'ordinaire, il avait le sommeil profond. Là, il se réveilla plusieurs fois, se tourna d'un côté et de l'autre, se rendormit. Il finit par s'assoupir pour de bon, lui sembla-t-il, peu après une heure et aurait peut-être dormi jusqu'au matin s'il n'avait entendu des coups sourds.

Il ouvrit les yeux, regarda son réveil — 01:43 —, se redressa, essaya de localiser la source du bruit. Il semblait provenir du devant de la maison. En fait, on aurait dit qu'on lançait des pierres sur la façade, mais les gosses qui se risquaient à ce jeu n'en jetaient jamais qu'une ou deux avant de déguerpir. Russ en avait entendu une douzaine depuis qu'il s'était réveillé, et cela continuait. Il y avait aussi une régularité dans les coups, comme si les pierres étaient lancées par une machine, une sorte de catapulte qui…

Une explosion retentit dans toute la maison quand la baie vitrée de la salle de séjour se fracassa.

Russ bondit hors de son lit avant même que les éclats de verre aient fini de tinter sur le carrelage. Il sortit de sa chambre, traversa le couloir, ouvrit la porte et alluma la lumière de l'entrée. Il scruta l'obscurité sans rien voir.

— Je sais qui tu es, salopard! J'appelle les flics!

Il découvrit des pierres à ses pieds et dans le cercle de lumière projeté par l'ampoule de l'entrée.

— Fous le camp de chez moi!

Pas de réponse. Russ ne voyait rien, n'entendait rien.

Qui jetait ces pierres? Et pourquoi?

Il se pencha pour en ramasser une et un bruit de verre cassé rompit de nouveau le silence de la nuit.

Une des vitres de sa voiture.

Cette fois, les coups sourds provenaient de toutes les directions, comme si des types cachés dans les fourrés bombardaient les quatre côtés de sa maison.

Russ referma la porte, tira le verrou et se recroquevilla dans le vestibule, les battements de son cœur noyant sous leur vacarme ses pensées affolées. Il aurait voulu rouvrir la porte, crier des menaces, mais le fait qu'il y eût plusieurs personnes dehors le terrifiait.

Qui étaient-ils? Pourquoi lui en voulaient-ils?

L'association des propriétaires.

C'était absurde : pourquoi des hommes adultes s'accroupiraient-ils dans les buissons pour lancer des pierres sur une maison? Toute cette histoire de «disparition» de Tammi était insensée. Mais s'ils avaient voulu faire disparaître l'un des concubins, ils voudraient aussi faire disparaître l'autre.

Il n'y avait pas d'armes dans la maison, mais Russ avait des clubs de golf. Il alla au placard, y prit un fer 9 et le balança au niveau de l'épaule. Le sifflement de l'air fendu par le métal avait quelque chose de rassurant. Si l'un de ces fumiers essayait de pénétrer dans la maison, il lui arracherait la tête.

Il retourna dans le séjour, tira son fauteuil contre le mur du fond et s'assit face aux débris de verre. Un vent frais soulevait les rideaux, le clair de lune étincelait sur les éclats jonchant le tapis.

Russ attendit, serrant le club de golf à en avoir mal aux doigts.

Les coups sourds continuèrent une heure encore avant de s'arrêter, subitement. Il ne dormit pas de la nuit.

Au matin, il fourra dans une valise quelques affaires indispensables, des vêtements pour une semaine, ferma la maison à clef et partit.

Il reviendrait plus tard avec des amis pour emporter le reste... et mettre la maison en vente.

27

Engagements, Conditions et Restrictions
de l'Association des Propriétaires de Bonita Vista

Article IV, dispositions générales, section 9, paragraphe F : Aucun résident non marié de Bonita Vista ne peut cohabiter avec une personne du même sexe ou du sexe opposé. Des membres de couples non mariés peuvent posséder en commun une parcelle ou une maison de Bonita Vista mais ne sont pas autorisés à y résider ensemble. Les unions homosexuelles n'ont aucun statut légal et sont donc interdites.

28

Ils avaient pris l'habitude de se coucher beaucoup plus tôt dans l'Utah qu'en Californie («l'influence des mormons», prétendait Barry), mais le rituel restait le même, et bien qu'ils en aient parlé, qu'ils l'aient prévu et qu'ils aient eu l'intention bien arrêtée de faire l'amour ce soir-là, Barry somnolait quand Maureen eut fini de prendre sa douche. Le poste de télévision de la chambre était encore allumé, et elle s'assit au bord du lit pour contempler son visage teinté de bleu par la lumière clignotante de l'écran. Elle lui avait toujours envié cette facilité à s'endormir. Il était de ces personnes qui sombrent dans le sommeil peu après avoir posé la tête sur l'oreiller et il dormait jusqu'au matin avec une expression de sérénité angélique quoi qu'il ait pu se passer la veille. Elle, au contraire, s'agitait et se retournait dans le lit, se réveillait au moindre changement de position de Barry ou de température dans la pièce.

Il souriait dans son sommeil et elle lui caressa la joue, le secoua doucement.

— Hé !

Il fronça les sourcils, cligna des yeux.

— Quoi ?

— Tu t'es endormi.

— Et alors ?
Un peu offensée, elle répliqua :
— Je croyais qu'on devait...
— Je plaisante, dit-il.
Il bâilla, sourit, l'attira contre lui et l'embrassa. Elle dut s'affairer un moment sur lui pour le stimuler. Elle, en revanche, n'avait aucun problème à être excitée depuis qu'elle avait cessé de prendre la pilule, cela ajoutait quelque chose à leurs rapports, leur donnait plus d'intensité, et ce soir-là ne fit pas exception. Elle jouit vite et fort.

Maureen demeura ensuite étendue dans le lit, écoutant les ronflements de Barry qui couvraient le murmure de la télévision. Elle n'était pas sûre qu'il tînt autant qu'elle à avoir un enfant. Oh, il assurait qu'il voulait une famille, mais les actes ont plus de sens que les mots, comme on dit, et le comportement de Barry indiquait clairement que son désir d'enfant n'était pas aussi grand que le sien.

Elle ne doutait pas cependant qu'il ferait un bon père, malgré ses réticences initiales, et elle s'endormit en le regardant et en écoutant le bruit rassurant de sa respiration profonde et régulière.

Le lendemain matin, ils prirent le petit déjeuner ensemble pour la première fois de la semaine, Barry préparant des toasts pendant qu'elle pressait des oranges. Elle l'embrassa sur le pas de la porte avant qu'il ne parte pour son bureau et lui dit, d'une manière affectée :

— Passe une bonne journée, chéri.
— C'est quoi, ce cinéma ?
Elle sourit, se tapota l'abdomen.
— Nous devons commencer à nous entraîner à la vie de famille.

Le sourire qu'il lui adressa en retour était indéchiffrable. Elle le regarda monter dans la Suburban, lui fit signe de la main quand il sortit de l'allée et ferma la porte à clef.

Elle n'avait rien à faire ce jour-là, pas de rendez-vous, pas de tâches à accomplir, et cette fois, c'était par choix. Elle avait pris goût — contre sa volonté, quasiment — aux journées libres, aux longues heures de loisir, elle avait réorganisé son emploi du temps et réparti différemment ses activités pour ne travailler que le lundi, le mercredi et le vendredi. Le mardi et le jeudi étaient des jours de congé, ils lui appartenaient.

Elle n'était pas retournée sur les courts depuis l'accrochage avec les deux jeunes mais n'avait pas manqué de choses à faire : jardiner, traîner à la maison, rendre visite aux amies qu'elle s'était faites dans le voisinage. Elle s'habituait à l'Utah, et si la vie à Bonita Vista n'était pas absolument parfaite... qu'est-ce qui l'était, de toute façon ?

Elle s'assit sur le canapé, regarda CNN. Il y avait eu un tremblement de terre dans le désert, à la sortie de Los Angeles, et selon les sismologues du Cal Tech, sa puissance avait atteint 6,1 sur l'échelle de Richter et avait été ressentie jusqu'à Phoenix et Las Vegas. On ne disposait encore d'aucune estimation sur les dégâts matériels et le nombre de blessés, mais dans sa quête incessante de sensationnel, le présentateur du bulletin télévisé s'était entretenu en direct au téléphone avec un nommé Howard Stern avant de se rendre compte que le type se fichait de lui.

« Pipeau ! Pipeau ! s'écria le correspondant. Je vous emmerde tous ! »

Maureen éteignit le poste en riant. Ça au moins c'était du direct ! La journée s'annonçait caniculaire et si elle voulait s'occuper du jardin, il valait mieux s'y mettre avant dix heures. Elle alla à la cuisine remplir sa gourde et sortit, emportant le téléphone au cas où un client appellerait. C'était une mauvaise habitude, elle le savait, et l'une des raisons pour lesquelles Barry refusait d'acheter un portable, même s'il reconnaissait qu'il pouvait être pratique d'en avoir un dans la voiture en cas d'urgence. Il n'appréciait pas qu'elle eût besoin d'être constamment rattachée à son travail. Elle admettait sa position mais tâchait aussi de lui faire comprendre que son métier à lui était exceptionnel, que pour la plupart des gens le travail impliquait d'être en relation avec des clients ou des usagers et qu'ils ne pouvaient pas accrocher une pancarte «Parti à la pêche» chaque fois qu'ils n'avaient pas envie de travailler. Ils étaient obligés de prendre les appels téléphoniques même quand ils survenaient aux moments les plus mal choisis.

Le jardin poussait bien. Elle arrosa ses roses, arracha quelques volubilis qui enroulaient leurs vrilles autour de fleurs plus délicates. Le téléphone sonna alors qu'elle cueillait ses premières tomates mûres de la saison. Elle essuya ses mains à son jean, prit l'appareil sur la pierre où elle l'avait posé.

— Allô?

Audrey Hodges. Laura Holm s'était arrêtée un instant pour bavarder avec elle pendant sa marche sportive à travers la résidence et avait mentionné qu'elle avait vu Maureen travailler dans le jardin, et Audrey téléphonait pour savoir comment elle allait.

— Ça va. Je prends une journée pour mettre un peu d'ordre dans la maison.

— Bien, bien, fit Audrey. A vrai dire, ce n'est pas seulement un coup de fil de voisine, avoua-t-elle. Frank et moi cherchons un comptable. Nous venons de recevoir un avis des impôts nous réclamant cinq cents dollars de plus parce que les chiffres fournis par Frank ne correspondent pas à ceux de son patron et de notre banque. C'est la seconde fois que ça arrive et je commence à en avoir assez. Nous nous sommes disputés hier soir et finalement, nous avons décidé que quelqu'un s'occuperait de notre déclaration cette année... Rien que cette année, s'empressa-t-elle de préciser.

Surtout ne nous considère pas comme un nouveau client régulier. Frank prendra pour modèle la déclaration que tu rédigeras et se débrouillera seul l'année prochaine. Je préférerais que tu t'en occupes tout le temps, mais obtenir ça de lui pour cette année, c'était déjà comme lui arracher une dent...

— Pas de problème, dit Maureen en riant. Je vous ferai même un prix d'ami.

— Merci, Mo. Dis, tu veux déjeuner avec moi ?

Maureen hésita.

— Je ne sais pas... J'ai encore pas mal de choses à faire...

— Il faut que tu manges, de toute façon. Allez, on cancanera sur le voisinage et ça te fera un peu d'exercice, en plus. Tu viens à pied vers midi, tu manges, tu repars. Je ne te garderai pas.

— Tu insinues que j'ai besoin d'exercice ?

— Après ma soupe à l'oignon, tu en auras sûrement besoin.

— D'accord, s'esclaffa Maureen. Vers midi, alors.

Elle passa l'heure suivante dans le jardin, arrosant les plantes et écrabouillant quelques escargots avant de retourner dans la maison pour se changer et prendre une douche. L'ordinateur lui fit signe du bureau et elle fut tentée de terminer le tableau qu'elle avait commencé la veille, mais elle se força à s'asseoir sur le canapé et à lire le *Los Angeles Times*.

Elle était censée prendre sa journée.

Elle finit de lire le journal peu avant midi, alla dans la salle de bains se mettre un peu de rouge aux lèvres avant de sortir. Beaucoup de ses voisins ne fermaient jamais leur porte à clef parce qu'ils se sentaient protégés dans une résidence sécurisée, mais après ce qui était arrivé à Barney, Barry et elle s'assuraient toujours avant de partir que tout était verrouillé.

Il faisait un temps magnifique, une chaleur non pas accablante mais agréable. Le ciel était semé de ces nuages blancs cotonneux dans lesquels les enfants adorent voir des formes. En allant chez Audrey, Maureen longea la parcelle libre qu'on disait réservée pour la future piscine de Bonita Vista et fut étonnée d'y découvrir un groupe d'hommes au travail, torse nu. Cinq ou six d'entre eux débroussaillaient le terrain avec des sécateurs et des râteaux tandis que d'autres, opérant par paires, s'attaquaient au sol rocheux avec des pioches. On aurait dit des forçats, il ne leur manquait que les fers aux pieds.

Elle passa sans les regarder, un peu mal à l'aise, s'attendant à tout instant à des sifflets ou à des remarques salaces, mais elle n'entendit que des grognements épuisés et le claquement du métal sur la roche.

Elle trouva curieux que ces hommes n'utilisent ni engins ni outils mécaniques et se demanda si l'association avait aussi une règle contre ça.

Quand elle arriva, Audrey mettait la table dans le patio et lui fit signe.

— Monte ! Tout est prêt. Il ne me reste plus qu'à apporter la salade...

La maison des Hodges était jolie même si, nichée entre de hauts pins au pied de la colline, dans la partie plate de Bonita Vista, elle était privée de panorama. Maureen savait que Frank et Audrey l'avaient payée bien plus cher que la leur. Elle monta les marches de bois et longea le côté du bâtiment jusqu'au patio.

— Assieds-toi, dit Audrey. Vin, eau, thé glacé ?
— De l'eau, ce sera très bien.

Maureen s'installa et son amie ressortit de la cuisine l'instant d'après avec deux grands verres d'eau glacée.

— Quelques centaines de mètres plus haut, j'ai vu des hommes en train de débroussailler et de...

— Oh ! Ce sont les gars qui se sont portés volontaires pour participer à la construction de la piscine et de la maison commune. Dex Richards est entrepreneur, il supervise le projet, il incite tous les flemmards à se remettre en forme. Je crois même que Frank va s'y mettre, ce week-end.

— Nous n'en avons pas entendu parler.

— Ça traîne depuis tellement longtemps qu'on n'en informe plus officiellement les membres. L'association ne veut pas faire des promesses ni fixer des délais qu'elle ne pourrait pas tenir. Mais je crois que cette fois, c'est bien parti. Dex connaît son affaire, c'est un professionnel. C'est probablement trop tard pour cet été, mais au printemps prochain nous devrions avoir une piscine.

— A quoi servira la maison commune ?

— Oh, on y organisera des fêtes de quartier, des soirées d'anniversaire ou des activités pour les jeunes. Un peu de tout. L'association y tiendra probablement sa réunion annuelle. Pour le moment, nous nous réunissons à Corban, et ce serait bien d'avoir une salle à nous. Je vais chercher la soupe et la salade, je reviens tout de suite.

Après le départ d'Audrey, Maureen laissa son regard dériver vers les arbres. Mis à part un chant d'oiseau de temps à autre, l'endroit était silencieux et, dans l'air immobile, elle entendait les hommes qui s'échinaient plus haut, creusant, taillant.

Audrey revint avec les plats et elles se mirent à manger, parlèrent du temps, de leurs maris, du travail de Maureen, de tout et de rien.

— Alors, finalement, Kenny Tolkin était un escroc ? dit Maureen entre deux bouchées.

Audrey fronça les sourcils.

— Pardon ?

— Frank a dit à Barry que Kenny occupait illégalement la maison de quelqu'un d'autre et avait arnaqué plusieurs résidents...

Audrey secoua la tête.

— Non, fit-elle lentement, c'était sa maison. D'après ce

que j'ai compris, il était en retard pour le paiement de ses cotisations et on lui avait donné un avertissement, mais il est parti. Je ne sais pas pourquoi. Il aurait pu trouver un arrangement. L'association n'est pas si inflexible.
Audrey sourit à Maureen en ajoutant :
— Même si ça reste à prouver.
Les deux femmes pouffèrent.
La soupe et la salade étaient délicieuses, de même que le pain au romarin maison qu'Audrey apporta après qu'un minuteur eut sonné dans la cuisine. Elle était excellente cuisinière et Maureen regretta une fois de plus de ne pas avoir pris de cours de cuisine ou, tout au moins, de ne pas avoir écouté davantage sa mère quand elle était enfant.
— Alors, qu'est-ce que tu penses de la brochure? demanda Audrey.
— Quelle brochure?
— Sur le harcèlement sexuel. Tu ne l'as pas eue?
— Non.
— Attends-toi à la recevoir. Nos vieux amis de l'association définissent maintenant des règles concernant les relations sexuelles entre propriétaires.
Elle secoua la tête et gloussa :
— Ce n'est pas ça qui empêchera quoi que ce soit…
Maureen haussa un sourcil.
— Qu'est-ce que tu veux dire?
— Moi? Rien du tout.
— Tu peux me montrer cette brochure? J'aimerais la voir.
— Je crois que Frank l'a jetée mais je vais regarder…
Audrey ne trouva pas la brochure mais revint avec deux bols jumeaux de sorbet à la pêche et elles dégustèrent leur dessert en parlant de la pudibonderie qui semblait avoir submergé le monde depuis leur adolescence. Maureen proposa ensuite de rester pour aider à débarrasser et à faire la vaisselle mais Audrey la chassa :

— Sauve-toi vite.
— La prochaine fois, c'est chez moi.
— Et il faudra que je t'aide pour la vaisselle ?
— Bien sûr que non.
— Alors, d'accord.

Maureen rentra lentement chez elle, regarda à nouveau les hommes au travail en passant devant l'emplacement de la future piscine, et pour une raison quelconque elle repensa à Kenny Tolkin. Pourquoi s'était-il enfui ? Parce qu'il n'avait pas payé ses cotisations ? C'était une réaction bizarre, à laquelle elle n'arrivait pas à croire. Les gens ne s'enfuyaient que lorsqu'ils avaient peur. Elle songea à l'apparition mystérieuse de la nouvelle grille, à tout le reste, et malgré la chaleur elle frissonna.

En arrivant chez elle, elle jeta un coup d'œil dans la boîte aux lettres. Il n'y avait pas de courrier mais une brochure à la couverture luisante. Bien entendu, elle avait pour titre *Le Harcèlement sexuel à Bonita Vista*, et quand elle l'ouvrit, en montant l'allée, son attention fut immédiatement attirée par le sous-titre « L'amour peut attendre ».

Attendre quoi ?

Elle parcourut rapidement les paragraphes précédés d'un point.

• *Les relations sexuelles entre voisins restent rarement secrètes. D'autres vous observent et jugent votre conduite, ce qui peut engendrer un climat de mauvaise entente dans la communauté.*

• *La fin de ces relations peut laisser des sentiments amers à l'un des individus concernés, voire aux deux. Cela peut créer des situations gênantes ou même conduire à des représailles de la part d'une des personnes concernées.*

• *Les rapports sexuels entre voisins, même consentants, constituent une conduite inopportune et inconvenante. Il n'existe présentement aucune interdiction sur une telle conduite, mais un* règlement *est actuellement à l'étude et sera soumis au vote des membres à la réunion annuelle de septembre.*

Maureen fronça les sourcils. Cela n'avait rien à voir avec le harcèlement sexuel, c'était une intrusion inadmissible dans la vie privée des gens. Non seulement l'association éjectait ceux qui ne réglaient pas leur cotisation à temps, mais elle s'arrogeait le droit de régenter la vie sexuelle des gens. Et puis quoi encore ? Il faudrait solliciter son approbation avant de pratiquer telle ou telle position ? Maureen trouvait cela à la fois ridicule et terrifiant.

Elle entra dans la maison. Une partie d'elle-même envisagea de mettre la brochure à la poubelle, de ne pas même en parler à Barry. C'est déjà assez dur de recevoir la preuve qu'on a fait une erreur sans qu'on vous mette le nez dedans. Pourtant, la chose était trop énorme pour qu'elle la pousse sous le tapis. Barry et Ray avaient raison depuis le début, et si les règles énoncées dans la brochure ne concernaient pas Maureen, l'édit suivant la toucherait peut-être. Elle se demanda ce que l'association essaierait de leur interdire, la prochaine fois.

29

Il avait recommencé à écrire.
Quoi que ce pût être, ce qui avait provoqué son blocage temporaire avait disparu et Barry se sentait soulagé. Il ne tenta pas de l'analyser, n'y réfléchit pas trop. Il n'était pas du genre à se torturer sur le pourquoi et le comment, il acceptait simplement les choses quand elles allaient bien, se contentant d'espérer que cela continuerait ainsi.
Il cessa de taper sur son clavier, fit jouer ses doigts et relut le paragraphe qu'il venait de terminer.
L'idée le traversa qu'il avait été corrompu par Hollywood. Cela faisait un peu mélodramatique, et c'était probablement ridicule, à bien y songer, mais il n'en restait pas moins qu'il avait effectivement pensé à une éventuelle adaptation cinématographique de ce nouveau roman au moment même où il l'entamait. Auparavant, l'intrigue et les personnages ne servaient que l'histoire, et les considérations pratiques n'entraient pas en ligne de compte. Mais, depuis qu'il avait frôlé la gloire hollywoodienne, il s'était surpris à faire le *casting* de son roman, à chercher l'acteur ou l'actrice qui conviendrait le mieux à chaque personnage. Il avait aussi accordé une attention inhabituelle aux éléments visuels de l'histoire, à ce qui rendrait bien à l'écran.

Ces considérations avaient-elle influé sur l'œuvre elle-même ?

Il ne le pensait pas mais n'en était pas certain, et cette possibilité le préoccupait.

Le roman avançait bien, pourtant, et il avait écrit douze pages dans la matinée. Il sauvegarda ce qu'il avait écrit, éteignit l'ordinateur et se leva en s'étirant. C'était l'heure de déjeuner, un peu plus, même. Il ferma boutique, traversa le pré en direction de la cafétéria.

Tous les habitués étaient déjà installés et en train de manger. A son entrée, Barry trouva la salle étrangement silencieuse et il eut l'impression troublante que les conversations s'étaient arrêtées à cause de lui.

— Salut, tout le monde ! lança-t-il avec un sourire forcé en passant devant les premières tables.

Hank répondit par un « salut » plutôt sec, sans même lever la tête de son assiette. Derrière le comptoir, Bert se contenta d'un hochement de tête. Barry s'assit à sa place habituelle, commanda son déjeuner habituel à Lurlene, qui semblait avoir décidé de se la jouer carpe.

Il but une gorgée d'eau, essaya d'attirer l'œil d'un de ses copains, mais aucun d'eux ne regardait dans sa direction ; de fait, ils semblaient tous l'ignorer délibérément. Il s'était senti comme ça, le premier jour — indésirable, pas à sa place —, et il dut faire un gros effort pour rester assis et ne pas demander à Bert qu'il lui emballe son plat pour qu'il puisse l'emporter.

Peu à peu, la conversation reprit, d'abord à l'autre bout de la salle puis aux tables plus proches de lui. Il n'écoutait pas précisément mais, quand il entendit Joe prononcer le nom de « Bonita Vista », il tendit l'oreille.

— Cette fois, ils sont allés trop loin, disait Lyle.

Quelqu'un d'autre approuva.

— Et il leur arrivera rien, ils seront pas punis.

Lurlene apporta la commande de Barry.

— C'est sa sœur qui l'a trouvé, dit-elle, s'adressant à Lyle par-dessus la tête de Barry. Elle était sortie pour donner à manger au chien, elle l'a vu, allongé près de l'écuelle.

Hank s'éclaircit la voix.

— Vous parlez comme s'il était mort. Je pensais qu'on savait pas encore s'il allait s'en tirer ou pas...

— On sait pas, reconnut Joe, mais il est pas brillant. On l'a emmené à l'hôpital de Cedar City en hélicoptère. Ils ont un bon service antipoison, là-bas. Mais aux dernières nouvelles, il était dans le coma et les médecins s'attendaient pas à ce qu'il en sorte.

Ralph déclara d'une voix forte :

— L'association l'a tué aussi sûrement que si elle lui avait tiré une balle dans la tête.

Barry fixait son assiette. Les habitués avaient manifestement haussé le ton pour qu'il puisse les entendre mais il était perdu, il ne savait pas comment réagir. Ni même s'il devait réagir. Il finit de déjeuner en silence, paya, dit au revoir d'un hochement de tête et retourna à son bureau.

Que se passait-il ? Ils savaient pourtant qu'il haïssait l'association, Hank le savait, tout au moins. Comment pouvaient-ils le croire mêlé à une histoire d'empoisonnement ? Pourquoi lui battaient-ils froid ?

Cela le tourmentait et, après être resté deux heures devant son ordinateur sans arriver à écrire plus d'un paragraphe, il ferma tout et rentra chez lui.

Il était devant la télévision quand Maureen rentra d'un rendez-vous avec un nouveau client et elle lui lança un coup d'œil écœuré en posant sa serviette.

— Tu regardes les débats spectacles de l'après-midi, maintenant ?

— Comment veux-tu que je me tienne au courant des

dernières tournures populaires ? Je suis complètement isolé, ici. Ça m'aide à savoir de quoi les gens parlent et comment ils en parlent. C'est de la recherche. Je peux le déduire de mes impôts, non ? demanda-t-il avec un grand sourire.

— Essaie plutôt d'être une grande personne, répliqua-t-elle.

Il la suivit en haut dans la cuisine, où elle se servit un verre de Coca sans sucre.

— Je n'ai pas l'habitude de... de faire tout ce boniment, avoua-t-elle. En Californie, je devais simplement convaincre les gens que j'étais la meilleure comptable pour ce boulot. Je ne devais pas en plus les convaincre qu'ils avaient besoin d'un comptable, point. Ils sont si arriérés, ici...

— Ouais, mais le paysage est magnifique, souligna Barry en montrant la baie vitrée.

— Oui, magnifique, confirma-t-elle en riant.

Ils résolurent de faire une promenade en fin d'après-midi, et Barry attendit en bas sur le canapé en regardant à la télé deux femmes superbes se disputer un bigame affligé d'un embonpoint ridicule tandis que Maureen changeait de chaussures et remplissait sa gourde.

Ils firent quelques pas dans la rue et Barry s'arrêta.

— De quel côté ? demanda-t-il. Par en haut ou par en bas ?

— Commençons par descendre la colline, suggéra-t-elle. On garde le plus dur pour la fin.

Ils marchèrent lentement en se tenant la main pour ne pas être entraînés dans la pente, passèrent devant plusieurs maisons bâties à l'écart, parmi les arbres, et quelques parcelles fortement boisées, avant que la route ne devienne plate. Soudain le rideau d'arbres s'ouvrit, et ils découvrirent sur leur droite un arpent de terrain dénudé.

— Bon Dieu ! s'exclama Barry en stoppant net. Regarde ça !

Il tendit le bras vers le bord de l'espace découvert où un

groupe d'hommes torse nu creusaient le long d'un fossé. Un type d'une élégance incongrue se tenait de l'autre côté, sur une butte, et aboyait des ordres en maniant un fouet noir. Il semblait tout droit sorti d'un péplum biblique de série Z ou d'un film indépendant révisionniste sur le Vieux Sud.

Mais il n'y avait pas de caméras.

— Qu'est-ce qui se passe ?

— Ils creusent une piscine, expliqua Maureen. Et les fondations d'une maison commune. Ce sont des volontaires, d'après Audrey.

L'homme fit claquer son fouet.

— Plus vite ! ordonna-t-il. On prend du retard.

— Moi, je n'ai pas l'impression qu'ils font ça volontairement.

Barry s'aperçut que sa femme et lui chuchotaient, comme s'ils craignaient d'être entendus, et haussa délibérément la voix. Il s'ébroua.

— C'est une blague. Ce n'est pas possible.

— Je ne sais pas, ils faisaient la même chose hier, mais sans le bonhomme au fouet. Et ils ont drôlement avancé depuis. Ça fait beaucoup de boulot, pour une blague...

— Je croyais que l'association interdisait de toucher aux arbres et aux broussailles...

— Pas quand ça l'arrange, fit Maureen, caustique.

Ils passèrent lentement devant le terrain en regardant les hommes travailler. Maureen fit halte, fronça les sourcils.

— Ce n'est pas Greg Davidson, là-bas ?

Suivant la direction qu'elle indiquait, Barry avisa un homme jeune à moitié caché par un buisson de manzanitas encore debout. Il ressemblait effectivement à Greg, et Barry plissa les yeux pour mieux voir.

— Je croyais que sa femme et lui avaient quitté Bonita Vista...

— Moi aussi.

— Greg ! appela-t-il.

L'homme ne se retourna pas, ne réagit même pas et continua à creuser.

— Ce n'est peut-être pas lui, dit Barry.

Mais il ne le pensait pas. Buisson ou pas, il avait reconnu la silhouette, et ses tripes lui donnaient la confirmation que ses yeux lui refusaient.

Quelque chose n'allait pas. Non seulement Greg Davidson était censé être parti vivre dans l'Arizona, mais il avait été aussi farouchement opposé à l'association que Ray ou Barry lui-même. Alors, pourquoi aurait-il donné volontairement son temps et son énergie pour aider l'association à construire une piscine ?

Il n'est pas là de son plein gré, se dit Barry, et cette idée le fit frémir.

Le fouet claqua de nouveau.

L'un des autres « volontaires » lui parut familier aussi, un brun maigre aux cheveux courts, mais Barry ne parvint pas à l'identifier.

Rien ne leur interdisait de s'avancer pour vérifier si c'était bien Greg Davidson, de demander à l'homme au fouet ce qui se passait. Le terrain appartenait à l'association, il était propriété commune de tous ses membres et ils avaient le droit d'y être autant que quiconque.

Pourtant, ils continuèrent à marcher. Le droit n'avait rien à voir avec la réalité et, sans même se concerter, ils savaient tous deux qu'ils ne seraient pas les bienvenus, qu'il y avait quelque chose non seulement d'étrange mais de menaçant dans ce prétendu travail bénévole au service de la communauté.

Ils n'échangèrent pas une parole avant d'être loin du terrain et dissimulés par un boqueteau de hauts arbres que la route avait contourné. Même alors, ils se contentèrent d'un « Curieux » et d'un « Ouais » : ce qu'ils avaient vu, ressenti, ne se prêtait pas à une conversation anodine et en dire davantage l'aurait chargé d'un caractère de gravité que ni lui ni elle ne voulaient lui donner.

Barry rangea l'épisode dans un coin de son esprit en sachant que, comme sa rencontre avec Moignon, il ressortirait un jour dans un de ses romans.

Ils poursuivirent leur promenade, repérèrent un daim broutant les azalées bordant l'allée d'une maison, virent un oiseau au plumage orange se poser sur la branche morte d'un genévrier. C'était comme un monde différent, un endroit parfait où tout était en harmonie, et seul le lointain raclement des pelles, derrière eux, leur criait le contraire.

Ils prirent une rue transversale en direction de la partie de Bonita Vista située sur l'autre versant de la colline et rencontrèrent Mike à mi-chemin, dans Sycamore Drive. Arrêté sur le bord de la route, il se tenait le flanc en respirant profondément et eut un sourire penaud quand il les découvrit.

— Quelle saloperie, cette pente, geignit-il.

— Allez, fit Maureen en riant. Si Barry arrive à la monter, tout le monde peut y arriver !

— Oh, je t'en prie, protesta Barry.

Il se tourna vers Mike, toujours pantelant, et lui assena :

— Tu n'es pas censé être en forme, toi ? Je croyais que tu jouais au tennis ?

— Disons que je suis sur le court et que j'envoie la balle de l'autre côté du filet. Je ne cours pas, ni rien. C'est pour ça que Tina m'envoie faire de l'exercice dans les rues escarpées. Elle trouve que je n'ai pas assez d'activités physiques. A propos, si elle vous pose la question, vous m'avez vu en train de courir, pas de chercher ma respiration sur le bas-côté de la route.

— Nous serons muets comme des tombes, assura Maureen.

— Vous allez où, comme ça ?

Barry haussa les épaules.
— On fait le tour et on rentre.
— Je peux vous accompagner ?
— Tu es le bienvenu.
Ils recommencèrent à gravir la pente. Comme Mike, Barry était déjà essoufflé mais refusait de le reconnaître, prenant de longues inspirations pour éviter de perdre haleine.
La route descendait une petite butte avant de se remettre à monter et, à son point le plus bas, elle bifurquait sur la gauche.
— Raccourci, haleta Mike en tendant le bras.
Barry s'approcha pour lire la plaque de rue.
— Ponderosa Circle ?
— Le nom est trompeur, elle ne décrit pas vraiment un cercle. A mi-chemin, elle tourne dans Pinion, qui débouche sur votre rue.
Barry considéra la raideur de la côte avant de décider :
— On prend le raccourci.
— Flemmards ! leur lança Maureen.
— Je ne t'ai pas entendue proposer de prendre le chemin le plus long.
Ils tournèrent à gauche. La rue étroite longeait le flanc de la colline avant de s'enfoncer dans une cuvette. Il n'y avait pas beaucoup de constructions dans cette partie de Bonita Vista, simplement quelques allées en terre battue menant, côté droit, à des résidences secondaires sur pilotis. A gauche, le terrain demeurait boisé et broussailleux, et seules de petites plaques métalliques portant un numéro indiquaient qu'il avait été divisé en parcelles.
Et ils découvrirent la maison.
C'était la plus grande que Barry ait vue à Bonita Vista. Dressée sur une parcelle soigneusement entretenue, elle était entourée sur trois côtés d'un véritable rideau de végétation. Haute de deux ou trois étages, elle était peinte en gris

avec des volets noirs et un toit d'ardoise. Pas de fenêtres : les murs n'étaient percés que de deux minces fentes de chaque côté de la porte d'entrée. La véranda qui en faisait le tour semblait avoir été ajoutée après réflexion, dans un effort pour l'humaniser, mais il y avait quelque chose de rebutant dans ce bâtiment gris acier, dans son absence de fenêtres et sa masse intimidante, quelque chose qui résistait à toute tentative pour en adoucir l'aspect.

Une Lexus argent était garée sous l'auvent.

Une brise se leva, ébouriffant les cheveux de Barry, refroidissant sa peau moite de sueur sans pour autant agiter les arbres et les buissons. Barry se rappela soudain où il avait vu l'autre « volontaire ». C'était le chauffeur de la Jimmy que la Lexus avait bloquée sur le bas-côté, le résident de Bonita Vista qu'il avait conduit à la station-service.

— Tu te souviens de l'accident dont j'ai été témoin en revenant de Salt Lake City ? La Lexus qui barrait la route à l'autre voiture ?

— Oui, dit Maureen.

— C'est celle-là, reprit Barry, le bras tendu vers l'auvent. Mike, elle est à qui, cette maison ?

— A Calhoun, répondit leur ami avec quelque chose dans la voix qui remplit Barry d'appréhension.

Le silence se fit et l'on n'entendit plus que le murmure du vent et le claquement d'une poulie métallique contre le mât sans drapeau planté au centre de la pelouse de la maison.

— Calhoun ?

Mike hocha la tête.

— Jasper Calhoun. Le président de l'association des propriétaires.

30

Samedi

Ils passèrent la matinée dans le jardin, Barry à ratisser l'allée pour la débarrasser des débris laissés par l'orage de la veille, Maureen taillant et arrosant les plantes.

Dans l'après-midi, elle se concentra sur l'ouverture d'une page web. Assise devant l'écran vierge de son ordinateur, elle parcourut les deux manuels qu'elle avait récemment reçus par la poste. Bien qu'elle se fût fait quelques nouveaux clients, sa prospection du marché local ne donnait pas les résultats escomptés, et si elle ne parvenait pas à percer à Corban, elle était condamnée à devenir une cyber-comptable et à transformer son cabinet en une entreprise en ligne.

— L'e-comptabilité, dit-elle à Barry. C'est la vague porteuse et je reste à quai.

— Continue à travailler tes métaphores, répondit Barry.

Lui-même ne savait pas trop quoi faire pour s'occuper. Il avait triché la semaine précédente en travaillant à la maison — comme si quelqu'un pouvait prouver que certains paragraphes n'avaient pas été rédigés à son bureau —, mais il n'avait pas envie d'écrire aujourd'hui et ne se sentait pas d'humeur à faire quoi que ce soit d'autre. Il essaya de se plonger dans un livre, s'aperçut qu'il rêvassait et relisait toujours la même phrase. Il alluma le poste de télévision mais il n'y avait rien d'intéressant et, quand il parcourut les titres des cassettes vidéo de leur bibliothèque, aucun ne le tenta.

Lasse de le voir tourner en rond, Maureen le chargea d'une mission :

— Audrey et Frank ont des problèmes avec les impôts et j'ai promis de les aider. Tu veux bien passer chez eux prendre leur déclaration ?

— Je suis si embêtant que ça ?

— Oui. Allez, rends-toi utile.

Malgré des protestations de pure forme, il était content d'avoir quelque chose à faire et il se rendit dans la chambre, où il troqua ses tongs contre des tennis. Il aurait pu appeler pour s'assurer qu'il y avait quelqu'un là-bas, mais il avait envie de marcher, de toute façon; il embrassa Maureen sur le sommet de la tête avant de sortir.

— Je ne serai pas long, patron.

Le temps était lourd et humide. Il n'y aurait pas d'orage cet après-midi, mais l'air avait une moiteur de marécage. Leur maison n'avait pas été la seule à être envahie de débris par les pluies de la veille et, en descendant la colline, il vit plusieurs maisons de vacances vides dont les allées étaient jonchées de branches cassées. Il se demanda ce que faisait Moignon quand il pleuvait. L'homme-tronc se cachait-il sous une véranda, ou se blottissait-il sous un arbre ? Avait-il une sorte de cabane dans les bois ? Ou était-il si attardé mentalement qu'il se fichait de l'orage et restait à hurler sous l'averse, à se tortiller dans la boue ?

A la sortie d'un virage de la route, Barry se retrouva devant l'emplacement de la piscine et de la maison commune. Personne n'y travaillait aujourd'hui, mais les «volontaires» avaient sérieusement progressé et sur le terrain défriché on distinguait l'amorce des fondations de la maison et du futur bassin.

En arrivant chez les Hodges, il remarqua que le pick-up de Frank n'était pas dans l'allée, ce qui signifiait qu'ils étaient probablement en train de faire des courses en ville, mais il s'engagea quand même entre les pins, monta les marches de la véranda et sonna. A sa surprise, Audrey ouvrit la porte.
— Salut, Barry.
— Je pensais qu'il n'y aurait personne...
— Frank est parti pêcher mais je suis là. Une fois par mois, je le laisse passer la journée dans son coin secret au bord de la rivière. Il n'attrape jamais rien mais ça le détend. Il sera de retour vers trois ou quatre heures, si tu veux lui parler.
— En fait, Mo m'envoie prendre votre déclaration d'impôts.
— Ah oui ! Entre, entre.
Elle s'écarta pour le laisser passer, le suivit dans le séjour et lui indiqua le canapé.
— Tu es pressé ou tu as le temps de bavarder un moment ?
Il haussa les épaules, regarda sa montre.
— Y a pas le feu, je peux rester un peu.
— Bien. Je voudrais te parler de Liz. Frank et moi sommes très inquiets à son sujet.
— Nous aussi.
— Je suis passée chez elle hier après-midi pour l'inviter à déjeuner aujourd'hui, et elle n'a même pas ouvert. Elle m'a répondu à travers la porte.
— Il nous est arrivé la même chose. Nous sommes passés la voir ce matin après le tennis, elle nous a dit qu'elle ne se sentait pas bien, qu'elle nous téléphonerait quand elle irait mieux.
— Il faut faire quelque chose. Je sais que la mort de Ray a été un choc terrible, mais elle doit absolument essayer de se ressaisir. Je pensais que tous ses amis pourraient peut-être

se rassembler devant sa porte et refuser de partir avant d'avoir pu lui parler.
— Pourquoi pas...
— Oh, mais je manque à tous mes devoirs ! Tu veux boire quelque chose ? Un café ? Une bière ?
— Non, merci.
— Fais comme chez toi, je reviens tout de suite. Il faut que j'aille faire pipi.

Elle lui sourit, soutint son regard peut-être un peu trop longtemps, et il détourna la tête avec embarras.

Pendant qu'elle se dirigeait vers le fond de la maison, il s'assit et se pencha pour jeter un coup d'œil aux magazines sur la table basse : *SM, Sexe à la dure, Jeux de torture contemporains*. Il sentit les poils de sa nuque se hérisser.

Cela lui arrivait si souvent ces temps-ci qu'il commençait à considérer comme son état normal cette frayeur vague, cette impression constante que quelque chose d'horrible allait arriver.

Il hésita entre partir tout de suite et attendre le retour d'Audrey et estima finalement que partir serait non seulement grossier mais lâche. D'ailleurs, sa réaction était peut-être excessive. Bon, Frank et Audrey avaient des goûts bizarres. Mais ce qu'ils faisaient dans l'intimité de leur chambre ne le regardait pas. Il parcourut la pièce des yeux, ne vit rien d'autre d'anormal : un système audio-vidéo contre un mur, la tête empaillée d'un élan que Frank avait abattu accrochée au-dessus de la cheminée, un mobilier typique de l'Américain moyen et des gravures encadrées.

Il n'y avait que les magazines.

Jeux de torture contemporains...

Il attendit.

Audrey réapparut quelques instants plus tard, vêtue uniquement d'une ceinture de chasteté, un appareil en métal d'aspect moyenâgeux qui lui entourait les cuisses et les fesses et épousait étroitement son entrejambe. Elle avait le visage un peu rouge.

Non pas de gêne mais d'excitation.

Ses tétons avaient été coupés, remarqua-t-il, effaré. Il ne restait au bout de ses seins que du tissu cicatriciel.

Elle ouvrit la bouche et tira la langue. Dessus, il y avait une clef.

Barry se leva aussitôt, recula instinctivement.

— Je... commença-t-il, ne sachant quoi dire.

Audrey prit la clef entre le pouce et l'index, la lui tendit.

— Ouvre ma boîte, murmura-t-elle.

Il continuait à reculer, bien que la porte fût de l'autre côté, et finit par retrouver sa voix :

— Audrey, je ne sais pas si tu as bu ou quoi, mais je dois te dire que ça ne m'intéresse pas, je n'aime pas ce genre de...

Elle se coula près de lui.

— Tu peux me faire tout ce que tu veux...

Il essaya de la contourner, de gagner le vestibule.

— Frappe-moi, fais-moi mal, poursuivit-elle, sers-toi de ma bouche comme toilettes, fais-moi un lavement à l'huile bouillante...

Elle tendit la main vers le bas-ventre de Barry et fronça les sourcils quand ses doigts ne sentirent rien de dur.

— Qu'est-ce qui ne va pas chez toi ?

— Qu'est-ce qui ne va pas chez *moi* ? rétorqua-t-il en écartant la main d'Audrey. Bon Dieu !

Il entendit dehors un grincement de freins, suivi d'un claquement de portière.

Il repoussa Audrey et sortit précipitamment.

— Je veux souffrir ! cria-t-elle derrière lui.

Il descendit l'allée en courant, croisa Frank sans le regarder. L'idée le traversa curieusement qu'il avait oublié la déclaration d'impôts que Maureen l'avait envoyé prendre, mais il était hors de question de retourner dans cette maison. Il longea de nouveau l'emplacement de la future piscine et quand la pente devint trop raide il dut s'arrêter, à bout de souffle.

Que se passait-il chez les Hodges ? Il était impossible qu'Audrey ait eu le temps de défaire son appareil et de se rhabiller avant l'arrivée de Frank. Etait-il en train de hurler, outragé par sa trahison, mortifié qu'elle eût révélé leurs pratiques sexuelles tordues ? Ou — et cette hypothèse glaça la sueur qui recouvrait la peau de Barry — l'avait-il trouvée dans cette tenue sans surprise, parce qu'il s'y attendait et qu'il était rentré délibérément plus tôt pour se joindre à leurs ébats ?

Non, impossible. Sa visite chez les Hodges n'était pas prévue, personne ne pouvait savoir qu'il viendrait.

Mais Audrey avait demandé à Maureen de passer prendre leur déclaration d'impôts. C'était peut-être pour elle que le coup avait été monté.

Ce n'est pas parce que vous êtes parano qu'il n'y a pas quelqu'un qui cherche à vous avoir.

Il regarda derrière lui pour être sûr que Frank ne le suivait pas dans son pick-up puis repartit d'un pas rapide.

Maureen était encore en bas, devant son ordinateur, quand il arriva et il se passa une main dans les cheveux, essuya la transpiration de son front en entrant dans le bureau.

— Où est la brochure sur le harcèlement sexuel ?

Elle leva la tête.

— Pourquoi ?

Il lui raconta tout. De la conversation anodine sur Liz au regard appuyé, de la ceinture de chasteté à la demande de souffrance.

Incrédule, elle pensa d'abord qu'il plaisantait mais, quand il fut à la moitié de son récit, elle changea d'avis et demanda à la fin :

— Elle t'a vraiment touché *là* ?

— Elle a appuyé.
Ils se regardèrent sans savoir quoi dire. A part Liz et Mike et Tina, Frank et Audrey étaient les seuls vrais amis qu'ils avaient dans l'Utah. Maureen secoua la tête.
— Je n'arrive pas à y croire. Audrey ?!
Barry se laissa lourdement tomber sur le seul autre siège de la pièce.
— Ray me manque. C'était comme le dernier bastion de santé mentale dans cet asile de fous.
— Nous devrions peut-être partir.
Il ne répondit pas mais admit pour la première fois en lui-même que c'était un choix possible.

31

Le téléphone.
Deux sonneries. Quatre. Huit.
Cela s'arrêta et Liz se remit à respirer. C'était la troisième fois cet après-midi, la sixième fois de la journée.
Elle tenta de se convaincre que c'étaient peut-être des amis, Tina, Moira, Audrey ou Maureen, ou du télémarketing, mais elle savait bien que non, au fond d'elle-même. Elle savait qui essayait de la contrôler, qui l'appelait six ou sept fois par jour.
Le Bureau.
Avec précaution, elle écarta un rideau, risqua un coup d'œil dehors. L'allée était déserte, il n'y avait ni piétons ni voitures dans la rue. Mais les apparences étaient parfois trompeuses. Ces salauds pouvaient se cacher derrière un buisson ou un rocher. Ils étaient capables de tout.
— Je suis désolée, Ray, sanglota-t-elle.
Une fois de plus, elle le supplia de lui pardonner de ne pas l'avoir écouté pendant toutes ces années, de ne pas l'avoir cru.
Dehors le soleil déclinait, les ombres s'allongeaient et s'assombrissaient sur la colline. Avec un frisson, Liz laissa le rideau retomber, fit rapidement le tour de la maison en

allumant toutes les lampes mais, même quand chaque coin de chaque pièce fut brillamment éclairé, elle demeura transie de peur. Elle retourna dans la salle de séjour et lentement, délicatement, comme si elle manipulait une matière radioactive, elle décrocha le téléphone et le posa à côté de son socle.

C'était pire la nuit.

C'était toujours pire la nuit.

Elle alluma la télévision pour entendre du bruit et avoir l'impression d'une compagnie, alla à la cuisine se faire à manger. Avant, elle aurait préparé un vrai repas — de l'espadon grillé, des fajitas au poulet ou une dinde à la cocotte —, mais à présent elle faisait simplement fondre du fromage sur un toast et avalait le tout avec un Coca. Elle se promit de ne pas boire d'alcool ce soir et d'aller se coucher l'œil et la tête clairs mais, à huit heures, elle avait une bouteille à la main et quand elle s'effondra sur son lit, vers dix heures, elle était sévèrement éméchée.

Elle s'endormit avec toutes les lumières allumées, les postes de télévision braillant dans le séjour et dans la chambre.

Elle se réveilla dans le silence et dans le noir.

Toute la maison était obscure et Liz, prise de panique, pensa d'abord que quelqu'un s'était introduit chez elle et avait éteint les lumières pour l'effrayer. Mais un coup d'œil au réveil à affichage numérique de sa table de chevet lui apprit que ce n'étaient pas seulement les lampes et les postes de télévision qui étaient éteints. Il n'y avait plus d'électricité.

Ils lui avaient coupé le courant.

Elle balança les jambes hors du lit, chercha le mur à tâtons et le suivit jusqu'à la fenêtre, ouvrit les rideaux et regarda en bas de la colline, où il y avait d'autres maisons. Elle aurait voulu ne voir que la nuit mais, entre les arbres, elle perçut le faible clignotement jaune de lumières d'entrée.

Les autres résidents avaient du courant.

Elle retourna au lit, se blottit sous les couvertures, ferma les yeux, essaya de dormir.

Le sommeil se dérobait. Complètement réveillée maintenant, elle cherchait à se remémorer tout ce que Ray lui avait dit, tous les détails, regrettant de ne pas les avoir notés pour avoir des références, des faits tangibles, des preuves.

Des preuves ? Ils étaient bien trop malins pour ça.

Son esprit tournait en rond mais au moins cela l'empêchait de penser au courant qu'on avait coupé, aux individus qui rôdaient autour de sa maison et tenteraient bientôt d'y pénétrer.

D'autres incidents s'étaient produits les nuits précédentes, mais aucun n'avait dégénéré en quoi que ce soit de dangereux ou de physiquement menaçant et elle pria pour que ce soit encore le cas cette fois.

Liz essaya d'arrêter de penser, compta des moutons, tenta de se représenter un néant noir... Quoi qu'elle fît, elle demeurait éveillée.

Elle entendit des bruits dans l'obscurité : des craquements de plancher, des cris d'animaux nocturnes, des hurlements de coyotes, un *tap-tap* qui pouvait provenir de branches agitées par le vent... ou d'autre chose. Peu à peu, tous ces bruits se fondirent et elle entendit...

Une voix.

Elle crut d'abord que c'était son imagination. On aurait dit un jeune garçon, et ce qu'il disait n'était que charabia dépourvu de sens. Puis les syllabes s'agglutinèrent en mots reconnaissables.

Son nom.

— Liz, appelait la voix d'un ton enjoué. Lizzy !

Elle venait de partout, de nulle part, et Liz n'aurait su dire si elle avait sa source dans la maison ou dehors.

— Lizzy ! Lizzy ! Lizzy !

C'était moins maintenant le ton d'un jeune garçon que le timbre haut perché d'un nain ou une voix déformée par un système électronique. Liz tira la couverture par-dessus sa tête comme elle le faisait quand elle était enfant, mais cela n'étouffa pas le bruit et elle glissa les bords de la couverture sous son corps, sous sa tête, libérant ainsi ses mains pour les plaquer sur ses oreilles.

Bien qu'elle ne l'entendît plus, Liz savait que la voix était là et elle demeura éveillée jusqu'au matin. Ses mains, ses doigts s'endormirent mais restèrent collés à ses oreilles jusqu'à ce qu'elle perçoive les premières lueurs de l'aube à travers la couverture de laine.

A six heures, le courant revint, les lumières s'allumèrent, les postes de télévision donnèrent à plein volume les informations matinales et Liz sut alors qu'elle pouvait enfin se lever. Elle enfila une robe de chambre, passa d'une pièce à l'autre en vérifiant portes et fenêtres ; apparemment, personne ne s'était introduit chez elle pendant la nuit.

Elle n'eut pas le courage de sortir sur la terrasse mais, par les fenêtres, elle ne vit ni chat empalé ni chien décapité, aucun signe de vandalisme, et supposa que tout allait bien.

— Dieu soit loué, murmura-t-elle.

Elle prenait son petit déjeuner — encore du fromage sur un toast, cette fois avec du café — lorsqu'elle entendit frapper à la porte.

Elle sursauta, faillit laisser tomber sa tasse. Elle songea à ne pas répondre, à se cacher, à faire semblant d'être endormie ou sous la douche, mais on frappa de nouveau. Plus fort, avec insistance.

Liz posa sa tasse, alla dans le vestibule, regarda par l'œilleton.

Jasper Calhoun.

Elle retint sa respiration.

Elle ne se rappelait pas avoir jamais vu le président de

l'association en dehors d'une réunion officielle — assemblées plénières annuelles ou audiences disciplinaires —, et le découvrir si tôt le matin sur le pas de sa porte, en robe noire, était vraiment déconcertant.

Etait-ce lui qui avait joué avec le courant la nuit dernière ? Il fixait l'œilleton en souriant.

— Ouvrez. Je vous vois, Elizabeth.

Elle savait que c'était impossible : la porte était équipée d'un œilleton de sûreté, qui n'assurait de visibilité que dans un seul sens. Calhoun ne pouvait pas la voir et pourtant elle recula, instinctivement.

— Elizabeth, je veux vous parler...

Le visage de Calhoun avait quelque chose de bizarre, comme s'il portait du maquillage ou un masque.

— Vous savez, j'ai essayé de vous appeler mais vous ne répondez pas au téléphone.

Elle avait peur de bouger, peur de faire un bruit qui confirmerait sa présence.

— Je ne partirai pas avant que vous ayez ouvert cette porte et que vous m'ayez parlé.

Elle était résolue à rester des heures sans bouger s'il le fallait, à l'abri dans sa forteresse, mais sur une impulsion soudaine, elle défit verrou et chaîne, ouvrit grand la porte.

— Sortez de chez moi !

Il écarta les mains en un geste de compréhension indulgente.

— Elizabeth, Elizabeth...

— Cessez de me harceler et fichez le camp !

— Vous harceler ? fit-il comme si cette idée saugrenue ne l'avait jamais effleuré. Je suis simplement venu vous poser une question. Une question très importante, au nom du Bureau.

— Quelle que soit la question, la réponse est non. Maintenant, laissez-moi tranquille.

— Nous nous sommes réunis cette semaine en petit comité et nous avons décidé à l'unanimité de vous proposer de faire partie de notre auguste cénacle.
Prise au dépourvu, elle battit des cils.
— Quoi ?
Calhoun sourit et Liz frissonna, troublée par l'aspect de son visage, par l'épaisse couche de maquillage couleur chair qui, à la lumière du jour, lui donnait un air étrange. Avait-il toujours cette tête ? Soit elle ne s'en souvenait pas, soit elle ne l'avait jamais remarqué. Elle se rappela la fois où elle avait assisté au tournage d'une publicité pour un garage dans le New Jersey. L'annonceur avait l'air parfaitement normal sur l'écran mais, en vision directe, son maquillage épais comme une crêpe le rendait grotesque. C'était peut-être la même chose pour Calhoun, impérial quand il dirigeait une réunion de la tribune d'une salle, et complètement différent dehors, au soleil.
Mais pourquoi portait-il du maquillage ? Que cherchait-il à cacher ?
— Nous serions ravis que vous acceptiez de faire partie du Bureau de l'association des propriétaires de Bonita Vista.
— Pourquoi ?
Calhoun prit une expression qu'il voulait sans doute engageante.
— Vous résidez ici à plein temps et depuis longtemps, vous connaissez un grand nombre des propriétaires plus récents et vous avez avec eux des relations amicales. Vous avez aussi du temps à consacrer à ces fonctions. Franchement, nous ne voyons pas de meilleur candidat possible.
C'était absurde. Qu'est-ce qu'ils essayaient de faire ? L'acheter ? Elle prit une longue inspiration, s'efforça d'examiner l'offre rationnellement mais elle dormait à peine depuis une semaine, elle était sous pression constante et ses capacités de réflexion semblaient émoussées.

Comment Ray aurait-il réagi ?
— Alors, Elizabeth ? Qu'en pensez-vous ?
— Expliquez-moi une chose, répondit-elle lentement. Vous avez tué mon mari et vous voudriez maintenant que je me joigne à votre petite bande ?
Le sourire de Calhoun s'effaça, ses traits se durcirent.
— C'est une accusation calomnieuse que je ne saurais tolérer. Je suis navré de la mort de votre mari, nous le sommes tous, et nous sommes prêts à faire preuve à votre égard d'une certaine tolérance, mais nous ne vous permettrons pas de répandre des rumeurs haineuses et mensongères...
— Le meilleur candidat, hein ? J'ignore la raison pour laquelle vous me proposez d'entrer au Bureau, j'ignore vos vrais mobiles derrière cette farce, mais je vous connais, Jasper Calhoun. Je vous connais tous ! Maintenant, sortez de chez moi et n'y revenez plus.
Le sourire était réapparu.
— Vous commettez une erreur, Elizabeth.
— C'est mon choix, en tout cas.
Ils s'affrontèrent du regard.
Avait-elle pris la bonne décision ? Son cœur disait oui, sa tête disait non. Liz ferma la porte au nez du président, remit la chaîne et tourna le verrou avec des doigts tremblants, sans oser regarder par l'œilleton avant d'avoir entendu la voiture du vieil homme démarrer dans l'allée.

32

Barry termina son roman en une semaine d'écriture frénétique.

Il envoya le manuscrit par la poste et célébra l'événement avec Maureen en dégustant des sundaes, un rituel hérité de leur période de vaches maigres. La serveuse adolescente du Dairy Queen local ignorait qu'ils étaient de Bonita Vista ou s'en fichait, et quand Barry demanda un supplément de noisettes pilées, elle en versa généreusement sur sa crème glacée. Ils mangèrent dehors à une table métallique branlante, sous un parasol non orientable qui ne les protégeait absolument pas du soleil de quatre heures, mais les sundaes n'en parurent que meilleurs dans ce cadre grossier et peu confortable.

Sur le chemin du retour, le pneu arrière gauche de la Suburban creva et Barry, accroupi au bord de la route, sua et jura pendant près d'une heure pour déloger la roue de secours maigrichonne de dessous le coffre et dévisser les boulons apparemment pris dans le ciment de la jante du pneu crevé.

Quand il eut enfin terminé, il se redressa et s'apprêtait à mettre la roue à plat à l'arrière du véhicule quand une canette de bière jetée d'une El Camino passant à toute allure lui frôla le crâne et éclaboussa la carrosserie. La chemise et les cheveux trempés de liquide tiède et poisseux, il entendit un coup de klaxon moqueur juste avant que l'El Camino ne disparaisse dans un virage.

En arrivant chez eux, ils découvrirent que les toilettes du haut avaient débordé, bien qu'aucun d'eux ne les eût utilisées ce jour-là. Barry les déboucha avec une ventouse et quand il tira la chasse, tout se passa bien, mais il craignit que cela ne soit le signe avant-coureur d'un problème de fosse septique.

— Tu devrais appeler Mike, suggéra Maureen. Voir s'il y connaît quelque chose.

Barry acquiesça distraitement, mais il n'était pas d'humeur à téléphoner et il passa le reste de l'après-midi à éponger le sol à la serpillière et à laver le tapis de bain, qu'il mit à sécher sur la terrasse.

La journée avait été chaude, la nuit le fut aussi et ils allèrent se coucher en laissant les fenêtres ouvertes et un ventilateur en marche.

Ils se déshabillaient chacun de leur côté du lit lorsqu'un crissement de freins s'éleva de la route. Suivi d'un coup sourd.

— Merde, elle ne finira jamais, cette journée ? maugréa-t-il.

Il remit son pantalon, monta l'escalier. Présumant qu'une voiture avait heurté un daim, il s'attendait à voir un chauffeur inquiet descendre de son véhicule et inspecter calandre et pare-chocs près d'un cadavre d'animal étendu sur l'asphalte, mais ce ne fut pas ce qu'il découvrit en sortant.

La voiture continuait à dévaler la colline et, dans les dernières lueurs de ses feux arrière, Barry discerna une forme sur la chaussée. Vu sa petite taille, il crut que c'était un gosse qui avait été renversé et il s'élança vers la route. Avant même d'être à mi-chemin, il sut que ce n'était pas un enfant.

253

C'était Moignon.

Il gisait inerte au milieu de la chaussée, son corps sans membres tordu selon un angle qui alarma Barry au point d'en avoir la respiration coupée. Il tourna la tête vers la maison, vit Maureen sur la véranda.

— Fais le 911 ! lui cria-t-il. Moignon s'est fait écraser !

Il chercha le pouls de l'infirme en posant ses doigts sur le cou moite et musclé. C'était un geste qu'il avait vu faire au cinéma et qu'il avait même décrit dans ses livres, mais il ne savait pas vraiment comment procéder et s'il ne sentait rien, il ignorait si c'était parce que Moignon était mort ou à cause de son ignorance. Il se pencha, approcha son oreille de la bouche ouverte, n'entendit pas non plus de respiration.

Ce ne fut que lorsque Maureen arriva avec une lampe électrique qu'il fut certain que Moignon avait été tué.

— Il est mort, dit-elle. Personne n'aurait pu survivre à ça. On voit l'endroit où les roues sont passées...

Effectivement, Barry vit du sang couler sous le corps, des morceaux d'intestin s'échapper du flanc couvert de callosités. Les yeux vitreux fixaient le vide.

Maureen posa quand même l'oreille sur la poitrine de Moignon, écouta, puis, en réponse au regard interrogateur de Barry, elle secoua la tête.

Ils s'attendaient à voir débarquer quantité de gens : shérif, adjoints, pompiers, infirmiers, tous ceux qu'un tel accident aurait fait accourir d'urgence dans une partie civilisée du pays. Dix minutes plus tard, seule une ambulance apparut, sirène muette et gyrophare éteint. Hitman en descendit et se dirigea vers eux, un carnet à la main, sans se presser particulièrement. Barry tendit un doigt accusateur vers le cadavre de Moignon.

— Il est mort !

Le shérif eut un bref hochement de tête.

— Ouais.

— Vous avez pris votre temps pour venir! Et pourquoi il n'y a ni médecin ni infirmiers? Comment vous comptiez le soigner ou le ranimer?
— Je savais qu'il était mort, répondit Hitman.
Furieux, Barry eut envie de cogner sur son visage de reptile.
— Je n'ai pas dit qu'il était mort quand j'ai appelé le 911, intervint Maureen.
— Vous n'avez pas été la seule à téléphoner.

Barry se tourna vers sa femme et ils eurent la même pensée sans échanger un mot : personne n'était dehors à cette heure tardive et il n'y avait pas d'autre maison à proximité; aucun curieux n'était sorti de chez lui pour venir voir. La seule autre personne qui aurait pu appeler, c'était le conducteur qui avait écrasé Moignon.

Ils en firent la remarque au shérif, qui la nota consciencieusement dans son carnet et promit de retrouver l'origine de l'appel, mais Barry savait qu'il n'en ferait rien. Après avoir raconté ce qu'ils avaient vu et entendu, ils regardèrent Hitman soulever Moignon et le déposer à l'arrière de l'ambulance. Pas de civière, pas de housse à cadavre, simplement le corps nu et meurtri sur le plancher métallique du véhicule.

Hitman ferma les doubles portes.
— Merci de votre aide, leur dit-il sans les regarder.
Il remonta dans l'ambulance, démarra et partit.
— Curieux, commenta Maureen.
— Ça, oui.
— Il n'a même pas pris de photos, ni rien. Tu crois que c'est normal pour une enquête de ce genre?
— Je ne sais pas, reconnut Barry.

Ils retournèrent dans la maison, fermèrent la porte à clef derrière eux, se déshabillèrent une seconde fois et se recouchèrent, mais Barry eut beau tenter de penser à autre chose, il revoyait sans cesse le corps brisé de Moignon, ses yeux morts, il sentait sous ses doigts la peau calleuse, et il s'écoula de longues heures avant qu'il trouve le sommeil.

Ils avaient arrangé quelques jours plus tôt une partie de tennis avec Mike et Tina le dimanche matin, et après un rapide petit déjeuner — corn flakes et jus d'orange — ils se rendirent à pied aux courts, la raquette à la main. Il était encore tôt mais les Stewart étaient déjà là, s'entraînant manifestement depuis un moment : le maillot bleu clair de Mike montrait une grande tache de transpiration dans le dos et le terrain était jonché de balles fluorescentes.

— Ils se sont échauffés, murmura Maureen. Ils ont peur de se faire battre.

— Ouais, répondit Barry avec un vague sourire.

Le tennis était en ce moment le cadet de ses soucis et il avait accepté de venir uniquement parce que Maureen prétendait qu'il aurait été grossier d'annuler. «Nous avons besoin de tous les amis possibles», avait-elle aussi fait valoir.

Ils passèrent devant l'Acura des Stewart et Barry poussa la porte grillagée. Mike leva sa raquette en guise de salut et clama :

— Ça va, les voisins ?

— Bonjour ! répondit Maureen.

Les deux femmes s'embrassèrent, les hommes se serrèrent la main. Barry n'avait pas encore parlé à Mike de sa mésaventure avec Audrey, et il avait demandé à Maureen de ne pas en souffler mot à Tina non plus. Les Stewart et les Hodges semblaient plus liés entre eux qu'ils ne l'étaient avec Barry et Maureen, et il ne pouvait être sûr de leur loyauté. Il ne pensait pas que Mike et Tina avaient des pratiques perverses ou étaient au courant des penchants d'Audrey, mais leur amitié avec les Hodges les prédisposerait peut-être à accepter une autre version ou explication des faits, aussi tirée par les cheveux fût-elle. A ce stade, Barry n'avait certainement pas besoin d'une tache sur sa réputation.

Ils décidèrent de séparer les couples, les hommes d'un côté, les femmes de l'autre, pour faire d'abord des balles, exercice peu exigeant qui permettait de bavarder en s'échauffant, et Barry leur raconta que Moignon s'était fait écraser la veille par un automobiliste qui avait pris la fuite, et que le shérif n'avait pas cherché à cacher qu'il n'y aurait pas d'enquête.

— Quoi ? fit Mike, l'air interloqué.
— Comme je te le dis. Ensuite, Hitman est reparti sans...
— C'est impossible. J'ai vu Moignon il n'y a pas une heure.

Barry sentit un picotement familier sur sa nuque.

— Moignon est mort.
— Ce n'est pas lui. Je l'ai vu.
— Où ça ?
— Là où nous nous sommes croisés la dernière fois, quand je faisais mon *jogging*, dit Mike, lançant à Barry un coup d'œil appuyé. Je l'ai vu assis sur le bas-côté de la route qui part de Ponderosa Circle. Enfin, pas assis, couché, je ne sais pas comment dire. Bref, il était là et il émettait ses petits cris de débile...
— Mike ! le tança Tina.
— C'est des cris de débile ! Et comme d'habitude, je lui ai répondu poliment bonjour et j'ai continué à courir...

Mike avait l'air sincère et c'était ce qui troublait Barry. Ils ne pouvaient avoir raison tous les deux et si aucun d'eux ne se trompait...

Un homme passa près des courts, les salua de la main.

— Hé, Travis ! l'appela Mike. Tu es au courant, pour l'accident de Moignon ? Il se serait fait tuer hier soir par un chauffard...
— Hier soir ? Je crois pas, non. Il traînait autour du tas de compost de Merl, ce matin. J'ai dû le faire partir avec une pelle !

— Merci!

Travis hocha la tête et s'éloigna.

— Mais enfin, je l'ai vu, insista Barry.

— Moi aussi, dit Maureen.

Mike haussa les épaules.

— Oublions ça pour le moment. Allez garer vos fesses de l'autre côté du filet. Tina et moi, on se sent d'humeur à vous les botter.

Barry ne pouvait oublier Moignon et son manque d'attention leur coûta le match mais il s'en fichait totalement. Après avoir quitté les Stewart, Maureen et lui remontaient la colline pour rentrer chez eux quand il annonça qu'il avait envie de faire une marche.

— Pas question, répliqua-t-elle.

— Pourquoi?

— Tu te crois rusé? Je sais ce que tu as en tête.

— Quoi?

— Tu veux chercher Moignon.

— Comment tu sais ça? fit-il, pris sur le fait.

— Je te connais et je sais comment ton esprit fonctionne.

Il tenta de se justifier.

— Ecoute, nous savons tous deux que Moignon est mort. Nous avons vu son cadavre. Je veux simplement vérifier.

— Pourquoi tu n'appelles pas le shérif?

— Ouais, comme si on pouvait obtenir de lui une réponse honnête!

— Ben...

— Accompagne-moi, si tu veux.

Maureen secoua la tête.

— J'ai fait assez d'exercice pour la journée. Je vais prendre une bonne douche fraîche et lire un magazine. Je te laisse jouer aux Hardy Boys[1] tout seul.

---

1. Héros de romans d'aventures pour jeunes garçons. *(N.d.T.)*

Il redescendit et se dirigea vers l'endroit où il avait rencontré Moignon pour la première fois. Le sentier traversait la forêt juste en dessous de Ponderosa Circle, où Mike prétendait avoir repéré l'infirme le matin même. Barry ignorait ce que Mike et l'autre gars avaient vu, mais ce n'était pas Moignon et il le prouverait.

La piste tourna entre des manzanitas et s'enfonça dans une cuvette humide. Barry évita la boue en marchant sur les pierres qui affleuraient, passa entre un gros rocher et le flanc dénudé de la colline avant que le sentier ne redevienne plat, et continua à avancer entre les arbres et les broussailles.

Il n'était pas allé beaucoup plus loin que la première fois quand il fit halte pour se reposer un instant. Comme il s'y attendait, il n'avait pas vu trace de Moignon. Il ne savait pas ce qui se passait, ni pourquoi d'autres cherchaient à faire croire que l'infirme était encore en vie, mais il ne doutait pas que l'association fût impliquée d'une manière ou d'une autre.

Barry s'apprêtait à faire demi-tour et à rentrer pour téléphoner quand même au shérif lorsqu'il entendit un bruit sur la gauche. Un bruissement dans les fourrés. Son cœur bondit dans sa poitrine. Cela pouvait être un oiseau, un daim, un couguar ou cent autres choses, mais il savait ce que c'était. Il avait déjà entendu ce bruit. Il le reconnaissait.

Non, se dit-il, ce n'est pas possible. Moignon était mort, il avait vu son corps brisé. Maureen avait vérifié qu'il était mort, Hitman l'avait confirmé.

Un branche craqua, des feuilles murmurèrent.

Cela aurait pu être une scène d'un de ses romans, et dans sa tête Barry vit le shérif déposer le cadavre à la morgue, il vit Moignon ressusciter, il vit le corps sans membres se glisser hors du bâtiment au cœur de la nuit et ramper dans les broussailles pour retourner à Bonita Vista.

Une plainte monta du niveau du sol et Barry fit volte-face,

prêt à s'enfuir. Et si Moignon était un vampire, un zombie ou pire encore ? Bien qu'il fît grand jour, il se sentait comme un petit garçon contraint d'emprunter une ruelle obscure après avoir vu un film d'horreur.

Moignon apparut dans le sentier en gémissant.

Sauf que...

Ce n'était pas Moignon. C'était quelqu'un d'autre. Un autre homme nu, sans bras ni jambes, qui avançait par des mouvements spasmodiques de reptation, traînant dans la poussière et les brindilles des parties génitales en sang. Des bogues s'étaient prises dans ses cheveux emmêlés et son visage n'avait qu'un œil, voilé et opaque. L'autre n'était qu'un trou profond. Il ne lui restait que deux dents cassés dans une bouche tuméfiée.

Il y avait quelque chose de familier dans cette figure meurtrie et, quoique saisi d'une envie instinctive de fuir, Barry demeura immobile à la fixer. Il comprit ce qui avait trompé Mike et Travis. Si l'on se contentait d'un coup d'œil distrait, ou même vaguement attentif, l'homme ressemblait à Moignon. Mais les différences étaient perceptibles si l'on prenait la peine de regarder, et tandis que l'homme-tronc se tortillait dans le sentier en direction d'un hallier, poussant des cris incohérents quand des pierres pointues égratignaient la peau de son ventre, Barry le reconnut.

Kenny Tolkin.

Il imagina un bandeau bleu sur l'œil manquant et reconnut les traits de Tolkin, tout déformés qu'ils fussent. La bouche soudain sèche, il murmura :

— Kenny ?

Le nouveau Moignon leva vers lui un regard vide et hurla de rage impuissante.

Barry finit sa bière et jeta la canette sur le sol de la terrasse avec les autres. Un roman d'épouvante. Sa vie était devenue un roman d'épouvante. Sauf qu'il n'était pas sûr de pouvoir faire avaler à des lecteurs de telles élucubrations. Des amis psychotiques, oui. Des fantômes et des démons sans âge, oui. Mais une association de propriétaires maléfique, qui torturait ses membres pour des cotisations impayées ? C'était dingue, à la fois trop proche et trop éloigné de la réalité.

Il pêcha une autre canette dans la glacière, l'ouvrit, but une gorgée, fit défiler une liste de titres dans sa tête. L'épouvante était sa partie, après tout, et s'il parvenait à attribuer une cause à ce qui se passait, à déterminer un point de départ, il pourrait au moins commencer à élaborer une stratégie. Mais il n'y avait apparemment aucune explication. A sa connaissance, Bonita Vista n'était pas construite sur un ancien cimetière ; elle n'avait pas été le théâtre d'un meurtre horrible ou d'un massacre historique. Barry doutait en outre que l'association fût une secte pratiquant le culte de la fertilité, et la possibilité que Satan soit derrière toute cette histoire était quasi inexistante.

Alors que restait-il ?

Il n'en savait rien et c'était cela qui provoquait sa frustration et sa rage.

Songeant à Kenny Tolkin se tortillant comme un ver, il se dit que l'association avait probablement tué Moignon pour cacher ce qu'elle avait fait à Kenny. Hitman était manifestement dans le coup, et leur plan consistant à se débarrasser discrètement du corps de l'infirme et à le remplacer par l'autre, comme si rien ne s'était passé, aurait probablement fonctionné si Moignon n'avait été renversé devant la maison de Barry. Là, ils avaient fait une connerie. Le nouveau Moignon avait trompé Mike et il aurait sans doute abusé tous les autres aussi. Mais Barry et Maureen avaient *vu* le cadavre de Moignon. Ils étaient là quand « l'accident » était arrivé.

Malgré ce que Ray avait dit sur les tribunaux prenant le parti des associations de propriétaires et se prononçant contre les droits des individus, il était impossible que le meurtre et la mutilation soient approuvés par un représentant des forces de l'ordre ou un membre du système judiciaire.

A l'exception, évidemment, du bien-aimé shérif de Corban.

Barry s'efforça de réfléchir logiquement. S'il prévenait le FBI ou les flics d'une autre ville, comment prouver ce qu'il avançait ? Kenny n'avait plus d'empreintes digitales, plus de dents permettant d'établir son identité. Et il y avait peu de chances pour que son ADN ait été conservé quelque part.

D'ailleurs, ils devraient commencer par trouver Kenny avant que l'association le cache.

Ou le tue.

Et quelles chances auraient-ils de retrouver le corps de Moignon ? Il était probablement réduit en cendres, à l'heure qu'il était.

Barry vida sa canette de bière, la laissa tomber près des autres. Son cerveau s'était mis à palpiter.

S'il dénonçait quand même l'association, est-ce qu'elle mettrait sa tête à prix ?

Il essaya d'analyser la situation d'un point de vue de romancier, il se demanda ce que ferait son héros pour s'en sortir si cela arrivait dans un de ses livres, mais cela ne le mena nulle part. L'autre solution — rester sans rien faire — était moralement répugnante. Tout comme l'idée de fuir, de s'échapper de la résidence à la faveur de la nuit, de disparaître dans l'anonymat pour ne plus jamais revenir à Bonita Vista ni même y penser.

Alors, quelle option lui restait-il ?

Il aurait voulu que Ray soit encore là. On pouvait toujours compter sur le vieil homme pour proposer une vision équilibrée de la situation et une ligne de conduite rationnelle. Il avait aussi de Bonita Vista et de l'association une connaissance reposant sur une longue expérience.

Mais Ray était mort.

Ils l'avaient tué, lui aussi.

Assis seul sur sa terrasse, Barry regardait le soleil descendre vers les canyons, les ombres des pins s'allonger et prendre possession de la terre.

Quelque part entre les arbres, il entendit Kenny hurler.

33

Le pain de viande était presque cuit, grand-mère Mary était déjà arrivée, le reste de la famille installait des chaises et débarrassait la table de ses feuilles mortes pour le déjeuner du dimanche et Weston n'était toujours pas revenu. Laura Lynn regarda par la fenêtre poussiéreuse de la cuisine, mais la balançoire était abandonnée, la cabane dans les arbres déserte. Le garçon était parti tout de suite après le petit déjeuner, sans doute avec ce bon à rien de Tarley Spooner, et elle n'était pas tellement surprise qu'il soit en retard.

Contrariée mais pas surprise.

Elle éteignit le four, remua les haricots verts sur la cuisinière. Weston savait que tout le monde serait là aujourd'hui, elle ne l'avait autorisé à aller jouer que s'il promettait de rentrer avant midi et il avait assuré que cette fois, il n'oublierait pas. Elle l'avait cru, tant son ton était sincère, et elle pensait maintenant qu'elle aurait dû être plus ferme, moins indulgente.

Claude entra dans la cuisine en cherchant comme toujours à picorer dans les plats.

— Hmm, ça sent bon, dit-il.

Elle lui donna une tape sur la main avant qu'il ait eu le temps de plonger un doigt dans la purée.

— Je te jure, tu es pire que les gosses !

Il essaya de voler un petit pain sur le comptoir et elle mit la corbeille hors de portée.

— A propos de gosses, t'as pas vu Wes ?

— J'allais t'en parler, justement.

— Te tracasse pas, je le trouverai.

Il prit une cuillère et chaparda un peu de gelée dans le bol posé sur la desserte avant de se diriger vers la porte-moustiquaire.

— Claude Richards !

— Je crève de faim, plaida-t-il.

Il ouvrit la porte grillagée et cria en direction du jardin de derrière :

— Wes !

Pas de réponse.

Il attendit un instant, appela de nouveau :

— Weston ! On mange !

— Va le chercher, dit Laura Lynn.

— D'accord.

Claude sortit, laissa la porte se refermer derrière lui en claquant. Sa femme le suivit des yeux par la fenêtre tandis qu'il inspectait la cabane, la remise, toutes les cachettes habituelles du garçon.

Claude tourna le coin de la maison et Laura Lynn fut soudain envahie d'un sombre pressentiment. Ce n'était pas dans les habitudes de Weston de mentir, de ne pas tenir ses promesses. Il était peut-être un peu turbulent, un peu cabochard, mais finalement c'était un bon gosse, et quelque chose au fond d'elle-même lui disait qu'il serait rentré à l'heure s'il avait pu.

Elle s'essuya les mains à un torchon et prit le sillage de Claude.

— Weston ! appela-t-elle. Weston Richards !

Ils étaient maintenant dans le jardin de devant et le reste de la famille, les entendant crier, sortit sur la véranda.
— Qu'est-ce qui se passe ? demanda grand-mère Mary.
— On ne trouve pas Weston !
Claude se retourna vers sa femme en fronçant les sourcils.
— Pourquoi tu t'inquiètes ? Il est sûrement en train de jouer quelque part avec Tarley.
Laura secoua la tête. Elle craignait qu'en exprimant sa peur de vive voix elle ne contribue à rendre inévitable ce qu'elle redoutait, mais en même temps elle ne pouvait s'empêcher de dire ce qu'elle pensait.
— Il lui est arrivé quelque chose. Je le sais.
Ford, Charley et Emma descendirent aussitôt de la véranda tandis que grand-mère Mary faisait rentrer Rachel et les petits.
— Weston ! cria Ford.
— Weston !
— Weston !
— Je vais voir chez Tarley, annonça Claude.
Laura Lynn regarda autour d'elle et ses yeux s'arrêtèrent sur le terrain vague qui jouxtait leur maison à l'est. Elle se mit à marcher dans cette direction.
— Weston ! appela-t-elle, accélérant le pas. Weston Richards !
C'est alors qu'elle vit quelque chose.
Une petite forme immobile dans l'herbe morte, près d'un chêne noir efflanqué. Laura Lynn retint sa respiration.
— Weston ?
Avant que le murmure fût totalement sorti de sa bouche, elle courait, ses jambes s'agitaient avec une fureur et une détermination nouvelles pour elles. Laura Lynn avait vaguement conscience que les autres la suivaient, Claude, Ford, Charley et Emma, mais toute son attention se concentrait

sur le petit corps inerte gisant dans l'herbe devant elle. Elle sut avant même d'y parvenir que c'était Wes, elle pria Dieu et le Seigneur Jésus pour qu'il ne soit qu'endormi, ou blessé, ou seulement évanoui. Qu'il ne soit pas mort.

Ses prières ne furent pas entendues.

C'était bien Weston. Il avait la tête fracassée. Du sang formait une minuscule flaque dans le creux qui avait été le côté de son crâne. Un oreille pendait au bord de la fracture et là, au milieu du liquide, Laura Lynn vit des particules blanches et graisseuses qui ne pouvaient être que des morceaux de cerveau.

Mais ce n'était pas tout.

Sur sa bouche écumait une bave épaisse qui ressemblait à de la mousse de savon ou à de la crème à raser.

Laura Lynn leva les yeux, détourna la tête. Quelque chose étincela et dans les collines, au nord de la ville, elle vit le soleil de midi se refléter dans les fenêtres des vastes maisons de Bonita Vista, comme des particules de mica dans du granite.

Elle ramena son regard sur le corps sans vie de son fils et tomba à genoux, ne sentit pas vraiment les cailloux s'enfonçant dans sa chair, toucha le sang, toucha l'écume.

Claude l'enlaça par-derrière.

— Laura Lynn! Laura Lynn!

Elle se mit à hurler.

34

Il se passait quelque chose, Maureen le sentit à l'instant où elle franchissait la porte de la société de vérification de titres. Ce n'était rien qu'elle pût identifier — les autres ne la regardaient pas fixement, les conversations se poursuivaient normalement —, mais elle éprouvait comme une gêne, elle ne retrouvait pas la chaleur de l'accueil de ses précédentes visites. Elle passa devant la secrétaire, se faufila entre les bureaux des agents. Elle était une intruse, aujourd'hui, et sans gestes ni mots on le lui faisait comprendre, de manière subtile, quasi imperceptible, tandis qu'elle traversait la salle : un fauteuil qui pivotait légèrement de côté, un regard détourné, une concentration excessive sur la paperasse.

On lui avait affecté un box provisoire dans un coin, un bureau entouré de trois cloisons amovibles, et elle se dirigea vers sa place en souriant, en saluant les autres de la tête, en feignant de ne pas remarquer qu'on lui rendait à peine ses saluts et ses sourires. Elle fut interceptée au passage par Harland Souther, le directeur, qui lui demanda de bien vouloir entrer dans son bureau et accompagna sa requête d'un toussotement nerveux qui ne présageait rien de bon, elle le savait.

Il ferma la porte derrière Maureen, lui indiqua un siège. Elle s'assit et s'enquit avec méfiance :
— Qu'est-ce qui se passe ?
— Je suis désolé, mais nous ne pourrons pas faire appel à vos services.
— Vous m'avez engagée par contrat pour vérifier vos registres de paie...
— Je ne l'oublie pas. Comme vous le savez, il y a une clause de dédit qui nous permet d'annuler le contrat en vous versant des honoraires libératoires. Nous ferons usage de cette option.
Maureen le regarda dans les yeux.
— Je peux vous demander pourquoi ?
Souther gigota sur son siège.
— C'est à cause de cette histoire. Nous avons décidé de ne plus avoir affaire à qui que ce soit de Bonita Vista. Nous n'avons rien contre vous personnellement. Vous êtes une femme sympathique et je sais que vous connaissez votre métier. Vous êtes nouvelle ici et ce n'est vraiment pas juste que vous soyez mêlée à tout ça mais...
Il eut un haussement d'épaules impuissant.
— Je ne comprends pas, répondit Maureen.
— Vous savez bien...
— Quoi ?
Une expression de surprise passa sur les traits du directeur, remplacée presque aussitôt par un air penaud, embarrassé.
— Il y a eu...
Il s'interrompit, toussa, reprit :
— Il y a eu des empoisonnements en ville. Plusieurs animaux de compagnie. Personne ne sait qui est derrière, mais beaucoup pensent que c'est l'association des propriétaires de Bonita Vista, parce que... euh, pour des tas de raisons. La semaine dernière, un enfant a mangé de la nourriture pour

chien empoisonnée, il est à l'heure actuelle dans le coma à l'hôpital de Cedar City. Hier... Hier, le corps d'un autre garçon a été retrouvé derrière chez lui. Empoisonné et la tête fracturée. Je n'accuse personne et, pour autant que je sache, le shérif a déjà arrêté quelqu'un. Mais à cause de tout ce contexte, la décision a été prise de rompre toute relation avec Bonita Vista. Je n'y peux rien, j'ai les mains liées.

Ces derniers mots avaient été prononcés hâtivement, comme s'il craignait la réaction de Maureen.

Elle était abasourdie. Elle fut tentée de discuter, de souligner qu'une telle décision était discriminatoire et certainement illégale, mais elle comprenait les sentiments des habitants de Corban et les partageait dans une large mesure.

Elle pensa à la grille, à Ray, à toutes les raisons pour lesquelles Barry et elle ne faisaient pas confiance à l'association, et elle se sentit incapable de reprocher aux Corbanais de haïr et de craindre Bonita Vista.

— Nous n'avons rien contre vous personnellement... répéta Souther.

Elle se leva, hocha la tête avec lassitude.

— Je comprends.

Rentrée chez elle, elle consulta son courrier en faisant défiler la liste des messages reçus dans la matinée. Les noms des signataires étaient différents, mais le contenu était en gros le même.

Tous ses clients locaux la laissaient tomber.

Ce n'était pas tout à fait inattendu après ce qui s'était passé dans le bureau de Souther, mais elle ressentit quand même un choc en voyant ce rejet total étalé ainsi sur l'écran en lignes de caractères mornes et froids.

Elle n'avait même plus la clientèle de Frank et Audrey.

Elle aurait éclaté de rire si cela n'avait été aussi triste, elle aurait pleuré si cela n'avait été aussi rageant, mais elle se contenta de fixer l'écran d'un regard sans expression.

Barry n'avait pas mangé à la cafétéria depuis plus d'une semaine. Il avait beau se répéter que ça n'avait rien d'intentionnel, qu'il avait eu des courses à faire, des restes à finir, et qu'une série de circonstances parfaitement normales l'avaient amené à manger chez lui ou dans son bureau, ou à sauter carrément le déjeuner, il savait parfaitement que ce n'était pas la vérité.

Aujourd'hui, il était décidé à y retourner. Les choses avaient dû s'arranger depuis la dernière fois, il ne devait plus y avoir la même tension. Impossible que Hank reste fâché aussi longtemps. Joe, peut-être. Ou Lyle. Mais Hank était plus raisonnable, plus sensé, et comme il était le chef, il les avait sans doute tous calmés, il leur avait rappelé que Barry était de leur côté et qu'il faisait partie des bons.

Il se trompait.

Il le sentit dès qu'il franchit la porte. Une froideur qui ne devait rien à la climatisation le frappa quand il entra dans la cafétéria et il n'eut pas besoin de parcourir la salle des yeux pour savoir que tous les regards étaient sur lui. On n'entendait que le grésillement étouffé du gril dans la cuisine et le claquement d'une fourchette contre l'assiette d'un client qui continuait de manger.

Mal à l'aise, Barry gagna sa table habituelle et s'assit en s'efforçant de ne pas remarquer l'absence totale de conversations, le climat d'hostilité. Lurlene se tourna vers son père pour avoir son autorisation avant de poser rageusement un menu et un verre d'eau devant Barry. De l'eau se répandit sur la table et sur le pantalon de Barry, mais il se força à sourire, prit le menu, le rendit à la jeune fille en disant :

— Pas besoin, Lurlene. Comme d'habitude.

Elle saisit le rectangle de carton plastifié d'un geste brusque et s'éloigna sans un mot.

Il s'était passé quelque chose, depuis la dernière fois qu'il était venu. Quoi ? Il n'en avait aucune idée mais ce devait être grave pour susciter ce genre de colère.

De sa serviette il essuya l'eau répandue et but une gorgée du verre à moitié vide. Il songeait à parler à Hank, à aller à la table du vieil homme et à lui demander carrément ce qui se passait quand Joe se leva de sa place au comptoir et se dirigea vers lui d'un air décidé.

Ne sachant pas comment réagir, Barry ne bougea pas et but une autre gorgée en le regardant approcher.

— J'croyais pas que t'aurais le culot de montrer ta trombine ici ! lui lança Joe.

Il y avait de la colère dans sa voix. Non, pas seulement de la colère. De la rage.

Barry sentit son cœur battre à grands coups. Il ne se rappelait pas la dernière fois où il avait été mêlé à un affrontement physique, mais il avait le sentiment que Joe essaierait par tous les moyens d'en provoquer un. Il se leva, s'efforçant de rester détendu et amical.

— Je ne sais pas de quoi tu parles, Joe. Quoi qu'il ait pu se passer, je ne suis pas dans le coup, déclara-t-il en écartant les mains. Il va falloir que tu m'expliques.

— Weston Richards, répliqua Joe, crachant quasiment le nom.

Barry secoua la tête.

— Je ne sais pas ce que ce Weston a fait... commença-t-il.

— Il a rien fait, le coupa Lyle de sa table près de la porte. Il a été tué. C'est vous autres qui l'avez empoisonné !

Barry se tourna vers Hank.

— Il y a eu un autre accident ?

— C'était pas un accident, répondit Hank, de la fureur

dans les yeux. Ils ont tué ce gosse exprès. Les Richards ont pas de chien.

— Et Weston avait la tête défoncée, ajouta Lurlene en lançant à Barry un regard mauvais.

Il sentit son estomac se nouer.

— Je ne suis pas au courant, c'est la première fois que j'entends parler de cette histoire, affirma-t-il.

— C'est ça le problème, reprit Hank. *Personne* sait rien.

— Mais nous on connaît les responsables, intervint Ralph de sa place à la table de Lyle.

— Ecoutez, dit Barry d'un ton raisonnable. Je hais cette association autant que vous. Plus, probablement, parce que je dois subir ses conneries et me plier à ses foutues règles...

— Mais t'en fais quand même partie, objecta Lyle. T'es quand même membre.

— Je n'ai pas le choix ! Pour vivre là-bas, je suis *obligé* de payer ma cotisation.

— Vous avez un chasse-neige ! cria une femme assise près de la fenêtre.

Barry se tourna vers elle. C'était quelqu'un qu'il n'avait jamais vu, une grosse avec des seins énormes, et il ne comprenait ni son histoire de chasse-neige ni la colère qu'il lisait dans ses yeux.

— Quoi ?

— L'hiver. Vous avez un chasse-neige, là-haut. Mais il est réservé à Bonita Vista. Le nôtre est tombé en panne l'année dernière et on est restés bloqués par la neige pendant une semaine. Bloqués ! Mais vous avez refusé de nous aider, vous avez pas voulu nous prêter votre chasse-neige, vous avez pas voulu déneiger nos routes !

— Et l'eau ? rappela Ralph.

Il y eut des hochements de tête approbateurs dans toute la salle.

— Je ne vivais même pas ici l'hiver dernier, se défendit

Barry. Je n'ai rien à voir avec l'eau, je n'ai rien à voir avec ce Weston...

— Les tarifs ont grimpé en ville à cause de toute l'électricité que vous brûlez !

— Les eaux qui ruissellent de vos collines balafrées polluent la rivière !

— Weston a eu la tête défoncée, répéta Lurlene. Je le connaissais, ce gosse.

— Ce n'est pas moi qui l'ai tué ! protesta Barry.

— Non, dit Hank, d'une voix assez forte et assez grave pour réduire au silence tous les autres. Mais t'as rien fait non plus pour empêcher qu'on le tue.

Ils se dévisagèrent et Barry comprit qu'il ne pouvait gagner cette bataille, qu'il ne parviendrait jamais à les faire changer d'avis, à les convaincre de ne pas le mettre dans le même sac que ses voisins.

— Tu ferais mieux d'emporter ton plat, grogna Bert derrière le comptoir, son ton indiquant clairement que c'était un ordre, pas une suggestion.

Le regard de Barry se posa sur la petite pancarte blanche appuyée contre la caisse enregistreuse : *Nous nous réservons le droit de refuser de servir qui que ce soit.*

Il se leva, se dirigea vers la caisse. Il n'aurait pas été étonné que Bert le chasse aussi de la cabane qu'il lui louait. Et si l'attitude des habitués de la cafétéria reflétait les sentiments locaux à l'égard de Bonita Vista, il aurait beaucoup de mal à trouver un autre bureau.

Avec l'association qui lui interdisait d'écrire chez lui, il n'aurait plus aucun endroit où travailler.

Bert lui tendit le sac graisseux contenant son repas, prit son argent et lui rendit la monnaie en silence. Barry ne regarda personne en traversant la salle.

Dehors, il se sentit un peu mieux. La tension qui pesait sur lui se dissipa à l'air libre et il retourna à son bureau avec l'impression de retrouver le monde réel après un rêve paranoïaque.

Un quart d'heure plus tard, il avait de nouveau quitté le monde réel pour le royaume de l'horreur et du surnaturel. L'épisode déplaisant de la cafétéria, repoussé dans un coin de son esprit, n'existait plus pour le moment que comme un élément éventuel à ajouter à son nouveau roman.

Il était lancé dans un chapitre écrit du point de vue du monstre et ses doigts peinaient à suivre son imagination quand le silence de la cabane fut soudain troublé par un bruit de verre brisé. Une balle de base-ball avait cassé l'un des carreaux de la fenêtre et Barry se baissa instinctivement. Rien ne venant, il se précipita vers la porte, l'ouvrit, vit un homme courir dans le pré en direction de la cafétéria mais ne put l'identifier.

Etait-ce un simple avertissement ou le début d'une campagne d'attaques organisée contre lui ? Il l'ignorait mais aucune des deux hypothèses n'était rassurante et il fit un double de ses fichiers sur une disquette qu'il emporta en quittant la cabane.

Il était près de minuit. Etendus dans leur lit, ils écoutaient le murmure du poste de télévision.

— Nous devrions peut-être partir, suggéra Maureen.

— Non, répondit Barry. Je ne donnerai pas cette satisfaction à ces salauds.

— Il est pas né çui-là qui me chassera de la ville, hein ? fit-elle avec l'accent traînant de l'Ouest.

— Exactement.

— Mais c'est se couper le nez pour faire râler son visage. Personne ici ne me fera travailler. Je n'exagère pas. Personne.

— Nous n'avons pas besoin de ces abrutis. Je gagne assez avec mes livres pour nous faire vivre confortablement.

— J'ai un métier moi aussi, et je ne veux pas y renoncer

pour une stupide épreuve de force que tu te crois obligé de remporter.

— Et tes clients de Californie ?

— J'en ai gardé quelques-uns, admit Maureen. Mais là n'est pas la question. Si nous retournions en Californie, j'en aurais trois fois plus.

— Tu as ta e-comptabilité.

— Ça aussi, je le développerais bien mieux en Californie.

— Je ne veux pas repartir la queue entre les jambes. Et je ne supporte pas d'être accusé de quelque chose que je n'ai pas commis.

— Nous en prenons plein la tête de tous les côtés : de l'association et des ennemis de l'association. Je ne vois aucune raison de rester.

— Nous restons parce que nous aimons notre maison. Parce que nous aimons la région. Les raisons de rester sont celles qui nous ont amenés à nous installer ici au départ. Rien n'a changé. Bon, nous avons quelques amis en moins, et alors ?

— Si nous avions acheté à Corban, rien de tout cela ne serait arrivé, soupira Maureen.

— Nous n'aurions jamais acheté à Corban, répartit Barry. Ray avait raison. Nous sommes ici uniquement parce que nous aimons la vue, les rues pavées et les belles maisons. Nous voulions vivre dans une version hollywoodienne, aseptisée, de l'Amérique rurale... et nous en payons le prix maintenant.

Il la regarda dans les yeux, poursuivit :

— Franchement, tu serais heureuse dans un mobile home ou dans une de ces baraques délabrées de Corban ?

— Nous aurions pu faire construire...

— Et vivre parmi les péquenauds et ceux qui cognent leur femme en gardant les yeux rivés sur Bonita Vista ?

— C'est une question de classes, alors ?

— Ouais, je le crois. Personne n'en parle, nous faisons tous semblant de croire qu'il n'y en a plus, mais elles existent. Nous avons fait des études, nous sommes financièrement à l'aise alors que ces gens ont au mieux fréquenté le lycée et n'ont probablement jamais mis les pieds hors de l'Etat. Nous ne sommes pas comme eux, nous n'aurions pas notre place à Corban.

— Nous ne l'avons pas ici non plus, lui rappela Maureen.

Il lui adressa un sourire suave en battant des cils.

— Mais je t'ai et tu m'as.

Après un silence, elle reprit :

— Je ne supporterai pas ça éternellement. Toi, tu peux écrire n'importe où, dans une maison de Californie, dans un appartement de New York ou ici. Moi, je ne travaille pas seule. Je suis comptable, j'ai besoin des gens. Je verrai ce que je peux faire par téléphone et par e-mail, mais je ne te promets rien. Si je deviens folle à force de tourner en rond sans rien faire, nous partons.

Elle se trompait, toutefois. Il ne pouvait pas écrire n'importe où. Il n'avait pas le droit de le faire à Bonita Vista, et il y avait de fortes chances pour qu'il soit bientôt expulsé du petit musée de la théière.

Maureen reposa la tête sur son oreiller, passa un bras autour de la poitrine de Barry, se blottit contre lui. Ils s'endormirent, bercés par le ronron rassurant du poste.

35

— Barry ?
Abruti de sommeil, il ouvrit les yeux.
— Barry ?
Cette fois, il perçut dans la voix de Maureen une trace de frayeur qui le fit se redresser dans le lit, totalement réveillé. Le soleil pénétrait dans la chambre par une fente entre les rideaux et le réveil indiquait neuf heures. Il avait dormi près de douze heures.
Maureen se tenait près du lit, un exemplaire du *Corban Weekly Standard* à la main. Il lui prit l'hebdomadaire, lut la manchette :

UN ENFANT EMPOISONNÉ
BONITA VISTA SUR LA SELLETTE

— On annonce une manifestation pour ce soir. Les habitants de Corban, les *parents* de Corban, ont l'intention de se rassembler devant les grilles pour protester contre les empoisonnements...
Barry parcourut l'article. Le rassemblement était organisé par Claude Richards, le père de Weston, et avait pour objectif d'effrayer les coupables — les gens de Bonita Vista qui

avaient décidé de répandre le poison et ceux qui avaient commis l'acte — et de les pousser à se livrer à la police. Richards cherchait à mettre la pression sur l'association et tous les résidents, tactique que toutes les personnes interviewées et le journal lui-même soutenaient.

Fait étonnant, il n'y avait aucune déclaration du shérif et Barry se demanda quelle pouvait être la position de Hitman, quel camp il choisirait. Malgré sa loyauté envers Bonita Vista, malgré les pots-de-vin qu'il touchait, il ne pouvait pas fermer les yeux sur un meurtre. Le meurtre d'un enfant. Dans une petite ville. Pas s'il voulait garder son boulot.

— Ce «rassemblement» ne me plaît pas trop, dit Barry en rendant l'hebdomadaire à Maureen.

— A moi non plus. J'imagine d'ici une bande de mecs soûls armés de fusils de chasse et s'exhortant à la violence…

— Rien de plus terrifiant qu'une foule en colère, convint Barry.

— Alors, qu'est-ce qu'on doit faire ?

— Qu'est-ce qu'on *peut* faire ?

Elle s'assit sur le lit à côté de lui.

— Nous pourrions partir en balade. Cette région compte sûrement plus de parcs nationaux que n'importe quel autre coin du pays et nous n'en avons visité aucun. Nous pourrions prendre la voiture, trouver un endroit où dormir à Cedar City et nous rendre à Bryce, à Zion ou à Cedar Breaks…

— On dirait que tu as pensé à tout.

— J'ai consulté le guide, avoua-t-elle en lui prenant la main. Je ne veux pas être ici ce soir. J'ai un mauvais pressentiment.

Il se pencha pour l'embrasser.

— Je suis sérieuse. Nous sommes en danger, ici.

— Et le danger vient de quel côté ?

— Je ne sais pas, peu importe. Je ne veux pas être ici quand ça arrivera.
Barry soupira.
— Il n'arrivera rien.
— Comment peux-tu dire ça ?!
— Nous avons une grille protégée par un vigile armé. Et Hitman veillera à ce que la situation ne dégénère pas.
— Ben voyons, ricana Maureen.

Il allait répondre que leur maison se trouvait haut sur la colline et que même si les manifestants réussissaient à franchir la grille et commençaient à saccager la résidence, ils seraient probablement épuisés, ou arrêtés, avant de parvenir jusqu'à...
Saccager ?
Il se tut. Qu'est-ce qu'il faisait ? Qu'est-ce qu'il croyait ? Après tout ce qu'il avait vu, avec tout ce qu'il savait ou soupçonnait, pouvait-il sincèrement soutenir qu'un retour à la normale était probable ? La situation n'était pas normale, l'endroit n'était pas normal. La logique ne s'appliquait pas à Bonita Vista.

— Tu as raison, reconnut-il.
— Alors, on part ?
— Ouais. Après le petit déjeuner, quand j'aurai pris une douche. Prends des affaires pour une nuit seulement, nous rentrerons demain.
— Pour évaluer les dégâts ?
— Espérons que non.
Elle l'embrassa.
— Tu es un brave type, Charlie Brown. Va prendre ta douche.
— Tu viens avec moi ?
— Ce soir, promit-elle.

Barry s'était douché et se versait du café dans la cuisine quand il entendit frapper à la porte de devant. Maureen, déjà en bas, alla ouvrir et l'appela l'instant d'après. En se penchant par-dessus la rampe de l'escalier, il vit Mike entrer dans la salle de séjour, le *Standard* à la main.

— Salut, dit-il en descendant.
— Salut. Tu es au courant, je suppose ?

Barry acquiesça de la tête.

— Ils appellent ça un «rassemblement», fit Mike avec colère. Comme si c'était un joyeux pique-nique de collégiens. C'est une attaque planifiée, voilà ce que c'est. Une attaque contre nous. Ils veulent rassembler assez de gens pour enfoncer la grille et... tu peux imaginer la suite !

— C'est pour ça que nous partons, annonça Barry. Mo veut que nous passions la nuit à Cedar City, au cas où ça tournerait mal.

Mike eut l'air perdu.

— De... de quoi tu parles ?
— J'ai un mauvais pressentiment, répéta Maureen. Je ne prétends pas être voyante, mais je sens qu'il va se passer quelque chose...

— Ça, c'est sûr qu'il va se passer quelque chose, répliqua Mike. Ils vont s'en prendre à nos maisons. A votre retour, vous trouverez des carreaux cassés, des pneus crevés et... et Dieu sait quoi encore !

— Exactement. C'est pour ça que nous voulons être ailleurs quand ça arrivera.

Mike se tourna vers Barry.

— Enfin, qu'est-ce qui te prend ? C'est ta maison, merde ! Ta propriété. Ne me dis pas que tu ne resterais pas si un incendie la menaçait ! Bon Dieu, on serait tous sur nos toits avec des tuyaux d'arrosage !

Barry eut un hochement de tête réticent.

— Eh bien, ce rassemblement, c'est pareil, insista Mike. Je sais que l'association est merdique mais, là, on est obligés de la soutenir.

— Il n'y aurait pas de rassemblement, pour commencer, si l'association n'avait pas...

Il regarda Mike dans les yeux.

— Si ces gosses n'avaient pas été empoisonnés, acheva-t-il.

— C'est un marché avec le diable, reconnut Mike. Mais on n'a pas le choix. Que ça nous plaise ou non, les Corbanais nous ont mis dans le même sac que les gars de l'association...

Barry essaya de sourire.

— Qu'est-ce que tu penses qu'ils vont faire ? Mettre le feu à nos maisons ?

— La justice sauvage, ça s'est déjà vu, dans le coin et, oui, je les crois capables d'une chose pareille.

— Moi aussi, dit Maureen. C'est pourquoi je ne veux pas être ici ce soir. On ne peut pas lutter contre une foule en furie, on ne peut pas raisonner des gens mus par la colère, en particulier des gens qui ont perdu un enfant...

— Je comprends tes sentiments, dit Mike, qui se tourna vers Barry. Mais toi, pourquoi tu pars ? Parce que tu crains pour ta sécurité personnelle ? Dans ce cas, d'accord. C'est un mobile légitime. Mais si tu le fais pour te venger de l'association, parce que tu penses que c'est une façon de la faire payer, tu te trompes. Tu as lu l'article : c'est nous tous qu'ils rendent responsables, pas seulement l'association !

La comparaison avec l'incendie avait ébranlé Barry. Même s'il rechignait à l'admettre, même s'il voulait tenir la promesse qu'il avait faite à sa femme, il devait reconnaître que l'argument de Mike se tenait. Il fallait qu'il reste pour sa maison.

Et pour autre chose.

— Nous ne pouvons pas partir, dit-il à Maureen.

— Ne me sers pas ces conneries macho !

— Qui protégera notre maison ?

— Quoi, tu vas t'acheter un fusil et te poster dans la véranda pour tirer sur les intrus ? Arrête, c'est de la folie ! S'il y a des dégâts, notre assurance les couvrira. La moitié des maisons de Bonita Vista sont inoccupées, ce sont des résidences secondaires. Tu penses que leurs propriétaires vont se précipiter ici pour jouer un remake des *Sept Mercenaires* ?
— Et si c'était un test ?
— Pardon ?
— Si l'association voulait simplement savoir qui est prêt à rester et à se battre ?
— A se battre ?! répéta Maureen, criant presque.
— Au sens figuré, pas au sens propre. Si elle cherchait juste à mesurer la détermination de ses adversaires ? A savoir nous ?
— Bon, je vous laisse discuter, dit Mike en reculant vers la porte. Moi je pense que vous devriez rester. Le nombre, ça compte, et on a besoin de toute l'aide possible. Comme l'a rappelé Mo, il y a pas des masses de résidents à plein temps et nous, on n'a pas un journal qui fait du recrutement pour notre camp.

Il sortit, referma soigneusement la porte-moustiquaire et conclut :
— Réfléchissez-y.

Maureen claqua la porte derrière lui.
— C'est tout réfléchi !
— Mo...
— Tu m'as promis qu'on partirait.
— Je sais.
— Qu'est-ce qui se passe ? Le grand auteur de romans d'épouvante, Barry Welch l'iconoclaste, a peur de ce que ses voisins diront de lui ? Mais on s'en fout, des voisins ! Si tu veux montrer à quelqu'un que tu as des couilles, montre-le à ta femme en résistant aux pressions des autres et fichons le camp d'ici !

C'est ça, le problème, quand on est écrivain, pensa Barry. Il voyait les choses selon le point de vue des deux camps. Son métier consistait à s'introduire dans la tête de ses personnages, à mettre en place des processus mentaux derrière des opinions opposées. Maureen avait raison... mais Mike aussi. Chaque jour, Barry pratiquait une empathie quasi schizophrénique, et c'était la raison pour laquelle il avait toujours conscience de la dualité de toute situation.

Il n'était cependant jamais parvenu à voir les choses selon le point de vue de l'association. Il semblait bien que sa logique devenait inopérante quand il s'agissait d'elle.

Il n'avait toujours pas exclu la possibilité que l'association soit derrière toute cette histoire et l'ait placé dans cette situation afin de l'observer et d'étudier ses réactions, comme un chercheur examine le comportement d'un rat de laboratoire. Cela pouvait sembler le produit délirant d'une imagination trop fertile, mais si l'on considérait dans leur continuité tous les événements survenus depuis leur arrivée à Bonita Vista, cette conclusion ne paraissait pas trop tirée par les cheveux.

— Et si tout cela faisait partie d'un plan complexe de l'association ? suggéra-t-il. Je parle sérieusement.

— Là, tu frises la paranoïa aiguë. Ils auraient empoisonné des chiens et des enfants en sachant que ça inciterait la populace à débouler à Bonita Vista avec des battes de base-ball et des fusils, tout ça pour forcer Barry Welch à choisir entre rester ou non chez lui ce soir ? Tu ne crois pas que c'est un peu trop ?

Il eut une grimace.

— Présenté comme ça...

— Il est temps de te ressaisir. Filons d'ici avant qu'une autre incarnation de Satan ne tente de te détourner du bon chemin...

— C'est Mike l'incarnation de Satan ?

— En route.

— D'accord, soupira-t-il. Attends, voyons d'abord le temps qu'il fera sur la chaîne Météo.

Il prit la télécommande sur la table basse et se mit à zapper pour trouver la chaîne.

— Hé, fit Maureen. Qu'est-ce que... Qu'est-ce que c'était ?

— Quoi ?

— Reviens en arrière !

Il appuya sur un bouton et les chaînes défilèrent en sens inverse.

— Là ! Stop !

Barry fronça les sourcils. Qu'est-ce que c'était, une chaîne locale ? L'écran montrait une image vidéo floue, presque sans couleurs, d'une partie de tennis vue d'en haut. Il n'y avait pas de son, rien qu'un couple âgé en tenue blanche s'efforçant maladroitement de sautiller sur le terrain malgré un manque évident de capacités sportives.

— C'est le court de tennis ! s'écria Maureen. Notre court !

Elle prit sur le dessus du poste la liste des chaînes câblées.

— La seize... dit-elle en faisant courir son index sur la feuille. BVTV. BVTV ? Qu'est-ce...

Mais son expression révélait qu'elle avait déjà compris.

— Bonita Vista Télévision, murmura Barry en fixant l'écran. Alors, c'est à ça que sert la caméra... J'étais sûr que c'était une histoire de sécurité, dit-il en lançant à Maureen un regard triomphant.

— Mon Dieu...

Ils regardèrent l'homme tenter vainement de renvoyer le service de la femme.

— Je les ai déjà vus, dit Maureen. Je crois qu'ils habitent près de chez Audrey.

— Qu'est-ce qu'ils enregistrent d'autre, d'après toi ?

Comme en réponse à la question de Barry, la scène

changea. Ils voyaient maintenant l'intérieur d'une maison et la caméra se braqua sur une femme solitaire.

Liz.

Elle ne faisait rien, elle était simplement assise sur le canapé blanc de la salle de séjour, les mains dans son giron, la tête levée, sanglotant. La scène était si intime que Barry éteignit aussitôt le poste. Il ne pouvait pas regarder. Après ces quelques secondes de voyeurisme involontaire, il se sentait sale et coupable.

Il se demanda si les membres du Bureau regardaient la scène sur leurs propres postes.

Et s'ils souriaient.

Cette pensée l'emplit d'une rage chauffée à blanc. Jamais il n'avait haï l'association davantage qu'en cet instant. Il songea à cette fouine de Neil Campbell, à son sérieux tatillon, et prit conscience que ce lèche-bottes était pour lui le visage de l'association puisqu'il n'avait jamais rencontre de membre du Bureau. Il avait vu la voiture de Jasper Calhoun et sa maison, mais jamais Calhoun lui-même. Et aucun des autres non plus. Il ne connaissait même pas leurs noms...

Une larme roula sur la joue de Maureen qui murmura :

— Comment peuvent-ils faire une chose pareille ?

— Elle nous avait dit que le bureau la harcelait.

— Je téléphone pour la prévenir.

Maureen grimpa au premier étage quatre à quatre, prit le téléphone sur la table de la salle à manger, composa le numéro de Liz en redescendant. Il fallut un moment à Liz pour répondre parce que Maureen était déjà en bas de l'escalier quand elle commença à parler et Barry imagina la vieille femme tâchant de se ressaisir, essuyant les larmes de son visage, respirant à fond avant de décrocher.

Tout cela sous l'œil de la caméra, pour le plus grand amusement de ses voisins.

— Tu passes sur BVTV en ce moment, lui annonça

Maureen. Il y a une caméra cachée chez toi. En allumant notre poste, nous t'avons vue assise sur le canapé... en train de pleurer. Il n'y a pas de son, on ne peut pas nous entendre, mais lève-toi du canapé, sors du séjour qu'on ne puisse plus te voir.

Il y eut un long silence pendant lequel Maureen écouta son amie.

— Mm... oui... Non... Non. Je comprends... Oui... Toi aussi. Au revoir.

Elle raccrocha, sidérée.

— Elle dit qu'elle est au courant.
— Quoi ?
— Elle s'est vue hier soir. Dans la salle de bains, précisa Maureen, dont les mâchoires se crispèrent.
— Mais comment...
— Ce n'est pas diffusé en direct. C'est un enregistrement monté. Elle n'était pas en train de pleurer quand j'ai appelé, elle était dans la cuisine, elle faisait le ménage. Elle a passé la moitié de la nuit à chercher où la caméra est cachée dans la salle de bains, mais elle n'a rien trouvé. Maintenant elle pense que toute la maison est probablement sous surveillance vidéo.
— Qu'est-ce qu'elle va faire ?
— Porter plainte.
— C'est tout ?
— Continuer à chercher les caméras, je suppose. Et s'efforcer de les oublier en attendant.
— Seigneur...
— Partons d'ici, dit Maureen. Allons à Cedar City.

Dix minutes plus tard, leurs sacs étaient dans la Suburban. Avant de monter en voiture, Maureen se retourna vers la maison.

— Tu ne crois pas qu'on devrait protéger les fenêtres avec des planches ?

— Nous ne devons pas montrer que nous avons peur, répondit Barry. Pour l'association, nous avons simplement décidé de faire un petit voyage de quelques jours parce que nous avons envie de visiter la région.
— D'accord.
— En plus, il faudrait aller en ville acheter des planches, les clouer, et je ne sais pas comment je ferais pour les fenêtres du haut...
— J'ai dit d'accord.

Ils montèrent dans la voiture, descendirent l'allée, s'engagèrent sur la route. A la grille, le vigile leur fit signe d'arrêter et s'approcha.
— Désolé. Personne n'est autorisé à entrer ou à sortir.

Il arborait une expression déterminée et avait remplacé son treillis vert olive par un uniforme noir impeccable à la chemise ornée d'épaulettes et d'insignes argentés. Au lieu de tenir son habituelle tablette, sa main droite reposait sur la crosse du pistolet accroché à sa hanche dans un étui.
— Pardon? fit Barry.
— Vous ne pouvez pas quitter Bonita Vista. Pour votre propre sécurité.
— Qu'est-ce que c'est que cette connerie? L'association a décrété la loi martiale?
— Exactement, répondit le garde en soutenant son regard.

Barry, qui avait voulu embarrasser le vigile en soulignant l'absurdité de la situation, se retrouva sans voix.

A côté de lui, Maureen était blême de rage. Elle se pencha vers le garde.
— Ecoutez, vous! L'association, c'est nous! Vous êtes notre employé! Nous payons votre salaire avec nos cotisations! Alors, ouvrez cette grille et laissez-nous passer!

L'homme la considéra d'un œil froid, reporta son regard sur Barry.
— Je vous conseille de faire demi-tour.

— Comment vous vous appelez? s'énerva Maureen. Je vais vous faire virer, sale con!
— Je m'appelle Curtis. Et comme vous le savez, je vis aussi à Bonita Vista.

Il se pencha, appuya un bras à l'encadrement de la vitre ouverte, laissa le haut de son visage franchir la frontière invisible séparant l'intérieur du véhicule de l'extérieur.

— Et je vous serais reconnaissant de me montrer un peu plus de respect... sale conne.

Il sourit, se redressa, inclina la casquette noire qui recouvrait sa coupe en brosse.

— Bonne journée, monsieur... madame.

Barry passa la marche arrière, recula. Devant les courts de tennis, il tourna dans le petit parking et repartit en direction de la colline.

— Nous sommes prisonniers, fit Maureen d'un ton incrédule. Nous ne pouvons pas sortir d'ici.

— On retourne à la maison réfléchir et essayer de trouver une solution, proposa Barry.

— Il n'y a pas de solution. Nous pourrions sortir à pied mais il y a une demi-heure de marche jusqu'à Corban, et c'est le seul endroit où nous pourrions aller. En plus, ce serait se jeter dans la gueule du loup.

— On pourrait enfoncer la grille avec la voiture.

— Ça ne me tente pas trop.

Barry tourna dans leur allée, coupa le contact.

— Il avait un pistolet, tu as remarqué?

— Oui, répondit Maureen à voix basse.

— Bon, qu'est-ce qu'on fait? Tu as une idée?

— Non. Mon Dieu, je n'arrive pas à y croire, soupira-t-elle.

— Entrons. Nous trouverons peut-être quelque chose.

Ils descendirent de la Suburban, firent le tour de la Toyota et avant même de monter les marches de la véranda, découvrirent une feuille de papier accrochée à la porte-moustiquaire. Ils ne s'étaient absentés que cinq minutes, huit au grand maximum, mais quelqu'un en avait profité pour pénétrer dans leur jardin et leur laisser un message de l'association.

— Tu crois que nous sommes sous surveillance ? fit Maureen. Tu crois qu'ils nous espionnent et attendent que nous soyons partis pour pouvoir laisser leurs saletés d'avis sur notre porte ? Ça ne peut pas être une coïncidence.

— Il n'y a pas de coïncidence, répondit Barry.

Il détacha la feuille et la lut :

— « Ordre à tous les résidents de participer à la contre-manifestation de Bonita Vista, à huit heures ce soir. »

— Ordre ?

— C'est le terme employé.

Il tendit l'avis à Maureen, prit sa clef pour ouvrir la porte.

— Ils menacent même de nous infliger une amende si nous n'y allons pas, s'indigna-t-elle. Tu crois que c'est légal ?

— Je ne sais pas mais j'aurais tendance à croire que oui. C'est un terrain sur lequel ils semblent ne pas faire de bourdes. Aussi révoltants que soient leurs actes, ils se débrouillent toujours pour être du bon côté de la loi.

— D'après Hitman, fit remarquer Maureen. Qui n'est pas précisément une source impartiale.

— J'appelle Jeremy, il pourra peut-être nous renseigner.

Barry referma la porte à clef derrière eux, tira le verrou, monta et fit le numéro de son ami mais, au milieu de la première sonnerie, une voix désincarnée annonça : « Toutes nos excuses. Du fait d'un trop grand nombre d'appels, toutes nos lignes sont occupées. Veuillez rappeler plus tard. »

Barry rappela quelques minutes plus tard, essaya encore et encore. En l'espace d'une heure, il composa le numéro de Jeremy une trentaine de fois et eut droit à chaque fois au même message enregistré. Il finit par renoncer et, de frustration, lança le téléphone sur le canapé. Non seulement ils ne pouvaient pas sortir de la résidence, mais ils n'avaient plus aucun contact avec l'extérieur. Ils étaient coupés de tout, complètement isolés, et Barry ne pouvait s'empêcher de penser que là encore, c'était délibéré. Il n'aurait pas été surpris d'apprendre que Bonita Vista avait son propre standard, par lequel passaient tous les appels, ce qui permettait à l'association de contrôler et de censurer les communications téléphoniques de tous les résidents.

A part rejouer une scène du *Convoi*, il semblait bien qu'il n'y avait aucun moyen de sortir et ils finirent par se lasser de se regarder d'un bout à l'autre du séjour en se creusant vainement les méninges. Maureen descendit fignoler sa page web et Barry monta se préparer quelque chose à manger.

Mike téléphona juste après midi.
— Vous avez eu l'avis?
— C'est toi qui l'as déposé?
— Non. J'en ai eu un aussi. Je me demandais simplement ce que tu comptais faire.
— Je ne sais pas encore.
— Ils peuvent te coller une amende. Et prendre ta maison en gage si tu ne paies pas.
— Je suis ravi de vivre en démocratie.
— Tu vis dans une résidence sécurisée, corrigea Mike. Ça exclut la démocratie.
— Qu'est-ce que tu envisages de faire, toi?
— D'y aller.
— Moi aussi, j'irai, je pense.
— J'ai une batte de base-ball en trop, si tu en veux une, proposa Mike.
— Une batte de base-ball? Barry fut parcouru d'un frisson à l'idée de manier une arme contre quelqu'un.
— Tu crois vraiment qu'il y aura du grabuge?

— Aucune idée, mais je préfère être prêt. Mieux vaut prévenir, comme on dit.

Barry raccrocha et annonça à Maureen qu'il avait l'intention de se rendre à la contre-manifestation. Il expliqua que s'il restait un espoir d'empêcher un déferlement de violence, ce serait par une démonstration de force. Il s'attendait à ce qu'elle discute mais, vaincue, résignée, elle répondit qu'elle l'accompagnerait : ils étaient acculés à cette situation et il n'y avait pas moyen d'y échapper. Il valait mieux l'affronter de face.

Ils passèrent l'après-midi dans un état d'agitation extrême, s'efforçant de trouver des tâches qui leur occuperaient l'esprit, mais les heures s'écoulaient lentement tandis qu'ils sautaient d'une corvée ménagère à une autre. Maureen finit par lire un magazine sur le canapé cependant que Barry regardait une émission politique sur CNBC.

Ils n'avaient faim ni l'un ni l'autre mais se forcèrent à manger et firent ensuite la vaisselle ensemble. Puis ils regardèrent les informations locales, les informations nationales et *Entertainment Tonight*.

Et ce fut l'heure de partir.

Il n'avait plu qu'une demi-heure en fin d'après-midi, mais la température n'avait pas retrouvé le niveau élevé de la mi-journée et la soirée était d'un fraîcheur inhabituelle. Maureen enfila une veste, Barry changea son tee-shirt contre une chemise à manches longues. Ils fermèrent la maison à clef et partirent à pied.

Le soleil venait de se coucher et de la maison, avant leur départ, ils avaient vu que le ciel, à l'ouest, portait encore des traces orange mais qu'il faisait sombre en bas parmi les pins. La nuit tombait tôt dans la forêt.

D'autres résidents marchaient devant eux sur la route : deux couples et une famille de quatre personnes. Barry distinguait leurs silhouettes à la lumière occasionnelle des vérandas. Ni lui ni Maureen ne parlaient, mais il montait des arbres au pied de la colline un murmure, le bruit d'une foule.

Ce bruit se renforça quand ils sortirent du virage de la route. D'une rue latérale un autre couple émergea, muni de lampes électriques braquées sur la chaussée. Barry eut envie d'engager la conversation pour voir s'ils en savaient plus que lui, mais il ne les connaissait pas et c'étaient peut-être des partisans de l'association.

Il prit la main de Maureen, la pressa et ralentit le pas pour laisser le couple s'éloigner. Elle comprit sans qu'il eût besoin de prononcer un mot.

— Impossible de savoir dans quel camp ils sont, murmura-t-elle.

Il hocha la tête.

— Autant être prudents.

A gauche, les arbres disparurent et le sol devint plat quand ils arrivèrent au terrain défriché. La piscine était terminée et son eau reflétait le noir du ciel. A droite du bassin, des fondations de ciment surmontées d'une amorce d'édifice en bois grossier indiquaient que la maison commune serait bientôt prête elle aussi.

Les « volontaires » avaient travaillé d'arrache-pied.

Barry songea que dans les romans d'épouvante, y compris les siens, le mal était généralement associé à des lieux anciens, imprégnés d'une histoire trouble, non à des bâtiments inachevés qui n'avaient ni passé ni présent. A Bonita Vista, tout marchait à l'envers.

Ils passèrent devant la maison de Frank et Audrey, devant les courts de tennis illuminés. La route devint droite.

La foule était là.

Il devait y avoir près d'une centaine de personnes. De puissantes lampes halogènes installées sur le toit du poste de garde éclairaient une longue portion de route et donnaient aux arbres environnants l'aspect plat et peint d'un décor. Si la plupart des résidents étaient venus à pied, il y avait quelques voitures et camionnettes : ceux qui vivaient de l'autre côté de la colline, probablement. Elles étaient garées devant la grille, comme pour renforcer les défenses de Bonita Vista. La voiture du shérif se trouvait à l'écart, derrière le poste.

On se serait cru à une fête de quartier. Les gens riaient, bavardaient, buvaient de la bière. Seule indication d'un événement sortant de l'ordinaire, la ligne de démarcation nette que constituait la grille, derrière laquelle tout était sombre et silencieux. Et le fait que presque tout le monde était armé. Barry ne vit pas d'autres armes à feu que celles que le shérif et le vigile étaient en train de vérifier dans le poste de garde, mais les «contre-manifestants» portaient des marteaux, des battes de base-ball et des démonte-pneus. Une femme tenant un couteau à découper parlait à un homme muni d'une queue de billard.

— Je n'aime pas ça, fit Maureen à voix basse.

Barry n'aimait pas ça, lui non plus. Il y avait quelque chose de perturbant dans le fait de voir des gens ordinaires, des voisins, de vagues connaissances, rassemblés pour se battre contre une bande venue des «mauvais quartiers».

— Les voilà! cria quelqu'un.

Au sud, par-dessus les voitures garées, à travers les barreaux de la grille, Barry vit une ligne de phares serpenter sur la route montant vers Bonita Vista. Cela lui rappela les films de *Frankenstein* d'Universal, particulièrement la scène éculée où des villageois furieux partent à l'assaut du château du savant fou en brandissant fourches et torches.

Cette fois, il n'y avait ni fourches ni torches, cependant.

Des lampes électriques, plutôt.

Des fusils, peut-être.

La foule se tut, comme si elle venait de comprendre

soudain la gravité de la situation, la possibilité tout à fait réelle d'un déchaînement de violence. Barry sentit un nœud de frayeur se former au creux de son estomac.

Des camionnettes et de vieilles Chevrolet, des Buick larges comme des bateaux, des Jeep cabossées commencèrent à se ranger sur le bas-côté longeant le fossé à l'extérieur de Bonita Vista, bientôt si nombreuses que les véhicules suivants durent se garer au milieu de la route.

Barry se tourna vers Hitman et le garde, qui chargeaient leurs armes, et se demanda une fois de plus pourquoi le shérif était dans le camp de Bonita Vista, pourquoi il sacrifiait son intégrité pour faire les quatre volontés de l'association. Il ne vivait même pas dans la résidence.

A moins que...

L'idée n'était jamais venue à Barry et il s'étonna de ne pas avoir remarqué une connexion aussi évidente. Greg Davidson, enfant du pays, avait réussi à s'établir à Bonita Vista. C'était peut-être aussi le cas de Hitman. Cela expliquerait bien des choses et Barry pensa qu'il était plus que possible que Hitman ait été *attiré* à Bonita Vista, que le Bureau de l'association ait activement sollicité son adhésion et lui ait proposé des arrangements financiers sur ses cotisations annuelles afin de le recruter dans son camp.

De l'autre côté de la grille, des portières claquaient, des moteurs s'arrêtaient, mais personne ne s'avançait. Un marmonnement parcourut la foule des résidents, une phrase répétée qui ne parvint pas jusqu'à l'endroit où Barry et Maureen se tenaient.

Quelques instants plus tard, les Corbanais se mettaient en mouvement, bande dépenaillée de fermiers, d'ouvriers du bâtiment, de mécaniciens et de commerçants en colère qui semblaient prêts à enfoncer la grille. Barry en reconnut plusieurs : Hank, Joe, Lyle, Bert. Il avait envie de vomir, mais l'instinct de conservation prit le pas sur la loyauté et la conscience morale, et il se sentait prêt à repousser un assaut. Mike avait raison : il ne pouvait pas rester les bras croisés pendant qu'on saccageait sa maison.

Il espérait seulement qu'il n'y aurait pas de blessés. Ni de morts.

Il prit de nouveau la main de Maureen et la pressa. Elle avait les doigts glacés et tremblait de la tête aux pieds. A sa droite se tenait le bouseux rougeaud qui avait malmené l'ouvrier mexicain. Ce gros salaud était dans son élément et souriait d'une oreille à l'autre tout en sortant une arbalète de l'arrière de son pick-up.

— Mes vieux copains, dit Maureen avec un mouvement de menton vers la gauche.

Barry vit Chuck Shea et Terry Abbey avancer d'un pas décidé en faisant tournoyer leur batte de base-ball.

Dans son esprit, les résidents de Bonita Vista faisaient plutôt figure de moutons comparés aux Corbanais — d'un côté des citadins nantis, de l'autre des travailleurs manuels rudes, pauvres et coriaces —, mais il se rendait maintenant compte qu'il s'agissait d'une idée préconçue, parfaitement abusive. Les Corbanais, en dépit de leur colère patente et compréhensible, donnaient l'impression d'amateurs maladroits, mal organisés, alors que les Bonavistais semblaient bien préparés, méthodiques et compétents.

Etait-ce l'influence de l'association ?

Non, pensa Barry, et c'était cela qui était effrayant. Ils étaient ainsi naturellement.

Le shérif et le garde se postèrent près des piliers de pierre, à chaque extrémité de la grille, et les plus exaltés des résidents comblèrent le vide entre les deux hommes.

Tout à coup, la foule devint totalement silencieuse, les contre-manifestants se figèrent sur place, l'attention attirée par quelqu'un ou quelque chose dans les pins, derrière Barry. Il se retourna et découvrit six vieillards en robe de magistrat alignés au bord de la zone éclairée. Des galons et des insignes dorés décoraient le tissu noir et, pour une raison quelconque, il pensa à ce crétin de William Rehnquist pendant le procès en destitution de Bill Clinton, à la robe de juge de la Cour suprême profanée par des décorations dorées ridicules qui semblaient tout droit sorties d'une opérette de Gilbert et Sullivan. C'était la même absurdité, sauf qu'elle comportait ici un élément de menace, quelque chose d'obscur, de dangereux et de foncièrement mauvais.

Tous les yeux demeuraient fixés sur les six silhouettes. Barry crut qu'elles allaient s'avancer pour prendre les choses en main, mais elles demeurèrent à la lisière des arbres et il y avait là aussi quelque chose d'étrange. Celui du milieu semblait être le chef, le président, le fameux Jasper Calhoun. Liz avait parlé à Maureen de l'aspect bizarre de cet homme, de son allure peu naturelle, et c'était peut-être à cause des lampes, ou de la distance, mais Barry avait l'impression que les autres aussi avaient un air étrange, des visages trop blancs.

Les Corbanais étaient arrivés à la grille et se massaient derrière les barreaux.

— Vous avez tué notre fils ! hurla une femme, le visage rouge et ruisselant de larmes, les traits déformés par la rage.

Un homme empoigna l'une des traverses ornementales et se mit à secouer la barrière de fer.

— Assassins ! beugla-t-il. Assassins !

D'autres voix s'élevèrent, mêlant menaces et insultes.

— Appelez les volontaires, ordonna le président.

Un fouet claqua et derrière les membres du Bureau apparurent trois rangées d'hommes au torse nu. Les volontaires se dirigèrent vers la grille, passèrent près de Barry. C'étaient ceux qu'il avait vus peiner pour construire la piscine et la maison commune, et, d'aussi près, il remarqua que plusieurs d'entre eux avaient une main en moins. D'autres avaient de profondes cicatrices au visage ou marchaient en boitant. Il pensa au bandeau qui cachait l'œil mort de Kenny.

Il reconnut Greg Davidson, qui regardait fixement devant lui, le côté droit du crâne complètement rasé, une oreille en moins.

La foule s'écarta devant les volontaires pour les laisser passer. Ils ne portaient pas d'armes, ni gourdins, ni fusils, ni couteaux, mais il émanait d'eux cette détermination inflexible de ceux qui ne reculeront devant rien pour atteindre leur objectif. Ils étaient l'armée de Bonita Vista et Barry se demanda si leur apparition était aussi surprenante pour les autres que pour lui. Presque tous les résidents avaient apporté une arme quelconque, mais il semblait maintenant qu'ils ne constitueraient qu'un ultime rempart. Les volontaires seraient la première ligne de défense.

Il les regarda passer, bien plus nombreux que ceux qu'il avait vus travailler avec Maureen.

— Pourquoi se comportent-ils ainsi? demanda-t-elle avec dans la voix un tremblement trahissant sa peur.

— Je ne sais pas.

— On dirait qu'ils sont... hypnotisés, ou quelque chose comme ça.

Frank Hodges s'était approché d'elle par-derrière.

— Ce sont des travailleurs sous contrat, lâcha-t-il, péremptoire. Ils n'ont pas pu payer leurs cotisations.

Neil Campbell, tablette en main, apparut soudain de l'autre côté de Barry.

— Lisez le règlement. Il explique tout sur le travail sous contrat.

— Ouvrez la grille! ordonna le président.

Les portes métalliques jumelles pivotèrent lentement vers l'extérieur, repoussant les manifestants de la ville.

— Salauds, vous pouvez pas nous traiter comme ça! protesta une femme.

Bert brandit un fusil de chasse.

— On sait ce que vous avez fait ! Vous vous en tirerez pas, nom de Dieu !

Les volontaires franchirent au pas la grille ouverte.

Et la bataille commença.

Atterré, Barry vit les hommes au torse nu cogner sans hésitation dans le ventre de mères affligées, s'emparer des carabines des Corbanais et s'en servir pour les frapper à la tête. C'était étrange d'observer la scène un peu à l'écart, comme un général sur une hauteur, tandis que d'autres combattaient en son nom, et Barry eut soudain honte pour ses voisins, pour lui-même, pour toutes les personnes impliquées dans cette farce.

Curieusement, il n'y eut aucun coup de feu ; le combat fut cependant violent, chacun s'efforçant de blesser et de mutiler son adversaire, et Barry vit fugitivement un volontaire manchot enfoncer les doigts de sa main unique dans les yeux d'un vieux fermier en salopette.

Dès que les volontaires commencèrent à prendre le dessus, les adjoints de Hitman firent leur apparition, sirènes hurlantes. Ils furent contraints de se garer derrière les véhicules des Corbanais qui bloquaient la route. Les rampes lumineuses des voitures de ronde se reflétaient sur les toits métalliques et teintaient toute la scène de couleurs criardes tandis qu'une voix grave et déformée braillait dans un mégaphone : « Circulez ! Circulez ! »

Des adjoints en uniforme couraient entre les pick-up, matraques brandies, dispersant les manifestants, arrêtant ceux qui refusaient d'obéir aux ordres. Les volontaires, meurtris et couverts de sang pour la plupart, firent demi-tour et retournèrent de l'autre côté de la grille. Dans les lueurs rouges et bleues palpitantes, Barry vit Hitman sourire.

Frank, qui s'était glissé entre Barry et Maureen, dit à voix basse :

— Il paraît que t'as essayé de baiser ma femme ?

— Elizabeth Dyson a porté plainte contre vous auprès du Bureau, déclara alors Campbell. Elle affirme que vous l'avez forcée à vous faire une fellation après l'enterrement de Ray.

— Vous êtes fous ! s'indigna Barry. Vous mentez, tous les deux !

Ils s'éloignèrent en riant, se fondirent dans la foule. Un résident bouscula Barry au passage, un autre le poussa dans le dos.

Il chercha désespérément autour de lui un visage ami, Mike ou l'un des adversaires de l'association rencontrés chez Ray, mais il ne vit que des regards hostiles, et l'unanimité de cette réaction lui fit penser qu'elle était peut-être dictée, orchestrée.

— Reste ici, dit-il à Maureen.

Il marcha vers la lisière des arbres, d'où les hommes en robe noire l'observaient, le visage sérieux mais les yeux pétillant de joie. Finalement, ce n'était pas un effet de la lumière ou de la distance, constata-t-il en s'approchant. Ils avaient bel et bien quelque chose d'étrange.

— Vous devez être Barry Welch, dit le président quand il ne fut plus qu'à quelques mètres de lui.

— Vous foutez pas de moi !

Jasper Calhoun hocha la tête avec un léger sourire.

Quelqu'un frappa Barry par-derrière et il fit volte-face, mais il n'aurait su dire qui, parmi les résidents ou les volontaires, l'avait agressé. Il se tourna de nouveau vers les membres du Bureau.

Ils avaient disparu.

Au même moment, les lumières s'éteignirent sur le poste de garde et les rampes lumineuses des voitures de ronde commencèrent à s'éloigner quand les adjoints du shérif repartirent avec leurs prisonniers. Autour de Barry, des torches électriques se braquaient sur la route et les résidents se dispersaient. Il n'arrivait pas à comprendre comment les membres du Bureau avaient pu disparaître aussi rapidement parmi les arbres. Avaient-ils filé à toute allure, les pans de leur robe noire claquant derrière eux ? Il ne pouvait imaginer ces vieillards pompeux battant en retraite avec une telle célérité, mais les seules autres explications possibles auraient mieux convenu à l'un de ses romans et il ne voulut pas y penser.

— Ils vous surveillent, lui glissa une femme en passant, en qui il reconnut la vieille dame qui vivait de l'autre côté des courts de tennis.

Il aurait été bien incapable de dire s'il s'agissait d'une mise en garde amicale ou d'une menace.

A grands pas furieux, il retourna à l'endroit où il avait laissé Maureen, rejointe maintenant par Mike et Tina. Les gens s'écartaient devant lui avec réticence, des inconnus lui lançaient des regards méfiants et hostiles.

— Ça va ? lui demanda Mike.

Barry secoua la tête.

— Qu'est-ce que tu as fait ? s'inquiéta Maureen. Qu'est-ce que tu leur as dit ?

— C'est la guerre, répondit-il.

36

Maureen finit de répondre aux cinq malheureux e-mails que sa page web avait suscités ces trois derniers jours, tout en sachant, au moment même où elle tapait, que leurs expéditeurs ne l'engageraient pas. C'était décourageant de constater que cette page sur laquelle elle avait passé tant d'heures et fondé tant d'espoirs ne donnerait absolument rien.

Heureusement, elle avait ses clients de Californie.

Elle se renversa dans son fauteuil et retarda le moment de quitter cette pièce où elle se sentait à l'abri du monde extérieur. Ici, elle pouvait se raconter qu'elle n'était pas à Bonita Vista, qu'elle n'était qu'une comptable dans un bureau et que ce qui se passait de l'autre côté de ces murs ne l'affectait ni ne la concernait en rien.

Barry était toujours furieux, révolté, mais il s'inquiétait aussi.

Le moment était peut-être venu de renoncer, de retourner en Californie, avait-elle suggéré.

C'était la chose à ne pas dire.

«Qui se battra contre eux si ce n'est nous? avait-il riposté. Tu abandonnerais Liz et tous les autres résidents terrifiés par ces salauds? Nous ne luttons pas seulement pour nous!»

Maureen avait acquiescé et écarté les mains en signe de capitulation. Elle savait qu'il valait mieux ne pas insister pour le moment, ne pas chercher à l'acculer dans un coin. Si elle lui laissait une issue, il finirait peut-être par la choisir, par comprendre que c'était la plus intelligente des options possibles et qu'ils pourraient toujours poursuivre de loin leur bataille donquichottesque.

Elle ferma son ordinateur, éteignit le moniteur. Le plus étrange, le plus perturbant, c'était leur alliance temporaire avec l'association. Elle en avait honte. Et Barry aussi, elle le savait. L'association avait empoisonné des chiens de Corban et deux enfants étaient morts, accidentellement ou non. Le shérif refusant de faire quoi que ce soit, les familles, les amis, les voisins avaient pris l'affaire en main et organisé un rassemblement pour contraindre les coupables à se livrer. C'était une cause juste, mais Barry et elle, et tous leurs voisins, s'y étaient opposés pour protéger leur maison et leur sécurité. De la légitime défense, prétendaient-ils, une réaction parfaitement naturelle et justifiée. Maureen n'était pas de cet avis. A ses yeux, ils n'étaient que des égoïstes superficiels, plus préoccupés de leurs propriétés que de la vie des enfants des autres.

Barry et elle avaient participé à la contre-manifestation contre leur gré, sous la menace, mais ils y avaient participé quand même, et cela les rendait moralement complices, donc coupables. Elle regrettait qu'ils n'aient pas défié l'association ou qu'ils n'aient pas au moins essayé de rester neutres en ne bougeant pas de chez eux, même si cela leur avait valu une amende. Ils n'auraient pas dû accorder leur soutien aux agissements de l'association.

A son grand étonnement, ils pouvaient encore faire leurs courses au supermarché de Corban. Même après ce qui s'était passé. Quand ils s'étaient rendus en ville, la veille, pour la première fois après le rassemblement, ils avaient demandé à Mike et Tina et à un couple ami des Stewart, Lou et Stacy, de les accompagner, au cas où il y aurait des problèmes, mais ni la caissière ni les autres clients du magasin n'avaient dit un mot, et ils avaient acheté des provisions pour deux semaines.

L'adjoint au shérif posté près de la caisse y était peut-être pour quelque chose.

Même si ce n'était que Wally Addison.

Ils avaient cependant commencé à dresser des plans d'urgence. Mule Park, la ville la plus proche de Corban, se trouvait à une soixantaine de kilomètres au sud, ils pouvaient facilement faire l'aller-retour en une matinée et stocker de quoi manger pour un mois. Les habitants de Corban devaient en vouloir aux résidents de Bonita Vista ainsi qu'à leur shérif, pour sa partialité évidente, et tôt ou tard leur rancœur finirait par exploser.

Fixant l'écran noir du moniteur, Maureen se demanda si Barry et elle ne se trompaient pas en attribuant toutes les responsabilités à l'association des propriétaires. Elle avait l'impression que Hitman était l'éminence grise derrière le trône. A cheval entre les deux communautés, il appliquait la loi comme bon lui semblait et laissait Bonita Vista maltraiter les habitants de Corban. Il aurait pu — il aurait *dû* — prendre le parti des familles des victimes, enquêter sur les empoisonnements et inculper les responsables. Au lieu de ça, il avait laissé la situation s'envenimer et, quand les habitants avaient tenté de faire respecter eux-mêmes la loi, il avait réaffirmé son autorité et permis aux volontaires de les rosser, et en avait même arrêté certains. Maintenant, il mettait un de ses adjoints en faction au supermarché pour que les résidents de Bonita Vista puissent s'y ravitailler, et un autre à la station-service pour qu'ils puissent faire le plein sans être molestés.

C'était comme si le shérif avait décrété la loi martiale à

Corban, et l'idée traversa Maureen qu'il aurait pu faire tout ça sans l'aide de l'association.

Non, elle prenait ses désirs pour des réalités. Le shérif n'était qu'un pion. Il était le bras, l'association était le cerveau. Non, pas même le bras, ou du moins pas à lui seul. Elle se rappela en frissonnant les volontaires au torse nu, amputés d'une main ou d'une oreille, qui avaient flanqué une raclée aux Corbanais.

Même si Hitman assurait la sécurité des résidents de Bonita Vista à Corban, Barry n'était pas retourné à son bureau. Pas encore. La cabane avait sûrement été saccagée et Barry n'était pas prêt à constater les dégâts. Bert et ses copains de la cafétéria avaient été en première ligne lors du rassemblement et il n'aurait pas été prudent d'aller les provoquer. Barry se servirait pendant quelque temps de l'ordinateur de Maureen, puis il irait récupérer le sien et vider son bureau quand la colère des Corbanais serait un peu retombée.

Mike travaillait encore à l'agence de Cablevision et son ami Lou à la compagnie de téléphone, mais le climat était tendu, disaient-ils. Plusieurs autres résidents de Bonita Vista avaient un emploi en ville et Maureen se demandait comment cela se passait pour eux. Il y avait certainement eu plus d'une bagarre pendant les pauses ou à l'heure du déjeuner, et elle espérait que personne n'avait été gravement blessé.

Elle regarda par la fenêtre, vit des pins verts se détacher sur un ciel bleu clair.

Dieu, comme elle aurait voulu qu'ils n'aient jamais traversé l'Utah, qu'ils n'aient jamais trouvé cet endroit...

Elle sortit de son bureau et monta au premier où Barry, allongé sur le canapé, suivait un débat politique à la télévision. Sur la table basse, il avait posé le stylo avec lequel il devait prendre des notes pour un nouveau roman, près d'un carnet à spirale ouvert à une page vierge.

— On dirait que tu n'as pas beaucoup avancé, fit-elle remarquer.
— Mon cerveau est H.S.
— Moi aussi. Personne ne veut de mes services en ligne. Tu veux qu'on regarde ensemble BVTV ?
— Très drôle, grommela-t-il. Très drôle.

Ils se couchèrent tôt, épuisés, plus par le stress que par leur peu d'activités physiques de la journée.

Ils furent réveillés en pleine nuit par des bruits sourds et des grincements, comme si quelqu'un déplaçait les meubles. La porte de leur chambre était fermée, mais une bande de lumière jaune soulignait le bas du panneau de bois.

Il y avait quelqu'un en haut.

Maureen se redressa dans le lit, scruta le visage de Barry et y lut une expression reflétant ce qu'elle éprouvait.

— Qu'est-ce que tu crois qu'ils veulent ? murmura-t-elle.

Qui est-ce ? avait-elle failli demander, mais elle connaissait déjà la réponse à cette question et lui aussi. Ce n'étaient pas des cambrioleurs, et si Maureen ne connaissait pas l'identité exacte des individus qui fouillaient sa maison, elle savait qui les avait envoyés.

L'association des propriétaires.

— Je vais le savoir tout de suite, répondit Barry.

Il rejeta les couvertures, saisit son peignoir par le col en se levant et ouvrit la porte d'un geste rageur.

Maureen prit elle aussi sa robe de chambre, l'enfila sur sa chemise de nuit, suivit Barry dans le couloir éclairé et dans l'escalier menant à la salle de séjour.

Ils auraient dû se munir d'une arme, pensa-t-elle. Un objet lourd quelconque, au cas où ce serait vraiment un rôdeur. Mais son instinct ne l'avait pas trompée : l'homme qui se tenait au centre du living et leur souriait n'était manifeste-

ment pas un voleur. Il ressemblait plutôt à un agent de change.
— Désolé de vous déranger, leur lança-t-il d'un ton jovial. Nous avons pourtant essayé de ne pas faire de bruit...
Ils étaient cinq, tous en costume sombre, tous équipés d'une tablette et d'un stylo. Deux d'entre eux examinaient les titres des livres sur les rayonnages, les gravures accrochées aux murs de la salle de séjour. Les deux autres inspectaient les éléments de la cuisine et fouillaient dans les tiroirs.
— Qu'est-ce que vous foutez ? explosa Barry.
— Nous procédons à votre inspection des quatre mois.
— Comment êtes-vous entrés ? voulut savoir Maureen.
Elle se sentait vulnérable, violée, plus menacée qu'elle ne l'avait été de toute sa vie. En haut, un déclic familier lui apprit que quelqu'un venait d'ouvrir le réfrigérateur.
— L'association possède un passe pour toutes les serrures de Bonita Vista, répondit l'homme.
Il continuait à lui sourire et elle trouvait maintenant qu'il y avait quelque chose de pervers dans ce sourire. Il la lorgnait comme s'il pouvait voir à travers sa robe de chambre et elle baissa les yeux pour vérifier qu'aucune partie de son corps n'était exposée.
Barry s'avança à toucher l'homme.
— Qui êtes-vous ?
— Je m'appelle Bill, répondit-il, la main tendue.
D'une voix calme, et d'autant plus menaçante qu'elle était calme, Barry énonça :
— Foutez le camp de chez moi, Bill. Tout de suite.
L'homme sourit, hocha la tête.
— Je pense que nous en avons assez vu, monsieur Welch.
Il griffonna quelques mots sur la feuille fixée à sa tablette et annonça aux autres :
— On s'en va, les gars.
Trois types descendirent en écrivant eux aussi sur leur

tablette, défirent les formulaires et les tendirent à Bill. Ceux qui inspectaient les rayonnages firent de même.

Bill détacha la première feuille d'un geste théâtral et la remit à Barry. Maureen s'approcha pour lire par-dessus l'épaule de son mari.

— Cela se passe d'explication, dit Bill. Vous êtes priés de ranger hors de vue toutes les photos et souvenirs personnels. Cela comprend — mais pas exclusivement — les objets rapportés de vacances, les souvenirs familiaux, les babioles sans utilité.

Derrière lui, ses collègues sortaient un par un de la maison en silence.

— Vous devez avoir un minimum de trois murs nus dans chaque pièce, poursuivit-il, et le quatrième ne doit porter que des œuvres d'art approuvées par le Comité Décoration intérieure de l'association. Tous les murs doivent être blancs ou blanc cassé ; les draps, les taies d'oreiller et les dessus-de-lit doivent être unis, de préférence des couleurs terre. Mais comme je l'ai dit, cela se passe d'explications, répéta-t-il en souriant de nouveau.

Maureen comprenait à présent le manque de touches personnelles dans la maison de Liz, l'austérité générale des autres intérieurs de Bonita Vista qu'elle avait visités. Elle ne se rappelait pas avoir lu quoi que ce soit à ce sujet dans les E-C-R, mais elle ne doutait pas qu'elle trouverait l'article pertinent si elle le cherchait maintenant. Elle fixa le visage faussement amical du yuppie aux cheveux courts et sentit monter en elle une rage aussi forte que celle que devait éprouver Barry. Pas question de réaménager sa maison selon les diktats de l'association. Personne ne lui dirait comment elle devait décorer son intérieur, et elle voulait bien être pendue si un document impersonnel pondu par une bande de voisins fascisants réussissait à imposer des bornes délirantes à ses propres goûts.

Barry était exactement sur la même longueur d'onde.

— Qu'est-ce qui vous donne le droit de vous introduire chez moi, de fouiner dans ma vie privée et de me dire ce que je peux faire ou non dans ma propre maison ?

Il avait commencé sa phrase sur un ton normal mais se retrouva à crier à la fin de la question.

— Je suis le président du comité d'inspection, répliqua Bill en se dirigeant vers le vestibule. Bonne nuit.

Il ferma la porte derrière lui et ils entendirent le passe tourner dans la serrure.

Maureen se tourna vers Barry.

— On avait mis le verrou et la chaîne de sûreté, non ?

— Je pensais à la même chose.

— Comment ont-ils...

— Je ne sais pas.

Toutes les lumières de la maison étaient allumées : en bas, dans l'entrée, dans la salle de bains et dans le bureau de Maureen. L'idée que ces hommes avaient mis le nez dans ses affaires pendant qu'elle dormait la glaçait. Mais elle était encore plus furieuse qu'effrayée, et elle se rappela un film d'horreur que Barry l'avait forcée à regarder et dans lequel des parents piégeaient leur maison pour arrêter les assassins de leur fille. Elle aurait voulu pouvoir faire la même chose. L'image de Bill et de ses petits clones prétentieux embrochés sur un pieu de fabrication maison lui était vraiment agréable.

Elle téléphona à Liz le lendemain matin, dès qu'elle estima pouvoir décemment le faire.

Barry prenait sa douche et Maureen se servit une tasse de café en composant le numéro de son amie. La voix qui répondit avant la fin de la première sonnerie était méfiante et soupçonneuse.

— Oui ?

— Allô, Liz ? C'est moi, Maureen.
— Maureen, répéta la vieille femme d'un ton monocorde qui déclencha une sirène d'alarme dans la tête de sa jeune amie.
— Liz, ça va ?
— Très bien. Je vais très bien, assura-t-elle, sa voix comme désincarnée.
— Qu'est-ce qui s'est passé ? Qu'est-ce qu'ils ont fait ?
Pas de réponse.
Avant que son amie ne raccroche, Maureen expliqua à la hâte :
— Je t'appelle à cause de l'association. Des types sont venus chez nous pour... pour... pour une histoire de décoration. Nous nous sommes réveillés en pleine nuit et nous avons trouvé ces abrutis qui s'étaient introduits dans notre maison afin de... de «l'inspecter». Ils nous ont dit que nous devions nous débarrasser des photos de famille et des objets personnels...
— En pleine nuit ?
La voix de Liz révélait un premier signe d'émotion.
De peur.
— Oui, acquiesça Maureen.
— Ils viennent toujours la nuit, dit la veuve de Ray, retrouvant son ton éteint.
— Qu'est-ce qui t'est arrivé ? Non, j'ai compris, tu ne peux pas parler au téléphone. Je passe te...
— Non ! signifia la vieille femme d'une voix dure.
— Liz...
— Ne viens pas chez moi !
— Je sais que tu es...
— C'est dangereux.
La voix de la vieille femme fut remplacée par la tonalité. Elle avait raccroché et Maureen fixa un moment le téléphone sans savoir que faire. Si elle rappelait, Liz ne répon-

drait sans doute pas, et si elle répondait, elle serait en colère. Pas question de passer chez elle, elle le lui avait expressément défendu...
Tina.
Maureen composa le numéro.
Ce fut Mike qui répondit et elle demanda à parler à sa femme. Une minute plus tard, elle entendit la voix endormie de Tina :
— Allô ?
— C'est Maureen. Je te réveille ?
— Plus ou moins.
— Désolée, mais c'est urgent.
Maureen parla de ses visiteurs de la nuit et de la conversation téléphonique inquiétante avec Liz.
— Le plus important d'abord, dit-elle. Qu'est-ce qu'on fait pour Liz ?
— Qu'est-ce qu'on peut faire ? Souviens-toi de ce qui s'est passé la dernière fois. Nous avons essayé de l'aider mais elle n'a ouvert à personne. Je l'appellerai plus tard, j'irai la voir si elle m'y autorise, je préviendrai peut-être aussi Audrey et Moira, mais sincèrement, j'ai peur que nous nous retrouvions dans la même situation : nous ne pouvons rien faire, il va falloir qu'elle s'en sorte seule.
— Et si elle n'y arrive pas ?
Tina ne répondit pas.
— Bon, et pour ce qui s'est passé chez nous cette nuit ?
Tina soupira.
— Je me demandais quand ils vous tomberaient dessus.
— Tu étais au courant ? Pourquoi tu ne m'as rien dit ?
— J'ai pensé que vous passeriez peut-être au travers, qu'ils n'avaient pas vu votre intérieur ou qu'ils ne voulaient pas, pour une raison quelconque, vous contraindre à vous conformer au règlement. Je ne voulais pas vous alarmer

inutilement mais... je crois qu'au fond de moi, je savais que cela finirait par arriver.
— Tu aurais dû m'en parler, lui reprocha Maureen.
— Tu as raison, je suis navrée. Mais c'était agréable de voir à nouveau des photos de famille. Et plus d'un mur décoré. Et tous ces bibelots et antiquités que vous avez.
— Vous continuerez à les voir, assura Maureen. Nous ne changerons rien.
Après un silence, Tina répondit :
— Vous le ferez, pourtant.
— Et si nous ne le faisons pas ?
— Les amendes commenceront à pleuvoir, dit-elle, baissant la voix. Vous n'avez pas intérêt à entrer dans ce cercle vicieux, tu peux me croire.
— Alors, qu'est-ce qu'on peut faire ?
— Rien. Il faut se plier au système.
— Des inspections en pleine nuit ?
— Nous n'avons jamais été inspectés la nuit. Ils ont probablement voulu vous faire peur.
— C'est une application discriminatoire du règlement : ils nous traitent différemment des autres.
— Je ne sais pas si on peut dire ça, s'empressa d'objecter Tina. Nous, nous avons échappé aux inspections de nuit, mais je ne sais pas pour les autres.
— Tu serais prête à nous défendre ? A signer une déclaration disant que pour vous, les inspections ont été faites à des heures raisonnables ?
Tina battit de nouveau en retraite :
— Une déclaration ?... Il faudrait que j'en parle à Mike...
Manifestement, elle n'était pas prête à les aider, et si Tina n'avait pas le courage d'affronter l'association, personne d'autre ne l'aurait. La déception ne fit qu'accroître la colère de Maureen, qui raccrocha après un rapide au revoir.

Barry et elle se retrouvaient seuls face à l'association.
Tant pis, ils se passeraient des autres.

Quand Barry sortit de la douche, elle grignotait un toast froid en regardant les arbres par la fenêtre, assise à la table de la salle à manger.
— Tu as appelé Liz ? demanda-t-il.
— Et Tina.
Comme elle ne développait pas, il l'incita à poursuivre :
— Alors ?
Elle lui résuma les deux conversations : la terreur paranoïaque de Liz et le refus de Tina de les soutenir.
— Tu veux toujours retourner en Californie ?
— Sûrement pas, répondit-elle.
— A la bonne heure.
— On les emmerde, déclara-t-elle, ces mots lui faisant aussitôt du bien. On ne va nulle part. On reste ici assez longtemps pour pouvoir se torcher avec leur saloperie d'E-C-R.

37

Encore une amende.

Il n'en avait payé aucune, jusqu'à maintenant, mais il en arrivait chaque jour dans la boîte, signées par le trésorier de l'association, un nommé Thompson Hughes. Elles étaient toutes ridiculement élevées et, sans en avoir tenu le compte exact, Barry estimait que leur total devait atteindre les trois mille dollars. C'était absurde d'être pénalisé aussi lourdement pour des infractions mineures à un règlement insensé, et il conservait chacun des avis pour un futur procès.

Il posa le reste du courrier sur la table basse, déchira l'enveloppe non timbrée. Cette fois, on leur reprochait de ne pas avoir garé leurs deux véhicules tournés dans la même direction. Pour ce délit, l'association leur réclamait sept cent cinquante dollars.

— Sept cent cinquante, cette fois, marmonna-t-il.

Maureen leva les yeux de son livre.

— Pauvres types...

Avec l'amende, il y avait un formulaire, que Barry parcourut rapidement.

— Mon Dieu, gémit-il.

— Quoi encore ?

— Ça s'intitule « Infractions concernant les salles de bains et toilettes ».

— Fais voir.

— On surveille apparemment nos habitudes sanitaires, dit-il en lui tendant la feuille. Il semblerait que tu n'aies pas le bon nombre de tampons en réserve et que nous rejetions dix litres d'effluents de plus que la quantité autorisée pour deux personnes.

Maureen blêmit.

— Tu crois qu'ils ont installé une caméra dans la salle de bains ?

— C'est possible. Je vais recouvrir tous les murs et le plafond de papier mural, au cas où. Mais les réserves de tampons, ça ne se vérifie pas avec une caméra : quelqu'un est venu fouiner dans la salle de bains.

— Quand ? Nous ne sommes pas sortis...

— Pendant que nous dormions, répondit-il, cette pensée lui glaçant le sang.

Bill et ses inspecteurs, c'était une chose. Ils avaient certes violé leur vie privée mais ils ne s'en étaient pas cachés, ils avaient signalé leur présence. L'idée que des types puissent s'introduire chez eux la nuit, fouiner dans le noir, inspectent les affaires intimes de sa femme et Dieu sait quoi d'autre encore le révulsait. Qui étaient-ils ? Combien étaient-ils ? Son imagination de romancier lui fit voir Kenny et les plus défigurés des volontaires rampant ou boitant en silence d'une pièce à l'autre, tripotant ses préservatifs, reniflant les culottes sales de Maureen.

Le plus effrayant, c'est qu'il n'était probablement pas très loin de la vérité.

Il posa du papier dans la salle de bains en prenant soin de ne laisser aucune fente par laquelle une caméra miniature pourrait filmer. Il leur restait plusieurs rouleaux des travaux de rénovation initiaux et il envisagea même de tapisser toute la maison — ou du moins les pièces qu'ils avaient préféré peindre —, mais cela représentait un énorme travail et rien n'indiquait que d'autres pièces étaient sous surveillance. Ils devraient peut-être regarder BVTV plus souvent.

Comme il aurait dû s'y attendre, ils reçurent le lendemain une lettre les avisant qu'ils avaient procédé à des changements dans une pièce sans l'autorisation préalable du comité de décoration intérieure. Ils devraient s'acquitter d'une amende de huit cent vingt dollars *et* enlever le papier mural.

— Sûrement, tiens, grogna-t-il.

— Je me demande comment nos prédécesseurs ont survécu, dit Maureen. Cette maison ressemblait à une caverne quand nous l'avons achetée. Ils ont dû enfreindre au moins autant de règles sur la décoration intérieure que nous.

— Ils n'ont peut-être pas survécu.

Elle lui lança un regard interrogateur.

— Tu n'as pas remarqué que sur tous les papiers que nous avons signés, le vendeur était désigné par l'intitulé « trust Jordan et Sarah Gardner » ? Ça m'a frappé. J'ai supposé que les propriétaires étaient morts et que leurs héritiers vendaient la maison.

— Probablement pour payer les amendes.

Ils passèrent l'après-midi chez Mike et Tina. Liz continuait à se terrer chez elle, porte fermée et rideaux tirés. Ils étaient tous inquiets pour elle mais ne savaient pas comment l'aider. Maureen lui avait envoyé par la poste une longue lettre essayant de la raisonner, lui assurant qu'elle avait beaucoup d'amis et qu'elle ne devrait pas affronter seule la situation, quelle qu'elle soit, mais personne ne savait si Liz prenait encore son courrier dans la boîte aux lettres.

— Je peux vous dire une chose, fit Mike. Ce ne serait pas arrivé si Ray était encore là.

— Beaucoup de choses ne seraient pas arrivées si Ray était encore là, renchérit Barry.

Effectivement, la mort du vieil homme semblait avoir été le catalyseur d'une série d'événements. Il avait été une sorte de chef officieux de l'opposition, le seul résident possédant assez de poids et d'influence pour contrer l'association, et après sa disparition tout avait commencé à s'effondrer, comme un agencement de dominos.

Barry souhaitait retrouver le nom de tous ceux qui avaient été invités aux soirées des Dyson, toutes les relations de Ray hostiles à l'association.

— Nous pourrions lancer une pétition, suggéra-t-il. Obtenir la révocation du Bureau...

— Il n'y a pas de révocation possible, objecta Mike. Ce n'est pas dans les textes. En second lieu, l'assemblée annuelle aura lieu prochainement, pendant le week-end de Labor Day. C'est à ce moment-là qu'on élit les dirigeants, qu'on amende les E-C-R, etc. C'est là qu'on laisse les simples mortels que nous sommes voir l'homme caché derrière le rideau...

— Alors, ce serait l'occasion.

— Ouais.

— Si nous persuadons un nombre suffisant de membres de proposer et de soutenir diverses initiatives, nous pourrions introduire certaines réformes.

— En théorie.

— Tu penses que ce n'est pas possible ?

— Disons que j'ai déjà assisté à ces réunions, répondit Mike. Je sais comment elles se déroulent.

— C'est vrai que le scrutin permet uniquement d'approuver le Bureau sortant, qu'il ne laisse aucun autre choix ?

— Oh oui.

— Il faut aussi apporter sa déclaration d'impôts sur le revenu, ajouta Tina. Celle de l'année précédente.

Maureen fronça les sourcils.
— Pourquoi ?
— C'est obligatoire, dit Mike. Aussi dingue que ça puisse paraître, les tribunaux ont soutenu cette exigence. C'est parfaitement légal. Moi, j'aurais pensé que c'était une violation de la vie privée, mais une association de propriétaires peut exiger de ses membres une clarté totale sur leurs ressources financières. Et la nôtre le fait, tu t'en doutes.

Maureen se tourna vers Barry.
— C'est comme ça qu'ils ont appris la situation précaire des Davidson et qu'ils savaient qu'une augmentation des charges les forcerait à partir.
— Ouais, acquiesça Mike.
— A propos de Greg Davidson... commença Barry.
— Quoi ?
— A la soirée de Ray, il a dit qu'il vendait la maison et qu'il partait, que son frère lui avait trouvé du travail dans l'Arizona...
— Ouais.
— Eh bien, ils ne sont pas partis. J'ai vu Greg, c'est l'un des volontaires. Je ne sais pas ce que Wynona est devenue, mais Greg a participé à la construction de la piscine et il était à la grille, le soir du rassemblement.

Barry surprit le regard que Mike et Tina échangèrent mais ne put en deviner le sens et se demanda soudain s'il devait en dire plus. Il songea à Frank et Audrey — « Ouvre ma boîte » — se rendit compte qu'ils ne connaissaient pas tellement mieux Mike et Tina. Son instinct lui soufflait qu'on pouvait leur faire confiance et ils semblaient avoir les mêmes idées que lui, mais à Bonita Vista, comprit-il soudain, on ne pouvait jurer de rien.

Apparemment, Maureen avait ressenti la même chose :
— Vous ne voulez pas parler des volontaires...
— Ce n'est pas ça, intervint Tina. C'est juste que...

Elle se tourna vers son mari.

— Nous n'avons appris leur existence que récemment, expliqua Mike. Et vous avez raison : les gens n'en parlent pas. Tout le monde sait qu'ils sont là, qu'ils aident à nettoyer les routes après de gros orages, des choses de ce genre, mais les résidents préfèrent prétendre ne rien savoir à ce sujet.

Barry secoua la tête.

— Je ne comprends pas pourquoi vous...

— J'ai été volontaire moi-même pendant une semaine, avoua Mike.

Maureen et Barry n'auraient pas été plus sidérés s'il avait reconnu avoir assassiné sa première femme et fait la connaissance de Tina à sa sortie de prison.

— J'avais écopé d'une amende de trois cents dollars pour avoir violé l'article 8 en allant prendre le journal en robe de chambre. Les résidents ne sont pas censés se montrer hors de chez eux en peignoir. Nous aurions pu payer l'amende, mais notre frigo battait de l'aile, nous avions économisé de quoi en acheter un neuf et cela aurait reporté l'achat d'un mois. J'avais appris par le téléphone arabe qu'on pouvait se porter volontaire et s'acquitter de l'amende en travaillant au lieu de la payer. J'ai pris contact avec le Bureau et ils ont accepté. On m'a envoyé ramasser les saletés sur les routes et dans les fossés pendant une semaine.

— C'est tout ? demanda Barry.

— Pas exactement. Le samedi, le dernier jour, on m'a demandé de participer au débroussaillage des sentiers et je me suis aperçu qu'il y avait... plusieurs sortes de volontaires. Des gens comme moi assignés à des tâches spécifiques pendant un certain temps, et d'autres qui ne travaillaient pas pour régler une amende. Ils étaient simplement volontaires et ils choisissaient parmi ce qu'il y avait à faire. Et puis il y avait les travailleurs sous contrat, ceux qui ont perdu leur maison mais qui ont tellement de dettes que la vente de leur propriété n'a pas suffi à les couvrir. Je suis sûr que Greg Davidson en fait partie. En signant le contrat, ils ont renoncé à leurs droits et ils resteront à l'entière disposition de l'association jusqu'à ce que leurs dettes soient réglées. Il paraît qu'ils vivent tous ensemble dans un dortoir, je ne sais où. Je n'ai jamais demandé.

Barry attendait la suite, mais Mike avait apparemment terminé.

— C'est tout ? répéta-t-il. Il y a autre chose. Tu étais à la grille, l'autre soir, tu les as vus. Ils se conduisaient comme des robots. Ils avaient l'air drogués, hypnotisés ou je ne sais quoi.

— Non, je ne crois pas, répondit Mike. Il n'y a ni drogue ni lavage de cerveau, ils peuvent partir quand ils veulent, avec toutefois la certitude qu'on leur fera un procès. Mais ils sont tellement liés à l'association qu'ils restent. Et ils sont prêts à faire n'importe quoi pour elle. N'importe quoi, répéta Mike en coulant de nouveau un regard à Tina.

Maureen se tourna vers Barry.

— Mais ils sont tous plus ou moins estropiés, fit-elle remarquer. Il leur manque une oreille, un doigt, une main...

— Se porter volontaire n'est pas la seule façon de rembourser ses dettes, marmonna Tina entre ses dents.

Son mari et elle n'entendaient pas aller plus loin dans leurs explications, et Barry ne chercha pas à leur soutirer d'autres détails. S'ils restaient évasifs, c'était par peur, et il comprenait leur appréhension. Mike, en particulier, était sur la corde raide. Il était employé par une société nationale mais travaillait à l'agence de Corban, et s'il n'était pas d'accord avec l'association, elle le laissait à peu près tranquille. Il n'était pas dans son intérêt de jouer les trublions.

Après quelques propos anodins qui permirent à tous de décompresser, Barry et Maureen prirent congé en s'engageant vaguement à jouer au tennis avec les Stewart le week-end suivant.

Quand ils rentrèrent chez eux, le jardin de Maureen n'existait plus.

Ils n'avaient été absents que quelques heures, mais pendant ce temps quelqu'un — les volontaires ? — avait non seulement arraché les buissons, les plantes grimpantes, les fleurs et les légumes que Maureen avait plantés mais mis à leur place des dizaines de manzanitas morts ou agonisants.

— Qu'est-ce qu'ils ont fait ? s'exclama-t-elle.

Côté nord, le jardin ressemblait à une parodie cruelle de ce qu'il était quand ils avaient acheté la maison, comme si une maladie s'était abattue sur les arbustes locaux et en avait tué la plupart, ne laissant derrière elle que quelques spécimens affaiblis.

— Devine, fit Barry en pointant l'index vers la porte-moustiquaire.

Une feuille de papier rose.

— Oh non !

Maureen arriva la première à la porte, détacha le formulaire que Barry lut par-dessus son épaule. Ils étaient mis à l'amende pour non-respect du règlement et devraient en outre payer la main-d'œuvre et les plantes fournies par l'entreprise de jardinage qui avait remplacé la végétation offensante par des espèces locales acceptables.

— « Des espèces locales acceptables » ? fulmina-t-elle. Ils ont enfoncé des brindilles mortes dans le sol !

— Ne t'en fais pas. Nous ne paierons pas.

— Là n'est pas la question. Ils ont anéanti mon jardin. Mes tomates étaient presque mûres et j'avais des courgettes bonnes à cueillir…

— Je me demande s'il existe une sorte de bureau des réclamations, un endroit où nous pourrions porter plainte contre de tels actes.

— Ça m'étonnerait.
— Il faut que leurs responsabilités soient établies. Après la mort de Barney, on nous avait clairement dit que nous avions le droit d'avoir un jardin et de le paysager à notre goût.
— Ce n'est pas tout. Regarde.

Maureen indiquait une ligne précisant que toutes fleurs et plantes devaient disparaître de l'intérieur de la maison dans les quarante-huit heures, sous peine d'autres amendes dont le montant n'était pas spécifié.

Ils décidèrent d'un commun accord que leurs plantes ne bougeraient pas. Depuis l'inspection, ils plaçaient des chaises inclinées sous les boutons de porte pour empêcher toute intrusion, mais comme Bill et ses copains avaient trouvé le moyen de défaire une chaîne de sûreté et un verrou, cette précaution supplémentaire n'aurait sans doute pas beaucoup d'efficacité. Barry se promit également de coller du ruban adhésif sur les encadrements de porte. Au moins, ils sauraient si quelqu'un avait pénétré chez eux pendant leur sommeil.

Maureen partit faire le tour de ce qui avait été son jardin pour voir si l'une de ses plantes avait été épargnée, pendant que Barry entrait dans la maison. Il avait une idée. Etant à peu près certain que sa femme ne l'approuverait pas, il attendit qu'elle rentre pour lui annoncer qu'il allait lui-même faire le tour de leur propriété.

— L'assurance couvrira peut-être les dégâts. Alors, en même temps, je prendrai des photos pour constituer un dossier. On verra bien s'il en sort quelque chose.

Il n'avait l'intention ni de prendre des photos ni de constituer un dossier et avait en fait des plans plus immédiats. Sous la terrasse d'en bas, là où il rangeait leurs outils de jardinage et les matériaux de rénovation non utilisés, il trouva ce qu'il cherchait : une grande caisse en carton. A l'aide d'un sécateur, il en découpa grossièrement un côté puis la posa par terre et y peignit un bref message. Il n'avait que de la peinture blanche mais, sur le fond marron du carton, les lettres se détachaient nettement.

Barry plaça sa pancarte au pied d'un chêne nain, la cala avec une grosse pierre et sortit s'assurer que le message était bien visible de la rue :

Aux chiottes
l'association des propriétaires !

C'était parfaitement lisible et il eut un grand sourire. Ça leur montrerait, à ces blaireaux. Il écoperait encore d'une amende, mais au moins ils sauraient qu'il était prêt à rendre public son désaccord.

Et l'amende irait rejoindre les autres au fond d'un tiroir.

Toujours souriant, il retourna dans la maison chercher l'appareil photo. Il prit des photos du jardin saccagé sous divers angles et, pour s'amuser, photographia aussi la pancarte.

Il se sentit ragaillardi pendant une dizaine de minutes puis se mit à penser au temps qu'il venait de gaspiller, aux heures passées à se morfondre et à riposter, des heures qui auraient pu être consacrées à des choses plus utiles, et tout à coup son moral retomba. Ses pensées se tournèrent vers les effrayants vieillards du Bureau et la vanité qu'il y avait à se battre contre un pouvoir aussi institutionnalisé.

Allongée sur le canapé, Maureen regardait la chaîne Home and Garden en songeant tristement à la perte de ses plantes. Elle aussi semblait abattue.

Est-ce que tout cela en valait vraiment la peine ?

Elle se redressa, utilisa la télécommande pour faire taire le poste et murmura :

— Nous devrions peut-être partir.

Barry ne répondit pas.

— Nous ne perdrions pas la face, continua-t-elle. Nous n'avons pas cédé, nous ne nous sommes pas effondrés, nous sommes restés. Nous nous sommes battus. Maintenant, vendons la maison et quittons cet enfer. S'il te plaît, dit-elle avec un tremblement dans la voix.

Il hocha la tête avec lassitude.

— D'accord.

— Dieu soit loué, soupira Maureen. Dieu soit loué !

Et il s'aperçut qu'il éprouvait la même chose qu'elle : un immense soulagement.

C'est terminé, pensa-t-il. C'est enfin terminé.

38

Assis dans le bureau de Doris, occupée au téléphone, Barry pouvait presque sentir, dans son dos, les regards hostiles des deux employés de l'agence immobilière.
Il était à peu près sûr de les avoir vus, l'obèse et la maigrichonne, au rassemblement.
Doris raccrocha, le gratifia d'un sourire étincelant.
— Désolée. Qu'est-ce que je peux faire pour vous ?
— Eh bien...
— Ce n'est pas Bert, j'espère ? Il ne vous cause pas de problèmes ?
— Je... nous voulons vendre la maison.
— Oh ! Allons dans la salle de réunion.
Elle se leva, fit passer Barry dans l'autre moitié de la caravane, ferma la porte derrière elle et tira vers eux les deux chaises voisines.
— Asseyez-vous.
Barry s'exécuta en faisant remarquer :
— Vos employés n'ont pas l'air ravis de me voir.
— Ne vous tracassez pas pour ça. Ils font ce que je leur dis de faire et ils pensent ce que je leur dis de penser, sinon je les vire.
— Je comprends leurs sentiments. J'y ai été confronté, ces

derniers temps. Nous ne sommes pas particulièrement appréciés à Corban, en ce moment.

— Je me fiche de ce que les autres pensent, déclara Doris. Moi, je comprends Bonita Vista. J'y ai vendu assez de maisons pour ça.

Elle sourit de nouveau, se pencha et tapota la cuisse de Barry, mais sa main s'attarda un peu trop et quand elle la retira, ses doigts effleurèrent l'entrejambe de Barry.

Pour éviter de croiser ses yeux, il regarda par la petite fenêtre. Il savait qu'elle le draguait mais il ne voulait pas l'encourager et il chercha un moyen de lui faire comprendre que ça ne l'intéressait pas.

— J'ai découvert que les résidents de Bonita Vista sont *très* gentils, roucoula-t-elle d'une manière qu'elle pensait probablement sexy mais qui n'était que vulgaire et embarrassante.

Il se tourna de nouveau vers Doris, sa coiffure en choucroute, ses vêtements criards et ses bijoux tape-à-l'œil, et ne se sentit absolument pas tenté. Sa sympathie pour Bonita Vista la rendait encore moins attirante à ses yeux, et il se demanda si tous ceux qui avaient affaire à la résidence étaient automatiquement corrompus. Le shérif. Doris. Il avait l'impression que toute personne qui entrait en contact avec Bonita Vista et l'association subissait... leur influence.

Il avait lu et écrit trop de romans d'épouvante.

Non. Il y avait autre chose.

— Où habitez-vous ? s'enquit-il.

Elle se pencha de nouveau vers lui, l'enveloppant d'un nuage de parfum trop fort.

— Barr's Ranch Road, répondit-elle sur le ton de la confidence. Mais je suis propriétaire d'une parcelle à Bonita Vista et j'y ferai construire une maison dans quelques années.

— Eh bien, nous, nous voulons vendre la nôtre.

— Désolée de l'apprendre. Vraiment. Corban se trouve

dans la plus belle région de l'Etat. Nous avons quatre vraies saisons...

— Je sais. Plus la peine de me faire l'article, ça fait cinq mois que nous vivons ici. C'est un endroit magnifique. Mais nous ne supportons pas l'antagonisme entre la résidence et la ville, et pour parler franchement, nous avons eu quelques problèmes avec l'association des propriétaires.

— Je comprends, dit-elle en lui touchant de nouveau la cuisse. Vous aviez un crédit de trente ans, c'est ça ? Je vais chercher votre dossier, je reviens tout de suite.

Il se sentit soulagé d'être débarrassé de sa présence, ne fût-ce qu'un instant, prit une profonde inspiration et éloigna de lui la chaise qu'elle venait de libérer pour se laisser un peu plus d'espace. Malheureusement, il n'y avait pas d'autre agence immobilière à Corban, il était forcé de passer par Doris.

Elle revint avec un dossier marron et, avant de s'asseoir, rapprocha sa chaise de celle de Barry pour qu'ils soient de nouveau l'un près de l'autre.

— Vous avez une idée du prix que nous pourrions la vendre ? demanda-t-il. Nous sommes prêts à la laisser partir au prix que nous avons payé, mais bien sûr, si nous pouvions faire un bénéfice, ce serait encore mieux.

— Désolée, vous ne pouvez pas vendre votre maison.

— Pardon ?

— Votre association de propriétaires a invoqué une clause qui lui permet de geler vos avoirs — en l'occurrence votre maison et le terrain — en cas de désaccord ou de litige. Apparemment, vous avez refusé de vous acquitter d'amendes et de charges que vous devrez régler...

— Elle ne peut pas faire ça !

— Elle l'a fait. J'ai là une note jointe à votre dossier.

— Et si je vends quand même ?

— Vous ne pouvez pas, pauvre chéri, fit-elle en riant. C'est dans l'accord que vous avez signé.
— Quel accord ?
— L'accord avec votre association de propriétaires. Attendez, je l'ai là...
Elle fouilla dans le dossier, lui tendit une feuille couverte de petits caractères. Perdu au milieu des documents qu'ils avaient signés lors de l'achat de la maison, il s'agissait d'un engagement à respecter tous les règlements, clauses, conditions et restrictions de l'association des propriétaires de Bonita Vista. Barry lut attentivement le jargon légal soigneusement rédigé : ils avaient effectivement cédé à l'association des droits et des pouvoirs qu'aucune personne sensée n'accorderait jamais à qui que ce soit. Comment Maureen et lui avaient-ils pu signer une chose pareille ? Il ne se souvenait pas de ce texte et il ne pouvait s'imaginer apposant sa signature au bas d'un accord sans l'avoir lu, et cependant elle était bien là, noir sur blanc.
— Je vais vous en faire une photocopie, dit Doris.
Il hocha la tête, l'air plus calme qu'il ne l'était en réalité.

Cinq minutes plus tard, il se retrouva dehors, photocopie à la main, clignant des yeux au soleil brûlant du mois d'août. Il était pris au piège, il n'y avait aucune issue. Ils étaient condamnés à rester à Bonita Vista s'ils ne capitulaient pas et ne rassemblaient pas l'argent pour régler les amendes de l'association. Il monta dans sa voiture et retourna à la résidence, empli d'une morne résignation.

A la grille, le garde le salua avec un petit sourire narquois, comme s'il savait ce qui venait de se passer.

Barry gara la Suburban dans son allée, demeura un moment derrière le volant. Il faudrait peut-être se résoudre à payer. Une telle perspective lui aurait paru inconcevable une heure plus tôt, mais les questions de principe ne lui semblaient plus aussi importantes. S'ils réglaient les amendes et vendaient la maison avec un bénéfice, ils sortiraient peut-être de ce pétrin sans y laisser trop de plumes.

Barry défit sa ceinture de sécurité, sortit de sa voiture et alla voir s'il y avait du courrier. En plus des factures et d'une lettre d'information adressée aux amateurs de romans d'épouvante, il trouva dans la boîte un formulaire de l'association leur enjoignant de remplacer toutes les manzanitas mortes de leur jardin sous peine de se voir infliger une amende de cinq cents dollars par jour.

Quelque chose céda en lui.

— Merde! cria-t-il. Merde! Merde!

Il déchira la feuille en mille morceaux. C'étaient *eux* qui avaient planté ces manzanitas mortes! Eux qui avaient remplacé les fleurs de Maureen par des arbustes malades, et ils se servaient maintenant de ce prétexte pour lui imposer de nouvelles amendes tout aussi injustifiées que les précédentes?

— Merde!

— Barry?

Il avait dû crier plus fort qu'il ne le pensait, car Maureen le regardait avec inquiétude des marches du perron.

— Ils nous collent une amende pour leurs manzanitas de merde, maintenant! Ces ordures arrachent nos fleurs et nous le font payer, ils les remplacent par des plantes mortes et nous le font payer, et maintenant ils nous menacent d'une amende de cinq cents dollars par jour!...

Elle s'approcha, lui prit les mains.

— Ne t'en fais pas. Nous partons, nous ne sommes plus obligés de subir cette folie...

— Non, justement.

— Non quoi?

— Nous ne partons pas. Doris dit que l'association a une sorte de droit sur notre maison. Nous ne pouvons ni la

vendre ni la louer ni en faire quoi que ce soit avant d'avoir réglé ce que nous sommes censés devoir à l'association.
Maureen pâlit.
— Tu plaisantes ?
— Non. Nous sommes coincés ici jusqu'à ce que nous ayons payé les amendes. A moins que nous ne fassions une croix sur cette maison et que nous décampions en laissant les amendes s'accumuler.
— Nous n'avons pas les moyens de payer, répondit Maureen. Enfin, nous pourrions — tout juste —, mais ce serait financièrement irresponsable et autodestructeur.
C'était la comptable qui parlait.
— Je ne leur donnerai pas un sou, déclara Barry.
— Je sais ce que tu ressens...
— Pas un sou ! répéta-t-il en hurlant, au cas où quelqu'un les écouterait. Je ne laisserai pas ces fumiers nous arnaquer ainsi !
— Alors qu'est-ce que nous allons faire ?
— Rien. Nous restons ici et nous ne payons pas un sou. Que les amendes s'accumulent ! On s'en fout !
— Et s'ils essaient de se faire payer ? fit Maureen, baissant le ton. S'ils envoient des volontaires ?
— Envoyez-les ! beugla Barry du plus fort qu'il put. Vous m'entendez, bande de salauds ? Envoyez-les !

Le lendemain matin, les manzanitas avaient disparu, remplacées par un assortiment de buissons épineux. Une note les avisait que l'état de leur jardin était inacceptable ; les avertissements n'ayant pas été écoutés, l'association avait pris sur elle d'intervenir. Une facture pour les plantes et la main-d'œuvre leur serait adressée dans les quarante-huit heures.

La colère de Barry avait fait place à un sentiment familier d'impuissance. Il oscillait trop souvent entre ces deux états, dernièrement, et ne se l'expliquait pas. Etait-ce l'influence de Bonita Vista? Il ne pouvait écarter cette possibilité. Il se rappela une théorie qu'il avait lue autrefois sur les Superstition Mountains, en Arizona. Des prospecteurs en quête de la Mine du Hollandais sombraient régulièrement dans la folie en cherchant cette mine mythique. Selon cette théorie, les montagnes étaient magnétiques et affectaient le cerveau de tous ceux qui restaient trop longtemps dans leur voisinage. C'était peut-être ce qui se passait à Bonita Vista.

Les jours s'écoulaient et Barry avait le sentiment que sa femme et lui étaient non seulement assiégés mais isolés, complètement seuls. Les voisins leur faisaient signe de la main dans la rue; Mike et Tina étaient venus leur apporter une liste de tous les résidents hostiles à l'association dont ils se souvenaient et étaient restés dîner; Barry et Maureen avaient disputé une partie de tennis avec un autre couple rencontré sur les courts. Mais tout cela sonnait faux. Maureen et lui arboraient en public des masques qui cachaient leurs véritables sentiments et il soupçonnait tous les autres de faire la même chose.

Maureen au moins demeurait occupée, grâce à ses clients de Californie, mais lui-même était complètement perdu. Malgré des efforts de pure forme, il ne s'était toujours pas remis à écrire. Pas même une nouvelle. Chaque fois qu'il sortait son stylo et son carnet, la page restait blanche.

Une semaine après sa visite à l'agence immobilière, ils déjeunaient sur la terrasse quand les peintres apparurent. Barry supposa d'abord que c'était encore une équipe d'inspecteurs venus fouiner dans leur jardin et prétendit ignorer leur présence comme il ignorait le flot incessant d'avis et d'amendes. Mais lorsque les quatre hommes déroulèrent une longue bâche en plastique dans l'allée, mirent en marche le compresseur installé à l'arrière de leur camionnette et s'attaquèrent à la façade de la maison avec leurs pistolets, il laissa tomber son sandwich et s'écria :

— Ça suffit !

Il ouvrit la porte coulissante, descendit et sortit dans le jardin.

— Qu'est-ce que vous faites ? C'est ma maison !

Les trois hommes en train de peindre en marron la partie sans fenêtre du mur de devant ne lui prêtèrent aucune attention mais le quatrième, un chauve plus âgé qui protégeait le contour des fenêtres avec du papier-cache, se tourna vers lui quand il approcha.

— On a été engagés pour repeindre cette résidence, dit-il. J'ai l'autorisation de travaux dans mon bahut. Vous voulez la voir ?

— Je me fous de votre autorisation ! rétorqua Barry. C'est ma maison et je ne veux pas qu'on la repeigne ! Vous arrêtez tout de suite.

— Je peux pas, mon pote, répondit l'homme en continuant à poser son ruban adhésif. Moi, j'ai été engagé par votre association de propriétaires. Si ça pose un problème, vous voyez avec eux. Mais si j'ai bien compris, vous avez refusé de vous plier au règlement et de changer de couleur quand ils vous l'ont demandé, alors ils nous ont appelés...

— Qu'est-ce que c'est que cette salade ?

— Désolé, mais je vous l'ai dit, c'est avec eux qu'il faut voir. C'est eux qui paient.

Adressant à Barry un regard compatissant, il ajouta :

— C'est bien pour ça que je voudrais jamais vivre dans une résidence où y a une association de propriétaires.

Qui étaient ces types ? Venaient-ils de Corban ? Probablement. Après l'épisode de la cafétéria, et surtout après le rassemblement, il présumait que tous les Corbanais avaient des sentiments hostiles à l'égard de Bonita Vista, mais il

devait y avoir toute une catégorie de gens, tels ces peintres, dont les moyens de subsistance dépendaient de la résidence. L'économie faisait d'étranges compagnons de lit.
Il pensa de nouveau que Bonita Vista corrompait d'une manière ou d'une autre tous ceux qu'elle touchait.

Ils dormirent cette nuit-là toutes fenêtres fermées, mais la maison sentait quand même la peinture.

Le lendemain, ils reçurent de l'association une demande de remboursement pour les travaux des peintres : cinq mille dollars.

De la terrasse, il contemplait, vaguement éméché, le coucher de soleil quand Maureen fit coulisser la porte en silence et s'assit à côté de lui. Elle tenait à la main une liasse de formulaires de l'association et une suite de chiffres imprimée par son ordinateur.
— J'ai fait le compte de nos dettes...
— Et ?
— Elles s'élèvent à presque cent mille dollars.
Il faillit recracher sa bière.
— Quoi ?
— Je sais. Moi non plus je n'y croyais pas. Mais il y a plus de vingt-cinq mille pour les aménagements paysagers initiaux...
— Vingt-cinq mille !
— Laisse-moi finir.
Elle énuméra une série de services surfacturés et d'amendes exorbitantes.
— On ne paiera rien, décida-t-il.
— Ils nous prendront la maison.
— On va finir par leur devoir plus que ce qu'elle vaut !
Maureen écarquilla les yeux.
— Mais oui, c'est exactement ce qu'ils cherchent, fit-elle

d'un ton étonné. Nous mettre à sec et nous piquer la maison. Bon Dieu, comment n'ai-je pas compris ça plus tôt ?
Elle regarda Barry et poursuivit :
— Les amendes ? O.K., elles seraient réglées sur la valeur de la maison. Mais les travaux ? Les peintres, les jardiniers, les matériaux et la main-d'œuvre ? Il faut les payer. Tu crois vraiment que l'association nous laisserait leur coller ces dettes sur le dos ? Sûrement pas. Ils nous traîneront en justice et nous perdrons parce que les travaux ont été effectués.
Elle prit une inspiration et conclut :
— Ils vont nous ruiner.
— J'aurais dû écouter Greg Davidson, soupira Barry. Hé, je pourrais me porter volontaire pour éponger nos dettes.
— Ne plaisante pas avec ça, répartit Maureen d'un ton froid.
Elle avait raison, ce n'était pas drôle. Il aurait voulu avoir autre chose à dire, il aurait voulu avoir un plan pour les tirer de cette situation, mais ce n'était pas le cas et il continua à siroter sa bière en silence devant le coucher de soleil.

39

Elle n'en pouvait plus.

Liz fixa un long moment le téléphone qu'elle tenait dans sa main puis respira profondément et composa le numéro de Jasper Calhoun.

Un frisson la parcourut quand le vieil homme répondit :
— Bonsoir, Elizabeth.

Comment savait-il que c'était elle ? Système d'identification du correspondant, se dit-elle. Beaucoup de gens en étaient équipés, maintenant. Il n'y avait là rien d'inhabituel ou de mystérieux. Pourtant, quand elle songea au visage bizarre de Calhoun, à son teint artificiel, elle se sentit plus glacée encore.

— Que puis-je faire pour vous ? s'enquit-il.

Même après tout ce qui s'était passé, elle avait encore trop de fierté pour le supplier. Elle refusait de lui donner cette satisfaction. Ils avaient réussi à la briser, cependant. Malgré ses propos déterminés et ses fermes intentions, elle n'avait pas tenu sous leurs attaques répétées. Maureen, Tina, Audrey et Moira avaient beau prétendre qu'elles la soutenaient, elles n'étaient pas auprès d'elle la nuit.

Elles n'étaient pas dans la maison quand les choses étranges arrivaient.

La nuit dernière avait été la goutte qui avait fait déborder le vase.

Liz avait entendu des voix l'appeler de l'extérieur, elle avait vu des lumières briller de l'autre côté des fenêtres à travers les doubles rideaux et elle avait allumé le poste de télévision pour oublier sa peur. Ce qui était apparu sur l'écran l'avait fait s'effondrer sur le canapé, le souffle coupé. Sur BVTV, au vu de tous, la mort de Ray.

C'était une reconstitution, elle le savait, mais bon sang, l'homme ressemblait beaucoup à son mari et elle l'avait observé attentivement tandis qu'il glissait dans la douche et se cognait le crâne à la porcelaine. Il était resté un moment étendu, la tête saignante, puis s'était levé, était sorti en titubant de la salle de bains, était allé dans la cuisine où il avait tenté de décrocher le téléphone. Le film suivait point par point la version des événements donnée par l'association, l'histoire qu'elle avait voulu faire croire à tout le monde et à laquelle Liz, bien qu'elle la sût fallacieuse, avait voulu croire elle aussi.

Elle *pouvait* y croire.

Il fallait arrêter tout cela.

L'homme qui incarnait Ray s'était avancé en vacillant sur la terrasse, il avait basculé par-dessus la balustrade et était tombé sur le sol dur, en contrebas. Sa tête déjà sanguinolente avait heurté une pierre aux arêtes irrégulières. Suivit une scène d'intérieur dans laquelle Liz s'était vue — c'était bien elle, pas une actrice — sanglotant sur le canapé.

Incapable de supporter cette torture, elle avait poussé un cri angoissé. Aussitôt l'enregistrement avait fait place au direct et l'écran, tel un miroir, lui avait renvoyé son image en train de pleurer.

Elle avait éteint le poste, s'était réfugiée dans la chambre, écroulée sur le lit, cachée sous les couvertures. Il y avait peut-être aussi une caméra dans cette pièce, mais elle ne pourrait pas la filmer.

Submergée par un désespoir et un sentiment de perte sans fond, elle avait repassé dans son esprit les scènes qu'elle venait de voir sur le poste. La reconstitution de la mort de Ray avait manifestement été filmée chez elle et Liz s'était demandé où et quand. Elle ne s'était absentée que brièvement depuis l'enterrement, il était impossible qu'on ait tourné des scènes aussi élaborées dans des laps de temps aussi courts.

La nuit, avait-elle pensé. Ils ont filmé la nuit. C'était cela, les bruits qu'elle avait entendus.

Mais le tournage n'expliquait qu'une partie des bruits. Que se passait-il d'autre? Que faisaient-ils d'autre chez elle?

Elle s'était sentie plus vulnérable que jamais. Avoir la confirmation de ses soupçons, savoir avec certitude qu'on avait pénétré chez elle l'emplissait d'un sentiment d'impuissance. Combien de temps supporterait-elle encore ce harcèlement?

C'est ainsi qu'elle avait décidé de faire un pas vers l'association.

— Elizabeth? fit Calhoun.
— Je veux parler.
— Je savais que vous y viendriez, gloussa le président.
— Je ne veux pas faire partie du Bureau, je veux juste...
— Parler. Je sais. Pourquoi ne venez-vous pas m'ouvrir? Nous verrons ensemble comment régler au mieux cette situation.

Lui ouvrir? Liz sortit de la cuisine et s'avança dans l'entrée, regarda par l'œilleton. Calhoun était de l'autre côté de la porte, il lui parlait avec son téléphone portable.

Ne le laisse pas entrer, murmura une voix en elle, qui avait la douceur des accents de Ray.

Mais elle n'en pouvait plus. Elle n'était pas aussi forte que son mari l'avait été.

Ne le...

Elle prit une inspiration, défit le verrou et ouvrit la porte.

Le président entra, souriant, et Liz frémit quand il lui toucha l'épaule.

— Ça va aller, maintenant, assura-t-il. Tout ira bien.

40

— Je suppose que nous n'avons pas été invités.
Barry et Maureen regardaient par la fenêtre ouverte de la chambre d'amis. Un vent frais annonçant l'automne leur apportait les bruits de la fête. Parmi les arbres, les lumières de la maison commune dessinaient un dôme brillant dans le ciel de cette nuit sans lune.
Par les tracts distribués dans les boîtes quelques jours plus tôt, ils savaient que la maison serait inaugurée cette semaine, mais la date n'était pas précisée et ils n'avaient pas reçu d'invitation.
D'autres si, manifestement.
Barry passa à la fenêtre est et vit plus de points lumineux que d'habitude scintillant entre les branches des pins : des résidents avaient laissé la lumière de leur véranda allumée avant de partir pour la fête.
— On dirait que presque tout le monde y est.
— Tu ne peux pas le savoir en regardant par la fenêtre, objecta Maureen.
— Appelle ça une intuition, alors.
— Je doute que Liz y soit allée.
— Ça me remonte drôlement le moral, grogna-t-il.
— Arrête. Tu crois vraiment qu'ils vont tous devenir des

partisans enragés de l'association uniquement parce qu'ils assistent à une soirée ? La plupart n'y vont que pour le buffet gratuit.

— Peut-être.

— Qu'est-ce que tu veux dire ?

Il se tourna vers elle, ne vit qu'une version impressionniste de ses traits dans la pénombre.

— Tu sais très bien ce que je veux dire. Elle obtient ce qu'elle veut, l'association. Je ne sais pas si c'est... de la magie ou... Je ne sais pas ce que c'est. Mais ces gens sont de son côté ! Le shérif, et tous ceux qui ont participé à la contre-manifestation ! Nous, nous y étions contraints, mais la plupart de nos chers voisins y sont venus de leur plein gré en brandissant joyeusement leurs armes, impatients d'en découdre...

— Alors, heureusement qu'ils nous ont mis en quarantaine. Ils nous auraient convertis, nous aussi.

— Non, impossible, déclara Barry d'un ton ferme.

— C'est valable aussi pour d'autres. Mike et Tina. Quelques-uns de ceux que nous avons rencontrés chez Ray.

Il se rappela la soirée où Greg Davidson avait annoncé son intention de quitter Bonita Vista et où tous les invités s'étaient rassemblés autour de lui pour échanger des anecdotes contre l'association.

— Peut-être, dit-il. Espérons-le.

Il retourna près de sa femme et, côte à côte, ils scrutèrent l'obscurité en écoutant les bruits de la fête.

— Labor Day n'est plus que dans une semaine, murmura-t-elle.

— Je sais.

— Nous irons à l'assemblée ?

— Bien sûr. C'est notre seule chance de tout faire éclater en public. Selon le règlement, chaque propriétaire dispose de trois minutes pour dire ce qu'il veut. Je vais préparer une intervention, proposer des amendements, et quand j'aurai terminé, nous verrons au moins la position de chacun. Je vais les mettre à l'épreuve et on saura qui est avec moi ou contre moi.

— Et moi ?

— Contre nous, corrigea Barry.

— Non, je veux dire, je prendrai aussi la parole, moi ?

— Tu en as envie ? s'étonna-t-il.

— Non. Mais c'est trois minutes pour toi et trois minutes pour moi ou trois minutes en tout ? Si je parle aussi, je prendrai le relais là où tu te seras arrêté, cela doublera notre temps de parole.

— C'est trois minutes par parcelle.

— Alors, la tribune est tout à toi.

— Il faut que je chronomètre mon intervention, que j'essaie d'y fourrer le plus d'arguments possible. L'assemblée annuelle est la seule occasion où ils observent un semblant de démocratie. C'est notre seule chance, il ne faut pas la gâcher.

Une fusée explosa au-dessus de la maison commune, projetant des étincelles mauves sur les arbres. Des acclamations s'élevèrent.

— Qu'est-ce qui se passera, d'après toi ? demanda Maureen.

— Je ne sais pas, répondit-il après un silence. Je ne sais vraiment pas.

Les peintres revinrent le lendemain matin et, cette fois, Barry et Maureen étaient dans leur allée avant que les quatre hommes aient eu le temps de descendre de leur camionnette.

— Qu'est-ce que vous faites encore ici ? leur lança-t-elle quand ils sortirent de la cabine.

Sans même la regarder, ils firent le tour du véhicule.

— Vous avez repeint la maison il n'y a pas une semaine.

Les trois plus jeunes entreprirent d'étendre leur bâche et Barry s'approcha de leur chef.
— Laissez-moi deviner. Cette couleur n'est plus conforme, ils en veulent une autre.

L'homme prit un rouleau de papier-cache à l'arrière de la camionnette et lâcha :
— Ouais.
— Vous avez déjà fait ça ? Peindre et repeindre la même maison jusqu'à ce que les propriétaires n'aient plus un sou ?

L'homme hésita à répondre puis hocha la tête, répéta « Ouais » et écarta Barry pour se diriger vers la fenêtre la plus proche.

Barry et Maureen partirent avant même que les ouvriers commencent à peindre, fermèrent la maison et se rendirent au lac où ils se promenèrent et pique-niquèrent comme un couple normal passant une journée normale. Quand ils retournèrent chez eux, en fin d'après-midi, les peintres étaient partis mais la bâche recouvrait les buissons du côté sud de la maison et seule la moitié du bâtiment était terminée.

— Je suppose qu'ils reviendront demain, dit Maureen.

Les travaux durèrent deux jours : les peintres firent un ravalement plus soigné que la fois précédente, ce qui amena Barry à penser que ce second épisode était prévu depuis le début. La facture serait plus lourde. Il songea à mettre les ouvriers dehors mais il savait qu'ils ne faisaient que suivre les ordres et seraient remplacés par une autre équipe.

Il eut une idée, en parla à Maureen et, à son étonnement, elle l'approuva.

Après le départ des ouvriers, ils prirent dans le garage ce qu'il leur restait de laque blanche et peignirent un gigantesque visage jovial sur la façade. Sur le mur nord, ils dessinèrent un visage soucieux.

Le lendemain, les peintres étaient de retour, cette fois franchement hostiles. Quand Barry les accueillit dans l'allée d'un bonjour chaleureux, ils lui lancèrent des regards mauvais en marmonnant des obscénités.

— Pour qui il se prend ? demanda un des jeunes à son compagnon.

— Pauv' con, fit le plus âgé.

Le plan de Barry avait fonctionné. Maureen et lui avaient perturbé les plans de l'association, ils avaient repris l'initiative.

Les ouvriers déployèrent la bâche, branchèrent leurs pistolets sur le compresseur et firent disparaître la moitié gauche du visage souriant. Quand ils déplacèrent leur échelle, Barry prit son pot de peinture blanche et se mit à tracer des croix au hasard sur la partie qu'ils venaient de terminer.

Le chef d'équipe se précipita vers lui en braillant :

— Hé, qu'est-ce que vous foutez ?

— C'est ma maison. Je la repeins.

— Vous pouvez pas...

— Je peux faire ce qui me plaît avec ma maison, et si vous ne fichez pas le camp, je vous botte les fesses, je vous déshabille et je vous peins en jaune, comme le trouillard que vous êtes !

Barry s'attendait à ce que l'homme le menace, lui fasse remarquer qu'ils étaient quatre contre lui. Il se préparait même à se battre, là, tout de suite, si le chauve se jetait sur lui. Mais l'homme fit demi-tour et s'éloigna, dit quelques mots aux trois autres, et quelques minutes plus tard ils rangèrent leur matériel et partirent.

Victoire.

Les quatre hommes ne revinrent pas et ne furent pas remplacés. Neil Campbell ne se montra même pas avec son éternelle tablette. Personne ne téléphona, ne déposa d'avis dans leur boîte à lettres ou sur leur porte. Les croix et la moitié du visage radieux restèrent sur le mur.

Ce soir-là, ils firent l'amour et étaient en pleine action quand le téléphone bourdonna. Barry aurait voulu le laisser sonner, mais Maureen insista pour qu'il réponde, c'était peut-être important.

— Allô?

La voix à l'autre bout du fil était dure et cependant à peine plus haute qu'un murmure :

— Mets-lui un bon coup pour moi.

Clic.

Quelqu'un les observait. Ils étaient filmés. Barry tira les couvertures sur leurs corps nus et inspecta frénétiquement la chambre.

— Qu'est-ce que tu fais? demanda Maureen en gigotant sous lui.

Il roula sur le côté. Son érection était retombée. Caché par la couverture, il chercha son slip à tâtons sur le sol, l'enfila, se rua vers le poste de télévision, l'alluma.

Sur BVTV, une vidéo les montrait en train de faire l'amour. Maureen était sur lui et la caméra fit un zoom sur ses fesses lorsque la main de Barry descendit et se glissa en elle.

— Fils de pute! hurla-t-il. Fils de pute!

Le téléphone sonna de nouveau, mais cette fois ils ne répondirent ni l'un ni l'autre.

Le lendemain matin, ils découvrirent que leur maison avait été peinte en noir.

41

Engagements, Conditions et Restrictions
de l'Association des Propriétaires de Bonita Vista

Article V, sécurité et contrôle, section 9, paragraphe A : L'Association et ses comités et sous-comités se réservent le droit de surveiller les résidents dans toutes les parties communes de Bonita Vista par tous les moyens qu'ils jugent appropriés. Les résidents qui présentent des arriérés de charges ou qui sont en litige avec le Bureau peuvent être placés sous surveillance constante, y compris à leur domicile privé.

42

Barry peinait à rédiger son intervention. Il avait l'habitude de créer des dialogues, de faire exprimer des idées et des points de vue à ses personnages par leur conversation, mais écrire un petit discours incitant à la révolte dans le monde réel et le faire dans le cadre d'un univers de fiction dont il contrôlait toutes les variables, toutes les réactions, étaient deux choses totalement différentes. Il n'était pas, il n'avait jamais été un bon orateur, et la perspective de s'adresser à un auditoire hostile accroissait encore son appréhension.

Son premier jet durait un interminable quart d'heure. Il le raccourcit de son mieux, le lut à Maureen : il faisait encore douze minutes.

Il fallait sabrer, impitoyablement. Comme il était impossible de caser tout ce qu'il souhaitait dire, il ne parlerait que de l'essentiel et ne citerait que les exemples les plus patents des méfaits de l'association.

Mais il avait du mal à faire son choix.

Il fit défiler son texte sur l'écran de l'ordinateur, se relut pour la centième fois.

— Télé ! l'appela Maureen de la salle de séjour.

Barry se hâta de monter. Il enregistrait BVTV jour et nuit, passait les cassettes en accéléré toutes les six heures, étudiant de près toutes les scènes filmées dans la maison. D'après les angles de vue, il avait localisé la caméra cachée dans la chambre, creusé le mur et immédiatement détruit l'appareil. Comment l'avait-on dissimulé à cet endroit ? C'était un mystère et il ne pouvait que supposer qu'on l'avait installé lors de la construction de la maison et qu'il y était resté depuis.

Ils avaient rebouché le trou dans le mur du mieux possible, et comme cela avait encore vilaine allure, Maureen avait accroché un poster encadré de Georgia O'Keeffe sur l'enduit boursouflé.

Jusque-là, ils n'avaient rien relevé indiquant qu'une des autres pièces était aussi sous surveillance, mais Barry savait Calhoun et ses compères capables de tout et il continua à suivre de près les émissions de BVTV.

La veille de l'assemblée annuelle de l'association, il était enfin parvenu à une allocution satisfaisante. Elle était encore un peu longue — quatre minutes au lieu de trois, même en parlant vite —, mais il supposait qu'il pourrait déborder un peu pendant qu'on lui annoncerait que son temps de parole était épuisé et qu'il obtiendrait un petit supplément avant d'être vraiment interrompu. Les célébrités faisaient ça tout le temps aux cérémonies de remise de prix, c'était une tactique légitime.

Ils allèrent se coucher de bonne heure, tous deux épuisés par le stress. Ils firent l'amour pour la première fois depuis la découverte de la caméra puis parlèrent un moment de ce qu'ils feraient et de l'endroit où ils iraient quand ils s'échapperaient enfin de Bonita Vista. Peu à peu, les silences entre leurs phrases s'allongèrent et ils sombrèrent dans le sommeil.

Barry n'était plus dans son lit mais assis sur une chaise métallique pliante, avec tous ses voisins près de lui. Sur une tribune, derrière une table, Jasper Calhoun et les autres membres du Bureau, en robe noire, promenaient un regard plein d'autorité sur les rangs serrés de l'auditoire. D'une voix forte et claire, le président annonça :

— Les ajouts aux E-C-R comprennent une clause stipulant que tous les hommes ont le droit de sodomiser Maureen Welch à leur gré, sans sa permission ni celle de son mari. Ceux qui sont pour ?

Une armée de mains se leva.

— Contre ?

Seul Barry s'y opposa.

— Adopté !

Il se réveilla au matin pour découvrir les yeux de Maureen fixés sur lui.

— C'est le jour de l'assemblée, dit-elle.

La salle était comble. La plupart des participants lui étaient inconnus, mais il en reconnut quelques-uns : Mike et Tina, Frank et Audrey, Lou et Stacy, Neil Campbell, les inséparables Chuck et Terry, et des gens qu'il avait rencontrés aux soirées de Ray, des propriétaires aperçus au rassemblement. Ils étaient assis sur des chaises métalliques pliantes et leur nombre excédait probablement la centaine.

Au fond de la salle se tenait le Bureau.

A l'entrée, les volontaires.

La disposition des lieux était remarquablement semblable à celle de son rêve et il éprouva une impression dérangeante de déjà-vu en pénétrant dans la maison commune avec Maureen. La vaste salle aurait dû bourdonner d'un brouhaha de conversations mais tous se taisaient, parcourant les énormes livres à reliure noire posés sur leurs genoux. A droite de la porte, Barry vit une table sur laquelle se trouvaient des dizaines de volumes identiques.

L'homme qui se tenait derrière, vêtu d'une redingote noire ridicule, leur fit signe d'approcher.

— Veuillez prendre votre exemplaire révisé des *Engagements, Conditions et Restrictions de l'Association des Propriétaires de Bonita Vista*. Leur adoption est le premier point à l'ordre du jour.

Barry prit le livre que l'homme lui tendait et eut l'impression qu'il pesait une tonne. Il était aussi volumineux que la Bible familiale que sa grand-mère gardait sur la table de la salle à manger.

— Nous sommes censés lire tout ça en cinq minutes ?
— Ce n'est qu'une formalité.
— Comment pouvons-nous prendre une décision cohérente si nous ignorons ce qu'il y a dedans ?
— Elle est bonne, celle-là ! s'esclaffa l'homme en redingote.

Le rire était sincère et mit Barry mal à l'aise. L'idée que le vote des propriétaires était important et signifiait quelque chose semblait à cet homme du plus haut comique. C'était inquiétant.

Assise dans la rangée la plus proche, Liz leur fit signe de la main. Elle avait gardé deux places pour eux à côté d'elle et Barry échangea un regard avec Maureen en la rejoignant.

C'était comme s'il ne s'était rien passé, comme si Liz n'avait pas vécu en recluse paranoïaque pendant près de deux mois, et sa « normalité » retrouvée les déconcertait. Elle sourit quand ils s'assirent, se dit contente qu'ils soient venus : elle n'était pas sûre qu'ils le feraient. Elle parlait à voix basse et bien que Barry voulût montrer qu'il n'était ni intimidé ni effrayé, il se surprit à murmurer lui aussi, impressionné par le silence autour de lui.

— Nous n'aurions voulu manquer ça pour rien au monde, fit-il. Enfin, l'occasion de dire au Bureau le fond de ma pensée.

Derrière sa table, l'homme en redingote entama de nouveau son boniment pour de nouveaux arrivants, « Veuillez prendre... », et sa voix parut absurdement forte dans le silence.

Barry plaça le gros volume sur ses genoux et l'ouvrit, remarqua que Liz avait posé le sien par terre, comme plusieurs autres participants. Quelques-uns s'efforçaient cependant de le feuilleter.

Il l'ouvrit au hasard, lut une clause interdisant la préparation de plats asiatiques dans la résidence, une autre déclarant que tous les propriétaires devaient posséder un drapeau américain mais qu'ils ne devaient déployer ledit drapeau ni dans leur maison ni à l'extérieur. Au fil des pages, les articles se faisaient de plus en plus délirants : seuls des crayons n° 2 devaient être utilisés pour dresser la liste des courses ; les résidents étaient tenus de se laver les cheveux chaque jour et de faire usage d'après-shampooing ; les calvities n'étaient pas admises en public et les propriétaires qui perdaient leurs cheveux devaient porter des perruques en dehors de leur maison... Barry était sûr que des édits dangereux se cachaient parmi ces arrêtés frivoles et ridicules, mais il n'avait pas le temps de les chercher et il se félicita d'avoir préparé son petit discours. Si des résidents s'apprêtaient à approuver automatiquement un règlement qu'ils ne connaissaient pas, ils avaient besoin d'entendre ce qu'il avait à dire.

Il avait parlé à Mike de son intervention et lui avait demandé d'en informer les autres. Barry ne pouvait qu'espérer qu'il l'avait fait. Il parcourut des yeux les rangées silencieuses. Si tout allait bien, des résidents réagiraient à sa mise en cause du Bureau en posant eux aussi des questions, et les vieillards en robe noire se retrouveraient face à une véritable levée de boucliers, contraints de défendre une politique et une procédure qui jusqu'ici allaient de soi. Même si les plans les mieux élaborés échouaient — et le sien ne se tenait qu'à moitié —, Barry espérait être au moins capable de faire réagir les gens.

Le marteau du président s'abattit avec la soudaineté d'un coup de feu et Barry sursauta avec le reste de la salle. Tous les yeux se tournèrent vers la tribune où siégeaient les membres du bureau.

— Oyez! Oyez! L'assemblée annuelle de l'association des propriétaires de Bonita Vista est ouverte, annonça l'homme en redingote.

Jasper Calhoun, assis au milieu de la table, se leva avec un sourire munificent.

— Bienvenue, chers voisins.

Une énorme acclamation monta. Les gens se mirent à applaudir à tout rompre autour de Barry qui, sidéré, se tourna vers Maureen. Il ne s'attendait sûrement pas à ce qu'un simple salut du président déclenche une telle frénésie, et il soupçonna que cela faisait partie d'un rituel semblable à un service religieux, avec des mots clefs et des réponses programmées.

Se penchant devant sa femme, il demanda à Liz :

— Ces assemblées durent combien de temps, en général?

— Deux ou trois heures.

Deux ou trois heures?

Le sourire du président s'élargit encore, ce que Barry n'aurait pas cru physiquement possible.

— Nous commencerons par la tâche la plus importante qui nous incombe aujourd'hui, poursuivit Calhoun. Le vote sur nos Engagements, Conditions et Restrictions...

Nouvelles acclamations.

— Vous avez tous eu le temps d'étudier le texte amendé. Que ceux qui sont favorables aux modifications lèvent la main.

Une forêt de bras apparut.

Pris au dépourvu, Barry se leva d'un bond.

— Attendez! cria-t-il. Il faut d'abord en discuter. Nous...

— Contre? demanda le président.

Le marteau claqua sur la table avant même que Barry ait pu finir sa phrase.

— Les amendements sont adoptés, annonça Calhoun.

Interloqué, Barry restait debout et regardait ses voisins assis qui semblaient attendre avec impatience les mots qui sortiraient de la bouche du président. Ils sont tous hypnotisés, pensa-t-il, c'est la seule explication. Mais il savait au fond de lui que ce n'était pas vrai.

Maureen aussi était atterrée. L'idée qu'un document affectant la vie et les biens de toutes les personnes présentes pût être approuvé sans la moindre discussion était tout bonnement inconcevable.

— Monsieur Welch, dit Calhoun en désignant Barry de son marteau, veuillez vous asseoir.

— Je veux savoir pourquoi il n'y a pas eu discussion sur les amendements. Normalement, le vote ne devrait intervenir que quand chacun aura eu la possibilité d'exprimer son opinion, non ?

— Nous sommes à Bonita Vista, répondit Calhoun, comme si cela expliquait tout. Veuillez vous rasseoir, que nous puissions poursuivre nos travaux.

Barry eut conscience des regards hostiles que plusieurs des propriétaires lui lançaient et il sentit Maureen le tirer par la manche. Comme il voulait convaincre la foule et non se l'aliéner, il se rassit. Il ne s'attendait pas à ce que les autres résidents soient aussi manifestement en phase avec Calhoun et cela l'inquiétait.

Sur la tribune, l'un des autres membres du Bureau tendit au président une feuille de papier. Calhoun lui adressa un hochement de tête et se tourna de nouveau vers le public.

— Une motion propose la liquidation de tous les chats de Corban. Comme vous le savez, nous avons commencé à nous occuper des chiens, mais notre objectif ultime étant l'élimination de tous les animaux de compagnie de Corban dans le cadre de nos efforts pour intégrer la ville à la famille de Bonita Vista, il est proposé de commencer à tuer également les chats. Souhaitez-vous soumettre cette proposition à un vote ?

— Oui ! rugit la foule.

Barry pensa de nouveau à un service religieux. A n'en pas douter, il y avait dans cette assemblée un côté rituel auquel Maureen et lui n'avaient pas accès et qui ne laissait pas de le préoccuper. Plus inquiétant encore était le sujet même de la proposition. Il savait que l'association était derrière l'empoisonnement des chiens, mais il avait présumé que c'était une décision du Bureau. Il découvrait avec stupéfaction que tous les habitants avaient voté pour.

Avaient-ils approuvé aussi les meurtres des enfants ?

Barry en eut la chair de poule.

— Que ceux qui sont pour que l'élimination des animaux de compagnie englobe désormais chats et chatons lèvent la main.

Marée de bras levés dans la salle.

Barry regarda autour de lui. Mike n'avait pas levé la main mais Tina l'avait fait et Barry, l'estomac noué, se rendit compte que ses voisins, même ceux qu'ils considéraient comme des amis, même les gens sympathiques qu'il avait rencontrés aux soirées de Ray, *constituaient* l'association. Jusque-là, il avait rejeté toutes les responsabilités sur le Bureau, comme si l'association n'était pas composée de lui-même et des autres propriétaires, comme si c'était un organisme séparé. Il savait maintenant que ce n'était pas le cas. Les membres du Bureau n'opéraient pas dans leur coin, et ceux qui les avaient élus approuvaient la haine, le racisme et l'intolérance qu'ils prônaient.

On pouvait attribuer en partie cette conduite à l'esprit de corps, mais l'esprit de corps n'expliquait pas tout, et l'enthousiasme avec lequel ses voisins participaient à l'assemblée lui fit comprendre qu'en dépit de tout ce qu'ils pouvaient dire en public leurs véritables sentiments s'exprimaient ici, où ils étaient rassemblés avec d'autres de leur espèce. C'était le côté sombre de la démocratie, qui permet à un individu de soutenir activement une politique répréhensible en se fondant dans l'anonymat du groupe.

Barry comprit aussi pourquoi Hank, Lyle et tous ses anciens copains de la cafétéria étaient furieux contre lui. Bien sûr qu'il était complice. Ils l'étaient tous, dans la résidence. Même ceux qui comme Maureen, Tina et lui votaient contre une proposition particulière mais se pliaient à la volonté générale et conféraient une légitimité à l'inacceptable en ne refusant pas de reconnaître les règles en vigueur.

— Contre ? demanda Calhoun.

Barry et Maureen levèrent la main, mais Mike, Liz et les quelques autres qui n'avaient pas voté pour n'eurent pas le courage de se prononcer contre.

— Adopté ! déclara le président. Nous sommes bien partis, ajouta-t-il avec un petit rire. Passons maintenant à l'élection des membres du Bureau. Comme vous le savez, elle se déroule à bulletins secrets, afin qu'aucun de vous ne se sente gêné s'il n'est pas content de la manière dont M. Gehring a rempli sa tâche.

L'homme assis à côté de Calhoun agita la main avec un sourire hésitant et le président lui tapota le dos.

— Je plaisantais.

Deux adolescentes en bikini ou sous-vêtements — c'était difficile à dire — descendirent l'allée centrale en distribuant des paquets de bulletins et des crayons aux premières personnes de chaque rangée.

— Faites passer.

Maureen prit la pile que lui tendait Liz, en détacha une feuille qu'elle donna à Barry. Comme Ray l'en avait prévenu, il n'y avait qu'un mot imprimé devant les six noms du bul-

letin : *Approuvé*. Barry entreprit d'écrire six fois *Récusé* et Maureen fit de même.
 Calhoun abattit de nouveau son marteau.
 — Nous en venons maintenant aux interventions. Quelqu'un souhaite s'exprimer ?
 Barry se leva.
 — Le Bureau donne la parole à M. Welch.
 — J'ai une déclaration à faire.
 — Allez-y, monsieur Welch.
 — Je dispose de trois minutes, n'est-ce pas ?
 — C'est exact, répondit le président avec un sourire.
 — Le but d'une association de propriétaires est d'œuvrer au bien commun de ses membres, commença à lire Barry, non de les pénaliser pour manquement à des règles injustes, discriminatoires et illégales. J'ai personnellement...
 — Le temps est écoulé ! lança l'un des membres du Bureau.
 Barry lui lança un regard furieux.
 — J'ai droit à trois minutes...
 — Temps écoulé !
 — J'ai personnellement été soumis à un harcèlement...
 — *Temps écoulé ! Temps écoulé !*
 Sa voix fut noyée sous les cris des autres propriétaires. A l'exception de Liz et Maureen, tous ceux qui étaient assis autour de lui — y compris Mike et Tina — scandaient ces deux mots en souriant, comme si ce n'était qu'un jeu ou une énorme plaisanterie.
 Barry tendit le bras vers la tribune en tâchant de se faire entendre par-dessus le vacarme.
 — Vous tuez des animaux et des enfants, vous mutilez les propriétaires qui ne sont pas d'accord avec vous...
 Les membres du Bureau répondirent par de petits rires bienveillants et Barry fut prit de l'envie de monter à la

tribune pour cogner sur ces visages à la forme étrange, mais il se contint.

— Pourquoi n'y a-t-il pas de vraies élections ? Vous avez peur de laisser d'autres membres se présenter et nous offrir un véritable choix ?

Calhoun tendit le bras vers la table située près de l'entrée.

— Permettez-moi de vous présenter Paul Henri, notre huissier !

Une clameur monta de la foule.

— Paul ? Veuillez raccompagner M. Welch.

L'homme en redingote noire fit le tour de la table, passa devant Liz et Maureen, saisit Barry par le bras. Celui-ci tenta de se dégager mais la poigne de l'huissier était étonnamment forte, ses doigts s'enfoncèrent dans les muscles de Barry et il le traîna littéralement dans l'allée centrale.

— C'est contre le règlement ! protestait Barry. Vous n'avez pas le droit de me faire taire uniquement parce que je ne suis pas d'accord ! Je refuse d'être réduit au silence ! Les E-C-R ne le permettent pas...

— La version amendée, si, déclara Calhoun d'une voix calme.

Des rires fusèrent de toutes parts.

Barry essaya de se dégager, mais l'homme était d'une force incroyable et le tira vers la sortie. Le président s'écria :

— Pour Paul Henri, hip hip hip...

— Hourra ! répondit la foule.

— Hip hip hip...

— Hourra !

Barry fut jeté dehors, la porte se referma derrière lui en claquant. Il se retourna, cogna du poing au panneau de bois, hurlant qu'on le laisse rentrer. En vain. Il essaya d'entendre ce qui se passait à l'intérieur du bâtiment sans fenêtre, mais la maison commune était insonorisée.

Que se passait-il, maintenant ? Presque toutes les décisions importantes avaient été prises en dix minutes seulement. Qu'allaient faire les participants dans les deux heures à venir ?

Il n'en saurait rien car, un instant plus tard, Maureen fut elle aussi expulsée de l'assemblée.

43

— Jeremy?
— Mon pote!
Barry fit passer le téléphone à son autre oreille, lança un regard sombre à Maureen.
— Nous avons, euh, un petit problème, ici...
— Celui dont nous avions parlé la dernière fois?
— Ouais.
Barry se sentait déjà mieux : son ami se montrait automatiquement circonspect, au cas où la ligne serait sur écoute.
— Tu te rappelles que tu m'avais proposé de... de venir ici si j'avais besoin d'aide?
— Je suis là, mon pote. On est tous là. Tu veux qu'on arrive quand?
Ce fut comme si Barry était libéré d'un énorme poids. Ecrivain, il était par nature et par nécessité un homme isolé, un type qui passait des journées seul dans une pièce à taper sur un clavier, un individualiste qui préférait régler les problèmes lui-même, qui se voyait en guerrier solitaire luttant contre la stupidité, l'hypocrisie, un farouche défenseur de la vérité, de la justice et du mode de vie américain. Il n'avait jamais eu l'esprit d'équipe, n'avait jamais apprécié les comités ou les collectifs. Mais parfois, il lui fallait bien le recon-

naître aujourd'hui, il était rassurant de faire partie d'un groupe.
Et nécessaire.
Il expliqua la situation à mots couverts, promit de donner des détails plus tard et Jeremy répondit qu'il préviendrait Dylan et Chuck, qu'ils se mettraient en route tous les trois le plus tôt possible.

Le lendemain matin, Maureen et Barry prenaient leur petit déjeuner quand le téléphone sonna. C'était le garde à la grille.
— Monsieur Welch ? J'ai ici les occupants de deux véhicules qui se disent vos amis...
— Ils disent vrai. Laissez-les entrer.
— J'ai un certain M. Jeremy...
— Je sais qui ils sont. Je vous le répète, laissez-les entrer.
— C'est tout à fait contraire au...
— Vous êtes le vigile, coupa Barry avec un colère contenue. Vous travaillez pour nous. Faites ce que je vous dis.
Il raccrocha en souriant et annonça à Maureen :
— Ils sont là.
Quelques minutes plus tard, ils entendirent les signaux de deux klaxons différents. Barry avala une dernière bouchée de pommes sautées et de viande hachée, descendit les escaliers quatre à quatre et découvrit ses amis sortant de voiture et s'étirant.
— Longue nuit ! fit Jeremy. On roule depuis hier après-midi.
Dylan émergea de l'arrière de la Saturn.
— Avec une petite halte à Las Vegas, précisa-t-il.
Maureen, descendue elle aussi, sourit en découvrant que Jeremy et Chuck avaient amené leurs femmes, Lupe et Danna, qu'elle accueillit en les serrant chaleureusement contre elle.
Lupe regarda la maison, le jardin, les arbres.

— C'est pas vraiment l'enfer, commenta-t-elle.
— L'endroit a l'air magnifique, renchérit Danna.
— Les apparences sont parfois trompeuses, répondit Maureen en les conduisant à l'intérieur.

Dylan était venu en célibataire dans la voiture de Jeremy et Lupe. Il alla jusqu'à la boîte aux lettres pour se dégourdir les jambes et revint en faisant remarquer :

— Ça a un tantinet changé, depuis la dernière fois. C'est qui, la tête de nœud à l'entrée du château ?

— Ça te plaît ? dit Barry. C'est la fameuse grille dont je vous ai parlé. Ce type est notre garde personnel vingt-quatre heures sur vingt-quatre, il veille à ce que la populace n'emprunte pas nos rues pour lorgner nos maisons.

— Les choses ne s'arrangent pas, hein ? fit Jeremy.

— Et vous n'en connaissez pas la moitié, répondit Barry.

Il passa la demi-heure qui suivit à leur exposer la situation en détail, du moment où, rentrant de Californie, il avait vu le président de l'association pousser le conducteur de la Jimmy dans le fossé, jusqu'à l'assemblée annuelle irréelle et à son expulsion. Plus d'une fois, Maureen les convia à entrer, à venir boire quelque chose, mais, aussi sexiste que cela pût paraître, Barry se sentait plus à l'aise dehors, loin des femmes, et il décrivit le problème d'une manière plus franche, plus brutale qu'il ne l'aurait fait en présence de Lupe et de Danna.

Quand il eut terminé son récit, Chuck secoua la tête et soupira :

— Dans quoi tu t'es fourré !

— Moi, je trouve ça cool, dans un sens, fit Dylan.

Sous les regards désapprobateurs, il corrigea, tout penaud :

— Enfin, peut-être pas cool mais...

— Crois moi, c'est pas « cool » du tout quand on doit vivre ici, lui répondit Barry.

— Justement, qu'est-ce qui t'y oblige ? demanda Chuck. Pourquoi vous ne partez pas, tout simplement ?
— Nous avons décidé de le faire, effectivement.
— Alors, où est le problème ?

Barry leur expliqua le système d'amendes et de gel des avoirs, la possibilité tout à fait réelle de se retrouver sans un sou.

— En plus, je ne veux pas laisser ces salauds penser qu'ils m'ont chassé de chez moi. Je ne peux pas les laisser gagner.
— Ils ne gagneront pas, assura Jeremy. Nous sommes là.
— Ouais ! beugla Dylan en brandissant le poing. Va y avoir distribution de coups de pied au cul !

Ils finirent par rejoindre les femmes et la conversation se porta sur d'autres sujets : le travail, la famille. Barry et Maureen s'aperçurent qu'ils étaient tous deux en manque de nouvelles du monde extérieur, qu'ils prenaient plaisir à se perdre dans les détails de la vie quotidienne de leurs amis, à mettre à jour leurs connaissances du mode de vie californien, qu'ils avaient laissé si loin derrière eux. Puis ils s'entassèrent tous dans la Suburban et Barry les emmena faire le tour de Bonita Vista et de la ville de Corban, sans oublier son bureau, au musée de la théière. Ils prirent un déjeuner médiocre et graisseux au *Dairy King* — Chuck avait proposé la cafétéria mais Barry s'y était opposé en leur rappelant pourquoi — et firent ensuite un peu de tourisme, se rendirent à Pinetop Lake et brûlèrent quelques calories dans une courte balade le long du sentier naturel du lac.

Ils rentrèrent entre deux et trois heures, le moment le plus chaud de la journée, continuèrent à rattraper leur retard de bavardage, passèrent du séjour à la terrasse supérieure puis retournèrent dans le séjour quand le soleil commença à décliner et les insectes à les attaquer.

Lupe suggéra d'aller acheter des pizzas mais Barry

répondit qu'ils quittaient rarement la maison après la tombée de la nuit ces derniers temps, et Maureen ajouta qu'elle avait prévu de faire des tacos.

— Encore mieux, approuva Lupe.

Maureen prépara les tomates et les oignons pendant que Lupe découpait la laitue en lanières. Danna râpa du fromage. Maureen fit sortir tout le monde de la cuisine pour s'occuper seule de la viande et des tortillas, et ce fut l'heure de manger.

Comme il était interdit de parler de l'association à table, Barry eut presque l'impression que rien de cette folie n'était arrivé. Il se sentait à l'abri dans le cocon de ses amitiés, protégé des réalités tordues de Bonita Vista, et pour la première fois depuis longtemps une heure s'écoula sans qu'il pense un seul instant à l'association.

Ils burent du vin pendant le dîner et quelques bières ensuite, discutèrent bruyamment de politique et de scandales hollywoodiens, descendirent à la salle de séjour. Barry s'assit par terre, indiqua le canapé aux deux couples. Maureen s'installa dans le fauteuil, et Dylan, après avoir fait des yeux le tour de la pièce, se laissa tomber sur le parquet, près de la cheminée.

— Comment on s'arrange pour dormir ? voulut savoir Danna. Je n'ai vu qu'une chambre d'amis.

— Deux dans la chambre, deux ici : le canapé se transforme en lit, expliqua Maureen. Dylan, j'ai bien peur que tu ne doives te contenter d'un matelas par terre dans mon bureau.

— Pas de problème. Je pourrai mater des sites porno sur Internet pendant que vous pioncerez ?

Elle lui jeta un coussin à la figure.

Ils finirent par épuiser leur stock de nouvelles, et pour la première fois depuis l'arrivée des amis le silence se fit.

— C'est trop calme, ici, se plaignit Dylan. Toute cette

nature, ça me perturbe. Vous avez le câble ? demanda-t-il en montrant le poste de télévision.

Barry lui passa la télécommande.

— Vas-y, défoule-toi.

Comme il n'y avait aucun programme intéressant sur le câble, Barry leur lut la liste de ses cassettes enregistrées jusqu'à ce qu'un titre fasse l'unanimité : *Frankenstein Junior*.

Jeremy s'éclaircit la voix.

— Bare, tu as un exemplaire de ces fameux E-C-R ?

— Bien sûr. Une seconde...

Barry descendit prendre le gros volume sur le bureau de Maureen, remonta, le tendit à son ami et, pendant que les autres regardaient le film, Jeremy se mit en devoir d'étudier le document. « Bon Dieu ! » s'exclamait-il de temps à autre, mais quand ils lui demandaient ce qu'il avait trouvé, il se dérobait d'un geste de la main.

Lorsqu'il finit par poser le livre, le film était terminé depuis un moment et ils suivaient distraitement une rediffusion de Dennis Miller sur HBO.

— J'ai du mal à y croire, dit-il.

— De quoi tu parles ? fit Barry.

— Tu savais que les couples homosexuels sont interdits dans ta petite Utopia ? Ainsi que les couples non mariés ? Et les membres des minorités, ce qui signifie tous ceux qui ne sont pas anglo-saxons, je suppose.

— Alors, Lupe et toi, vous pourrez pas prendre votre retraite ici, hein ? s'esclaffa Dylan.

— Il faut que je revoie ce truc avec un surligneur. Je n'en suis pas encore à la moitié et je ne me souviens déjà plus de toutes les aberrations que j'ai lues. C'est vraiment un ramassis de conneries.

— Alors, tu me crois, maintenant ? lui lança Barry.

— Je t'ai toujours cru, mais je n'imaginais pas qu'ils faisaient ça aussi ouvertement. Non seulement ils cherchent à

imposer leurs valeurs à tous les membres, à légiférer en matière de morale comme aucun gouvernement fédéral ou local n'oserait le faire, mais en plus ils définissent des règles qui ne sont même pas légales, sans doute en comptant utiliser comme bouclier les décisions antérieures des tribunaux soutenant les associations de propriétaires...
— Je pensais que tu dirais ça. J'y avais pensé moi-même, mais c'est toi l'homme de loi et...
— Nom de Dieu !
Utilisant la télécommande, Dylan avait zappé d'une chaîne à l'autre.
— Hé, c'est quoi, ça ? Une station locale ?
— BVTV, répondirent en chœur Maureen et Barry.
Sur l'écran, une jeune femme faisait son jogging le long d'un sentier. La caméra fit un gros plan sur ses seins qui tressautaient.
— BVTV ?
— Bonita Vista Télévision, traduisit Barry. J'ai carrément oublié de vous en parler. Il y a des caméras de sécurité partout, ici. Ils s'en servent pour filmer les gens et diffusent les enregistrements sur leur circuit.
— Quelquefois, ils les filment à l'intérieur de leur maison, ajouta Maureen.
— Bon Dieu...
Barry chercha à rassurer ses amis :
— Ne vous en faites pas, j'ai passé les pièces au peigne fin. Nous ne risquons rien ici.
— Ici, peut-être, dit Jeremy. Mais dehors, nous devrons être sur nos gardes, surveiller notre langue. Les rues, les sentiers, les parcelles non bâties, tout ça leur appartient : territoire ennemi.
Cette dernière remarque jeta une ombre sur la soirée et ils se séparèrent peu après. Maureen apporta des draps propres pour faire le canapé-lit où dormiraient Chuck et

Danna puis conduisit Jeremy et Lupe à la chambre d'amis. Barry sortit le matelas de plumes du placard et l'installa dans le bureau pour Dylan. Il monta ensuite à sa chambre, se déshabilla et se glissa sous les couvertures pour attendre Maureen, mais il était plus fatigué qu'il ne le pensait car lorsqu'elle le rejoignit il dormait déjà profondément.

Liz téléphona pendant le petit déjeuner.

En d'autres circonstances, ce n'aurait été qu'un petit point lumineux sans importance sur l'écran radar de la journée mais, étant donné la situation, c'était un événement. Maureen prit la communication et fit signe à Barry de s'occuper des crêpes pendant qu'elle descendait dans la chambre avec l'appareil pour être plus tranquille.

Elle n'avait pas parlé à Liz depuis l'assemblée, où elles n'avaient échangé que quelques mots impersonnels et empruntés, mais au téléphone la vieille femme lui parut plus forte et Maureen décela dans sa voix un allant nouveau et bienvenu quand elle dit :

— Pardon de ne pas avoir appelé ces derniers temps mais j'étais vraiment trop mal...

— Et comment te sens-tu, maintenant ? demanda Maureen en s'asseyant sur le lit.

— Aussi bien que possible. Rien ne sera plus jamais comme avant, mais je crois que j'apprends à l'accepter. Je m'excuse d'avoir perdu les pédales.

— Tu n'as pas à t'excuser...

— C'est en partie à cause du manque de sommeil. Ils me tenaient éveillée toutes les nuits pour essayer de me faire craquer, ils me téléphonaient à n'importe quelle heure pour me tenir des propos étranges et menaçants, ils coupaient le courant, ils jetaient des pierres sur ma maison. Une vraie guerre psychologique, et ça a marché. Ils ont réussi à me

couper de mes amis, à m'angoisser au point que j'avais peur de répondre au téléphone ou de sortir de la maison...
— Tu venais de perdre ton mari. Nous ne nous attendions pas à ce que tu sois en pleine forme...
— Oui, mais j'ai passé les bornes, nous le savons toutes les deux. Et je tiens à vous remercier tous de ne pas avoir renoncé à m'aider, d'avoir été là quand j'avais besoin de vous, même si je n'en ai pas profité.
— Nous sommes tes amis.
— J'en suis heureuse et je regrette la façon dont je me suis comportée. Voilà pourquoi j'ai décidé d'essayer de réparer. J'ai pensé que Tina, Audrey et toi pourriez passer cet après-midi prendre un verre et... et parler, tout simplement.
— Ce serait avec plaisir, répondit Maureen, mais nous avons des amis californiens chez nous, en ce moment.
Elle hésitait à refuser l'invitation, de peur de ruiner les efforts de Liz pour se ressaisir, mais ne souhaitait pas non plus abandonner Lupe et Danna tout un après-midi.
— Si ce n'est pas trop demander et si tu t'en sens le courage...
— Pas de problème, dit Liz, qui semblait redevenue elle-même. Amène-les.
— Autre chose, euh, avec Audrey...
— Vous êtes brouillées ? devina Liz.
— Ouais, plus ou moins.
— Considère qu'elle n'est pas invitée.
— Mais ce n'est pas juste, tu la connais depuis beaucoup plus longtemps que moi...
— Je m'en remets à toi.
Ce vote de confiance combla Maureen, qui s'enquit :
— A quelle heure veux-tu que nous venions ?
— Comme ça t'arrange, je ne bouge pas de la maison.
— Une heure ?
— Une heure, c'est parfait.

En remontant, Maureen vit que Barry avait servi les deux premières crêpes à Danna et à Lupe. Il l'accueillit par un haussement de sourcils interrogateur.
— Liz, dit-elle.
— Tout va bien ?
— Oui. Elle nous invite toutes les trois chez elle cet après-midi. Apparemment, elle va mieux.
Danna but un peu de son jus d'orange.
— Une de vos amies ?
— Une de nos rares amies. La veuve de notre ami Ray, dont nous vous avons parlé...
— Oh !
— Elle est des nôtres, affirma Barry.
— De chez elle, la vue est vraiment extraordinaire, ne put s'empêcher d'ajouter Maureen. Rien que pour ça, ça vaut le déplacement.
Démissionnant de ses fonctions de chef, Barry lui tendit la spatule.
— Alors, tu penses qu'elle va bien ?
— Je crois, oui. Je l'espère, en tout cas, répondit Maureen.
Après un silence, elle reprit :
— Elle a renoncé à inviter Audrey mais Tina sera là.
— Ça te gêne ?
— Je ne sais pas. On verra.
Ils passèrent la matinée à se promener dans Bonita Vista. Barry et Maureen montrèrent à leurs amis la piscine et la maison commune, ainsi que l'endroit où habitait le président de l'association. Chuck avait emporté son caméscope et filmait tout ce qu'il voyait, s'attardant plus particulièrement sur la maison de Calhoun.
— Il faudrait découvrir où habitent les autres membres du Bureau, dit-il. On filme, on étudie la cassette pour voir s'ils respectent bien le règlement. A la moindre infraction, on les

cloue au mur, on les attaque en justice parce qu'ils imposent aux autres des règles qu'ils enfreignent eux-mêmes.

— Je suis contente que vous soyez là, fit Maureen en riant.

Après un déjeuner de sandwiches et de salade, Maureen chargea Barry de faire la vaisselle et descendit se donner un coup de peigne.

— Tu es sûre que tu tiens à ce qu'on t'accompagne? demanda Danna. Nous pouvons rester ici, tu sais.

— Non, pas question. Et nous ne resterons pas très longtemps, ne t'inquiète pas.

— Mais il va encore falloir marcher?

— Prends ça comme des vacances sportives, argua Lupe. Du soleil et de l'exercice. Nous rentrerons en Californie bronzées et en forme.

— C'est une façon de voir les choses.

Les trois femmes haletaient quand elles parvinrent au sommet de la colline où Tina les attendait, dans l'ombre intermittente du saule de Liz. Maureen n'était pas sûre de ce qu'elle éprouvait en la revoyant. A l'assemblée annuelle, Tina avait choisi le camp de la foule, reniant ainsi toutes ses critiques de l'association. Elle n'avait pas protesté non plus quand Barry puis Maureen avaient été expulsés de la salle.

Pourtant, elle était là, amicale, manifestement prête à soutenir Liz. Il fallait en tenir compte.

Peut-être s'était-elle simplement laissée aller à la frénésie du moment.

— Tu as déjà vu Liz? lui demanda Maureen.

— J'ai préféré vous attendre.

— Etonnant, hein?

— J'ai été surprise quand elle a téléphoné, reconnut Tina. Elle avait une voix normale, comme si elle était redevenue la Liz d'avant.

— J'ai eu cette impression, également, confirma Maureen.
— A l'assemblée aussi elle était bien, mais je n'ai pas eu l'occasion de lui parler et elle est partie tout de suite après...

Manifestement mal à l'aise, Tina laissa sa phrase en suspens. Elle s'éclaircit la voix, sourit à Lupe et à Danna.

— Bonjour.

— Pardon, je manque à tous mes devoirs, s'excusa Maureen. Tina, je te présente Lupe Mullens et Danna Carlin, nos amies de Californie. Et voici Tina Stewart.

Après les salutations, elle s'apprêtait à suggérer d'entrer chez Liz quand leur hôtesse sortit à leur rencontre. C'était une surprise de la voir dehors alors qu'elle s'était terrée si longtemps chez elle, mais une surprise agréable, et Maureen, sur une impulsion, la prit dans ses bras et la serra contre elle.

— Contente que tu sois de retour, murmura-t-elle.

— Je n'étais pas partie si loin, répondit la vieille femme en riant.

On refit les présentations.

— Entrons avant de nous liquéfier, conseilla-t-elle. J'ai préparé du thé glacé et il y a du vin si cela tente quelqu'un. Personnellement, je n'y touche plus en ce moment.

Devant l'expression étonnée de Maureen, elle ajouta :

— Je t'expliquerai.

L'intérieur de la maison était exactement comme avant. Maureen ne savait pas à quoi elle s'attendait mais d'ordinaire, après la mort d'un conjoint, on cachait les souvenirs, les photos, les objets personnels pour qu'ils ne ravivent pas une souffrance encore proche, ou on les mettait au contraire en évidence pour rendre hommage au défunt. Chez Liz, rien de tel.

Elle servit le thé et expliqua, comme promis, pourquoi elle ne buvait plus de vin. Elle décrivit l'enfer dans lequel elle avait sombré, l'angoisse causée par la perte soudaine de son mari, puis le harcèlement de l'association, qui l'avait empêchée de faire normalement son travail de deuil. Elle s'était alors mise à boire, souvent jusqu'à se soûler, pour s'abrutir, engourdir la douleur, pour chasser non seulement le souvenir de la disparition de Ray mais aussi les voix et les bruits qu'elle entendait la nuit, et ce n'était que ces derniers jours qu'elle avait réussi à émerger du désespoir.

Il y eut un silence et Maureen pressa la main de la vieille femme. Liz fit aller son regard de Tina à Maureen.

— Vous avez été formidables, toutes les deux. Audrey et Moira aussi. Je sais que je n'en donnais pas l'impression, mais c'était très important pour moi chaque fois que vous passiez ou que vous téléphoniez. Vous savoir là m'a aidée à trouver la force de sortir du trou dans lequel je m'étais enterrée.

Danna semblait embarrassée, Lupe souriait d'un air compatissant. Liz s'essuya les yeux et dit :

— Bon, assez pleuré sur mon sort. Racontez-moi les derniers ragots, je veux savoir tout ce qui se passe.

Tina détenait une quantité d'informations sur tel voisin brouillé avec tel autre, sur les résidents qui avaient perdu leur emploi ou changé de travail, sur la nouvelle maison qu'on construisait dans Fir Street, mais comme toujours, la conversation revint naturellement à l'association et ce fut Tina elle-même qui aborda le sujet de la détérioration constante des relations entre Bonita Vista et Corban. Maureen fut étonnée de l'entendre en attribuer la responsabilité aux membres du Bureau et ne put s'empêcher de se rappeler le comportement de Tina à l'assemblée annuelle, la main qu'elle levait avec enthousiasme pour soutenir les édits de Jasper Calhoun et approuver les E-C-R révisés.

Les actes parlent plus fort que les mots, dit-on, et si Tina critiquait l'association en privé, elle n'avait pas rompu avec elle, elle continuait à en être membre.

Et à soutenir ses agissements.

Sa présence chez Liz faisait peut-être partie d'une machination, raisonna Maureen, elle n'était peut-être venue que pour les espionner et rapporter leurs propos. Elle avait peut-être même un micro sur elle.

Ou alors les caméras cachées de Calhoun les filmaient pour la postérité.

— Bientôt, nous serons totalement coupés de la ville, si cela continue, prédit Liz avec une grimace. Et qu'est-ce que nous ferons, alors ? L'association a peut-être l'intention d'ouvrir un supermarché et une station-service, de construire une centrale électrique, que sais-je encore ?

— Elle a de l'ambition, je dois le reconnaître, dit Tina. Mais je ne crois pas qu'elle irait jusque-là.

— Qu'est-ce qu'elle espère obtenir en s'aliénant Corban ?

C'était une question que Maureen se posait elle aussi et à laquelle elle n'avait pas trouvé de réponse.

Il y eut un flottement notable dans la conversation.

— Au fait, dit Maureen pour rompre le silence, nous avons parcouru les E-C-R hier soir et nous avons trouvé un article contre les couples homos ou non mariés. Est-ce que vous n'aviez pas invité un couple d'homosexuels à l'une de vos soirées ? Pat et...

— Pat et Wayne, confirma Liz. Ils sont partis.

— Partis ?

— Ils ont disparu. Je suis sûre que rien n'a bougé chez eux, que leurs vêtements sont encore accrochés dans les placards mais... ils ont disparu. Cela arrive, à Bonita Vista.

Maureen songea à toutes les maisons vides de la résidence, celles qu'elle supposait être des lieux de vacances rarement occupés. Elle imagina des réfrigérateurs bourrés de nourriture en train de pourrir, des assiettes couvertes de poussière sur des tables de salle à manger dressées pour un repas qui ne serait jamais pris.

— Quant à l'interdiction du concubinage, reprit Liz, elle a débouché sur plus d'un mariage forcé.

— Tu plaisantes ?
Liz et Tina secouèrent la tête.
— C'est parfaitement exact, dit Tina. Jeannie et Skylar Wells sont venus de Phoenix, où ils vivaient ensemble depuis toujours. L'association leur a donné un petit coup de coude et le lendemain — le lendemain ! —, ils se sont précipités chez le juge et se sont mariés.
— Un «petit coup de coude»? fit Maureen.
— Ils refusent d'en parler, répondit Liz.
— Moi, je voudrais en savoir plus sur cette interdiction des minorités, réclama Lupe. Est-ce qu'elle est strictement appliquée? Je suis hispanique, comme vous pouvez le voir. Supposons que je décide de prendre ma retraite ici...
— Vous voulez la vérité? dit Liz.
— Bien sûr.
— Je n'envisagerais même pas d'acheter une maison à Bonita Vista si j'étais vous. La discrimination est contraire à la loi, et l'association aurait probablement été condamnée si quelqu'un avait porté une affaire de ce genre devant les tribunaux... Sauf que personne ne l'a jamais fait.

Il y avait quelque chose d'inquiétant dans cette déclaration et Maureen eut soudain la bouche sèche. Elle porta son verre de thé glacé à ses lèvres puis demanda :

— Tu veux dire que les propriétaires de Bonita Vista n'ont pas toujours été exclusivement blancs? Qu'il y a eu des membres de minorités autrefois?

— Un célibataire, un Blanc, avait une maison ici, dans Blue Spruce Circle. Une résidence secondaire. Il y venait l'été, il y passait en général deux semaines, il repeignait, il débroussaillait, il se pliait aux injonctions de l'association. Une année, il est venu avec la femme qu'il venait d'épouser, une Vietnamienne. Deux jours après, il avait vidé les lieux et, une semaine plus tard, la maison était à vendre. Nous ne l'avons jamais revu.

— Qu'est-ce qu'ils ont fait, d'après vous ? demanda Lupe. Ils l'ont menacé d'une amende ?
— Ils ont fait plus, j'en suis sûre. Mais quoi exactement ? Je n'en sais rien.
— Et c'est tout ? demanda Maureen. Il n'y a jamais eu d'autres personnes de couleur ici ?
— Le règlement les tient à l'écart, elles n'achètent pas ici. Et comme vous l'avez remarqué, l'Utah n'est pas précisément un modèle de diversité ethnique, pour commencer.

Tout le monde sourit, excepté Liz, dont le ton se fit plus grave encore pour s'adresser à Lupe :

— En fait, ils appliquent cette règle aussi bien aux visiteurs qu'aux résidents. Des amis à nous... les Marotta, précisa-t-elle en se tournant vers Maureen, je crois que tu les as rencontrés à l'une de nos soirées... les Marotta, donc, avaient un frère, ou un cousin, qui avait épousé une Noire. Ils étaient tous venus ici pour Thanksgiving il y a deux ans et on a retrouvé cette femme au petit matin, nue et en larmes dans le fossé, devant la maison des Marotta, à demi gelée dans la neige. Je ne sais pas ce qui s'est passé exactement, Tony et Julia refusent d'en parler. Ils n'ont plus jamais fêté Thanksgiving ici.

— S'ils essaient quelque chose de ce genre avec Jeremy et moi, ils regretteront d'être nés, déclara Lupe avec une expression résolue.

— Excellente décision, approuva Liz. Mais je crains qu'avec l'association, la décision ne suffise pas.

Vingt minutes plus tard, Maureen, Lupe et Danna rentraient, d'humeur plus sombre qu'à l'aller. L'optimisme de Maureen, qui s'était réveillé quand elle avait appris que Liz était redevenue la femme combative qu'elle était auparavant, avait fait place à une résignation qui la laissait vide et glacée.

44

Debout près de Tina dans la maison commune obscure, Liz était tenaillée par un sentiment de culpabilité et de honte. Sur le moniteur installé devant Jasper Calhoun et les membres du Bureau passait un enregistrement de la visite de Maureen et de ses amies californiennes chez elle dans l'après-midi.

— Vous avez fait du bon travail, les félicita Calhoun. Vous êtes des atouts majeurs de Bonita Vista, toutes les deux.

— Merci, répondit Tina, manifestement ravie.

Liz garda le silence.

— Elizabeth? fit le président.

— Merci, murmura-t-elle.

Elle était contente que la pièce ne soit pas éclairée et que les hommes présents ne puissent voir ses yeux brillants de larmes difficilement contenues.

Elle était contente que Ray n'ait pas vécu assez longtemps pour voir cette journée.

45

Prenant exemple sur Jeremy, Barry s'était replongé dans les E-C-R. Il les avait déjà lus, bien sûr. Plusieurs fois, depuis l'assemblée. Pour y déceler des failles.
Ils étaient maintenant différents. Indiscutablement.
Pendant plus d'une heure, il tenta de trouver une explication. Il s'attarda sur les articles dont il ne gardait aucun souvenir, s'efforça de se convaincre qu'il perdait la mémoire, ou qu'il avait trop de choses en tête, ou que personne ne pouvait se rappeler tous les articles d'un document aussi long, mais il savait que ce n'étaient que des échappatoires.
Les E-C-R avaient changé.
C'était impossible, pourtant. Ou quelqu'un s'était glissé dans la maison et avait remplacé l'ancien règlement par un règlement amendé, ou le texte s'était amendé tout seul, de nouvelles règles apparaissant par magie dans les espaces auparavant blancs.
L'album en cours se termina et Chuck sortit en disant :
— Attendez une minute.
Il revint de sa voiture avec une brassée de nouveaux CD, dont un disque de Tom Waits dont Barry connaissait l'existence mais qu'il n'avait jamais écouté.
— Y avait un type devant la maison. Grand, tout maigre,

le genre mauviette, avec une tablette sur laquelle il prenait des notes. Quand il m'a vu, il s'est éloigné en faisant comme si de rien n'était.

— Neil Campbell, traduisit Barry. Le larbin de l'association.

— Ils savent qu'on est ici, fit Jeremy.

Dylan eut un grand sourire.

— Tant mieux.

Il ouvrit la porte, passa la tête dehors et brailla :

— On botte des fesses et on prend des noms, bande d'enfoirés !

— Ah, c'est malin, marmonna Barry. Très adulte, comme conduite...

Il était content, cependant. C'était bon d'avoir des alliés, des gens du monde extérieur qui pouvaient dire et faire ce qu'ils voulaient en toute impunité.

Ils avaient déjà regardé deux fois la vidéo que Chuck avait filmée dans la résidence en y cherchant des infractions au règlement de l'association, mais ils n'avaient rien trouvé. Barry éteignit le poste de télévision, alla à la chaîne stéréo, mit le CD de Tom Waits, monta le volume et sourit en entendant la voix éraillée familière.

— Pourquoi on reste enfermés ici ? lança-t-il aux autres. Allons nous installer sur la terrasse. Mo et moi avons acheté cette maison pour la vue, autant en profiter.

— Ouais, d'accord, fit Dylan en s'étirant. Dis, il est où le sentier où se traîne ton monstre ?

— Moignon ?

— Ouais.

— Suis-moi.

Barry monta l'escalier, traversa l'espace libre adjacent à la salle de séjour, ouvrit la porte en verre coulissante et s'avança sur la terrasse.

— Tu prends la route jusqu'à la première rue à droite, tu

descends un peu. Le sentier est sur la droite, il est bien indiqué.

Dylan hocha la tête.

— Bon, je crois que je vais aller faire une petite balade...

Barry ne savait comment exprimer ce qu'il ressentait.

— Moignon, enfin, Kenny... Il n'est pas... Il n'est pas drôle à regarder. Il fait peur, si tu veux la vérité.

— Tu me prends pour une femmelette ?

— Je suis sérieux, Dyl. Vu d'ici, ça peut donner l'impression d'une curiosité intéressante mais quand on est seul dans les bois et qu'on entend Moignon... Kenny s'approcher dans les broussailles, ça fout les jetons.

— Cool !

— Emmène Jeremy. Ou Chuck.

— Sûrement pas. Et pas question que tu viennes non plus. T'en fais pas, j'ai des sous-vêtements de rechange au cas où je salirais mon slip.

Dylan partit mettre ses chaussures de marche, et Barry, appuyé à la balustrade, contempla les arbres en écoutant la musique. Chuck et Jeremy vinrent le rejoindre.

— Bon CD, dit Barry.

En bas, la porte claqua. Un moment plus tard, ils virent Dylan descendre la route, lui lancèrent des insanités et eurent droit à un doigt d'honneur en retour.

— Tu crois que ton Campbell se cache dans les fourrés et note tout ça sur sa tablette ? demanda Chuck en souriant.

— Je suis sûr que je recevrai un rapport détaillé et une invitation à suivre un cours de correction langagière.

— Une invitation ? fit Jeremy.

— Un ordre, corrigea Barry. J'ai déjà eu un avertissement parce que je faisais marcher ma chaîne trop fort. Et j'écoutais Joni Mitchell !

— Joni Mitchell ? Alors, ils vont adorer Tom Waits, fit Chuck en riant.

Les femmes revinrent peu après — Barry le sut car la musique, en bas, s'arrêta net — et ils retournèrent à l'intérieur où Maureen leur rapporta ce qu'elle avait appris par Liz et Tina.
— Ils sont la loi, ici, conclut-elle. Juge, jury et bourreau à la fois.
Jeremy approuva de la tête.
— Ils se prennent pour une sorte de mini-gouvernement, avec tous les droits et pouvoirs que cela implique. Je me fiche du nombre de tribunaux qui ont soutenu les associations de propriétaires, cela ne les autorise pas à harceler les gens.
— Ni à les tuer, ajouta Barry.
— Cela va sans dire. Je pense que nous devrions établir une chronologie des événements et porter plainte auprès des autorités locales...
— Pour ce que ça changera !
— Laisse-moi terminer. Ensuite, nous remontons la chaîne jusqu'au niveau fédéral. Ministère de la Justice. Nous portons plainte pour discrimination. En même temps, nous entamons des poursuites, une action civile au nom de tous les propriétaires, présents ou passés, qui ont fait l'objet d'intimidations ou de menaces physiques...
Lupe hochait la tête et Barry dut reconnaître que cela se tenait.
— Nous les attaquons de tous les côtés, nous les bombardons de plaintes, continua Jeremy en montrant l'exemplaire des E-C-R qu'il tenait à la main. Mais pour ça, nous devons élaborer une stratégie. Ce Kenny Tolkin, celui qui a eu les bras et les jambes coupés, tu penses qu'on pourrait le faire sortir d'ici, montrer au FBI ou à une autre agence ce qu'ils lui ont fait ?
— S'il faut en venir là, à nous quatre, on pourrait le retrouver, le mettre dans une voiture...

— Il ne viendrait pas de son plein gré ?
— Je ne crois pas qu'il comprendrait. Il... son esprit aussi a été touché. Le choc, je suppose. Et il ne peut pas communiquer, il n'a plus de langue.
— On ne peut quand même pas le kidnapper...
— J'ai mon caméscope, rappela Chuck. Je pourrais le filmer.
— L'idée n'est pas mauvaise, estima Jeremy. Oui, c'est exactement ce que nous devons faire dans les jours qui viennent. Relever tous les méfaits de l'association, trouver un moyen concret de les établir, préparer nos poursuites...

Barry se tourna vers Maureen et vit sur son visage un espoir semblable à celui qu'il ressentait. En plus d'être un tantinet paranoïaque, Jeremy était méticuleux et opiniâtre, deux qualités appréciées chez un avocat.

Lupe prit le chemin de la salle de bains en expliquant :
— On a bu des litres de thé glacé.
— Des litres, confirma Danna, qui descendit vers l'autre salle de bains.
— On peut se servir de ton ordinateur ? demanda Barry à Maureen.
— Allez-y. Tout pour la cause, répondit-elle avec un sourire.
— Jeremy, si tu traçais les grandes lignes de notre plan ? Je te dirai tout ce que je pourrai et nous remplirons les blancs plus tard.

Les trois hommes descendirent tandis que Maureen attendait que Lupe ressorte de la salle de bains.
— Des litres, vraiment, soupira-t-elle.

46

Les indications de Barry étaient faciles à suivre et Dylan se retrouva bientôt dans un étroit sentier descendant entre de hauts arbres et d'épais buissons.

Qu'est-ce que c'était ? Une gorge ? Une ravine ? Son vocabulaire géographique n'était pas très riche, en tout cas la piste serpentait entre deux buttes proches, fortement boisées. Devant lui, un oiseau poussa un cri et s'envola bruyamment à son approche. Un geai bleu.

Il ne savait absolument pas où menait ce sentier ni s'il se prolongeait loin dans les bois, mais il semblait s'éloigner de la colline de Barry et des maisons pour s'enfoncer en territoire inconnu.

Où était le monstre ?

Dylan songea qu'il aurait dû demander à Barry jusqu'où il devait aller. Il marchait depuis cinq ou six minutes, était-il censé pousser jusqu'à dix ? Vingt ? Trente ? La piste descendit encore, traversa ce qui ressemblait au lit d'un ruisseau à sec puis suivit le bas d'une sombre paroi rocheuse. Dans une partie des bois où les pins se dressaient entre d'énormes rochers, le sentier bifurquait.

Dylan s'arrêta. Il commençait à fatiguer. Et à s'ennuyer.

— Moignon ! appela-t-il.

Hormis un chant d'oiseau, le silence était total.
— Y a quelqu'un ?
Pas de réponse.
— J'ai une grosse bite ! beugla-t-il à pleins poumons.
Il considéra les deux sentiers divergents. Celui de droite semblait remonter vers le soleil et la chaleur ; celui de gauche s'inclinait vers une autre ravine ou machin-chose. Dylan envisagea de faire demi-tour mais il avait envie de voir le monstre et décida de continuer dix minutes encore. En plus, il n'avait pas particulièrement envie de passer l'après-midi à écouter Barry et Jeremy décortiquer un règlement obscur.

Il s'engagea sur la piste de gauche et fut récompensé par une baisse soudaine de la température quand les arbres et les broussailles se resserrèrent autour de lui, bloquant quasiment tous les rayons du soleil et plongeant dans l'ombre la partie qui s'étendait devant lui. Dylan se mit à courir au petit trot sur la terre dure, lâchant de temps à autre un « Salut ! » sonore pour débusquer Moignon, ou Kenny.

Devant lui, il crut apercevoir une cabane entre les arbres et ralentit. Il était déjà hors d'haleine — pas habitué à cette altitude — et fit une halte pour respirer profondément.

C'était effectivement une cabane, il le voyait maintenant, une longue structure basse de bois et de rochers se fondant si bien dans le paysage qu'il fallait être quasiment dessus pour la découvrir. Cela mit Dylan mal à l'aise. Il pensa à ce que Barry lui avait dit et l'idée le traversa qu'il venait peut-être de tomber sur une cachette au milieu des bois.

L'endroit où Moignon vivait ?
L'endroit où on avait fait de lui un monstre ?

Sa première réaction fut de rebrousser chemin mais, comme il scrutait le feuillage sombre, il ressentit une poussée d'adrénaline. Cette cabane, c'était ce qu'il cherchait, c'était ce qu'il était venu voir.

Il s'approcha lentement, guettant un signe de vie. Il avait

cessé de crier, estimant que la meilleure ligne de conduite était non pas d'annoncer sa présence mais d'entrer et de ressortir furtivement sans se faire repérer. Il quitta le sentier, avança dans les fourrés en prenant garde à ne pas marcher sur une brindille ou une feuille morte. Comme le mur vers lequel il se dirigeait semblait dépourvu de fenêtres, Dylan tourna, décrivit un arc de cercle et découvrit avec satisfaction que le côté de la cabane était percé d'une entrée.

Il se faufila entre des buissons entremêlés, retint un cri quand une branche brisée lui entailla la cheville, parvint à l'espace découvert entourant l'entrée. D'aussi près, la cabane avait quelque chose d'*organique* et Dylan fut frappé par l'absence totale de bruit. Les cris d'oiseaux lointains, les bruissements des broussailles au passage d'un lézard qui l'avaient accompagné sur le sentier avaient disparu, remplacés par le silence.

Il avança prudemment, conscient du bruit de ses chaussures sur le sol caillouteux.

Il s'attendait à demi à ce que Moignon — ou Kenny — sorte soudain en poussant des cris aigus mais l'endroit paraissait abandonné : apparemment, il était seul dans le coin et il s'en réjouit. Sa réaction l'amena à se demander ce qu'il faisait là, et pourquoi il ne retournait pas chez Barry. Il n'en savait rien. Il savait seulement qu'il fallait qu'il entre dans cette cabane, qu'il voie, sinon le monstre, du moins ce qu'il y avait à l'intérieur.

Il alla jusqu'à l'entrée. Le bâtiment n'avait effectivement pas de fenêtre mais, au fond de la vaste salle qui en constituait l'intérieur, une vieille lampe à pétrole projetait une lueur jaunâtre. Dylan scruta la pénombre, ne parvint pas à distinguer de formes reconnaissables et se résolut à entrer. Il fit un pas, s'arrêta pour laisser sa vision s'accommoder.

C'était une sorte de dortoir avec, de chaque côté de la longue pièce, des lits de camp occupés. Dylan commença à se retourner pour s'enfuir mais des mains fortes lui saisirent le bras droit. Un homme âgé de haute taille le fixait d'un regard sans expression.

Il n'avait pas d'oreilles.

D'autres mains empoignèrent son bras gauche, se refermèrent sur son cou. Les formes allongées sur les lits de camp se dressaient, marchaient vers lui.

Certaines boitaient. Elles n'étaient pas aussi infirmes que Moignon mais, à la lumière de la lampe et du jour pénétrant par l'entrée, elles semblaient toutes avoir perdu un bras, une main, une jambe ou un pied.

Dylan se débattit, donna des coups de pied, tenta de dégager son bras droit et de frapper l'homme de haute taille qui se tenait devant lui. Personne encore n'avait parlé et on n'entendait dans le dortoir que les grognements de Dylan et le raclement des pieds de ses agresseurs sur le plancher.

L'étreinte sur son bras gauche se desserra quand l'homme qui le tenait fut poussé sur le côté par une forme sans doigts et Dylan en profita pour griffer le visage de l'homme de haute taille. Un instant, il réussit presque à se libérer puis les mains qui tenaient son cou pressèrent plus fortement et il glissa, faillit tomber.

— Putain, gémit-il.

Ils se mirent à cogner.

Quand Dylan reprit ses esprits, il était bâillonné, attaché par des chaînes et des lanières de cuir à ce qui devait être une table de métal. Il n'était plus dans le dortoir mais il ne savait pas où on l'avait emmené. Il pouvait remuer la tête et il la tourna d'abord à gauche puis à droite, ne vit que des taches sombres et floues entre ses paupières gonflées. Peu à peu, son cerveau déchiffra les signaux de sa vision altérée et les recomposa en une image cohérente. Il aperçut un mur de pierre encrassée, à quelques mètres de l'endroit où il était allongé. Près de lui, sur la table, il y avait une vieille machette qui paraissait avoir beaucoup servi, un marteau et une boîte de clous, une scie à ruban portable à la lame rouillée. Au-dessus de lui, haut et lointain, un plafond noir.

Une femme s'approcha, vêtue d'un jean sale et d'un tee-shirt déchiré, taché de sang, une paire de lunettes protectrices en plastique autour du cou.

— Un des invités ? demanda-t-elle.

Un vieillard apparut près d'elle, un homme d'allure étrange à la peau sèche et ridée, dont le visage semblait particulièrement redevable aux techniques de maquillage des films d'horreur.

— Oui, répondit-il, la voix chargée de l'autorité désinvolte d'un homme de pouvoir.

— Qu'est-ce qu'on en fait ? voulut savoir la femme.

L'homme jeta à Dylan un regard blasé.

— D'abord les mains et les pieds, ordonna-t-il. Ensuite, nous verrons.

— C'est parti, dit la femme en mettant ses lunettes.

Derrière son bâillon, Dylan poussa un hurlement quand la scie à ruban commença à vrombir.

47

Quand une heure se fut écoulée sans que Dylan soit rentré, Barry ressentit une légère appréhension.
Au bout de deux heures, il s'alarma et décida de partir à sa recherche, avec Jeremy et Chuck.
Les trois hommes parcoururent le sentier dans les deux sens, prirent chaque bifurcation, croisèrent deux cadres en train de faire leur jogging et une vieille femme.
Pas de Dylan.
Il faisait presque nuit lorsqu'ils reprirent le chemin de la maison, fatigués, découragés et morts d'inquiétude. Les femmes les attendaient sur la véranda et un seul coup d'œil à leurs visages apprit à Barry que Dylan n'était pas rentré entre-temps. Ils fermèrent la porte à clef derrière eux et Maureen monta leur chercher à boire.
— Tu crois que l'association l'a eu? demanda Jeremy, exprimant la pensée qui était dans tous les esprits.
Danna se tourna vers Barry.
— Il était parti à la recherche de cet homme-tronc, c'est ça?
Mais Barry secouait déjà la tête.
— Moignon n'aurait pu lui faire aucun mal. Il est effrayant

mais à part pousser des cris... Je ne le vois pas affronter quelqu'un de costaud comme Dylan.

— Alors c'était un autre type... ou plusieurs autres types, suggéra Jeremy.

— Qu'il y en ait un ou plusieurs, on ne le retrouvera pas en jouant aux devinettes, lui répondit Barry. Tu appelles le shérif ou je le fais ?

— J'ai envie de l'entendre, ce salaud.

Jeremy prit le téléphone sur la table, composa le 911, attendit.

Attendit.

Il raccrocha, refit le numéro et obtint cette fois quelqu'un. Il demanda à parler à Hitman et quand, à l'autre bout du fil, on lui posa des questions sur l'urgence de son appel, Jeremy prit son ton le plus juridique et le plus officiel pour intimider son correspondant et le convaincre de lui passer le shérif.

Barry ne put retenir un sourire. Un Jeremy en rogne et belliqueux, c'était un spectacle à ne pas manquer, et il se félicita une fois de plus de l'avoir de son côté.

Le feu d'artifice verbal de l'avocat n'eut cependant aucun effet sur Hitman, comme Barry put s'en rendre compte même en n'entendant qu'une moitié de la conversation. Il connaissait déjà l'autre partie : Hitman n'était pas habilité à s'immiscer dans les affaires de l'association, c'était manifestement un problème qui la concernait, ils n'avaient qu'à s'adresser au Bureau.

— Bon Dieu ! s'exclama Jeremy en raccrochant violemment. Comment ils le tiennent ? Ils ont des photos de lui au lit avec une truie ? Comment un shérif peut-il renier à ce point ses responsabilités ?

— Nous nous sommes posé la même question, dit Maureen.

— Il faut agir à un autre niveau. Hitman est corrompu jusqu'à la moelle ou totalement incompétent.

Barry gardait le silence, sentant ses espoirs s'amenuiser. Jeremy était un adversaire plein de ressources, mais l'association était un mastodonte capable d'écraser n'importe quel obstacle sur son chemin.

— Qu'est-ce qu'on fait, alors ? demanda Chuck.
— On attend jusqu'à demain matin, soupira Barry.

Il alla à la fenêtre et regarda la route comme s'il espérait y voir apparaître Dylan d'une seconde à l'autre. Une BMW bourrée de jeunes passa devant la maison, le chauffeur fit mugir son klaxon et cria :

— Ta mère suce des bites en enfer !

Barry s'éveilla à six heures, avant Maureen et, d'après ce que lui disaient ses oreilles, avant qui que ce soit d'autre. Il avait dormi d'une traite, comme d'habitude, mais il avait fait de mauvais rêves. Il se glissa hors du lit lentement, une jambe à la fois pour ne pas réveiller Maureen, enfila son peignoir et ses pantoufles avant de sortir de la chambre et de gravir l'escalier à pas feutrés.

Il avait l'intention de monter sans bruit à la cuisine pour ne pas déranger Chuck et Danna mais, à la lumière matinale passant entre les lattes des stores, il vit que le canapé était refermé. Les draps et les oreillers se trouvaient à côté, comme s'ils n'avaient pas servi. Fronçant les sourcils, il alluma une lampe, fit rapidement le tour de la maison. La porte de la chambre d'amis où dormaient Jeremy et Lupe était fermée à clef mais les deux salles de bains étaient désertes. On n'avait rien sali dans la cuisine, pas même un verre, et il n'y avait personne dans le jardin.

Chuck et Danna avaient disparu.

Ils sont probablement allés faire une promenade, se dit-il. Ils ont refermé le canapé, plié les draps et sont sortis pour une séance d'exercice matinal. Mais le doute le rongeait et il avait envie de réveiller tout le monde, de se précipiter dehors et d'entamer immédiatement des recherches.

Il chassa ces pensées, ne laissa pas son esprit dériver dans cette direction. Reconnaître qu'il leur était arrivé quelque chose reviendrait à reconnaître que quelqu'un... quelque chose?... avait pénétré dans la maison, et il ne pouvait s'y résoudre. Cela ouvrirait des possibilités vertigineuses, des implications terrifiantes. Surtout après la journée de la veille.

C'était la politique de l'autruche, avec tout ce qu'elle avait de séduisant et de lâche, et il en avait parfaitement conscience, mais quelque chose s'était fermé en lui, son sens de la justice ou des responsabilités, peut-être. Il s'aperçut qu'il parvenait à croire que rien d'étrange n'était arrivé et qu'il aurait pu dire, en toute sincérité, que ses amis s'étaient probablement réveillés de bonne heure et étaient partis faire un petit tour.

Les autres se levèrent et Barry, après être resté longtemps assis en silence dans le séjour, monta à la cuisine et fit du café. Maureen le rejoignit, suivie de Jeremy puis de Lupe. Tous lui demandèrent où étaient Chuck et Danna. Avec un haussement d'épaules, il répondit qu'il n'en savait rien, qu'ils étaient déjà partis – probablement pour s'éclaircir les idées après ce qui s'était passé la veille au soir – quand il s'était levé.

– Oh oui, ils cherchent sans doute Dylan, fit Maureen, sarcastique.

Il ne prit pas la peine de lui répondre.

Ils mangèrent dans un silence troublé uniquement par l'entrain factice d'une émission d'informations à la télévision et le craquement des céréales sous les dents.

– Qui cherchons-nous à tromper? dit enfin Jeremy en reposant sa cuillère. Combien de temps allons-nous faire semblant de croire qu'ils vont revenir?

— Rien ne prouve qu'ils ne reviendront pas, argua Barry. Pas de conclusions hâtives...

— Après ce qui s'est passé avec Dylan, «hâtives» n'est pas exactement le mot qui convient, il me semble, lui répondit Maureen.

— Ils ne seraient pas sortis sans nous prévenir, insista Jeremy. Il leur est arrivé quelque chose.

Lupe se leva, se pencha par-dessus la rampe et regarda dans le séjour.

— Leurs bagages ne sont plus là.

Barry la rejoignit. Elle avait raison : le sac de Chuck avait disparu, comme les deux petites valises de Danna. Comment avait-il pu ne pas le remarquer ?

— Alors ils sont rentrés chez eux, avança-t-il sans conviction.

— Sans leur voiture ? Ils sont retournés en Californie à pied ? Ils ont pris un taxi ? Et pourquoi seraient-ils rentrés ? S'ils en avaient eu envie, ils nous en auraient parlé et nous serions peut-être tous partis ensemble.

Barry fixa le canapé-lit auquel on n'avait pas touché.

D'abord Dylan.

Maintenant Chuck et Danna.

Ils éliminaient ses amis, l'un après l'autre.

— Nous devrions peut-être tous partir, suggéra Lupe.

Bien que déchiré intérieurement, il approuva d'un hochement de tête. Trois jours. Il n'avait fallu que trois jours à Bonita Vista pour enfoncer sa meilleure ligne de défense. Il restait cependant en lui un noyau dur, une détermination à refuser de s'avouer vaincu que l'adversité ne faisait que renforcer. Il se rappela le sous-titre d'un film : *Cette fois, c'est personnel.*

Mais ça avait toujours été personnel. Il pensa à la mort de Barney, leur chat, au meurtre de l'homme qui avait harcelé

Maureen, à Ray. Son opposition à l'association des propriétaires n'avait jamais été autre chose que personnelle.

Jeremy secoua la tête.

— Je ne pars pas avant d'avoir découvert ce qui leur est arrivé, même si je dois rester un an ici pour ça. Je n'abandonnerai pas mes amis.

— Allons faire un tour dehors, proposa Barry. Nous trouverons peut-être quelque chose.

— Commençons par la maison du président.

— Tu veux les accompagner? demanda Maureen à Lupe.

La femme de Jeremy regarda son mari, secoua la tête et se remit à piocher dans ses céréales.

— Je reste ici avec elle, dit Maureen à Barry.

Il revint à la table finir son café puis descendit dans leur chambre enfiler ses chaussures. Jeremy était prêt quand il remonta dans le séjour. Il défit le verrou et la chaîne, ouvrit la porte d'entrée.

Il vit une feuille de papier rose fixée à l'extérieur du panneau grillagé.

Jeremy tendit la main pour la prendre.

— C'est un formulaire, dit-il. Ou plutôt ta «copie résident» d'un formulaire. Un formulaire concernant le «respect du règlement», pour être exact. Et on a fait une croix dans une des cases «Infractions» : «Présence non autorisée d'un membre d'une minorité»...

— Merde, lâcha Barry.

Jeremy se tourna vers Lupe et Maureen, qui les observaient du haut de l'escalier, et continua à lire :

— «Femme d'origine hispanique et conjoint accueillis sur la parcelle. Si l'infraction se prolonge, il sera mis fin à la présence du couple contrevenant.» Qu'est-ce qu'il veulent dire par là?

— A ton avis? lui renvoya Barry.

— Mon Dieu, fit Lupe d'une voix tremblante.

Barry crut qu'elle allait se mettre à pleurer mais, en levant les yeux, il vit le visage de la jeune femme se durcir. C'était la rage qui faisait trembler sa voix, pas la peur.

— Il faut donner une leçon à ces salauds de racistes.

Jeremy chiffonna le formulaire et le jeta par terre.

— Allons rendre une petite visite à M. Jasper Calhoun.

La maison du président ressemblait plus que jamais à une forteresse, avec ses dimensions impressionnantes, ses murs gris sombre contrastant avec la vaste pelouse en pente, en une défiguration du paysage naturel que les E-C-R auraient pu condamner. Comme la fois précédente, un vent froid ébouriffa les cheveux de Barry et s'il n'avait pas su que c'était impossible, il aurait juré qu'il provenait du bâtiment sans fenêtres.

Les deux hommes demeurèrent un moment sur la route.

— Elle est monstrueuse, cette maison, commenta Jeremy.

— A plus d'un titre.

— Ça, oui. Mais je suis surtout étonné qu'elle soit si vaste. Si je me souviens bien, le règlement limite la taille des constructions à Bonita Vista. A moins qu'elle ne bénéficie d'une quelconque clause d'antériorité...

— D'après Mike Stewart, Calhoun y vit seul. Il n'a pas de famille.

— Alors, pourquoi tout cet espace ? A quoi cela peut-il lui servir ?

Barry ne répondit pas. C'était une question à laquelle il préférait ne pas penser.

Ils descendirent l'allée soigneusement entretenue, passèrent devant un pommier, un prunier, une vasque pour les oiseaux. La Lexus argent n'étant pas sous l'auvent, la probabilité était forte que le président ne soit pas chez lui, mais ils continuèrent à avancer, montèrent le perron en bois de la véranda qui faisait tout le tour du bâtiment. Lorsque

Jeremy appuya sur la sonnette, un gong étouffé se fit entendre dans les profondeurs de la maison.

Barry tourna lentement la tête, regarda autour de lui. Le jardin était silencieux, désert.

La porte était encadrée d'étroites fentes vitrées et, une main en visière pour éviter les reflets, il pressa le visage contre celle de droite, mais le verre fumé était si sombre qu'il distingua à peine les lattes d'un mini-store baissé.

Pourquoi Calhoun avait-il besoin d'autant d'espace ?

Quand ils remontèrent vers la rue, Barry sentit le poids de la maison derrière lui. C'était comme si elle les surveillait, telle une créature géante accroupie, prête à bondir, et il dut réprimer une envie de se mettre à courir.

Ce ne fut qu'en parvenant au trottoir qu'il remarqua qu'ils n'avaient pas prononcé un mot depuis qu'ils avaient pénétré dans la propriété de Calhoun, et il se demanda si Jeremy avait été aussi angoissé que lui par cette visite. Barry se sentait mieux maintenant, mais il était couvert de sueur, comme s'il venait de rencontrer une sorte de prédateur.

Ils repartirent en direction de la maison de Barry, et Jeremy fut le premier à parler :

— Tu me connais, je ne suis pas du genre impressionnable. Mais je peux te garantir que cet endroit m'a flanqué la trouille...

Barry hocha la tête en silence.

— Tu crois qu'ils pourraient être là-dedans ? Dylan ? Chuck et Danna ?

— Je ne crois pas, non, répondit Barry, sincère.

S'il pouvait aisément imaginer ses amis enchaînés à l'un des murs de cette immense bâtisse, cela ne lui semblait pas pour autant vraisemblable. Il ne doutait pas que la maison de Calhoun cachait des choses horribles qu'il préférait ne pas voir, mais il ne pensait pas que ses amis s'y trouvaient.

Où étaient-ils, alors ?

Son instinct lui soufflait qu'ils étaient effectivement partis, qu'ils avaient quitté Bonita Vista, soit de leur plein gré, soit sous la contrainte, et bien qu'il n'eût aucune preuve pour l'étayer, il fit part de son sentiment à Jeremy.

— Tu dois avoir raison. L'association ne les garde sûrement pas ici. Son but est au contraire de se débarrasser d'eux. De se débarrasser de nous. Ce qui est sûr, c'est que je ne vois pas ce qui aurait pu décider Chuck et Danna à partir sans nous prévenir. Je pense plutôt qu'ils ont été enlevés, ou forcés de partir d'une manière ou d'une autre.

— Lupe a peut-être raison : vous devriez retourner en Californie avant qu'il ne vous arrive quelque chose à vous aussi.

— L'idée de déguerpir comme un lapin ne me séduit pas beaucoup. En plus, nous sommes venus ici pour t'aider.

Ils firent le reste du trajet en silence, chacun d'eux perdu dans ses pensées.

— Comme je te l'ai déjà dit, à mon avis, le meilleur moyen de les attaquer, c'est de les poursuivre en justice, dit Jeremy quand ils arrivèrent devant l'allée de Barry. Même s'ils gagnent devant les tribunaux, cela les dérangera. Ils devront engager un avocat, faire l'effort de réfuter nos allégations. Cela demandera du temps et de l'argent, leur fera une publicité dont ils se passeraient bien. Ça réduira peut-être un peu la pression ici.

— Ça pourrait aussi nous donner d'autres idées et nous aider à trouver des défauts dans la cuirasse.

— Aussi, convint Jeremy.

Ils étaient à mi-chemin de la porte quand Mike engagea son pick-up dans l'allée. Il descendit sans arrêter le moteur, tendit à Barry une grande enveloppe de papier kraft.

— On m'a dit de te donner ça. Je ne suis que le messager, se défendit-il, écartant les mains en signe d'innocence. Je ne sais pas ce qu'il y a dedans.

— Qui, « on » ? répartit Jeremy.
— Je ne suis que le messager, répéta Mike.

Il haussa les épaules, adressa à Barry un regard d'excuse et remonta dans son pick-up. Maureen et Lupe sortirent de la maison, descendirent les marches du perron mais, avant que quiconque ait pu ajouter un mot, Mike repartit.

— Qu'est-ce qu'il y a ? demanda Maureen en s'approchant.

— Je ne sais pas, répondit Barry.

Il ouvrit le fermoir de l'enveloppe, releva le rabat, fit apparaître une photo au format 21 × 27. La photo d'un homme à la peau sombre torturé par des bourreaux invisibles. Elle avait été prise à Bonita Vista — on reconnaissait à l'arrière-plan la forêt de pins s'étendant vers les canyons — et récemment : le capot et l'avant d'une Honda Accord neuve étaient visibles dans la partie gauche de la photo.

L'homme était écorché vif.

On lui avait découpé la peau sur une partie des épaules et le liquide écarlate coulant sous un carré parfait de musculature à nu faisait un contraste horrible avec la couleur de son corps. Il avait les yeux égarés, la bouche grande ouverte, sans doute sur un cri de souffrance, et du sang coulait de ses lèvres.

Toutes ses dents avaient été arrachées.

De ceux qui se livraient à ces atrocités on ne voyait que deux paires de mains gantées serrant les bras de la victime, la forme floue de la tête et des épaules d'un homme se détournant de l'objectif et levant des ciseaux d'une longueur inhabituelle.

Les glandes salivaires de Barry avaient cessé de fonctionner, sa bouche était sèche comme de l'étoupe. Jeremy et Lupe semblaient sur le point de vomir.

Il retourna la photo, lut au dos un tampon descriptif à

l'encre rouge : *Châtiment infligé pour violation de l'article IV, section 8, paragraphe D.*

Lupe se mit à pleurer.

Jeremy se précipita vers elle et la prit dans ses bras.

— Je m'excuse, sanglota-t-elle. Je... m'excuse.

— Ce n'est rien, lui dit Maureen. Ce n'est rien.

— Je crois que je ne suis pas aussi forte que je le pensais.

— Ne t'en fais pas, murmura Jeremy à sa femme.

Il se tourna vers Barry et ajouta :

— Désolé, vieux. La guerre vient de finir. Nous partons. Et si tu es intelligent, tu feras la même chose.

Engagements, Conditions et Restrictions
de l'Association des Propriétaires de Bonita Vista

Article IV, dispositions générales, section 8, paragraphe D : Du fait de leur penchant au crime contre les personnes et les biens, les individus n'appartenant pas à la race blanche ne sont pas autorisés à résider ou à séjourner sur le territoire de Bonita Vista.

49

Jeremy ne les avait pas totalement abandonnés. Lupe et lui avaient quitté la résidence en milieu de matinée mais en début d'après-midi, sur le chemin du retour, il téléphona à Barry de son portable pour lui dire de s'attendre à la visite du FBI. Pendant que sa femme conduisait, il n'avait pas cessé de donner des coups de fil, de rappeler des services rendus, d'exploiter des contacts, empli d'une rage froide qu'il n'avait jamais ressentie jusque-là. Il avait convaincu le FBI d'enquêter non seulement sur la disparition de Dylan, de Chuck et de Danna mais aussi sur le refus des autorités locales de jeter ne serait-ce qu'un coup d'œil à la situation.
— Maintenant, notre carte maîtresse...
Barry sentait naître en lui une bouffée d'espoir et d'optimisme irraisonnée.
— Qu'est-ce que c'est?
— Ton gars, Kenny Tolkin. Il ne jouait pas du pipeau, il était vraiment conseiller artistique. J'ai appris que le *Times* a publié ce matin un article sur sa disparition et mentionne l'inquiétude de plusieurs grandes stars. Apparemment, il avait rendez-vous avec Madonna la semaine dernière mais il n'est pas venu, ce qui ne lui ressemble absolument pas. Il

a aussi posé un lapin à Tom Cruise lundi, et le journal reproduit une déclaration du bureau de Tolkin à L.A. reconnaissant qu'ils n'ont pas de nouvelles de lui et qu'ils n'arrivent pas à le joindre. Il faut que tu lises ça.
— Nous recevons le *Times*, nous sommes toujours abonnés. Il nous arrive par la poste, avec deux jours de retard.
— C'est trop long. Je t'envoie l'article par fax dès notre retour. Ce qui compte, c'est que quand quelqu'un de cette stature disparaît, on n'épargne aucun effort pour le retrouver. La grosse artillerie va dégringoler sur Bonita Vista.
— Super !
— Je t'envoie aussi un questionnaire que je veux que tu remplisses et que tu fasses authentifier, si possible. Je compte le faire figurer parmi les munitions que je fournirai aux services travaillant sur l'affaire Tolkin. Avec tes déclarations pour établir l'existence d'une cause raisonnable, ils devraient pouvoir obtenir un mandat de recherche dans les sentiers de Bonita Vista.
Jeremy n'avait pas pour habitude de parler de manière aussi explicite au téléphone. Sa fougue prenait le pas sur sa prudence coutumière et ce fut cette fois au tour de Barry de le mettre en garde :
— Jer, la ligne n'est pas sûre...
— Merde ! Tu as raison. Désolé, je me suis laissé emporter. Je te faxe mes autres idées en même temps que l'article. Du nouveau de ton côté ?
— Non.
— Bien. Je te rappelle dans deux heures environ.
Il y eut un silence.
— Quoi ? fit Barry.
— Ce n'est peut-être rien et je ne voudrais pas t'inquiéter...
— La ligne n'est pas sûre, je te le rappelle.

— Je sais, je sais. Mais une voiture a failli nous emboutir à Saint George. Elle a foncé droit sur nous. Une Infiniti.

Après une autre pause, Jeremy reprit :

— Nous passions dans un quartier neuf, une résidence sécurisée. Elle a jailli de l'allée, comme pour se jeter sur nous. Lupe a écrasé la pédale de frein, et l'Infiniti a filé à toute vitesse.

— Bon Dieu !

— Réfléchis-y de ton côté. Il vaut mieux ne rien ajouter, je te rappelle en arrivant.

Barry reposa le téléphone, se laissa tomber sur le canapé. Peut-être une coïncidence, se dit-il, mais son esprit tournait déjà à plein régime. Ce qui l'effrayait le plus, c'était l'idée que l'association bénéficiait de contacts dans d'autres villes, jusqu'en Californie peut-être, pour imposer sa volonté, réaliser ses plans. Jusqu'ici, il avait toujours considéré Bonita Vista comme une communauté isolée et supposé qu'il lui suffirait de la quitter pour échapper à la tyrannie des bouseux locaux. Mais il imaginait maintenant un réseau d'associations de propriétaires s'étendant à travers tout le pays, s'échangeant les basses besognes, traquant et punissant ceux qui s'opposaient à elles ou à leurs consœurs. Il espérait que ses craintes étaient excessives, que la mésaventure de Jeremy n'était qu'une coïncidence.

Mais il pensait le contraire.

Et Jeremy aussi, il le savait.

L'agent du FBI, un nommé Thom Geddes, arriva le lendemain matin après avoir téléphoné une heure, une demi-heure et un quart d'heure avant. Barry et Maureen faisaient les cent pas nerveusement en l'attendant et, dès qu'il arrêta sa voiture dans l'allée, ils déverrouillèrent la porte d'entrée.

Les présentations furent brèves, sans fioritures. Geddes

souhaitait manifestement entamer son enquête le plus tôt possible. Il semblait compétent et c'était surtout le représentant du premier service de maintien de l'ordre des Etats-Unis, disposant de pouvoirs et de ressources illimités, ce qui fit naître chez Barry un sentiment de soulagement et un regain d'espoir.

Geddes baissa les yeux vers le bloc-notes électronique qu'il tenait à la main.

— Si j'ai bien compris, Dylan Andrews, Chuck et Danna Carlin étaient vos invités. Il y a deux jours, M. Andrews a disparu, puis M. et Mme Carlin ont disparu eux aussi, pendant la nuit suivante. Du fait des divers incidents et confrontations qui vous ont opposés à l'association des propriétaires de Bonita Vista, vous pensez que cette organisation est derrière ces événements. C'est bien ça ?

Barry consulta Maureen du regard avant d'acquiescer.

— Bien, reprit l'agent. Je vais rendre visite à...

Coup d'œil au bloc-notes.

— ... à Jasper Calhoun pour l'interroger.

Barry ne savait pas à quoi il s'attendait mais certes pas à une réaction aussi rapide et directe, et la franchise abrupte de Geddes le désarçonna un instant.

— Je... je peux vous accompagner ?

— Non ! intervint Maureen.

— Si vous voulez, répondit Geddes en éteignant l'appareil.

Barry se tourna vers sa femme.

— Il faut que je sois présent.

— Sûrement pas !

Il lui posa les mains sur les épaules, la regarda dans les yeux.

— Ils n'oseraient jamais tuer ou kidnapper un agent du FBI. Je ne risque absolument rien. C'est l'occasion pour moi de parler à ce salaud.

— Je voulais juste...
— Je sais.
Geddes feignait de ne pas les écouter.
— Il faut que j'entende ce qu'il dira, insista Barry. Il faut que je voie son visage. Ce sont nos amis, je ne peux pas les abandonner. Je dois y aller.
Maureen prit une inspiration, hocha la tête.
— O.K.
Geddes tint à apporter une précision :
— C'est moi qui mènerai l'interrogatoire. Vous, dit-il à Barry, vous nous observerez.
— Compris.
Maureen embrassa Barry et murmura :
— Retrouve-les.
Il s'écarta d'elle, fit un pas vers la porte.
— Je sais où vit Calhoun, dit-il à l'agent. Je peux...
— Non, coupa Geddes, c'est moi qui conduis et on prend ma voiture. Vous m'indiquerez le chemin.
Le téléphone sonna, Maureen décrocha, tendit l'appareil à Barry. Elle était livide, sa main tremblait.
— Pour toi, dit-elle. C'est lui.
Barry approcha le téléphone de son oreille, reconnut aussitôt la voix de Calhoun.
— Monsieur Welch? Le garde de la grille m'a informé qu'un agent fédéral est venu vous voir. Je présume que c'est au sujet de vos amis disparus.
Personne n'avait signalé leur disparition à Calhoun. Comment savait-il...
Hitman.
— Oui, répondit Barry en s'efforçant au calme. C'est exact.
— L'association des propriétaires est prête à vous apporter toute l'aide possible. Je suis en ce moment à la maison

commune. Si votre visiteur souhaite me parler pour une raison quelconque, j'y serai pendant l'heure qui suit.
Pour une raison quelconque ? Calhoun savait parfaitement pourquoi, et Barry songea à ces «méchants» de bande dessinée qui s'amusent à des jeux mentaux pervers avec ceux qui essaient de les abattre, et considèrent la vie comme une partie d'échecs subtile.
— Nous arrivons, annonça sèchement Barry avant de raccrocher.

Calhoun était assis à la table même qu'il avait occupée pendant l'assemblée annuelle et semblait ne l'avoir jamais quittée. La salle était vide et sombre, éclairée par une lumière grise tombant d'un vasistas. Barry n'aurait su dire pourquoi le président de l'association était là ni ce qu'il pouvait bien faire seul dans le bâtiment.
Les lumières s'allumèrent avant que Barry et Geddes soient parvenus au milieu de l'allée. Calhoun se leva, descendit de la tribune, s'avança, la main tendue, avec un large sourire.
— Je suis Jasper Calhoun, président de l'association des propriétaires de Bonita Vista.
Tandis que l'agent lui serrait la main, Barry fut de nouveau frappé par l'aspect étrange, presque inhumain, du vieillard. Il espérait que Geddes l'avait remarqué, lui aussi.
Comme chez Barry, l'homme du FBI ne perdit pas de temps en formules de politesse ou en phrases anodines. Il ouvrit son bloc-notes électronique et commença à poser des questions.
Calhoun était venu en toute connaissance de cause, Barry devait lui rendre cette justice. Après avoir nié être au courant de quoi que ce soit concernant les disparitions, après avoir fourni son emploi du temps et celui des autres membres du Bureau aux moments critiques, après avoir proposé de

fournir les bandes vidéo de surveillance prouvant la véracité de ses déclarations, le président cita des chiffres sur le taux de criminalité remarquablement bas de Bonita Vista.

— Je tiens autant que vous à élucider cette affaire, assura-t-il. Tout crime, en particulier un crime impuni, ternit l'image de la résidence. Comme M. Welch peut le confirmer, nous sommes très soucieux de notre réputation et nous déployons des efforts exceptionnels pour que notre communauté soit non seulement sûre mais aussi perçue comme telle à la fois par les résidents et les gens de l'extérieur. En fait, M. Welch et sa femme ont pu constater l'efficacité avec laquelle nous traitons les malfaiteurs et les fauteurs de troubles. Mme Welch était importunée par un ancien employé mécontent, et deux membres de notre comité de sécurité l'ont maîtrisé et tenu sous bonne garde jusqu'à l'arrivée du shérif. L'association a même porté plainte, afin que Mme Welch n'ait pas à témoigner devant un tribunal et ne soit pas obligée de revoir cet homme.

Calhoun écarta les mains et conclut :

— Voilà un exemple des services que nous prodiguons à nos résidents et de ce que nous sommes prêts à faire pour préserver notre réputation.

Il était plutôt bon, Barry devait le reconnaître. S'il n'avait pas su qui Calhoun était vraiment, il aurait sans doute avalé ses salades, lui aussi.

— Nous n'avons pas seulement eu affaire à cet ancien employé, nous avons également été harcelés par l'association, riposta Barry. On nous a infligé des amendes exorbitantes, on a cherché à nous intimider en nous imposant des travaux de peinture, en saccageant notre jardin...

Le président eut un geste de la main pour signifier que ce n'étaient que des broutilles. Barry poursuivit :

— Vous niez aussi nous avoir accusés de violer une règle interdisant Bonita Vista aux minorités ethniques ?

— Les associations de propriétaires ont nécessairement un règlement que tous les résidents doivent suivre.
— Des règles discriminatoires, contraires aux lois ?
Calhoun se tourna vers Geddes.
— La vie est un peu différente dans une résidence sécurisée, en particulier quand elle n'est rattachée à aucune commune et que l'association des propriétaires doit garantir la protection généralement assurée par les services de police. Vous connaissez un peu les associations de propriétaires, monsieur Geddes ?
— Je vis dans une résidence fermée, répondit l'agent.
— Et cela vous plaît ?
— Je ne vivrais ailleurs pour rien au monde.
— Alors, vous savez de quoi je parle, dit Calhoun, qui gratifia Barry d'un sourire bienveillant. Je suis le premier à admettre qu'elles ne sont pas faites pour tout le monde. Certains individus supportent mal la rigueur des règlements, mais les associations maintiennent des normes strictes pour le bien de la communauté. C'est ce que nous faisons ici. Mais de là à nous soupçonner d'enlèvement ou autres activités illégales... C'est franchement ridicule.

Barry avait encore beaucoup de choses à dire mais Geddes refermait déjà son bloc-notes. Il leva une main pour réduire Barry au silence, remercia Calhoun, se dirigea vers la sortie et fit signe à Barry de le suivre.

Les lumières s'éteignirent quand les deux hommes parvinrent à la porte. Jetant un coup d'œil par-dessus son épaule, Barry vit que Calhoun était de nouveau assis derrière la table de la tribune.

— Alors ? lança-t-il à Geddes, bien qu'il connût déjà la réponse.

— Désolé, répondit l'agent en se dirigeant vers sa voiture, mais je pense que nous devons concentrer nos efforts sur un suspect extérieur, une ou des personnes ayant une raison particulière d'en vouloir à vos amis. Je ne crois pas que M. Calhoun soit mêlé à leur disparition — s'il s'agit bien de disparition —, et je ne crois pas que votre association de propriétaires soit complice ou responsable de quoi que ce soit.

— Mais ils...

— Je comprends votre antipathie, mais vous la laissez obscurcir votre jugement. L'idée que votre association de propriétaires est derrière l'enlèvement de vos amis est tout à fait absurde et rien ne vient l'étayer. Comme l'a dit M. Calhoun, cette hypothèse est ridicule. Cela ne signifie pas que nous ne ferons pas tout pour retrouver vos amis. La majorité de nos enquêtes concernent des personnes disparues et il est très rare que nous n'aboutissions pas. Cette branche du FBI a un excellent taux de réussite.

Geddes s'arrêta de marcher pour donner plus de force à ses propos.

— Nous connaissons notre boulot, monsieur Welch. Nous vous tiendrons au courant s'il y a du nouveau. Mais je vous le répète, vous vous trompez de cible.

« Je ne vivrais ailleurs pour rien au monde. »

Barry regarda l'agent et hocha la tête.

— Je comprends.

50

Et ce fut terminé.

Du moins, en apparence. L'enquête sur la disparition de leurs amis n'avançait pas, mais une semaine s'écoula sans amendes ni avis ni harcèlement d'aucune sorte. Puis une autre semaine. Et une autre encore. C'était comme s'ils étaient revenus au premier mois de leur vie à Bonita Vista, et Maureen trouvait plus facile d'y croire. Elle aida Barry à repeindre la maison en marron avec des volets vert sapin. Ils allèrent à Corban et débarrassèrent le bureau de Barry qui, par miracle, était resté dans l'état où il l'avait laissé. Elle se fit aussi quelques nouveaux clients grâce à sa page web d'e-comptabilité.

Et elle tomba enceinte.

D'abord, elle n'en fut pas sûre. Ses règles variaient toujours d'un jour ou deux et il lui était même arrivé d'avoir une semaine de retard. Mais quand deux semaines se furent écoulées et qu'elle ne remarqua pas même un signe de menstruation prochaine — pas de visage boursouflé, pas de peau grasse, aucun syndrome prémenstruel —, elle sut qu'elle était enceinte.

Dès le début, elle avait senti que cette fois c'était la bonne, mais pour ne pas s'attirer la poisse, elle n'avait rien dit à

Barry. Elle ne savait pas encore comment il réagirait ; elle n'était pas sûre qu'il soit prêt à devenir père, pas sûre que, malgré ses protestations, il veuille même le devenir un jour.

Elle se décida à lui parler le soir du quatorzième jour.
— J'ai une nouvelle à t'annoncer.
— Bonne ou mauvaise ?
— Etant donné les circonstances, je ne sais pas trop. Je suis enceinte.
— Tu es sûre ?

Elle hocha la tête.
— J'ai deux semaines de retard.
— C'est merveilleux ! s'écria-t-il en la serrant contre lui.

Ce fut alors seulement qu'elle se rendit compte qu'elle s'était terriblement angoissée pour la réaction de Barry et elle se sentit inondée de joie et de soulagement devant son enthousiasme évident.

A Corban il n'y avait qu'un médecin, un généraliste, et même s'il n'y avait eu aucune animosité entre Bonita Vista et la ville, ni Barry ni Maureen n'auraient voulu lui confier la santé de leur bébé. Le lendemain matin, elle se brancha donc sur Internet et dénicha un obstétricien réputé à Cedar City. C'était loin, mais cela en valait la peine, et ils prirent rendez-vous avec le docteur Holmes deux jours plus tard.

Tout se passa bien. Du fait de son âge, Maureen se trouvait en principe dans un groupe à risques, mais le docteur déclara qu'elle était en bonne santé et qu'elle avait apparemment de bonnes habitudes alimentaires. Il faudrait naturellement procéder à une échographie et à une amniocentèse, mais il ne prévoyait aucun problème. Sa seule préoccupation, c'était que Maureen n'était pas protégée contre la rubéole. Cette maladie pouvait provoquer de graves anomalies fœtales et il lui recommanda d'éviter les endroits très fréquentés, cinémas et parcs d'attraction, de ne pas prendre l'avion et de rester à l'écart d'immigrants de fraîche date pouvant être porteurs du virus.

Elle appela tous ses amis californiens puis traîna Barry jusque chez Liz.

Lorsqu'elle leur ouvrit la porte, Liz leur parut vieillie et fatiguée, très différente de la femme qui avait accueilli Lupe et Danna. Elle semblait littéralement vidée de toute vie. Se forçant à prendre un ton joyeux, Maureen lui annonça la bonne nouvelle, mais l'expression amère imprimée sur le visage de Liz ne changea pas.

— Qu'est-ce que vous comptez faire ?

Maureen plissa le front sans comprendre.

— Pardon ?

— Les couples ne sont pas autorisés à avoir des enfants à Bonita Vista.

— Mais enfin, tu te trompes ! Les Williams ont des enfants. Et j'ai vu des adolescents sur les courts de tennis...

— La règle est récente, ces gens-là ont bénéficié d'une clause d'antériorité. Mais tous ceux qui ont acheté ici ces trois dernières années ne peuvent ni avoir des enfants ni en adopter.

Barry resserra son bras autour de la taille de Maureen.

— Je n'ai lu cette règle nulle part.

Maureen ne l'avait pas vue non plus, mais le mystère du texte qui ne cessait de changer n'avait pas été éclairci, et ils n'avaient toujours pas pris le temps d'étudier à fond le gros volume contenant les E-C-R amendés. Elle sut que Liz disait la vérité.

— J'ai connu un homme qui vivait ici il y a deux ans, dit la vieille femme d'une voix sans timbre. Dent Rolsheim. Il avait deux gosses à Phoenix mais c'était sa première femme qui en avait la garde. Il s'était remarié, il s'était installé ici et il se battait pour récupérer ses enfants. Finalement, il a obtenu la garde commune : sa femme les avait pendant l'année scolaire, Dent pendant les grandes vacances et les fêtes. Le lendemain du jour où il les a amenés ici, ils ont disparu. Tous. Dent, les gosses, la seconde femme. Envolés. Personne n'a jamais eu de leurs nouvelles.

Maureen sentit la panique lui étreindre le cœur et se tourna vers Barry.

— Et si l'association s'en prenait à notre bébé ?

Il serra les mâchoires.

— Ne crains rien, nous ne les laisserons pas faire. Je n'ai pas peur d'eux.

— D'eux ? fit Liz, haussant un sourcil. De *nous*, plutôt.

Et elle leur claqua la porte au nez.

51

Engagements, Conditions et Restrictions
de l'Association des Propriétaires de Bonita Vista

Article VI, droits des membres, section 3, paragraphe D : Les enfants ne sont pas autorisés à résider à Bonita Vista, à l'exception des mineurs de moins de dix-huit ans vivant déjà avec leur famille avant l'instauration de cette restriction. Au cas où un couple se refuserait à prendre les mesures adéquates pour résoudre le conflit entre une grossesse ou une adoption non autorisée et cette règle, le Bureau serait habilité à mettre un terme à cette grossesse ou à cette adoption de la manière qu'il jugerait appropriée.

52

Ils furent réveillés en pleine nuit par le téléphone, et Barry, certain que l'association recommençait à les harceler, décrocha d'un geste furieux.

Ce n'était pas l'association.

La voix à l'autre bout du fil était celle de son beau-frère, Brian, qui appelait parce que Sheri avait eu un accident et était en réanimation. La sœur de Barry et son mari vivaient à Philadelphie, où ils travaillaient tous deux dans l'équipe de nuit d'un centre de tri de la poste. Moins d'une heure plus tôt, Sheri était sortie chercher des sandwiches dans un *deli* ouvert toute la nuit et avait été renversée par une voiture en traversant la rue. Le chauffeur ne s'était pas arrêté, n'avait même pas ralenti, et si Sheri était encore en vie, c'était uniquement parce que la caissière du *deli* avait vu l'accident et appelé le 911. Pour le moment, la sœur de Barry demeurait dans un état critique et le pronostic des médecins était réservé.

— Faut que tu viennes, sanglota Brian. Elle a besoin de toi.

— J'arrive dès que possible.

Il raccrocha, tourna vers Maureen un regard stupéfait.

— Sheri a eu un accident. Brian dit que c'est sérieux, le

cerveau a peut-être été touché. Elle aura peut-être aussi besoin d'un rein, et je suis le seul membre de la famille ayant le même groupe sanguin qu'elle. Ils veulent que je vienne tout de suite pour les analyses.

Il ne prit véritablement conscience de la gravité de la situation qu'en l'exposant à sa femme et se sentit soudain oppressé. Ses yeux s'embuèrent mais il retint ses larmes, de peur de ne plus être capable d'arrêter de pleurer s'il commençait.

— Prends des affaires pour une semaine, dit-il en s'essuyant les yeux. Je ne sais pas combien de temps nous resterons là-bas, mais il vaut mieux être prêts. Nous irons en voiture à Salt Lake City et nous verrons à l'aéroport ce qu'il reste de disponible, en nous faisant mettre sur liste d'attente, au besoin.

Maureen s'était mise à secouer la tête avant qu'il ait achevé sa phrase.

— Tu as entendu le docteur. Je ne suis pas protégée contre la rubéole. Je ne peux pas respirer l'air recyclé d'une carlingue d'avion transportant je ne sais quels passagers. Pas question de mettre le bébé en danger.

Il acquiesça d'un hochement de tête, mais le sens de ce que venait de lui dire Maureen ne lui apparut qu'avec un temps de retard. C'était comme si les phrases devaient parcourir de longues distances avant d'atteindre son cerveau.

Dans un coin de son esprit germait l'idée que l'association était responsable, qu'elle avait manigancé l'accident pour le séparer de Maureen, mais il savait que ce n'était pas possible.

Vraiment ?

— Tu resteras ici ?

— Oui, répondit-elle. Mais ne t'en fais pas. Vas-y, Sheri a besoin de toi.

— Je ne sais pas si...

— Je ne risque rien.
— Au moins, ne sors pas de la maison, lui recommanda-t-il. Même pour aller dans le jardin. Enferme-toi à clef jusqu'à mon retour. Mets-toi une serviette sur les genoux quand tu vas aux toilettes, au cas où ils auraient installé de nouvelles caméras, et dors en pyjama. Change-toi et prends ta douche dans le noir et fais vite, au cas où ils auraient des appareils à infrarouges.
— Je pensais qu'ils avaient arrêté de filmer depuis que tu avais détruit la caméra...
— Peut-être, peut-être pas. Pour plus de sûreté, comporte-toi comme si tes moindres gestes étaient surveillés.
Il prit une inspiration, la regarda.
— Et si nous faisions tout le chemin en voiture ? Tu pourrais venir...
— Jusqu'à Philadelphie ? Pense au temps que ça prendrait. Sheri ne t'attendra peut-être pas aussi longtemps. Je ne veux pas t'alarmer, mais il faut que tu ailles là-bas tout de suite.
— Tu as raison, dit-il, hébété. Tu as raison...
Il tenta de réfléchir et suggéra :
— Tu pourrais au moins m'accompagner à Salt Lake City et loger à l'hôtel jusqu'à mon retour. Comme ça, tu n'aurais pas à rester seule ici.
— Il ne m'arrivera rien.
— Ce n'est pas sûr. Tu as dit toi-même...
— Il ne m'arrivera rien, répéta-t-elle avant de l'embrasser. Va te préparer.

Il l'appela de l'aéroport, puis de l'hôpital à son arrivée. L'état de Sheri avait l'air de s'améliorer un peu, rapporta-t-il. Pas franchement, mais un peu. Elle n'aurait pas besoin d'un rein et elle avait des chances de s'en tirer, le moment le plus critique était passé. Toutefois, les médecins ignoraient encore si son cerveau avait été touché.

Pour Maureen, la journée fut longue. Elle recalcula les impôts d'un client dont le magasin de disques d'occasion avait réalisé des bénéfices inférieurs aux prévisions initiales, mais ce fut tout en termes d'occupation professionnelle. Elle passa le reste de la matinée et l'après-midi à écouter de la musique et à relire un vieux roman de Philip Roth en attendant un autre coup de fil de Barry. Il rappela en début de soirée : l'état de Sheri était stationnaire. Ils parlèrent pendant près d'une heure avant que Maureen lui conseille de se mettre au lit. Il était vingt-deux heures sur la côte Est, il avait besoin de se reposer. Il raccrocha après avoir promis de téléphoner le lendemain matin.

Bien qu'elle n'eût pas fait grand-chose de la journée, Maureen se sentait fatiguée et elle alla se coucher après avoir verrouillé toute la maison et placé une chaise inclinée sous la poignée de la porte d'entrée. Malgré ce qu'elle avait assuré à Barry, elle ne se sentait pas rassurée, seule à Bonita Vista, et regrettait de ne pas avoir accepté d'aller à Salt Lake City. Pourquoi était-elle restée ? Qu'est-ce qui l'avait poussée à faire une chose aussi stupide ?

Ç'avait vraiment été une décision idiote et, malgré tous ses efforts, elle n'arrivait pas à se rappeler quel raisonnement l'avait amenée à ce choix.

D'eux deux, Barry était celui qui aimait le bruit, qui avait besoin du ronron de la télévision pour s'endormir. En des circonstances ordinaires, Maureen se serait mise au lit dans une maison silencieuse mais, ce soir-là, il lui fallut le secours du poste et elle glissa dans le sommeil en écoutant les rires enregistrés d'une émission pas très drôle.

Elle fut éveillée peu après minuit par des bruits. Le minuteur avait éteint la télévision depuis longtemps, mais la maison n'était pas silencieuse. D'en haut lui parvenaient des claquements secs et des craquements, ainsi qu'un raclement plus faible, persistant. Elle eut envie de tirer les couvertures sur sa tête et de se boucher les oreilles, de se forcer à se rendormir, mais elle ne pouvait pas feindre l'ignorance en sachant que quelqu'un rôdait peut-être dans sa maison. Elle était responsable pour deux, désormais. Elle devait protéger sa maison et son enfant.

Maureen tendit le bras, alluma la lampe posée sur la table de chevet.

Un homme se tenait dans l'encadrement de la porte, vêtu d'un costume sombre, un cintre métallique à la main.

Le cri qui jaillit d'elle lui dessécha la gorge par son intensité.

En trois pas rapides, l'homme fut près du lit.

Souriant.

Criant toujours, Maureen repoussa les couvertures et se réfugia de l'autre côté du matelas. Elle aurait voulu ouvrir la fenêtre et sauter dans le jardin, mais une main forte lui saisit la cheville gauche avant même qu'elle ait quitté le lit. Elle battit des jambes pour frapper son assaillant, ses pieds ne rencontrèrent que le vide et il la retourna sur le dos.

Elle ne le reconnaissait pas, elle ne l'avait jamais vu et le caractère impersonnel de l'agression la rendait d'autant plus effrayante. Maureen savait pourquoi il était là et qui l'avait envoyé. Elle savait aussi qui l'avait informé de son état.

Liz.

Elle tenta de se redresser pour lui griffer le visage ou lui enfoncer ses doigts dans les yeux mais il la cogna à l'estomac, et tandis qu'elle hoquetait, cherchant à retrouver son souffle, il déplia le cintre.

— Article VI, section 3, paragraphe D, récita-t-il.

— Nooon ! hurla-t-elle.

Avec un large sourire, il lui écarta les jambes et…

Il écarquilla les yeux, tordit le buste en essayant de se toucher le dos, émit un gargouillis écœurant. Il avait laissé tomber le cintre mais ne chercha pas à le ramasser. Il bascula sur le côté cependant qu'une plainte aiguë s'échappait de ses lèvres.

Derrière lui, Liz retira le couteau qu'elle avait plongé dans son dos et l'enfonça de nouveau, plus haut. Maureen vit un geyser rouge asperger les bras de Liz, la commode et la moquette. L'homme sembla s'enfoncer dans le matelas, le corps secoué de spasmes. Maureen recula vers le pied du lit, roula par terre. Quand elle le regarda de nouveau, il ne bougeait plus.

Liz demeurait immobile, couverte de sang, les bras le long des flancs.

— C'est de ma faute, dit-elle en se mettant à pleurer. C'est de ma faute.

Maureen se leva, la serra contre elle.

— J'ai été faible, je suis allée les trouver, avoua Liz, qui sanglotait à présent. Je n'en pouvais plus, je voulais que ça s'arrête.

Maureen baissa les yeux vers le corps étendu sur le lit, le couteau encore fiché dans le dos de la veste sombre.

— Je ne le leur ai pas dit, il faut me croire, gémit Liz. Ils savaient, mais ce n'est pas moi qui le leur ai dit…

Les mots emplirent Maureen de soulagement.

— Je te crois.

— J'aurais dû faire quelque chose. J'aurais dû… Je savais qu'ils enverraient quelqu'un, alors j'ai attendu devant chez toi et je l'ai suivi quand il est arrivé.

— Dieu merci, fit Maureen, qui ne parvenait pas à détacher son regard de l'homme qui avait voulu la faire avorter. Mais maintenant, ils vont s'en prendre à toi aussi.

— Non. Moi, je suis allée les trouver, répéta Liz.

Maureen savait que ces mots auraient dû signifier quelque chose pour elle, qu'elle aurait dû en comprendre les implications, mais elle n'y parvenait pas.

416

Liz parut trouver en elle une réserve inemployée de forces, se redressa et poursuivit :
— Ils vont s'acharner doublement sur toi, après ça. Tu ferais mieux de filer. Où est Barry ?
— Auprès de sa sœur, en Pennsylvanie.
— Trouve-toi un hôtel quelque part, dans une autre ville. Liz leva une main pour empêcher Maureen de parler.
— Ne me dis pas où.
— Mais... commença Maureen en montrant le cadavre, tu l'as tué. Et il était des leurs. Ils ne te laisseront pas t'en tirer comme ça.
— Ne t'en fais pas pour moi.
— Je ne peux pas t'abandonner.
— Pars, ordonna Liz.
— Mais...
— Je me débrouillerai. Prends ce dont tu as besoin et file. Tout de suite.

53

Engagements, Conditions et Restrictions
de l'Association des Propriétaires de Bonita Vista

Article VI, droits des membres, section 8, paragraphe G : Un propriétaire pourra faire un usage justifié de la force sur toute parcelle de la résidence chaque fois qu'il l'estimera nécessaire.

54

Maureen appela Barry chez sa sœur d'un hôtel de Cedar City. Il venait de rentrer de l'hôpital et il était épuisé mais il mobilisa toute son attention quand elle lui raconta l'agression et l'intervention in extremis de Liz. Sur l'insistance de la vieille femme, Maureen avait fourré quelques affaires dans un sac, était montée dans la Toyota et était arrivée à Cedar City à l'aube. Depuis, elle essayait de le joindre.

— Ils veulent nous empêcher d'avoir un bébé, murmura-t-elle en frissonnant. Ils ont essayé de me faire avorter.

Comme il ne pouvait rien faire de plus pour Sheri — Brian avait sa propre sœur auprès de lui pour le soutenir —, Barry prit le premier avion vers l'ouest, un vol pour Saint Louis. Il attendit une heure seulement à l'aéroport de cette ville avant d'obtenir une place sur un avion à destination de Salt Lake City, et en fin d'après-midi, heure de l'Utah, il serrait Maureen contre lui, dans sa chambre d'hôtel.

Elle lui rapporta de nouveau ce qui s'était passé, cette fois avec plus de détails. Quand elle eut terminé, il appela chez Liz mais elle ne répondit pas et il raccrocha après une vingtaine de sonneries. Il téléphona ensuite brièvement à Brian pour savoir si l'état de Sheri s'était amélioré — pas de changement —, puis se tourna vers Maureen, assise près de lui sur le lit.

— Nous passerons la nuit ici, dit-il. Mais demain, je rentre. Je veux que tu restes ici quelques jours pendant que... je remets les pendules à l'heure.

— Non! s'écria-t-elle en lui pressant le bras. Ne retourne pas là-bas! C'est fini pour nous, Bonita Vista. Vends la maison, vends tout.

— Nous ne pouvons pas, rappelle-toi. Elle est gagée.

— Alors, renonçons-y. Nous trouverons un petit pavillon quelque part. Nous louerons un appartement, s'il le faut.

— Tu l'as dit toi-même, cette histoire nous suivra partout. Nous ne pouvons pas partir comme si rien n'était arrivé. Ce serait un suicide, sur le plan financier.

— Ne me sers pas ce genre d'argument. Depuis quand te préoccupes-tu du plan financier?

Il la regarda dans les yeux.

— Tu as raison, reconnut-il. Je... je ne peux pas les laisser gagner, c'est plus fort que moi. Je ne peux pas tout abandonner comme ça.

Elle plissa les yeux d'un air soupçonneux.

— Qu'est-ce que ça veut dire, «remettre les pendules à l'heure»?

— Je ne m'attends pas à ce que tu comprennes...

— Oh, c'est un truc de mecs, hein?

— Non, non, pas du tout.

— Un homme doit faire ce qu'un homme doit faire?

Il posa les mains sur les épaules de sa femme, les pressa fortement.

— Il faut que quelqu'un leur résiste.

Elle se dégagea, se leva.

— Qu'est-ce que ça veut dire, ça? Tu parles comme un personnage de mauvais western. Ils ont essayé de tuer notre enfant!

— C'est pour ça que je retourne là-bas.
— Bon Dieu, Barry !
— Je retourne à Bonita Vista.
— Je ne te laisserai pas partir.
— Tu n'as pas le choix, dit-il en la regardant. Et je n'ai pas le choix non plus.

Lorsqu'il arriva à la résidence, il était presque midi. A la grille, le garde le considéra avec un petit sourire narquois, le força à lui montrer son permis de conduire et prit tout son temps pour chercher son nom sur la liste des résidents. Au moment où la grille s'ouvrait enfin, Barry jeta la glace fondue de sa coupe Subway au visage du vigile et lui lança :
— Connard !
Il appuya sur l'accélérateur et gravit rapidement la colline.
Leur maison avait été profanée. Dans le jardin à nouveau transformé, une pelouse en pente défiait l'esthétique naturelle du voisinage et donnait l'impression d'avoir été transplantée d'un terrain de golf. Il restait un arbre mais tous les arbustes et buissons avaient disparu, le sol avait été aplani et recouvert d'une gazon vert éclatant.
Leur toit de bardeaux avait été redessiné avec des bandes blanches et noires en zigzag. Le côté de la maison donnant sur la rue était jaune vif, la fenêtre d'en haut rouge, les deux fenêtres du bas bleues. La porte était non seulement rose mais capitonnée d'un matériau pelucheux.
A l'intérieur, une grande partie du mobilier avait disparu et les murs étaient nus, plus une seule des gravures de Maureen n'y était accrochée. Dans la salle de séjour, il ne restait qu'un canapé, la table basse et la chaîne stéréo ; dans la chambre encore tachée de sang, le lit, la commode et le poste de télévision. Où était passé le reste ? Barry n'en savait rien, mais il avait l'intuition qu'il n'était pas quelque part en sécurité dans un garde-meubles.

La boîte aux lettres était bourrée d'amendes et d'avis de l'association des propriétaires.

Commençons par le commencement, se dit Barry.

Il retourna dans la maison, prit une pochette d'allumettes dans le tiroir à bric-à-brac de la cuisine, redescendit l'allée et, d'un geste théâtral, fit tomber le contenu de la boîte à lettres sur l'asphalte. Puis il craqua une allumette, approcha la flamme du coin d'un formulaire rose. En quelques secondes, le tas de paperasse s'embrasa.

Comme il l'avait espéré, Neil Campbell apparut un peu plus haut dans la rue et marcha vers lui d'un pas vif, tablette à la main. Le petit homme efféminé avait le teint apoplectique.

– Vous ne pouvez pas faire ça ! s'insurgea-t-il en tournant dans l'allée.

– Faire quoi ?

– Ce sont des avis officiels de l'association des propriétaires de Bonita Vista, vous devez y répondre ! Vous ne pouvez pas...

Il tendit un bras tremblant d'indignation.

– Vous ne pouvez pas les brûler !

– Sortez de mon jardin.

– Quoi ?

– Vous m'avez entendu.

– Une clause autorise les membres du Bureau et des comités à...

– Si vous n'êtes pas sorti de chez moi dans une minute, je vous jetterai moi-même dehors, menaça Barry. Vous avez compris ?

Campbell recula d'un pas.

– Vous commettez une grave erreur. Je suis ici en qualité de représentant de l'association des propriétaires de Bonita Vista...

– Trente secondes.

Il se mit à écrire furieusement sur sa tablette.
— Je ferai un rapport.
— C'est ça, dit Barry en l'empoignant par le bras. Dehors, maintenant.
— Ne me touchez pas !
Barry lui expédia son poing dans l'estomac. Dieu, que c'était bon. Campbell se plia en deux, eut un hoquet de stupéfaction et descendit l'allée à reculons.
— Ne remets plus jamais les pieds chez moi, espèce de larve !
De sa chaussure, Barry éparpilla le tas de papiers en feu et une enveloppe à demi calcinée glissa sur la chaussée.
Campbell détala.
— Et ça vaut aussi pour tes amis ! lui cria Barry. Préviens-les !
Il sourit en regardant flamber les amendes et les avis.

Le lendemain matin, une luxueuse enveloppe l'attendait dans la boîte aux lettres. Il n'y avait rien d'écrit dessus, pas même son nom, pas plus que celui de l'expéditeur au verso.
Elle contenait une invitation à dîner chez Jasper Calhoun.
Sa première réaction fut de la jeter à la poubelle puis il se rendit compte qu'elle lui était dictée uniquement par la peur. Il se rappela la frayeur qu'il avait éprouvée quand Jeremy et lui avaient remonté l'allée menant chez le président. Evidemment, il serait plus simple et plus sûr de rester là, à regarder la télévision ou à essayer de lire un livre. Mais il était revenu à Bonita Vista pour une confrontation et bien qu'il eût préféré que cette confrontation ait lieu chez lui, sur son terrain, il n'allait pas la fuir si elle se présentait ailleurs.
L'invitation ne portait pas de mention RSVP et il présuma que c'était délibéré. Calhoun voulait qu'il se torture jusqu'au dernier moment sur la décision à prendre.
Barry passa effectivement l'après-midi à se torturer l'esprit,

mais pas pour savoir s'il accepterait ou non l'invitation. Il se demandait ce qu'il devait emporter. Il n'avait pas d'arme à feu. Il songea à cacher un couteau dans une botte, à glisser des tournevis sous sa ceinture ou même à entrer carrément avec une grosse planche hérissée de clous. Cette invitation était un piège, il serait fou de ne pas chercher à se protéger. Pourtant, il décida finalement de ne pas emporter d'arme.

Il y aurait probablement d'autres personnes à ce dîner — des membres du Bureau, des amis, des partisans, des acolytes —, et Barry ne pourrait pas les affronter tous, même avec une arme. En outre, on le soumettrait sans doute à une fouille ou on le ferait passer par un détecteur de métal avant de le laisser entrer. Il valait mieux ne pas prendre d'arme.

Il se demanda aussi s'il devait prévenir Maureen et décida finalement de n'en rien faire, pour ne pas l'inquiéter. Il lui téléphona quand même et ils parlèrent de choses et d'autres, de sujets anodins. Il laissa entendre qu'il nettoyait simplement la maison et le jardin entre deux plongées dans les E-C-R révisés pour trouver un moyen de prendre l'association à revers en retournant contre elle son propre règlement.

— Tu reviens quand? demanda Maureen.

— Bientôt, j'espère.

Après un silence, Maureen reprit :

— Je suppose que tu ne me diras pas ce qui se passe vraiment là-bas?

Il aurait dû savoir qu'elle était trop futée pour se laisser abuser par ses grossières tentatives de dissimulation.

— Non, avoua-t-il.

— Il ne s'agit plus seulement de moi. Nous sommes deux, maintenant, à avoir besoin de toi.

— Je ne vais nulle part.

— Je suis sûre que Dylan, Chuck et Danna pensaient la même chose. Je ne sais pas ce que tu fabriques, je n'ai peut-être pas envie de le savoir, mais sois prudent. Ce n'est pas un jeu. Ces types sont dangereux. Je ne tiens pas à apprendre dans un an par un détective privé que le père de mon bébé a été transformé en nouveau Moignon.

Barry ne répondit pas, mais cette idée lui avait déjà traversé l'esprit et il se sentit glacé.

— Reviens-nous, dit Maureen. Rien là-bas ne mérite que tu lui sacrifies ta vie.

— Ne t'inquiète pas, je ne ferai pas de bêtises.

Le dîner était prévu pour huit heures et bien qu'il eût tout le temps de s'y rendre à pied, Barry préféra prendre la voiture. Au cas où il devrait déguerpir en vitesse. Et s'il lui arrivait... quelque chose, ils auraient au moins le tracas de se débarrasser de la Suburban.

Il se gara dans la rue et non dans l'allée, pour que les passants remarquent son véhicule. En se dirigeant vers la maison, il éprouva les mêmes inquiétudes que la première fois, encore aiguisées par la nuit. Calhoun avait fait installer des projecteurs puissants pour illuminer sa pelouse mais ils ne servaient en fait qu'à rendre les bois environnants plus sombres.

Un domestique l'accueillit à l'entrée. Non, pas un domestique, un volontaire. Barry le reconnut. Ralph Hieberg. Il lui avait été présenté à l'une des soirées de Ray.

— Entrez, monsieur Welch, vous êtes attendu.

Barry s'avança dans le vestibule.

— Ralph, qu'est-ce que vous faites ici ?

L'homme jeta des regards furtifs à gauche puis à droite, parut sur le point de répondre puis se contenta de dire :

— Veuillez me suivre. Je n'ai plus qu'un mois à faire, je ne veux pas d'ennuis.

Barry eut un hochement de tête compréhensif, se laissa conduire dans ce qui semblait être la salle de séjour.

Il s'attendait à des corridors humides et obscurs, à un dédale de couloirs menant à quelque horrible tanière, mais l'intérieur de la maison était clair et spacieux. La pièce qu'ils traversaient était décorée dans le style japonais, avec des cloisons en papier entourées de bambou, des tables basses, des nattes et des coussins sur le sol. Il n'y avait aucune lampe mais la lumière passant de tous côtés à travers le papier translucide ne laissait aucun recoin dans l'ombre.

Ralph se faufila entre les tables jusqu'au fond de la salle, fit coulisser une cloison qui révéla une autre pièce. Il s'écarta et fit signe à Barry d'entrer.

Barry nota que les cloisons portaient des inscriptions. Il regarda attentivement l'une d'elles en passant dans la pièce suivante et il constata que les cadres de bambou n'enserraient pas le traditionnel papier de riz blanc mais des pages agrandies des E-C-R de Bonita Vista.

Ils traversèrent une autre pièce, puis une autre encore, chacune identique à la précédente. Il ne vit ni canapé, ni poste de télévision, ni rayonnage de livres, ni cuisine, ni salle de bains, rien qu'une succession de séjours avec des tables basses, des nattes, des coussins et des murs ornés des E-C-R. Jusqu'à ce qu'ils parviennent à une pièce sans meubles, avec un vaste plancher vide ceint de cloisons que n'éclairait plus la lumière sans source. Devant lui, le papier translucide était rouge et ne portait aucune inscription. Derrière le mur rouge, il entendit des gémissements ponctués d'occasionnels cris aigus. Barry déglutit péniblement ; il avait l'impression que son cœur battait dans sa gorge.

— Par ici, monsieur Welch.

Le volontaire écarta une partie du mur rouge et les deux hommes passèrent de l'autre côté.

Cette fois, c'était ce à quoi il s'attendait.

La salle était immense, plus vaste que tout le rez-de-chaussée de sa maison, avec un haut plafond noir duquel pendaient des ampoules électriques à intervalles irréguliers. Les murs étaient en pierre, le sol en lattes de bois non peintes, usées, maculées de taches qui ne pouvaient être que du sang séché. Le centre de la pièce était occupé par une fosse aux parois d'acier poli et au fond couvert de paille. Des tables métalliques rouillées bizarrement inclinées en entouraient les bords.

Sur ces tables, il y avait des lames, des scies, des instruments chirurgicaux.

Dans la fosse il y avait des Moignons.

Ils geignaient et vagissaient, mais Barry n'aurait su dire si c'était de souffrance ou dans un effort désespéré pour communiquer. Six hommes et une femme que, par bonheur, il ne connaissait pas. Un instant, il avait craint de voir Dylan, Chuck ou Danna réduits à des troncs, mais les malheureuses créatures qui tressautaient dans la paille lui étaient totalement inconnues.

C'est la femme sans bras ni jambes qui le bouleversa le plus, sa nudité meurtrie lui rappelant Maureen. Les autres se tortillaient, projetaient leur corps contre le corps voisin ; elle seule restait à l'écart contre la paroi d'acier, la toison emmêlée de son sexe luisante de sang, la bouche tuméfiée ouverte sur un silence, les yeux rivés à l'une des ampoules nues.

— Par ici, monsieur Welch.

Abasourdi, il contourna une des tables rouillées, équipée d'un marteau à panne ronde couvert de particules de chair et d'os, d'un assortiment de tournevis et d'un long couteau dentelé. En longeant la fosse derrière Ralph, Barry ne put s'empêcher de baisser les yeux. Dans la paille entourant les Moignon, il vit des excréments et ce qui devait être du poisson pourri.

Le volontaire s'arrêta devant une étroite porte en fer sertie dans la pierre. Il ne la regardait pas mais fixait ses pieds comme s'il cherchait à rassembler ses forces. Soudain, il tendit le bras, saisit la poignée démesurée et ouvrit, l'air effrayé.

— Monsieur Welch! annonça-t-il.

Barry s'avança dans une pièce plus sombre encore, éclairée uniquement par des chandelles dégageant une fumée malodorante et plantées dans des bougeoirs en fer forgé placés aux quatre coins. Lorsque ses yeux se furent accoutumés, il distingua une vitrine poussiéreuse contenant les corps empaillés de chats et de chiens, de perroquets, de hamsters : les animaux de compagnie interdits par l'association. D'autres preuves d'infraction étaient disposées çà et là dans la pièce : plantes vertes mortes dans des pots brisés sur des étagères bancales, cages à oiseaux fendues accrochées à un poteau de corde à linge appuyé contre une cabane d'enfant.

A l'autre bout de la pièce, Jasper Calhoun trônait au milieu d'une longue table en chêne, flanqué des cinq autres membres du Bureau. Ils avaient devant eux des gobelets emplis d'un liquide rouge foncé et des assiettes contenant une viande étrange, peu appétissante. Cela rappelait la Cène, avec une transsubstantiation devenue horriblement réelle.

— Bienvenue dans notre salle de réunion, dit Calhoun.

A côté de lui les autres hochèrent la tête. Leurs figures trop blanches à la forme étrange ne semblaient pas déplacées dans ce lieu, pensa Barry. C'était leur cadre naturel.

Sous la table, six femmes nues enchaînées au sol prodiguaient leurs services aux six dirigeants.

— Nos volontaires féminines, commenta Calhoun. C'est la femme de Ralph qui s'occupe de moi. N'est-ce pas, Ralph ?

L'homme qui avait introduit Barry acquiesça d'un air stoïque.

— Vous auriez pu demander à Maureen de rembourser vos dettes de cette façon, ajouta le président.

Barry feignit de réfléchir.

— J'ai lu attentivement votre brochure sur le harcèlement

sexuel et si j'ai bien tout compris, ce qui se passe ici pourrait être considéré comme tel, non ?

Calhoun se dressa d'un bond, le visage écarlate. Sous la table, la femme de Ralph fila sur le côté.

— Je ne laisserai personne m'envoyer le règlement à la figure dans ma propre maison !

— Je prends cela pour un oui ?

Calhoun respira profondément, se força à sourire.

— Regrettable, la disparition de vos amis. Je me demande ce qui a pu leur arriver...

Il baissa les yeux vers la tranche de viande dans son assiette, en détacha lentement un morceau fibreux qu'il porta à sa bouche.

Il bluffe, pensa Barry. Il bluffe forcément. Tout cela n'était qu'une comédie jouée à son intention, mais il devait reconnaître que le procédé était efficace : en lui la peur avait remplacé la colère comme émotion dominante.

— Qu'est-ce que vous voulez ? Pourquoi m'avez-vous invité ?

Calhoun se rassit, joignit l'extrémité de ses doigts.

— Nous sommes dans une impasse, semblerait-il. Du point de vue du règlement, vous n'êtes plus qu'un squatter, votre maison ne vous appartient plus. Pourtant, vous continuez à y vivre et vous ne montrez aucune intention de partir.

— Où voulez-vous en venir ?

— Vous avez réclamé à l'assemblée annuelle de véritables élections. Cela signifie, je présume, que vous souhaitez votre entrée, ou celle de votre candidat, à nos instances dirigeantes.

— Et alors ?

— Je pense que le moment est venu d'invoquer l'article 90.

Derrière la table, le mur fut soudain inondé de lumière par un projecteur fixé au plafond et Barry vit des mots écrits sur la pierre en caractères archaïques, des lettres rouges de près d'un pied de haut couvrant le mur du sol au plafond. Il parvint à lire *article 90*, mais le reste n'était qu'un gribouillis.

— C'est le seul article que vous ne trouverez pas dans votre exemplaire imprimé des E-C-R, dit le président.

— Et pourquoi cela ?

Calhoun se pencha par-dessus la table et l'intensité de son regard fit reculer Barry d'un pas.

— Parce qu'on ne peut le figer dans le temps. Le limiter à un seul sens. Il change sans cesse, il s'adapte à toutes les circonstances qui se présentent et il est au cœur même de notre association. C'est ce qui nous confère notre autorité et notre pouvoir, ce qui vous permet, à vous et à tous les autres, de goûter cette perfection qu'est la vie à Bonita Vista...

Barry ne savait comment réagir. Il ne se rappelait pas avoir entendu la porte se refermer derrière lui et il tourna négligemment la tête sur le côté pour voir s'il pourrait s'enfuir.

Non, la porte métallique semblait hermétiquement close.

Il se tourna de nouveau vers la table, pénétré d'une frayeur croissante et d'un sentiment de claustrophobie. La pièce sentait la sueur, le sang et les fluides corporels. Il dut réprimer une forte envie de vomir.

— Il appartient au ministre de l'Information d'invoquer l'article 90, dit Calhoun en regardant le vieillard assis à sa droite. Fenton ?

L'homme chassa la femme qui s'activait à ses pieds et se leva. Il avait l'air plus étrange encore que le président, si c'était possible. Son nez trop bien dessiné mais décentré semblait avoir été ajouté à son visage pour apporter un élément de normalité qui lui manquait.

— Article 90, entonna-t-il. Fais-nous voir tes mots de sagesse.

— Ta sagesse est infinie, répondirent les autres membres du Bureau.

— Prodigue-nous le savoir nécessaire pour résoudre cette affaire comme toutes les autres.
— Tes clauses sont une bénédiction pour nous tous.

Fenton ferma les yeux, se retourna et s'inclina devant le mur.

— Article 90, Barry Welch souhaite se présenter à l'élection des membres du Bureau de l'association des propriétaires de Bonita Vista. Comment pouvons-nous déterminer s'il est éligible ?

Soudain, le gribouillis disparut. Si les mots écrits sur le mur demeuraient en caractères archaïques, ils étaient devenus lisibles, compréhensibles. Le texte qu'ils composaient n'était pas rédigé dans le jargon pseudo-juridique du reste du règlement, mais dans un style quasi religieux qui n'était pas moins surprenant. Fenton se redressa et lut :

— « Quiconque souhaite inscrire son nom au scrutin doit d'abord affronter en combat singulier un membre actuel du Bureau. Un combat dont l'issue doit être fatale, la mort de l'un assurant la présence de l'autre dans le scrutin sacré. Ayez pitié de l'âme de ce combattant car il ne sait pas ce qu'il fait. »

Les six vieillards tournèrent leurs regards vers Barry, qui secouait déjà la tête.

— Je ne sais pas ce qui se passe ici, mais pas question que j'y participe.
— Il est trop tard, répartit Calhoun.
— Je ne me battrai contre personne, déclara Barry.

En même temps, il savait que c'était pour cela qu'il était venu, que c'était la confrontation qu'il désirait. Il ne s'attendait pas à un affrontement aussi littéral, aussi manifestement physique, mais on lui offrait l'occasion qu'il cherchait. Il pensa au chat Barney, à Ray, à Kenny Tolkin, à Dylan, à Chuck et à Danna, il pensa à Maureen et à leur bébé, laissa la colère monter en lui.

Calhoun sourit.

— Barry Welch ! tonna-t-il. Je te défie en un combat à mains nues jusqu'à ce que mort s'ensuive ! Devant tous nos voisins !

Une clameur monta des autres membres du Bureau et des femmes agenouillées sous la table. Derrière eux, le mur s'assombrit et la pièce ne fut plus éclairée, à nouveau, que par la faible lumière de bougies fuligineuses.

Oui, je peux affronter n'importe lequel de ces connards, pensa Barry. Je peux les tuer tous, ces fils de putes !

— Tu relèves le défi ? demanda Calhoun avec un sourire carnassier.

— Je le relève !

— Excellent. Excellent.

Il se rassit et son sourire s'effaça instantanément. Une dureté de pierre s'imprima sur son visage quand il adressa un signe de tête impérieux à Ralph.

— Prépare ce petit merdeux pour le combat.

55

Barry fut conduit devant un étroit passage s'ouvrant à droite de la vitrine de taxidermie puis le long d'un couloir aux murs de métal rouillé qui avait l'aspect et l'odeur d'une canalisation d'égout désaffectée. Il débouchait sur une pièce malpropre au plafond bas où des volontaires le saisirent et le déshabillèrent. Sans prononcer un mot, ils déboutonnèrent sa chemise, tirèrent sur les manches, défirent sa ceinture, baissèrent son pantalon. On n'entendait dans l'espace confiné que ses grognements et ses protestations.

Il se retrouva en sous-vêtements tachés de boue et de graisse par des mains sales. Les volontaires reculèrent, se dispersèrent le long des murs de la pièce en regardant le sol, le plafond, leur voisin, tout sauf lui. Ils paraissaient honteux de ce qu'ils lui faisaient — de ce qu'ils étaient forcés de lui faire — et il eut l'impression curieuse qu'ils le soutenaient, qu'ils étaient de son côté, qu'ils souhaitaient le voir gagner.

Mais gagner quoi ?

Il n'en avait aucune idée. Un duel à coups de poing ? L'expression « combat à mains nues » était assez vague pour signifier tout un éventail d'affrontements et il ne savait pas quelles en seraient les règles. Si l'on se fiait aux apparences, Calhoun était gros, mou et vieux. Barry devait pouvoir lui

mettre une raclée sans problème. Mais il repensa à la curieuse peau qui recouvrait sa musculature, à l'aura de puissance qui entourait tous les membres du Bureau, et il ne fut plus du tout sûr de pouvoir battre le vieillard dans n'importe quelle sorte de combat.
Il n'était même pas certain que Calhoun fût humain.
Il préférait ne pas y songer.
Barry se tourna vers Ralph qui se tenait, imperturbable, près d'un trou dans le mur au ras du sol, un carré sombre de près d'un mètre de côté qui ressemblait à l'entrée d'un boyau de mine.
— Je suis censé ramper là-dedans ?
— Quand vous serez prêt.
— Ça mène où ?
Il ne reçut pas de réponse.
Barry parcourut la pièce des yeux, regarda les volontaires qui se dandinaient d'un pied sur l'autre puis revint à l'ouverture menaçante. Il transpirait. Jusqu'ici, il s'était caché la vérité fondamentale du combat projeté mais, maintenant, il ne pensait plus qu'à ça : *quelqu'un allait mourir.* Lui ou Jasper Calhoun. L'un d'eux serait mort dans l'heure qui suivrait, tué par l'autre.
Il ignorait s'il serait capable de tuer le président de l'association. Certes, il le haïssait, et il serait très heureux si l'homme tombait subitement mort. Mais le tuer de ses mains ? Plus probablement, si Barry remportait le combat, il aurait pitié de lui et le laisserait vivre. Et si cela se passait comme dans les romans et les films, Calhoun en profiterait pour se jeter sur lui, et Barry serait alors *forcé* de le tuer. Et ce serait justifié parce qu'il aurait agi en légitime défense.
Quelqu'un allait mourir.
C'était une vérité à laquelle il ne pouvait échapper.
Respirant à fond, il s'accroupit, scruta le trou sombre puis se mit à quatre pattes. Il s'attendait à un signe discret de sou-

tien, un « Bonne chance » murmuré, mais Ralph resta silencieux et impassible tandis que Barry se glissait dans l'étroit tunnel.

Le sol de ciment était froid et dur. Tout en progressant, Barry sentait de temps à autre sous ses doigts et ses genoux des flaques d'un liquide collant qu'il ne parvenait pas à identifier. Il avançait dans l'obscurité, dans un noir d'encre qui n'était pas seulement absence de clarté mais comme une entité propre. Plusieurs fois il s'écorcha les coudes et se cogna la tête aux parois et à la voûte du boyau. Peu à peu, il commença à discerner une lumière grisâtre devant lui, un rectangle qui se rapprochait. Juste avant qu'il ne parvienne à son extrémité, le tunnel s'élargit et Barry put se mettre debout.

Il pénétra dans une arène.

Totalement dérouté pendant quelques secondes, il ne comprit pas où il était ni ce qu'il avait sous les yeux. Puis les éléments du tableau s'assemblèrent : le sol de terre battue recouvert de sciure sanglante, les hauts murs d'enceinte, les gradins en amphithéâtre. L'arène avait les dimensions d'un terrain de football et, aussi vaste qu'elle fût, la maison de Calhoun n'aurait pu normalement la contenir. Pourtant elle était bien réelle, et Barry, levant les yeux, découvrit que tous ses voisins étaient là, tous les résidents de Bonita Vista, en smoking et robe du soir.

Le plafond était une sorte de verrière et, à travers ses plaques translucides, Barry pouvait voir les éclairs d'un orage lointain accompagnés de roulements sourds. L'arène elle-même n'était éclairée que par des lanternes et des torches accrochées au mur qui s'incurvait derrière la dernière rangée de sièges. Au centre du cercle couvert de sciure, suspendue par un crochet à une perche de bambou, il y avait une autre source de lumière, une lanterne en forme de...

Une tête humaine.

Le souffle coupé, Barry cligna des yeux dans la pénombre. Cela ne ressemblait pas seulement à une tête, *c'était* une tête. Une flamme vacillait derrière les lèvres entrouvertes, dans les orbites vides des yeux absents. Il s'avança : il fallait qu'il sache, même s'il craignait de voir ses soupçons confirmés. Dylan.

De plus près, Barry reconnut les traits de son ami qui se profilaient dans la lueur orange du feu brûlant à l'intérieur du crâne évidé.

Il eut envie de hurler, de frapper, de faire mal, de mettre l'arène à feu et à sang, avec tous ceux qui s'y trouvaient. Il leva les yeux vers les gradins, vit des expressions d'excitation et de plaisir anticipé sur les visages d'hommes et de femmes qu'il avait croisés dans les sentiers de Bonita Vista, en train de faire leur jogging, ou sur les courts de tennis.

Assis au premier rang, Mike lui fit signe et cria :

— On est tous avec toi !

A côté de lui, Tina approuva.

Ils n'étaient pas avec lui, il le savait. Ils n'étaient pas là pour témoigner leur soutien.

Ils voulaient du sang.

Les Stewart avaient déjà tourné la tête et bavardaient avec Frank, Audrey et une autre femme que Barry ne reconnut pas. Ils éclatèrent de rire.

Il regarda de nouveau la lanterne faite avec le crâne de Dylan, se rappela les bons moments passés ensemble, le jour où ils s'étaient rencontrés, à un cours bidon d'histoire du cinéma de science-fiction, les nuits à traîner au Minderbinder's avant son mariage, la fois où ils étaient sortis avec deux sœurs qui s'étaient mises à se crêper le chignon en plein concert de Suzanne Vega.

— Dylan, murmura-t-il.

Il y eut un mouvement dans l'obscurité, de l'autre côté de

l'arène. Plissant le front, Barry regarda au-delà de la lanterne... et vit Jasper Calhoun, devant le mur du fond. Attendant.

Comme répondant à un signal, le grondement de tonnerre s'intensifia, l'orage promis survint. Des éclairs de plus en plus vifs explosaient au-dessus de la verrière et à chaque illumination, le visage du président semblait... changer. Un instant. Derrière lui, installés dans les loges bordant le côté nord de l'arène, les autres membres du Bureau semblaient eux aussi brièvement transformés, comme si, durant leurs quelques secondes d'existence, les éclairs parvenaient à révéler la vraie nature de ces vieillards.

Barry dut lutter contre une envie de fuir qui se lisait sans doute sur son visage car, tout à coup, Mike, Frank et plusieurs autres spectateurs de leur partie des gradins se mirent à scander, tel un refrain : «Article 90! Article 90!» A l'évidence ils invitaient les deux hommes à entamer le combat, ils réclamaient le début immédiat de l'affrontement et leur cri fut repris dans tout l'amphithéâtre : «Article 90! Article 90! Article 90!» Les murs de béton arrondis amplifiaient la clameur et, quand elle retomba, Barry entendit des résidents faire des paris sur l'issue du combat et souhaiter un spectacle bien sanglant.

Il continuait à faire face à l'autre côté de l'arène, où Calhoun attendait, dans sa robe noire ridicule. Tant mieux, pensa Barry, elle entraverait les mouvements du vieil homme.

Mais non, il se racontait des histoires : Calhoun était un monstre, Barry n'était pas de taille à se battre contre lui. D'ailleurs, le président n'aurait jamais proposé ce combat s'il y avait eu la moindre possibilité qu'il le perde. C'était truqué, le vainqueur était connu d'avance. Si Barry voulait sortir de là en un seul morceau, il devait trouver rapidement un moyen de s'enfuir.

Il se retourna, vit des volontaires devant le tunnel par lequel il était arrivé : pas d'issue de ce côté-là. Du côté de Calhoun, il n'y avait apparemment pas d'ouverture et l'enceinte qui les entourait était trop haute pour qu'il puisse l'escalader... à supposer qu'il parvienne d'abord à traverser la foule endimanchée.

Pour la première fois, il se demanda ce qui se passerait s'il était tué, ce qu'ils feraient de son corps. Maureen serait-elle informée ? Chercheraient-ils à faire croire à un accident ou le feraient-ils simplement disparaître, laissant Maureen et leur futur enfant à tout jamais dans l'ignorance et l'incertitude ? Feraient-ils une lanterne avec sa tête pour décorer cette arène infernale ?

J'aurais dû lui en parler, se dit-il. J'aurais dû au moins lui écrire une lettre, pour qu'elle sache la vérité.

Soudain Jasper Calhoun leva les bras et les spectateurs se figèrent, les conversations moururent. Même le tonnerre cessa et Barry, sachant pourtant que ce n'était qu'une coïncidence, ne put s'empêcher de frissonner. Le président lui sourit par-dessus le cercle de terre battue, frappa deux fois dans ses mains.

Paul Henri apparut en redingote entre les membres du Bureau et s'avança, souffla dans une sorte de trompette dont les notes se perdirent dans le vaste espace clos, mais sa voix fut clairement entendue quand il clama :

— Que les jeux commencent !

Avec un feulement, Calhoun se rua sur Barry, les pans de sa robe s'agitant comme les ailes d'un oiseau noir pris de folie. Barry fut saisi d'une peur primale, il ne pensait plus qu'à fuir, à se jeter sur le côté, à droite ou à gauche, mais il resta fermement planté sur ses jambes, décocha un coup à la silhouette qui se précipitait sur lui et éprouva une sombre satisfaction quand son poing s'enfonça dans l'estomac du président.

Il n'avait pas prévu une attaque aussi soudaine. Il s'attendait à demi à ce qu'on lui expose les règles, à ce qu'on lui explique ce qui était acceptable et ce qui ne l'était pas, voire à devoir serrer la main de son adversaire et à reculer de dix pas. Mais, apparemment, tout était permis, ici, et Barry comprit qu'il avait intérêt à utiliser tous les coups tordus qu'il connaissait parce que Calhoun, lui, ne s'en priverait pas.

Il avait frappé le vieil homme de toutes ses forces, mettant du poids et de l'élan dans son punch, mais Calhoun parut à peine le sentir. Il vacilla sur le côté, se reprit aussitôt et lança en avant des mains qui ressemblaient à des serres. Barry les évita de justesse mais Calhoun lui expédia son front en plein visage.

Son nez explosa. Du sang inonda sa gorge, des esquilles d'os s'enfoncèrent sous la peau de ses joues, comme des aiguilles.

Il tomba sur le dos dans la sciure et entendit plus qu'il ne sentit son crâne heurter la terre battue, derrière lui : un claquement de fouet terminé par un coup sourd.

Il releva la tête, vit une double rangée de visages qui le regardaient des gradins en braillant. Il reconnut Curtis, le garde de la grille, qui l'observait avec un sourire cruel, heureux de le voir souffrir.

L'arène trembla quand une explosion plus forte qu'un coup de canon tout proche secoua le bâtiment. Le tonnerre avait frappé la verrière et, par la fente du plafond, la pluie ruisselait en un rideau qui partageait l'arène en deux, mouillait la sciure et avait même éteint le feu à l'intérieur de la tête de Dylan.

— C'est un signe de Dieu ! cria Barry à Calhoun. Il abat Sa colère sur vous !

Sans s'émouvoir, le président répliqua :

— Il n'y a pas de Dieu !

Barry était étourdi, du sang coulait de son nez brisé et de

sa blessure à l'arrière de la tête, mais il avait gardé assez de lucidité pour rouler sur le côté lorsque Calhoun voulut lui écraser le visage avec son pied.

La botte noire frôla sa tête. Il saisit la jambe qui la prolongeait et tira de toutes ses forces. Calhoun fut momentanément déséquilibré. Barry se releva en chancelant, courut vers le nord de l'arène pour lui échapper, tenter de gagner du temps, d'élaborer une stratégie. *Réfléchis!* s'ordonna-t-il. Il se surprit à essayer de se rappeler un article du règlement qui interdirait ce combat ou permettrait au moins d'y mettre fin. L'unique chose que Calhoun respectait, c'étaient les E-C-R : ils étaient sa loi, sa bible, et si Barry réussissait à se remémorer une clause qui concernait cette situation spécifique, il pourrait s'en sortir.

Sinon, il serait tué.

Parvenu au mur nord, il se retourna pour faire face à Calhoun. La course du vieillard faisait voler les pans de sa robe noire, la lumière soulignait son rictus de joie démoniaque.

Les pans de sa robe.

De sa robe.

Oui! Barry se rappela tout à coup que Mike s'était porté volontaire après avoir reçu une amende pour être sorti prendre le journal un matin en robe de chambre. C'était contre le règlement de se montrer hors de chez soi en robe de chambre, avait-il expliqué.

Mais l'arène se trouvait dans la maison de Calhoun, pas à l'extérieur. Et il ne portait pas une robe de chambre mais une robe de juge.

Le règlement précisait-il une robe de chambre ou l'article était-il formulé en termes vagues? Interdisait-il toutes les sortes possibles de robes? Barry n'en savait rien, mais il n'avait pas le choix, de toute façon.

Calhoun se rapprochait.

Et si le président de l'association ne se trouvait pas hors de chez lui en ce moment, il s'était déjà montré dehors en robe. Devant la grille, pendant l'affrontement avec les Corbanais. A l'assemblée annuelle, à la maison commune Quand il avait reçu Barry et l'agent du FBI.

Le vieil homme était presque sur lui.

Mais dans quelle partie du règlement se trouvait cette interdiction ? Qu'est-ce que Mike avait dit ? Il avait pourtant précisé l'article..

Réfléchis !

Etait-ce l'article 3, l'article 5... ?

— Article 8 ! s'exclama Barry

Calhoun se figea comme si un interrupteur s'était soudain abaissé dans son cerveau. Il demeurait immobile, dégoulinant de pluie, ouvrant et refermant ses mains aux doigts crochus. Barry fit un pas de côté et, tendant le bras vers le vieillard, répéta :

— Article 8 ! Personne n'a le droit de porter une robe de chambre ou une robe de juge en dehors de sa maison !

C'était une déformation grossière de ce que Mike avait dit, mais le truc avait marché, stoppant net Calhoun.

— Il a enfreint le règlement ! cria Barry à ses voisins assis sur les gradins. Il a violé les E-C-R !

Un murmure de désarroi parcourut l'arène et les autres membres du Bureau se mirent à discuter fébrilement entre eux.

— Quel est le châtiment encouru pour violation de l'article 8 ? lança Barry à Calhoun.

— Restez assis ! ordonna le président aux spectateurs.

Bien que sa voix fût aussi profonde et sonore que d'habitude, on y percevait une note de nervosité.

— Il est tout le temps dehors dans sa robe ! Il ne la quitte jamais ! Et c'est contraire au règlement ! hurla Barry à tous les vents.

— Article 8 ! lança un résident.
Le cri fut repris de l'autre côté de l'arène :
— Article 8 !
Le cœur battant, sachant que c'était sa dernière chance, Barry se mit à scander :
— Article 8 ! Article 8 ! Article 8 !
Calhoun marcha sur lui.
— Le combat continue ! déclara-t-il, la face déformée par la haine. Article 90 !
Barry recula, contourna le poteau auquel était accrochée la tête sombre de Dylan.
— Article 8 ! Article 8 ! continuait-il à brailler.
Il leva les bras pour faire reprendre son slogan par la foule, mais seuls quelques spectateurs se joignirent à lui.

Calhoun se rua derrière lui et bondit, faisant claquer les pans humides de sa robe noire, rappelant une fois de plus à Barry un énorme rapace. Pendant une seconde, il donna l'impression de pouvoir s'envoler, glisser dans l'air et s'abattre sur sa proie, mais il retomba un mètre plus loin et fit deux longs pas vers Barry.

Ils étaient à l'extrémité sud de l'arène, par où Barry était entré, là où Ralph et d'autres volontaires bloquaient toujours la sortie. Impossible de s'enfuir. Quand Calhoun se jeta sur lui, Barry plongea sur la gauche et, dans un geste de défense, sa main heurta le dessus de la tête du président.

Les cheveux de Calhoun tombèrent. C'était une perruque et, dessous, le vieillard n'était pas chauve mais... Barry vit des sortes de vrilles noires palpiter sous la peau presque transparente, il vit la trace d'un autre visage sous le masque du maquillage, et bien qu'il eût déjà imaginé ce genre de choses de nombreuses fois en tant qu'écrivain, en faire directement l'expérience le terrifia.

Il garda cependant assez de présence d'esprit pour se rap-

peler un passage des E-C-R amendés qu'il avait lu pendant l'assemblée annuelle.
— Pas de calvitie en public ! beugla-t-il.
Calhoun s'arrêta à nouveau, eut un mouvement de recul.
— Article 15 ! hurla Liz.
Barry leva les yeux, la découvrit, fière et droite, au centre de la foule. Leurs regards se croisèrent et elle hocha la tête. *Pour Ray*, pensa-t-il.
— Article 15 ! cria-t-il en écho.
Il sentit un changement dans la foule, un glissement qui lui était favorable. Calhoun aussi le sentit, car il se mit à faire lentement le tour de l'arène en regardant les propriétaires.
— Attendez !...
Les résidents étaient maintenant tous debout et le montraient du doigt.
— Article 8 ! invoquèrent les hommes.
— Article 15 ! leur répondirent les femmes.
Calhoun parut rapetisser sous cet assaut verbal, comme si les mots l'atteignaient physiquement.
Côté nord de l'arène, les autres membres du Bureau tentaient de quitter leur place et de remonter la travée pour échapper à la colère de la foule, mais des femmes en robe longue et des hommes en smoking se ruèrent dans cette partie des gradins pour leur barrer la route.
Des spectateurs descendaient déjà dans l'arène. Adossé au mur de béton, Barry les observait avec méfiance, en se demandant comment tout cela se terminerait. Lancée des gradins, une chaussure atteignit Calhoun au visage ; un verre à vin se brisa sur son bras.
Il partit d'un rire qui sonnait faux. La chaussure avait fait tomber de sa joue une plaque de maquillage et Barry vit de nouveau cette peau transparente, ces vrilles noires. Si la scène s'était passée dans un roman, Calhoun aurait été un extraterrestre, ou une créature venue d'une autre dimension.

Barry savait que ce n'était pas le cas. Le vieillard était né humain.

C'est l'association qui avait fait de lui ce qu'il était maintenant.

D'un mouvement souple, Calhoun se tourna et, ricanant, abattit sa main munie de serres sur la poitrine nue de son adversaire.

Barry sentit ses côtes craquer, eut soudain du mal à respirer. Il agita frénétiquement les bras pour garder l'équilibre et ses doigts effleurèrent le tissu soyeux de la robe de juge. Il s'y accrocha désespérément en basculant en arrière. Le vêtement ne se déchira pas et retint sa chute, Barry se retrouva assis sur le derrière.

Calhoun s'avança.

Et ils fondirent sur lui.

Une douzaine d'hommes, les poings serrés, le visage tordu de colère. Armés pour la plupart — de canifs, de clefs, de bouteilles de champagne —, ils assaillirent le président. Curtis, le garde de la grille, se mit à cogner de la crosse de son revolver la tête étrange en vociférant :

— Pas de robe !

Un homme d'une cinquantaine d'années enfonça la pointe d'un stylo dans le dos de Calhoun.

— Article 8 !

Il ressortit le stylo, frappa de nouveau.

— Article 15 !

D'autres empoignèrent le vêtement noir et si, à cause du tonnerre et des hurlements de la foule, Barry n'entendit pas le tissu se déchirer, il vit la robe se fendre dans sa longueur. Calhoun poussa un hurlement. Des organes noircis, maladifs, nécrosés, roulèrent par l'ouverture, encore reliés au corps et les uns aux autres par des ligaments couverts de bile. Ils grésillaient sous la pluie et de la vapeur s'éleva des centaines de fissures minuscules qui apparaissaient sur les sombres viscères.

Calhoun semblait n'avoir ni peau ni muscles. Barry ne comprenait pas comment c'était possible, mais c'était comme si le président était une sorte de momie, comme si la robe noire avait joué le rôle de bandelettes en maintenant les éléments disparates qui composaient cette forme hideuse.

Agité de spasmes, hurlant de rage, de douleur, de haine, Calhoun tomba à genoux puis à plat ventre. Il parvint à se retourner et son visage, dépourvu à présent de tout maquillage, n'était plus qu'un sac palpitant d'excroissances qui semblaient pleines de vers. Il cessa de bouger et le trou qui avait été sa bouche s'emplit d'eau de pluie.

Alors, ils le dépecèrent.

Barry détourna les yeux. La mise à mort elle-même était déjà difficilement supportable, mais ce déferlement de sauvagerie lui levait le cœur et l'effrayait. Il n'arrivait pas à croire tous ces gens, ses voisins, capables d'une telle barbarie. Il se remit péniblement debout, longea le mur incurvé.

De l'autre côté de l'arène, le corps nu et sans vie d'un membre du Bureau atterrit dans la sciure sous les acclamations. Barry ne vit pas trace des autres dirigeants de l'association, mais une robe noire déchirée flotta un instant au-dessus de la foule.

Barry parvint au tunnel par lequel il était entré. Ralph, qui se tenait toujours devant les autres volontaires, s'agenouilla devant lui.

— Salut au président ! clama Paul Henri quelque part dans les gradins.

La foule se tut d'un coup. Comprimant ses côtes cassées, Barry leva les yeux. Paul Henri souffla dans sa trompette et les notes furent cette fois clairement audibles : une sorte de sonnerie. A côté de lui, un groupe de femmes fit descendre une échelle dans l'arène. Barry était pris de vertiges, ses côtes

445

lui faisaient mal, mais il était encore capable de gravir les barreaux.

En haut, il fut accueilli par Frank, Audrey et plusieurs autres résidents, dont les visages lui parurent vaguement familiers mais qu'il ne reconnut pas. Il chercha Liz du regard, ne la trouva pas. Des couples, des familles sortaient par les portes ouvertes et se hâtaient sous la pluie, silhouettes sombres brièvement éclairées par un éclair.

— Félicitations, dit Frank en s'inclinant devant Barry.

— Qu'est-ce qui te prend?

— Tu as gagné ta place au Bureau de l'association des propriétaires de Bonita Vista.

Frank lui tendit une robe noire neuve, qu'il repoussa.

— Fous le camp, grommela Barry.

Il écarta ses voisins, monta les marches vers la sortie. Se retournant, il découvrit dans la sciure sanglante le cadavre nu d'un membre du Bureau, tout près du corps démembré de Jasper Calhoun.

C'était quelque chose dont il ne parlerait pas à Maureen, dont il ne *pourrait* pas lui parler.

— Vous êtes libres! cria-t-il à Ralph et aux volontaires restés dans l'arène. Rentrez chez vous!

Ils le regardèrent sans bouger, le visage vide d'expression. Barry se tourna vers Frank.

— Dis-leur que c'est fini, bordel. Calhoun est mort, le Bureau n'existe plus, il n'y a plus de volontaires.

Frank le regarda dans les yeux et Barry comprit : ce n'était pas fini. L'association n'était pas seulement un groupe de gens, on ne pouvait la faire disparaître en tuant ses membres. C'était un système, un ensemble de règles qui existait en dehors et au-dessus des individus qui la composaient. On ne pouvait l'arrêter qu'en rejetant ces règles, en refusant d'y adhérer. Il baissa les yeux vers Ralph et les volontaires :

même eux n'étaient pas simplement des victimes, ils faisaient partie du système.

Les sorties de l'arène débouchaient sur le côté est de la maison de Calhoun. Sur la longue pelouse, des dizaines de résidents couraient vers la route. La pluie avait cessé mais l'orage continuait à gronder, le vent agitait follement les arbres, les éclairs zébraient le ciel. Se détachant d'un groupe, Mike et Tina se dirigèrent vers lui.

— Le sommet de la colline est en feu ! dit-elle. L'incendie progresse vers les maisons ! Qu'est-ce qu'il faut faire ?

Barry secoua la tête, tenta de les repousser.

— La foudre est tombée sur la grille ! cria quelqu'un de la route. Elle est ouverte, les gens de la ville envahissent Bonista Vista ! Où est le président ?

— Ici ! répondit Mike.

— Non ! protesta Barry.

Les résidents affluaient vers lui.

— Les Corbanais ! Ils sont déchaînés !

— C'est une émeute ! Appelez les volontaires !

Ignorant les cris, Barry marchait d'un pas décidé vers sa voiture. La lueur qui embrasait le haut de la colline lui apprit que le feu, attisé par un vent violent, se propageait rapidement. C'était comme si la forêt n'était qu'un tas de bois sec, malgré les pluies récentes. Derrière lui, il entendit quelqu'un demander si on avait appelé les pompiers. Une femme hurla d'une voix suraiguë que la foudre avait aussi frappé dans Poplar Street et qu'une maison en construction brûlait, que l'incendie gagnait les sentiers. Plusieurs personnes s'époumonaient dans leurs téléphones portables.

Barry se rappela qu'il n'y avait pas de bornes d'incendie à Bonita Vista : même si les pompiers bénévoles de Corban acceptaient de venir combattre le feu afin de sauver les maisons de la résidence, ils ne trouveraient pas d'eau pour le faire. Il eut envie de rire : ils l'avaient bien cherché, ces salauds de propriétaires, si suffisants, si contents d'eux, si convaincus de leur infaillibilité. Ils étaient maintenant victimes de leur imprévoyance, ils avaient négligé de remplir l'une des tâches qu'une association de propriétaires devait légitimement assurer : doter la communauté des infrastructures indispensables à sa survie.

Personne ne le poursuivit, ne tenta de l'arrêter ou simplement de lui parler, et il se sentait bien, il se sentait fort en s'éloignant à grands pas du bâtiment et en traversant la foule qui se désagrégeait. Il inhalait de la fumée et se réjouissait que le vent souffle sur le brasier.

Il espérait que l'incendie dévorerait la maison de Calhoun, en particulier la sinistre salle de réunion et son horrible mur aux mots sans cesse changeants.

Article 90.

Barry eut le sentiment que si ce mur était détruit, tout le reste disparaîtrait.

Et les Moignon?

Ils mourraient dans les flammes — à moins que l'un des volontaires ne leur porte secours —, mais Barry s'aperçut que cette idée ne le tourmentait pas. L'association leur avait pris la plus grande part de leur vie, de leur être, et il ne doutait pas qu'ils sacrifieraient volontiers ce qu'il en restait si cela pouvait mettre un terme à toutes ces horreurs.

Ceux qui, quelques minutes auparavant, le félicitaient s'enfuyaient maintenant, retournaient chez eux combattre le feu ou sauver ce qui pouvait l'être. Une bagarre éclata au centre de l'arène. Barry entendit derrière lui un couinement inhumain, se retourna et vit une femme élégante s'effondrer, poussée par un homme furieux en costume et cravate.

— Monsieur Welch! Monsieur Welch!

Neil Campbell, le méprisable petit lèche-bottes, ahanait derrière lui, pour une fois sans sa tablette.

— Je peux vous aider, fit Campbell, hors d'haleine.

— En quoi ?

— En tout ! Je suis au service du Bureau ! Je serai votre bras droit ! Toutes les enquêtes que vous souhaitez faire, toutes les maisons que vous voulez mettre sous surveillance, tous les...

— Neil ?

— Oui ?

— Va bouffer ta merde ailleurs.

Barry se retourna et ne put retenir un sourire en se dirigeant vers la route. Un pick-up déboula de la colline et télescopa une Jeep. Quelque part, une alarme de voiture retentit. Les flammes étaient visibles à travers les arbres, l'odeur de la fumée flottait partout.

Brûle, Bonita Vista, pensa Barry. Brûle.

Souriant, plus heureux qu'il ne l'avait été depuis longtemps, il descendit la pelouse au petit trot vers la Suburban qui le conduirait jusqu'à Cedar City. Jusqu'à Maureen.

Epilogue

La compagnie d'assurances avait remboursé la maison et le jardin, les débarrassant du terrain dévasté par le feu. Barry ne savait pas si la compagnie avait l'intention de vendre la parcelle telle quelle ou d'y faire construire une nouvelle maison et de la louer. Il s'en moquait. Il ne voulait plus jamais voir Bonita Vista ni même y penser
Ils passaient à autre chose.

L'Acura rouge de Jim J. Johnson quitta le centre de Willis puis s'engagea dans une rue latérale qui montait en serpentant vers le sommet de la butte. Barry prit la main de Maureen et la serra.

— C'est le quartier le plus éloigné, fit remarquer l'agent immobilier en tournant dans un étroit chemin de terre battue bordé de chênes nains, de pins et de genévriers. Il est bien raccordé au tout-à-l'égout, mais il n'y a pas le câble. Parabole indispensable, donc.

Deux terrains vagues séparés par un bâtiment en A inachevé apparurent sur la droite. Plus en retrait, sur la gauche, Barry avisa une cabane en rondins.

— Vous voyez ce que je veux dire ? fit Johnson.
A travers le pare-brise, ils virent une vieille caravane

cabossée devant laquelle deux gamins malpropres se disputaient un tuyau d'arrosage.

— Je ne suis pas sûr que vous vous plairez ici, prévint l'agent. Vous me faites l'impression d'un couple qui apprécierait un cadre, disons, plus raffiné. Nous avons une résidence fermée à Willis, des constructions récentes avec deux lacs artificiels et un terrain de golf privé. La vue y est magnifique, et un strict plan d'occupation des sols vous garantit de ne jamais avoir à subir des voisins douteux. Si vous voulez, je vous conduis au «Rancho de Willis», vous jugerez par vous-mêmes...

Barry aperçut un patio envahi d'herbes qui jouxtait une bicoque délabrée, un vélo d'enfant cassé et abandonné.

— Non, répondit-il en se tournant vers Maureen.

Elle lui sourit.

— Ce sera très bien ici. Ce sera parfait.

Impression réalisée sur CAMERON par

BUSSIÈRE CAMEDAN IMPRIMERIES
GROUPE CPI

*à Saint-Amand-Montrond (Cher)
en octobre 2003
pour les Presses de la Cité
12, avenue d'Italie
75013 Paris*

Mise en pages : Bussière

N° d'édition : 7127. — N° d'impression : 35359-034416/1.
Dépôt légal : octobre 2003.

Imprimé en France